洛書

胭脂碎

蔓凉 ◎ 著

LUOSHU YANZHISUI

【下】

重慶出版集團 重慶出版社

第十八章

长夜宴

看着流苏手中的大药丸,我皱起眉头,面露痛苦之色,试探性地轻声问道:"可以不吃吗?"

"我身体好得很,根本不用吃药。"我加重语气强调道。天天吞所谓的安胎丸子,一个个圆滚滚的,简直可以堵住大象喉咙。

流苏依旧很冷淡,毫无表情:"我无权做主,与相爷讲。"

咬了一小口中药丸子,我自言自语道:"得想个法子,不能再这样天天吃丸子。"

"医邪。"流苏突然冷冷说出。

我轻挑眉尖,淡笑道:"流苏你的意思是找医邪来为我把脉,这样就不用吃那些庸医开出的安胎丸子!的确是个好办法,神医医邪的话天下谁人不信呢?"

流苏还是冷淡地说:"不会来。"

"医邪那个古怪脾气,自是不肯屈尊来的。"我眼波一转,勾起一抹笑,"可谁说我要请医邪,我要请的是雨蕉。"

流苏略拧眉:"使计,骗来。"

我觉得心情瞬间舒畅:"待会儿就给密部飞鸽传书,告诉雨蕉,我身患重病,在京城等她。"

天朔九年,腊月初六,飘小雪。

长安,玄武大街,一辆舒适温暖的黑木漆金马车内,我用小手指轻轻地勾起车窗帘一角,外面的寒气立即涌入,引得我的鼻子轻颤不已。

天色很青,压抑的阴郁,细小雪粒飘浮在阴冷的空气中。

看了一阵子车外风景,我慢慢放下车帘,浅笑转头回望流苏,叹道:"今日的长安可真冷清啊,玄武大街上行人寥寥无几。"

"很冷。"可我觉得流苏的声音却比空气更冷。

我轻笑道:"也对,下雪天的,谁愿意到街上乱走,都赶着回家烤火了。"

马车走得很稳,稳得让人忘记了时间。

"夫人,到府了。"车外响起恭敬的声音,不大不小恰到好处。

到家了吗？我嘴角上扬,勾起一抹笑颜,将白狐毛大斗篷披上,全身都笼罩在了雍容的白狐皮毛之中,只露出一双眼睛。我一向怕冷,在这冰天雪地里,当然是把能遮住的都遮住了。

微眨一下眼,难道今儿在相府门口开"轿车"展吗？各辆豪华马车、奢丽暖轿一字排开,直到街尾也看不到头。

相府门口可要比长安最为繁华的玄武大街有人气多了。颇具官威却身穿便服的各位大人都神色恭敬地站在相府大门两侧。我勾了勾唇角,心中一叹,这人数可真多啊,只怕金銮大殿上,上朝时也多不出几位大人吧！

洛谦面带微笑,如沐春风的微笑,优雅地登上台阶。

"洛相,恭喜。"

"丞相,安好。"

"相爷……"

此起彼伏的各种声音已将他包围。

同时,在相府右侧第一辆镶金豪华马车旁的少年开始瑟瑟发抖了。少年很年轻,大约只有十四五岁,身子单薄,可眼睛却很亮,像是清朗夜空中的星星。或许是因为穿得太少,或许是因为在风雪中站得太久,他已经冻得嘴唇发紫了。

终于,在我经过马车时,他再也坚持不住,僵直地倒了下来。流苏双肩一耸,身形快闪,挡在我身前,用手扶住了摇摇欲坠的少年。

"死奴才,敢冒犯夫人,还不快拖下去杖责。"身后一名锦服奴才斜蹿了出来,高声呵斥,随后便立即换了脸色,满面堆笑道,"奴才看管不周,夫人,可受到惊吓？"

冷眼看了那名奴才,我微微一摆手,挥退侍卫,略皱眉清声道:"流苏,给这孩子找一件棉袄,别冻坏了。"然后抬头瞥了一眼相府大门,依旧是热闹非凡,看来这场小小的混乱并没有引起他们的注意。

只是为什么我觉得似有一双清冽的眼注视着一切呢？我不禁拉紧了白狐斗篷。这天越发的沉了,雪粒也变成了片片雪花。

天朔九年,腊月初七,阴冷朔风。

冬日长安的天空微微扯出一片白,在暖阁中我手捧暖手炉,斜倚在榻上,懒洋洋地问道:"流苏,什么时辰了？"

流苏的声音还是一样的生硬:"辰时三刻。"

那岂不是早上八点多了,可天色还是有些暗:"都准备好了吗？"

"嗯"了一声,流苏这次连说一个字都省略了。

披上斗篷,我踏着昨夜落下的雪,咯吱咯吱地响,悠闲地走向后门。

清晨的冬日还带着薄薄的雾,让人感觉眼前的事物都不大真切,但在这一片朦胧中,我还尚可辨认一辆马车停在了相府后门。

我带着一丝浅笑,缓步走向马车,只是到了马车前,脸便僵住,讶道:"不是上朝去了吗?"

是洛谦,在这朦胧的雾中带着微笑,清声道:"皇上恩典,长途跋涉特准休假一天。"

哦,我淡淡道,有意无意地瞟了一眼马车,小声说:"我见昨夜雪下得好,所以早晨出来走走,看看雪景。你有事要出去吗?"

洛谦嘴角滑出一声嗯,似笑非笑地盯着我的眼。

被洛谦盯得发毛,我虚心地垂下眼帘,将视线转移到缥缈远处。

唉,冬日清晨看雪景,这个破理由连雪君都不会相信!我平常几乎不会早起,更何况还是寒冷的冬天,一般肯定是要挨到午时才下榻的。

"扶柳,帮我看一下这是什么意思。"洛谦依旧温柔地问道。

嗯,轻点着头,从他手中接过一张宣纸。

瞥了一眼宣纸,我轻摇一下头,正启口时却发现从马车后走出一名少年。

少年脸色苍白,眼亮如星,他抬头瞟了一眼我,又懊恼地垂下头,怯怯地叫了一声:"表小姐。"

我身子一震,喃喃道:"小亮子,没事吧?"

小亮子眼眶立即红了,呜咽道:"小亮子没用,任务失败,还被人抓住了……"

小亮子是西泠总管家福伯的孙子,这些年来一直跟着霜铃学习经商。我无奈浅笑,柔声道:"不要紧的。"

小亮子一抹眼泪,继续哭道:"我还害怕……泄露了任务……秘密……"

我从怀里掏出丝绢,擦去小亮子脸上的眼泪,轻声道:"不是什么秘密,没事的,现在就先跟着流苏姐姐回去,免得让铃姐姐担心了。"

小亮子眼角还淌着泪,吸着鼻子点头,跟着流苏骑马而去。

我轻叹一声,回头对上洛谦含笑的眼:"我知道纸上的字是什么意思。"

反正全部都揭穿了,我就实话实说。昨日小亮子混入人群,特意假装昏倒,然后趁机将一张纸条塞入流苏手中。

我又细细地看了一遍宣纸,的确是小亮子的字迹,也难为他竟能记得住这一长串古怪字母。"上面说的是,明早巳时,汇通钱庄书房,要事商议。"上面是用拼音写的一段话:明天九点,钱庄书房里,有重要谈判,事情机密不可让外人知晓。

我斜望着洛谦,嗔道:"拷问完了,可以让我走了吧?再晚就要迟到了。"

腰间骤紧,双脚离地,我已经被洛谦抱进了马车。洛谦温润的气息停留在了我的

颊边,一声轻叹:"以后不要再装神弄鬼的,让我担心。"

我则不再争辩,闭上眼睛倒在他的怀里,补上一个回笼觉。

很快便到汇通钱庄。

推开书房门,熟悉的场景映入眼帘,书房内的一桌一椅都没有变动,与两年前无异,甚至连书桌上的那盆文竹似乎也没变化一枝一叶。

霜铃正低头打着算盘,噼噼啪啪作响,没有抬头瞧我一眼,就平淡地问了一句:"回来了?"平淡得就恰似我今早出门,现在刚刚收完账回来。

"嗯。"我嘴角逸出一声,然后解开斗篷,放在了质朴的黄花梨木椅上,"这几天挺冷的,待会儿要他们加个火盆子,你也要多穿些。"

霜铃手握毛笔快速地记着账,淡然说道:"小亮子一夜未归,刚才同流苏回来时,还哭鼻子说任务失败了。"

再一次打量久违的书房,亲切依旧,我浅笑道:"我已经处理好了。"

搁下毛笔,霜铃抬头望着我,喃喃道:"没有瘦,比以前更有气色些。"

你倒是清瘦不少,我的话还未出口,霜铃的视线已经越过我,聚焦于身后一点,淡眉拢起,叹道:"扶柳,难道你还不相信我,竟请了一个账房先生来查账啊!"

我回眸望了一眼洛谦,他身穿半旧的墨绿色长袍,用同色布带束发,就那样淡然地站在书房一角。全部的气势收敛于内,这样的洛谦也顶多只是一名温文尔雅的账房先生,难怪霜铃会误会。

洛谦站着不动,清雅地淡笑,既不回答也不否认。

他倒是无所谓的表情,我莞尔笑道:"嗯,是多年前京城中最好的账房先生。"

霜铃一挑眉,又仔细打量一番洛谦,而后冷色道:"那你先退下,我们有要事相谈。"

这时,吱呀一声,门被打开,一名优雅公子从容步入书房。

似很熟悉,径直地坐在了书桌下方的高背木椅上,那男子尔雅笑道:"柳三小姐还是一如既往的冷淡啊,连杯茶水也没有。"而后用修长的手指弹了一下略皱的衣领道,"不知柳三小姐考虑得怎样?在下实话说,这件事实在是不能拖了,上次答应柳三小姐缓了十日,这次是无论如何都要有个结果。"

霜铃闭口不言,自顾自地算着账,只是俏脸更加冷淡,甚至有些阴沉了。

那男子我见过一面,是长安第一钱主商少维。

我随后斟了一杯茶,端到商少维身旁的茶桌上,淡笑清声道:"真是多有怠慢了。"

商少维望了我一眼,优雅地勾起唇角,又用眼角余光瞟了一眼角落里的洛谦,笑意更深了,疑道:"敢问夫人是?"

我把头发盘起,做妇人打扮,自是夫人了。

我淡然地坐在了商少维的对面:"西泠柳家人。"然后瞧了一眼仍在记账的霜铃,继续道,"商少爷也应该知晓汇通钱庄有三位老板,小女不才正是其中之一。如果商少爷有什么生意上的事,与我谈也是一样的。"

"可惜,可惜。"商少维口中连呼可惜,可脸上却没有一丝的惋惜之色,反而有一抹欣喜笑容,"原以为会是柳二公子呢?却不想来的竟是一向神秘的表小姐。"

我轻笑道:"倒让商少爷失望了。下次一定让二表哥与商少爷谈生意。"

"此可惜非彼可惜。"商少维轻摇着头,望着我叹道,"可惜表小姐已嫁为人妇了,不然商某定立即上门提亲。唉……可惜了……"

霜铃很快地挡在了我的面前,瞪着商少维,怒道:"就算没嫁人,也不会便宜你的。"

商少维一愣,随即哈哈大笑道:"霜铃你这副模样倒很像吃醋的小媳妇啊……哈哈……"

霜铃顿时气得俏脸发红,一把抓住茶碗,向商少维掷去。

"哐"的清脆声响,商少维轻易地躲开茶碗,继续笑道:"要谋杀亲夫了,还好我躲得快啊。"

眼见第二个茶碗就要粉身碎骨,商少维目光扫了一眼角落,忽地脸色一变,随即正色道:"刚才是在下失礼了,在此郑重向柳三小姐道歉。"

我也顺势拉住霜铃道:"还是谈正事吧。"

霜铃一脸寒霜地坐在我身边,冷冷道:"若想钱庄合并也可以,我们五五分成。"

商少维挑高浓眉,高声反问道:"柳三小姐何以认为汇通钱庄有这样的实力,可以与我丰源钱庄平分秋色?"

霜铃恢复理智,冷静说道:"不是汇通钱庄的实力而是西泠柳庄的实力。今年庄内的总体生意还算不错,也挣了不少银子。况且去年钱庄只是由我一个人打理,但明年二哥和扶柳都会经常来打理。商少爷是个明白人,应该能分辨出这桩生意是否划算。"

商少维沉吟一声道:"据我所知,柳二公子明年要掌管西泠柳山庄全盘生意,他还有精力来管理钱庄吗?"随后他又瞥了一眼我的腹部,"至于夫人怕是身子不便,应该要静养,明年不能操劳吧?"

我一怔,商少维怎知我怀有身孕?不过才两个月身子并不显形!

商少维依旧笑嘻嘻的,根本看不出如何得知的任何蛛丝马迹。我不再管他,转过头急问霜铃道:"云表哥打理全庄,那大表哥怎么了?"

霜铃无奈叹气道:"大哥去年便早已染疾,今年秋突然严重,群医束手无策。后来医邪看了说是心有郁结,需要静养。所以爹就让大哥先休养一阵子,二哥明年接管山庄。好像半个月前大哥在东海上找了一个荒岛,还特意取了个名字,竟叫桃花岛,也不知他怎么想到这个名字的!"

桃花岛?没想到,柳风竟然选择在那座荒岛养病。

"时间久了,一切皆淡,心结自解。"我缓缓道,一字一顿仿若在告诫自己。随后瞧见商少维信心十足的眼,我便眼神略带忧虑,垂下眼睑看着小腹,轻叹道,"商少爷,其实我也不想操劳,只是前段日子我无缘无故地就少了十万两。现在手无分文,我也没有办法,想急挣些银子,好请奶妈带孩子。"

一席话惊得商少维愣住,眼神涣散,盯着书房偏僻角落,而后他侧过脸望着霜铃,转移话题,嬉笑道:"原来柳三小姐也看禁书啊?"

霜铃冷冷道:"商少爷可真会开玩笑,这儿哪来的禁书?"

商少维一脸不可置信,手指霜铃身后角落里的书架:"就是那本最近很火的《丞相平罗游记》啊!"

霜铃快速转身,一惊,随后呵斥道:"不是要你出去吗?"

洛谦站在书架旁,手持一本书,轻轻翻动书页,勾起一抹笑:"写得不错。"

商少维轻啜一口清茶,微微笑道:"既然丞相也认为不错,那我明天就立即命人刻版印刷卖书。"

霜铃与我俱是一愣,霜铃愣是因为账房先生变成了当朝丞相,而我愣的是商少维认得洛谦。随后转念一想,我便释怀,商少维是北方商界霸主,在长安上流人家出入多年,见上洛谦一面应不难。

洛谦深叹一声,将书放回书架,似是自言自语道:"文笔不错,可还是禁书。"

霜铃双眼犀利,盯着洛谦的墨瞳,直问道:"丞相?洛谦?"

洛谦亦盯着霜铃的眸子,一股气势涌出,一人之下万人之上的压迫气势:"柳三小姐?柳霜铃?"

对视良久,霜铃长舒一口气:"我暂时放心……"

洛谦温和笑言:"多谢信任。"

商少维轻抚一下鼻梁,笑道:"这出戏我可是看不懂了,洛夫人看得懂吗?"

我温柔笑道:"嗯,似乎看得懂。"不就是霜铃将我推给了洛谦么。

商少维笑意很深,还带着一丝耐人寻味:"洛夫人想看一下文笔不错的书吗?我有一本如今最红的《京城双姝情事录》。"

又是一本禁书?我轻挑眉,浅笑道:"那就多谢商少爷送书与我。"

洛谦笑得很温和,如春风拂面,淡声道:"商少爷的府中好像有不少禁书啊,明日我派刑部侍郎去搜查一番。其实,我也很好奇,商府到底有多少银两?"

商少维讪讪一笑:"哎,不是在谈论钱庄的事吗?怎么能把话题扯远呢!我想好了,钱庄合并本就是件好事,大家都是用心经营,当然是平分利润了。"

霜铃淡然道:"君子一言。"

商少维立刻接道:"驷马难追。"

"你们随意吧,扶柳是不会参与的!"洛谦站在我身旁淡淡地说,却不容拒绝。我抬眼疑惑地看了他一眼,他随即在我耳畔轻声道:"那十万两银子还在平罗,当初就给了拓跋阳一半银子,其实,摆在那里,也只是给他瞧瞧,安安他的心罢了。"

到底是奸诈!我随后浅浅柔笑,对霜铃和商少维婉转道:"钱庄就拜托二位了。我明年正是要休养,很是惭愧不能出力。不过,年底时我自会来查账,提取属于我的那一部分利润分银。"

顿时,霜铃与商少维皆是横眉冷目对着我,随后一哼,各自将脸撇开,齐声道:"奸商,可我更不愿同他(她)一起经营!"

两人互不退让,倒是乐得我笑声朗朗。

天朔九年,腊月二十五,小年夜,雪纷飞。

暖阁内,镏金雕花青铜香炉散发出淡若薄雾的轻烟,阵阵清香缭绕,只是香气极淡,淡若细丝。

我半眯着眼,懒洋洋地躺在火盆旁,闻得缕缕淡香,才缓缓睁开眼睑,手持铁钳将火盆中的炭条翻了个身,看着它周围细小的炭灰纷纷扬扬,恰似长安深夜的雪。

我慵懒问道:"流苏,衣服备好了吗?"

"刚熏的香。"流苏一点头,从衣橱中捧来银华锦袍放在我的床头。银华色的袍子是用上质的苏锦裁制而成,丝滑柔软,图纹精致,在月光下会隐隐现有淡华柔光,本是参加夜宴的上等选择,只是……

我轻笑道:"流苏,在衣服方面,你的确不及碧衫有天赋。"

流苏的脸上总算有了表情,微微愕愣,略皱眉道:"不是一贯喜欢素雅吗?"

我慵懒地起了身,抚了一下微乱的长发:"今日晚宴乃是皇家宴会,又赶上小年夜,还是穿得喜庆点好。流苏,把那件压箱底的宽襟绣金大红长袍翻出来。两三年了,今儿还是头一次穿呢!"

穿上大红长袍,望着铜镜里的身影,我不禁感叹,果真艳丽无比。再披上银华锦袍,仅让领口袖口露出一抹艳红,将这身素雅银服点缀得恰到好处,不大张大染的炫彩,就只是透着点儿喜庆。

随后轻移莲步,裙摆飘拂,若隐若现地透出榴红长裙,素红灼灼,金线明烁。

已有两月身孕,不能束腰,叫流苏拿来几根红和淡金的缎带,随意地交错编在一起,最后绑上一个同心结,松松垮垮地系在腰间,缎带随风而飘,轻盈翩跹若飞花。

绾上一个简单素雅发髻,斜插入珍珠金莲钗,戴上细碎的红珊瑚耳环,艳如血,挨着我的脖颈,晶莹剔透。

略施胭脂,眼波流转,淡然一笑,喃喃自语:"这样也配得上皇宫宴会了吧?"

穿过长廊,施施然走出院门,就看见了雪中的洛谦。

身穿亚金绛紫锦袍,头戴白玉素冠,那样从容,那样淡定,立于翩跹飞舞的雪花之中,几近透明的白玉手指握着青黄的伞柄。

待近了,牵起我的手,眉峰略皱,口气有些不悦:"手怎么这样凉?还是不要去

了。"

我轻轻一笑:"怎能不去?圣旨上都写着呢!"

洛谦嘴角上扬,淡道:"回禀身子不爽即可,况且这年宴也甚无聊,不去也罢。"

我嫣然笑道:"我还没有去过皇宫呢,难得有一次机会。"

是啊!难得有一次机会,可以见上京城双姝苏婉一面。

苏婉,那个竹林中只露出婀娜背影的女子,或许现在尊称一声婉贵妃更为恰当一些。

天朔八年,皇后薨,临终前垂泪执手皇上言:臣妾将离皇上而去,深夜劳顿,恐今后再无人陪侍皇上。臣妾之妹,性情纯良,可伴皇上终身。言毕气绝,皇上甚为悲痛,谥号纯宁皇后。一月之后,依皇后遗言,诏皇后之妹苏婉入宫,晋封婉贵妃,一时宠冠后宫。

纯宁皇后贤德慈惠,只可惜身子孱弱,长久未能诞下一儿半女。而其妹婉贵妃入宫仅一年,便诞下九皇子皇甫昊。民间皆传说,上天浩德,不愿苏氏无后,乃使贵妃生子。

马车驶得极快,全无滞停,只是在宫门前速度稍稍放缓。没有阻拦,没有停车,甚至没有一句询问,就这样呼啸而过。

我愕然,在昏暗的马车内微微抬眼瞥了一眼洛谦,洛谦处之泰然,黑眸平静,并无不安之色。难道洛谦以前都是如此,进出皇宫就如同逛自家院子般随意。若说他权倾朝野,可有些特殊待遇,但这样也未免太过逾规,将皇上置于何地?

忽地,寒风大起,吹动车帘,波浪层层,长安冬日傍晚冷沉的光线就这样森然地射进马车。借着这束光线,我向车窗外凝视而去,然后便看见了西华最为华美、最为恢弘、最为高贵的宫殿,皇城中的大明宫含元殿。

雕龙刻凤的白玉阶梯扶摇直上青天,朱红似血的大殿昂然立于高台之上,卷曲如钩的檐角刺破苍穹。我震撼,震撼于那个丝毫不输于世界上任何奇迹的庞然大物,直勾勾地盯着金碧辉煌的宫殿,忘记了冷冽寒风刺痛着我的脸颊,忘记了一切,一切,只有那份华美魅惑。

车帘被一只白如玉的手压住了,车厢之内又恢复了一片昏暗。额头上覆上了另一只温暖的手,温柔的嗓音响起:"风大莫要着凉了。嗯,还好额头没有发烫。"

没有思量,我脱口而出:"含元殿是不是华美异常?"

额头的温暖遽然消逝,车厢内安静如真空,静得似乎连代表生命的轻柔呼吸声也听不见了。昏暗之中,瞧不清洛谦的脸,只能看见他的双瞳变得幽深无底,掺和着一分凛冽。

心中一紧,深吸一口气,略略定下心神,我缓然绽放一抹轻笑,道:"久闻含元殿居高而建,倚栏而立,极目眺望,可尽览长安美景。只可惜我身为女子,无法登殿一览风景。"

洛谦将我冰冷的双手包裹在他温暖干燥的大手之中,唇角勾起完美弧度,柔声道:"不过是以讹传讹,从含元殿俯视长安并无特殊之处。改日我带你上骊山大觉寺,在那里眺望长安,云淡风轻,才是最好之景。"

这时马车缓滑而停。

洛谦轻拂了一下我额前碎发,握紧我的手,淡笑道:"翠微宫才是宫中最美的,精致雅然,下车吧。"

我亦淡然一笑,望着洛谦的背影,声若细蚊:"那你可别自己迷恋上了含元殿的长安风景,忘了带我去骊山大觉寺。"

翠微宫的确雅致,没有皇宫中处处的朱红描金,飞龙翔凤,而是以烟粉淡绿为主要色彩,以仲春百花绽放入画,到处彰显春天明媚之美。

刚随洛谦跨过高槛,踏入翠微宫。百官就渐渐聚拢,虽然今日非正式宴会,众人都身穿便服,但却是礼仪周全。一扫行礼众人,我心中暗数,这群官员之中只识得六部尚书及几位得力侍郎,其余的虽在相府见过,偶尔有几个面熟之人,却是叫不上名字。

余光瞧着洛谦面含春风,如沐微笑,一一打过招呼。我站在一旁,亦保持笑容。

"老夫在此恭祝洛相及夫人新年安康了。"户部尚书王大人自恃身份,并未像其他官员般行大礼,只是口说恭贺而已。王大人身后的王夫人及其女儿王小姐也只是盈盈一拜。

洛谦与王大人寒暄着,其中夹杂着讨论朝中事。我对此不感兴趣,便淡笑着听王夫人的唠唠叨叨。王夫人大概正处于更年期,身子开始发福,深红锦缎紧紧勒着她的滚圆腰身,挤出一圈圈肥肉。而王小姐正值豆蔻年华,身姿纤细,肤如凝脂,娇若嫩蕊。王小姐似乎更心不在焉,时不时地用眼角余光瞟向大殿西侧,然后脸上便染上一层红晕。

我瞧着有趣,不像王小姐那样小心翼翼地偷瞄,而是径直转头望向大殿西侧。一群华衣锦服众人,不过还是可以一眼瞧出让王小姐为之脸红之人。那人一身白衫,眉飞入鬓,目若寒星,飒爽英姿,绝对是女儿家心中的好郎君。那人似乎也感受到了我的目光,侧身回头,笑开,我亦甜甜笑起。

尖锐的叫声突然打住我的笑意:"皇上驾到。"

大殿中人立刻纷纷后退,空出一条大道,跪拜在地,寂静一片。

我亦跪在人群之中,低着头,不敢直视天颜。

沉重的脚步声响彻翠微宫,我眼前明黄一闪,留下一股浓郁檀香,郁结在空中。

"都平身吧。"声音中气不足,并不大,甚至还透着一丝虚弱,但却隐隐地带有一股令人窒息的压迫感,"今日乃是夜宴,众爱卿不必拘谨,大家自在随意些。"

众人高呼:"谢皇上恩典。"

这时我才趁谢恩之际抬头瞧了一眼龙颜,西华的天子皇甫朔。他身穿金绣明黄

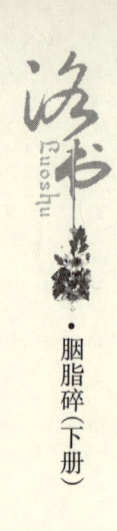

九龙袍，头戴纯金东珠双龙擎天冠，身直如剑，立于翠微大殿之上，俯视殿内一切。再细看，皇甫朔的五官并不出众，若不是九五之尊，混在芸芸众生之中，怕是无法一眼认出的。他肤色极白，是混着青色的苍白，甚至可以隐隐看见单薄皮肤下的青筋血脉。面容清癯，眼窝深陷，但眼珠却是黑深如漆，像黑水银，熠熠闪光。可就是这个坐拥天下的骄傲男人，却无风华正茂时的风发意气，只有平静，近乎无奈的平静，还深埋着一股失落的忧郁。

恰时，一阵娇俏张扬的轻铃笑声自殿外传来，未见其人已闻其声，将殿内所有人的目光吸引至门口。顷刻间，一抹婀娜白影已俏立于殿门，一个很美的女子，轻盈白纱描绘出她柔软的身姿，千年无瑕的雪白皮毛遮住她微露的凝脂肌肤。可这身素雅脱俗装扮的女子却有一张明艳至极的芙蓉面，长眉逶迤入鬓，眼角上扬带起盈水明眸，鼻若悬胆，红艳丰唇。一把黑压压的长发斜压右鬓，一根牡丹金步摇斜插入如云发髻，娉婷移步，玎玲作响，馥香四溢，当真的风情万种。

就是这样的女子，婀娜多姿地走到皇甫朔面前，娇媚一笑，盈盈拜下，红唇轻启，声如黄莺婉转："皇上恕罪，臣妾刚才来时见雪下得好，就不禁在御花园中赏雪，却不想碰见了真妃姐姐在赏梅。故与姐姐结伴而行，途中说笑不想耽误了时辰。"

她是苏婉，不似其名，是个婉约女子，而是个回眸一笑百媚生的明艳美人。她是刚生下九皇子的婉贵妃，是使六宫粉黛无颜色、集三千宠爱在一身的宠妃。是的，她有恃宠而骄的资本，只有她才可以在皇甫朔面前娇笑着张扬地步入殿内。

"臣妾参见皇上。"清清淡淡的声音，亦如她一贯清淡秀丽的脸。

"儿臣参见父皇。"不大的声音，还带着几分孩子气。

这时，人们的视线才从婉贵妃身上移开，方发现她身后还有一名身着白梅杏红宫装的清秀女子和神色冷峻的少年与面容可爱的少儿。

皇甫朔对于苏婉的逾规出场并没有愠怒，反而温和一笑，淡然道："免礼。"

"臣妾（儿臣）谢过皇上（父皇）。"

"臣等参见婉贵妃，真贵妃，大皇子，五皇子。"

烦琐礼仪结束后，我随洛谦坐在了左首第一张桌子，淡笑看着对面的那白衫男子。从未想过他也如此适合穿白衫，温和的白色削减了他原本的桀骜粗犷，却穿出了白色的少有英气。少年时柔和的线条已经彻底地从他脸上消失，余下的只有坚硬的轮廓。他历经十年风霜，长成一位成熟男人，沉稳、强悍，知道了喜怒不形于色，知道了权势阴谋设计，知道了太多，所以便不再是昔日那个纯白如纸的少年，而我也只能从身着白衫的他，窥探很久以前的纯真年代。

他举杯一饮而尽，嫣红的西州合欢酿顺着薄唇，淌过光滑的下巴，滴在如雪白衣上，霎时灿若鲜花。他似顽皮地眨了眨如星亮眸，举袖一抹唇角残留的合欢酿，而后勾起弯弯嘴角。我恍惚间又似满目金黄，回到了江南的翠竹林中。

我亦眨眨眼，开心笑起。

"洛夫人。"妩媚的声音不大,却恰好可以钻进每个人的耳朵里,"久闻夫人聪慧,是否可以吟上一句啊?"苏婉如水媚眸隐隐含着刺,娇笑望着我。

古时聚会一般都要吟诗作对,这次虽是皇宫宴会,也不能免于传统。刚才殿内各位臣公王侯公子小姐们就在以雪为题各展才艺,以博名气。不知为何苏婉竟开口点明要我吟诗一首。

此时,殿内所有目光都聚焦于我,我浅笑淡然,苏婉,你是想让我当众出丑吗?

"扶柳未曾习过诗词,恐要让娘娘失望了。"很快洛谦已替我回绝,虽然微笑依旧,但墨瞳中已蕴涵了丝丝怒意。

"哦,是吗?"皇甫朔淡淡地说道,温和的黑眸已经对上了洛谦的双眼,也挡住了洛谦隐藏的怒气,"朕在以前的年宴中好像从未见过洛夫人?"

对面的上官毅之已起身,揖道:"小女当年年幼体弱,常染风寒,故微臣听从大夫意见,将小女寄养于江南温暖之地。去年小女除去病根方回长安,所以未能有幸参加过历年年宴。"

皇甫朔平淡笑问:"洛夫人气度不凡,寄养何家?"

上官毅之又替我抢答道:"微臣夫人之兄,西泠柳庄。"

西泠柳庄一出,殿上顿时发出窃窃私语之声。江南西泠富可敌国,西华百姓无人不知,无人不晓。皇甫朔欣然一笑,道:"可是西泠桥畔之山庄?江南西泠豪门大家,难怪大将军放心将女儿寄养于长安之外!"

这时,整个宴会上未出一声的真贵妃却开了口:"西泠柳庄只是一介商贾,怎及得上长安真正的世代名门。"

皇甫朔淡淡地瞧了一眼真妃,端起描金粉彩茶碗,细细地啜着茶,不再言语。

此时苏婉却是一声娇笑:"妹妹倒忘了,真姐姐才是才女啊,以前可是诗词歌赋样样精通。倒不如请真姐姐赐教了。"

真妃道:"在座各位皆是有才之士,我又何必献丑呢?"

苏婉失望至极,一声长叹:"难道真正的才女已不复存在吗?"

京城双姝众人皆知,苏婉擅长歌舞,歌若天籁,舞似飞仙。苏宁则尤擅诗词,曾是名动一时的天下第一才女。此时苏婉借机提出作诗,分明是要让众人忆起苏宁,来以此打击长期不得宠的真妃。

是可忍,孰不可忍!

苏婉,你既已挑起战火,就要承担后果。

心中虽怒,但我仍是缓慢优雅起身,嫣然一笑,清声道:"扶柳不才,却也略读过几本书。只不过时间仓促,想出一句,还望娘娘可以补全下一句。"

苏婉望了我一眼,启口道:"愿闻其详。"

京城双姝,色艺双绝。虽说苏婉不及苏宁,但在诗词方面也有一些造诣。

只是,我岂是一盏省油的灯!

263

我眼波流转,浅浅一笑,吟道:"梅须逊雪三分白,雪却输梅一段香。"

苏婉赏雪,真妃弄梅。

我要说的就是,你——苏婉貌美如雪胜梅三分,可你就是差真妃一段气度,一丝温柔,是永远也争不上真妃的。

顷刻间,翠微殿内一片寂静。

所有人的目光都倾注在我身上,或赞叹,或惊讶,或关心,或怨恨。

我不为所动,仍傲然一身,静静地立于殿上,淡看四周风起云涌。

嫣然含笑望着苏婉,看着她脸上的胭脂色一点点地转为苍白,娇唇轻颤,却没有发出任何声音。

这千古绝句岂是你苏婉可以对上的!

殿内长时间如一潭死水般沉寂。

"哈哈……"一阵爽朗笑声打破一泓沉潭,若说此时殿内还有谁敢笑出声,那也只能是当朝天子了。皇甫朔的深眸凝视于我,平淡的目光带着一丝探究,笑道,"好诗!难得的绝句!如此深远的意境,怕是在场的各位王侯公子、文豪才女都无法续对了。洛夫人,真是好文采啊!"

前人佳作拿来泄愤罢了。我低眸浅笑,不卑不亢道:"皇上谬赞了,扶柳不敢当。"

说罢,轻挥如云宽袖,行礼,优雅坐下。

很快,翠微殿中又恢复一片歌舞升平。

在舞女飞旋的玫红轻纱长袖中,我对上了哥含着深沉笑意的眸,然后哥勾动薄唇一笑,又举起一盅合欢酿,仰脖,一饮而尽,几滴醇酒淌下,浸透白衫,形若红梅。

纸醉金迷的豪华皇家宴会,有人喜欢它的奢靡,也有人厌恶它的浮华。

翠微殿白玉阶上的真妃轻轻起身,向皇甫朔躬身行礼,缓步退出殿外。真妃是如此安静淡宁之人,她的悄然退宴几乎没有引起任何人的注意。

轻拉一下洛谦的衣袖,我脸露倦态,低声道:"这里太闹,我到殿外静一下。"

洛谦从我吟诗后便一言不发,只是一直微微笑着,细细品尝西州合欢酿。这时方转过头,如潭深眸盯着我的眼,柔声道:"嗯,扶柳,宫里很大,小心迷路。"

为什么我觉得这温柔的声音中有一道无奈而深远的叹息呢?

"嗯。"习惯性地浅浅一笑,我回道:"我会很小心,定不会迷路的。"

暗朱色的回转长廊,廊角上的昏黄灯光,拉长了那抹杏红背影,将纤细的影子投洒在了幽幽青石地板上。十年深宫岁月的消磨,使得那抹清瘦背影更加单薄,犹如秋风中挣扎着不凋零的白芙蓉。

"真……"话哽在喉中,滚烫烫的,"姐姐"二字却是再也喊不出来了。

真妃悠然转身,见是我,忧郁双眸中透出惊喜,展颜笑道:"原来是扶柳。"

拂过额前被风吹乱的碎发,我盈盈福身,清声道:"扶柳见过真妃娘娘。"

"都是自家人不必多礼。"真妃轻笑着拉出身后的两名小孩,道:"阿轩、辕儿,快见过你们的三姨吧。"

大概与小亮子年龄相仿的冷峻少年,冷淡地望着我,紧抿着唇不发一声。

另一名较小的可爱男孩则是一脸好奇,小声道:"辕儿见过三姨。"

真妃轻皱眉头解释道:"阿轩一向性子冷,又不善言辞,三妹可莫要上心。"

我淡然一笑,轻声道:"扶柳一介草民,又岂能让皇子屈尊叫一声三姨。"

真妃伸出如玉纤手,牵起我的手:"扶柳,我们好久不见,去我宫里聊上几句。长乐宫离这儿挺近的,仅几步之遥。"

我蓦地一凉,才发觉原来真妃的手比我的手更凉,直凉如心。"好的。"覆上真妃的手,用我仅有的温度来温暖真妃。

长乐,长乐,长久安乐。

只是现在的长乐宫不似其名,没有欢乐,只有长久的寂寞。

踏入阴郁的长乐宫,我不禁冷得轻颤。

"还不快去生几个火盆子。"真妃吩咐道:"扶柳,我们去内室说话,暖和一些,就让孩子们自个儿在院子里玩雪。"

内殿生了火炉,暖和得多,也安静得多,偌大的房间内只有我与真妃两人。

环顾四周,这儿的摆设与大将军府的莲苑真像,似乎没有不同。我轻抚着双面刺绣白莲屏风,淡笑问道:"真姐姐,这些年过得开心吗?"

真妃双眸一黯,幽幽叹道:"扶柳,难道你还不明白如今形势已变?"

我莞尔:"真姐姐,我知道的。"

"你真的明白吗?"真妃说得很急促,"去疾领兵在照壁关击退拓跋大军,班师回朝,现在军权大握。"

"嗯。"我平静笑道,"哥立了大功很好啊。虽说主要是因为拓跋内乱,拓跋右贤王不服新任拓跋可汗拓跋阳而起兵谋反……"

"我指的不是这些。"真妃急切地打断了我的话,她的呼吸似乎有些急促,"是朝堂局势,经过这一年多,原本混乱的局面已经清晰明了。如今皇权已被掏空,形同虚设。洛相重新掌管天下事,统领百官。二叔与去疾也再掌兵权。如今太子位空虚……"

轻声长叹,我怅然转身,对上真妃带有激动的脸庞,嘴角轻扬,似笑非笑:"真姐姐,我明白的。有利则盟,无利则散。他们共同的敌人已经倒了,还有不散的道理?又是一场争斗起,大皇子?九皇子?"

"更何况爹刚才特意在殿上说及娘本是西泠柳庄之人,将隐藏多年的这层关系挑明,无非是要告诉满朝文武,上官家并非仅仅是拥有兵权,还有雄厚的经济支柱。"

真妃愕然,盯着我平滑的腹部,喃喃道:"原来你心明如镜,只是,扶柳,你要如何选择呢?扶柳……该怎么办呢?"

"真姐姐,你说能怎么办呢?"我轻挑眉尖。

刺骨寒意袭进暖室,顿时房内冰冷。

"打掉他！"真妃咬唇,冷淡说出。

望着真妃忽而平静的脸,我摇头,很坚定地摇头。

"为什么保住这个胎儿？知不知道你怀着他有多危险？"真妃蹙眉责问不已。

"他是我的孩子！"

"他也是他的孩子！"真妃突兀地抓住我的手臂,尖锐的指甲掐进皮肉,刺刺地痛,"没有一个人愿意看着他的诞生！上官家不希望,苏婉不会愿意,就连他洛谦那边的人也不会同意的！"

她隐含怒气的眼就直直地在我面前:"上官家不会接受一个敌人的儿子,丞相阵营的人也不会容纳一个流着上官家血脉的人当上他们的少主！"

"你,清醒一点啊！"

说着,说着,真妃拥住了我的双肩,恻恻啜泣:"扶柳,长安永远都要比你想象的更加黑暗,为什么那么倔犟呢？有些事,我们无法改变,就不要遍体鳞伤后依旧是绝望……"

真妃发髻间有一股寒似梅香的幽冷气味,蹿入鼻端,冷进心间。

我微微挺起脖颈,淡道:"真姐姐,他是我们的孩子,我希望他可以降生在这个世界,就如同你希望阿轩、辕儿可以无恙长大一样……"

都是那样真诚的愿望！

一阵欢快的笑声随着轻扬的脚步声闯入殿内,打破室内一屋阴霾。真妃的小儿子五皇子皇甫辕手持一把红梅,艳红灼灼,犹带白雪,咯咯笑着扑入真妃怀中,叫道:"哥哥叫我送给母妃的,哥说,母妃看了这香香的花就会笑的。"

我瞧着皇甫辕粉嫩的小脸,漆黑的大眼一眨一眨,浓密的长睫也随之轻轻颤动,像是飞舞的翅膀。他弯起嘴唇,开心笑起,真是纯真无忧的孩子。

皇甫辕的可爱笑容让我想起了同样可爱的却已长大的柳云,他们有相似的深深酒窝,小时候里面都会盛满甜蜜的蜜浆,仿若回到了小时候,在翠竹林的嬉闹,我不禁温柔地笑起。

"也给你一枝。"皇甫辕白胖胖的一只小手举起一枝红梅递到我面前。

我笑着接过还带着含苞欲放花苞的红梅枝,问道:"为什么辕儿也要给三姨香香的花呢？"

"因为三姨笑起来好看啊。"皇甫辕漆黑眼珠一转,憋着嗓子道,"原来咱家娘娘家也是有人的,算是开了眼界了。瞧今晚把婉贵妃压得气焰全没了,可总替咱们出了口恶气。刚才嬷嬷就这样说的。"皇甫辕本来还是孩子,声音还带着奶气,再经这样地刻意一学,真是可爱极了。

真妃也被逗笑了,素手一点皇甫辕的额头:"这种话可是能说出口的？这次就饶了你,以后可不能再胡闹了。"

皇甫辕委屈地一低头,撇嘴道:"辕儿知道了,以后再也不说了。"而后又盯着我道,"不过,我只能给三姨一枝花,以后就不能再给三姨了。"

"为什么呢?"我浅浅笑问。

皇甫辕歪着头,咬着手指,小声道:"因为哥说,三姨与奸相是一伙的。"

奸相?洛谦?

真妃脸色惊变,大声呵斥道:"乱说些什么?"

真妃一向温柔,何时曾这样疾言厉声过。直吓得皇甫辕眼圈儿一红,豆大的泪珠就滚了下来。

"真姐姐,都是小孩子,没有什么的。"我柔声道,轻轻拭过皇甫辕脸上的眼泪,温柔笑起,"辕儿说得对,他真的很奸,特别喜欢算计人。"

"辕儿既然不能再给三姨香香的花了,那就带三姨去看花,好吗?"小孩儿好哄,皇甫辕立即破涕为笑,拉着我到了院外的一片梅林旁。

殿外月光如水,映着白雪,地面银华一片,在一株红梅下,冷峻少年手持枯枝,在雪地上写写画画。

给皇甫辕做了一个不要说话的手势,我和他悄悄地走到了冷峻少年的背后。

一惊,雪地上画的竟是天权阵中的兑阵。兑阵本是天权阵最基本的入门八卦阵法之一。根据目前雪地上阵法的流转痕迹看,皇甫轩应是初学,还无法破解此阵。

望着皇甫轩紧锁的眉头,冻得通红的手指,我轻声道:"午时刻,转苍参,箕上壁,可破之。"

皇甫轩警觉地快速回头,冷冰冰地瞧了我一眼,立即持枯枝在雪地上算画,而后便抛下枯枝,冰魄双眸盯着我,冷道:"你怎么会解骠骑将军的军阵?"

我低头望着雪中兑阵,已破!不禁淡淡一笑,皇甫轩果然有天赋。

"哥哥,三姨是好人,她刚才就说,那个……那个什么的就很奸。"皇甫辕软软甜甜的声音响起。

皇甫轩一把抓过辕儿,将他护在身后,直定定地瞪着我。

果真是一名好哥哥。我嫣然笑道:"你为什么排斥我?是因为洛谦的缘故,那你知道我是谁吗?"

皇甫轩依旧神色冷峻,却抿着唇摇了一下头。

我婉柔笑道:"那我就告诉你,只说一遍,你可要记住。我姓上官名扶柳,长安人氏,久居江南。我爹乃是当朝大将军上官毅之,我哥乃是骠骑将军上官去疾,我还有一位堂姐……"

"我,我知道,是母妃。"皇甫辕探出一张小脸,兴奋地喊道。

"辕儿真聪明。"我指着雪中兑阵道,"这就是我为什么会破解兑阵。"

"三……姨……"虽然叫着有些迟疑,眉眼之间疏离依旧,但总算是承认了。

我欣然浅笑,问道:"如果将兑阵的太徽倒转,你还能破吗?"

皇甫轩凝神盯着雪中兑阵思索起来,皇甫辕好奇,也模仿着哥哥瞪起眼睛瞧着

雪中兑阵。

"丫头擅自外传阵法,不怕挨上泓先生的板子吗?"哥从梅林中走来,艳艳梅花瓣撒在他的肩头。

我上前两步,回望尚在思考中的哥俩,弯唇一笑:"哥,你休想将责任推到我身上,明明是哥外泄天权阵法在前,丫头只是偶然遇见不小心说了几句口诀,而又不巧有人天资聪颖参悟出了阵法,仅此而已。"

"哪敢让丫头受屈呢?泓先生的所有责罚都由哥担着。"哥眯着眼笑笑,牵起我的手,对皇甫轩道:"阿轩先按着三姨的口诀反行,若是能一个时辰破阵,再教你真正的阵法!"

皇甫轩黑透的眼一亮:"阿轩记住了。"说罢挥起树枝,挑起白雪纷纷。

"丫头,进去哥帮你采几枝梅,手里的太丑了。"哥将刚才皇甫辕给我的几朵瘦梅扔进雪地,逶迤而行,拉着我进入梅林深处。

雪花飘在空中,落在红梅之上,犹若钻石闪耀。

"这枝开得盛,才配得上我们上官家的丫头!"哥伸臂摘下一枝簇紧绽放的梅条,转身插入我的发鬓,"梅须逊雪三分白,雪却输梅一段香!丫头铮铮然到底是说出了上官家女儿的气度!"

我轻摇螓首:"哥,丫头只想替真姐姐出一口气罢了,没有什么争胜想法。"

"说者无意,听者有心。"哥长眉轻扬,唇边留着一抹说不清的淡淡笑意,"大概方才翠微殿所有人的脑子里都会在想,丞相的夫人究竟是向着谁呢?还是上官吗?"

"哥!"心头似乎堵着硬物,不自觉地抓住了哥的胳膊。

哥浓眉稍软,默默不语,只垂着眼盯着我攥住他手臂的手,冰冰凉的一片。手心里有股湿热的液体在蹿动,淡淡血腥气弥散开。

"谁伤的,哥?"我急速撒开手,可指缝间的血仍旧滴答着落在雪地。

哥居然是一笑:"丫头没上过战场,见了几滴血,就大惊小怪的!"随后右手一抹红梅树干,掌心握着一团晶莹的雪,轻轻地擦拭起我沾了鲜血的手,"是我大意了,没有想到拓跋竟然悄悄地请到了曲阳铁匠,锻造了一批新的狼牙箭。那天拓跋阳挽弓射箭,本以过去拓跋铁箭的射程是绝对伤不到我的,可不想狼牙箭突然变得凌厉,扎入了胳膊。"

雪在我与哥的手间碾碎,鲜血染尽,红彤彤的。

"扶柳,其实现在的上官府就像哥一样,外表上强势,内部已然伤痕累累。"哥抬起眼,直直地盯着我,额前几缕发丝微微飘动,"拓跋的狼牙箭虽然没有挽救他们的败局,却伤到了我们的筋骨。这次是惨胜,大风营中的不少士兵中了箭,死去的死去,活下来的也是失去了战斗力,在军中就是废人了。"

我唇角颤动。暖暖的呼吸从哥的鼻尖喷出,化作奶白色的水雾,挡住了哥黑沉沉的眼。哥的指尖缓缓地抹开我脸上的细小雪粒,温暖异常:"丫头放心,再怎样哥也不会让任何人欺压到了我们上官头上。大风营兵力大减的事，我已经完全遮掩了下来。"

有这样一支铁箭插入范大作的背心，李重俊取出，递到洛谦面前，兴奋地说起手中的狼牙箭是如何的犀利。

"哥，拓跋的狼牙箭是不是箭锋变窄，箭脊变厚，倒钩变得更加犀利？倘若没有特制的工具，贸然拔箭，一定会撕下一片血肉？"

雪覆盖住了心，冷冷地痛。

记得当时洛谦目光游移，只淡道，收起来吧。

哥猛然目光阴沉："丫头在哪里见过的狼牙箭？莫非这不是意外，而根本是有人故意设下的圈套？是不是洛谦？"

是不是他？我望着哥纠结的眉心，极力平静问道："李重俊手下的兵有多少？"

"李重俊只是副将，就算大风营全是伤兵，也不足惧他。可李重俊的父亲却是镇守塞北的大将李定耀，手下雄兵十万，足以割据一方。"

最后的期冀也如同幻彩的泡沫灭了。

除了他，还有谁要置上官家于死地？除了他，还有谁能够置上官家于死地？

似乎连呼吸也在瞬间停止。

"是他，对吧？"哥的拳头重重地砸在梅树树干，艳丽的花瓣与如花的鲜血一同坠落。银华雪地红花开遍。

除了点头我还能怎样："那夜在客栈，拓跋铁骑射出了几支狼牙箭，他当时只叫李重俊好好保管。我却没有想到他是想要以拓跋之箭对付哥……我还以为哥和他早已商量清楚，与拓跋之战只是走过场的形式，逼迫皇上的戏码而已……"

"原来从一开始洛谦就是一只虎视眈眈的狼，可笑我与爹竟然引狼入室还不知危险。"哥冷笑不已，沉郁目光扫到我，忽地一变，手指抚过我发间的梅，淡淡道，"丫头，怎么办呢？这只狼如此狠的心，是不是迟早也要伤了你？回到上官府，哥来保护你，好不好？"

红梅冷香充溢我和哥的周身。

"不好。"很平很淡的声音突兀响起，却听不出一丝波澜。

心头蓦然一紧，快速转身行礼。这般平淡如水的声音，在皇宫内只有皇甫朔才有。可是皇甫朔为什么不在翠微宫？还有他到底来了多久？听到了多少对话？深吸一口气，抛开诸多杂念，我沉吟道："臣妇拜见皇上。"

哥立在身后，僵直一会儿，才低头："去疾见过皇上。"

"山中虎若是中箭不死，必会蛰伏，舔伤疗养，他日再伏击敌人。岂能自揽祸端？"皇甫朔遥遥立于数丈外，明黄衣角处有皇甫轩挑起的雪粒。

哥薄唇紧抿，皇甫朔却扬眸盯向我，毫不掩饰的兴趣，嘴角淡淡笑着，而后，折下一枝红梅，问道："夫人是喜欢白雪呢？还是更偏爱红梅呢？"

我浅笑轻声道:"雪非雪,花非花,臣妇也不知道是应该喜欢雪呢,还是要偏爱梅?"

"哦,这是夫人心中所想吗?"现在皇甫朔的墨眸不仅仅只有平淡了,还带有无形的压力,是一种君临天下的霸气。它冲破平淡喷薄而出,我无法面对这样的目光,它压抑窒息着我,只能低垂眼眸,望向远处的红梅。

时间似乎凝固了。

这时,远处传来急促的脚步声,尖锐声音划破夜空:"皇上不好了……九皇子生病了……高烧不退。"

一队人马急急奔来,打破长乐宫的幽静。

"皇上,臣妾照拂二位皇子长大,或许也能帮上一点忙。"真妃大概是被嘈杂声引出了暖阁,站在长乐殿前淡淡道,纯黑眸子里一片平静。

皇甫朔忽而幽叹,将手中红梅递给我:"朕将此花送与夫人,望夫人可以想清楚答案。"随后转身,望着真妃,眸光一紧道:"就随朕去吧。阿轩、辕儿也去瞧瞧你们的弟弟,以后或许就没有兄弟友爱了。"

"臣妾领旨。"真妃缓缓走来,长曳的裙摆在雪地拖出浅浅痕迹。路过我身边时,梅香猛然浓烈,她冰凉的手抵在我的掌心。

"这个药方不会损害身体。"

声音那样轻小,像细细的针扎在耳膜。

低着头,手心如同烙着一块火红的铁,全身上下都在冒着热汗。

"哥,都走了吗?"我瞧着雪地里的深浅脚印,轻声问道。

"还有一个。"哥冷冷的声音响起。

还有人?我急忙抬起头,凌乱树影下,隐约可见一个深玄色衣的男子。他半张脸没在阴影里,只能看见细长的眼,冰锋一样冷。

"这是婉贵妃送给夫人的见面礼。"

他将一方朱盒放在梅枝条上,遁身离去,雪地不留痕迹。

"苏婉……"我喃喃道,向朱盒走去。

马上便要拿到朱盒,斜后方插入一只有力的手抢了过去。哥眯着眼,将朱盒放入手心掂量着:"苏婉做事毒辣,这一年将后宫玩在股掌间,盒子里一定藏有危险!"

来不及阻止,哥已将朱盒猛力掷向远处的梅树。

朱盒与树干碰撞,发出咯咯大响。朱盒散落,从里面飘出干枯的暗红细丝。

飘飘洒洒落下,如同一场盛雨。

踏前两步,弯腰从雪地里拾起一片。弯曲的细丝长条,闻起来有淡淡的甘苦味:"哥,是什么枯花吗?"

"不知道。"哥盯着一地干花,浓眉皱起。

"到底是什么呢?苏婉为什么要送这个给我?"将暗红细丝托在掌心,放在鼻下,正准备再闻闻,却听见梅树旁的长廊里传来一声惊呼:"洛夫人,碰不得!"

张德子手忙脚乱地翻过木栏,急急跑来:"一点也沾不得。"

"公公认识此物?"哥问。

"上官将军……"张德子搓着手,放低声音,"都是后宫里常年见不得光的东西,如果老奴没看走眼,大概就是西域进贡来的藏红花。"

手腕蓦然一软,掌中的藏红花便悠悠飘下。

容不下,所有的人都容不下腹中幼儿!

"请张公公将这枚墨石回敬给苏婉。"哥指骨突出,将弯刀形状的墨石塞入张德子枯瘦的手。

张德子端详一下墨石,闷声道:"将军的石刀可要比藏红花贵重不少啊!"随后便放入怀中,对我一笑,"相爷怕夫人迷路了,特意嘱咐老奴带夫人回翠微殿。"

我轻点头:"嗯。"

晦暗的宫中长廊,只有前面张德子手中的一盏微小宫灯,散发着孱弱昏光。

踏在幽暗青石板上,铿然的脚步声回荡在寂静的回廊中,不断地,长久地在回响。

心中有结,叹然一声。

"哥,你是喜欢白雪,还是红梅呢?"

"红梅有香,丫头喜欢什么呢?"

"哥,我只是怕冬天的冷……"

几处转弯,渐入色调温暖的翠微殿。哥轻轻地握住我的手:"丫头,要是怕了,跟哥回去好不好?"抬起眼,直直地盯着哥黑眸深处,手覆在腹间,只是轻声问:"上官家容得下他吗?"

哥一瞬间黯然,很快却笑起:"至少不会有苏婉的藏红花。"

静静地伫足。

"洛夫人,相爷的马车在那边等着呢。"张德子插身在我与哥之间,手中宫灯指向了殿前马车。

"哥,这世上不是只有藏红花一味打胎药。"

譬如,真妃刚才塞入手心的药方。

转身,走向来时所坐的马车。

还有另外一个人在马车旁,好像是刚才翠微殿内的王大人。他正缩着肩,双脚不停跺在雪地,断断续续道:"相爷,筹集好的粮草是不是明年再发往……边疆……"

大概是听到了我的脚步声,他回过头,眼神闪烁,支吾道:"夫人……"

我微笑颔首:"王大人冒冻在雪地里辛苦了。"

"天寒地冻,王大人回去吧。"车内传出清清淡淡的声音。王大人听过,立刻一点头,小跑着入了等在一旁的暖轿。

掀帘入内,阴寒的墨香扑鼻而来。

"迷路没?"他抵在我的额头,温滑气息拂过。

轻轻偏过头,靠在他肩上:"只是觉得皇宫里好冷。"

"回家多添几个暖炉,好不好?"

环着他的腰,又挨近几分,总觉得这样才够暖:"哥中了狼牙箭,你知道吗?"

他极稳地点头。

"原来是真的……"手指揉皱了他的衣裳,缓缓道:"可不可以不要这样?"

他杀心早存,或许在很久以前,他的上官名单中也有我。

马车轮子骨碌碌地响。

"扶柳,上官去疾与我你会选谁?"

寒风乍起,吹翻车帘,直直地灌在我的脸上。

颤抖着将脸埋进他的胸前:"选你,能不能放过上官?"

"不能。"

雪粒随风卷入,落在后颈,背脊整块寒彻。

他的长袖裹住我:"记得,学会舍弃……"

第十九章

虚龙斗

天朔十年，正月初十，长安汇通钱庄书房。

"去年仲春时节，刚满岁的八皇子身染重病，不治身亡，至今太医院也没查出病因。可告老还乡的老太医却酒后醉言，小小稚儿中了五种毒，拖了三个月，不死才怪！"

"等到了深秋，三皇子在瀚海围场狩猎意外坠马，颈椎摔断当场毙命。其母安贵嫔哭绝三夜，下葬时彻底崩溃发疯。一个月后，服侍三皇子的贴身侍卫失踪，从此无人再见其踪影。"

霜铃左手支颐，冷白手指轻轻敲打着额际，似乎头痛想稍微抚平一下。"见大哥在东海孤岛几乎不管事了，密部的这些人就想着法子地偷工省料，查出来的东西没一个有确切证据的！"

翻着写满蝇头小字的丝绢，霜铃冷冷扫视一遍，随后凤目微眯望向我："当今皇上五子四女，可自从苏婉进宫，两位皇子先后莫名死去，剩下的就只有你上官家真妃与她苏婉的儿子能继承皇位。"

霜铃意味深长道："皇宫从无巧合，只有设计！扶柳，想怎样应对这位婉贵妃呢？她既然敢直接送上藏红花，我们也不妨直接硬碰硬试试？"

侧身面向眉峰冷然的霜铃，我细声问道："他会不会其实很想要这个孩子？"不自觉地尾音轻颤，那样单薄的呻吟。

"还想个什么？刚才讨论半日都已经分析透彻了，不能要！"霜铃白着眼瞪来，"第一，现在有无数人要想扼杀你肚子里的孩子。明枪暗箭，你认为自己有三头六臂可以全数挡过吗？与其让敌人下猛药打胎，还不如自己亲手打掉，至少不会因为流产丧命！"

"第二，就算你侥幸保住了胎儿，将他顺利生产，可你又凭什么能肯定以后不会被人暗杀？比如，苏婉还是要一心一意置这个孩子于死地呢？你不过只是顶着虚名的夫人，手中有一丝权力吗？没有强硬势力，你又拿什么来保证他的安全长大？退一万步讲，若他健康成人后，朝中哪一方肯接纳他？还不是同你一样里外不是人？"

霜铃紧绷的双肩缓缓软下，最后长吁："扶柳，生下他，就要对他负责。如果不能给他最基本的家庭温暖，不如早点儿舍弃来得好。"

突然发现怀里的暖炉冷冷的，大概是里面的煤球烧尽了，就这样一点一点地冰凉，直到没有一丝温度。我将暖炉放下，金属碰撞在硬木上发出铿锵脆响，然后固执地仰起头："霜铃，也许他还是想要孩子的……"

"想要个头！他洛谦如果真的懂得疼惜人，就不会逼着你做决断！"霜铃连连叹气，大步走到窗前，一把推开，喝道，"甘岚，打胎药熬好没？快点，快点，等不及了！"

"我冷静的三小姐，药立刻就来了。"霜铃的贴身丫鬟甘岚端着一碗热腾腾的药快速进来，瞟了我一眼，抿唇浅笑，"表小姐，这可是按照你给的宫廷秘方熬的良药，保证量足质优。"

药汁浓稠，有浓烈的甘苦气味。

是真妃塞给我的药方熬出的打胎药。

"赶快趁热喝，我连大夫都请在路上了，不会有事的。"霜铃强硬地将药碗塞入我手中。氤氲的热雾隔开了眼前的一切。所有的人都似乎隐藏在薄云里，很远，触及不到。

"霜铃，或许在你眼里只是一个胚胎，可胚胎也是有生命的！我们不能擅自剥夺他生命的权利，对不对？"我的手指紧紧扣着瓷碗，大力地想要将它捏碎。

霜铃居高冷笑："上官扶柳，你还当这里有什么清明法庭吗？去哪里给我找到一本法律专著，上面大字写有保护公民的基本生存权？"

褐色药汁在轻轻晃动，圈出细小波纹。

"封建的等级永远是最残酷的法则，霜铃，对吗？"

霜铃领首："无论怎样不喜欢，我们为了生存总是要去迎合这个大规则的。所以建不起平等社会，就不要幻想曾经的公正法律。"

一切如幻是泡影！霜铃只是说，在西华王朝，在长安，游戏规则便是如此残酷，我们弱小之人改不动，所以打胎！

唇接触到了甘苦药汁，一阵哆嗦。

滚热的药汁泼洒出了瓷碗，几滴落在我的素色百褶长裙上，暗褐阴幽，如同干涸的血珠。突然间，腹部传来绞绞的疼，不重，只是很轻的阵痛，像是那一团血肉在踢打我的肚皮。清泪就这样滑过脸颊，滴入药汁，混了进去，再也分不清苦药和咸泪，只余留药汁表面的动荡。

"管他个什么狗屁规则！管他个什么最佳选择！我今天就要逆势而行，京城所有的想我流产和死去的人都统统站出来,倒要看谁能打倒我!"宣誓般的挑战语挤压过细窄喉管,猛烈地爆发在冬日寒冷空气中。我一下子冲起,狠狠地砸掉药碗。苦涩药汁随着瓷碗的碎裂而迸发四溅,宛如烈烈盛开的暗褐花朵,陡然荼蘼。激越的砸破声直震得耳膜发嗡,我的胸口随着急促的呼吸而起伏,心跳快得如同战鼓擂响。埋在心底许久的怯懦就同药碗般一下子瓦解,对着霜铃扬眉而语,字字铿锵:"我上官扶柳,就不信保不住这孩子!"

良久的寂静。

屋子里只有药味在不安分地蹿动。

霜铃坚毅的唇间忽而漾起一抹淡淡笑意,眼波里流动着自信:"我就知道你不肯认输!如果这样就被恐吓住了,哪里还是我所认识的上官扶柳!"

她绕过一地瓷碎片,轻轻地挽住我的手臂,拉着我同她一起坐在炕上:"我和你都是一股子的倔劲,恐怕谁都不肯向所谓的游戏规则屈服。"

"你试探我?"我挨着霜铃,将她脸上的兴奋红潮一览无余。

"游戏规则由人掌控的,可操纵规则的人为什么不能是我们呢?"霜铃呼出的热气扫过我的耳垂。我倏地眯起眼:"想怎样?"

"掌权!"霜铃猛地打了一个响指,秀目沉沉,"推翻不了一个王朝,那就把它变成自家的后花园!"

我迟疑了一下,缓缓说:"霜铃,为什么热衷于此?"

"因为我们需要!你需要足够的实力去保护腹中血肉。"霜铃五指成拳,青筋隐现,"而我绝不愿走上你的老路,成为家族的牺牲品,最后成了宁为玉碎不为瓦全!"

"大舅逼你做什么事吗?"急忙脱口问道。

霜铃摇头,努了努嘴,轻蔑哼道:"现在没有,难保以后不会出现。这人要活得自在,就必须把那些想利用你的人踩于脚下——"

"你到底还是这宁折不弯的性子!"我轻叹了口气,目光扫过霜铃挺直的鼻梁,蹙起眉淡道,"可这不是当初入商场,有西泠柳庄强木桩子挺着,什么事办起来都方便。你我从不曾涉足过长安朝堂,怕光是找个突破口进入也难……"

霜铃薄唇颤了颤,只问:"就一句话,干不干?"

腹部似乎有火苗在燃烧,烘得心头火热。我手掌撑住炕上矮几,缓缓起身,盯着地上的碎片以及横流的药汁,只道:"干!"

霜铃扳着我的双肩,明丽黑瞳似有一簇艳红火花在绽放:"等的就是这个字,干!"

身畔金玉般的澎湃声音甫落下,门外就响起了流苏的淡冷话音:"九芝堂的大夫请来了。"先前刚踏脚进汇通钱庄,霜铃便一本正经地说,听说最近九芝堂的首席老医师保胎特别有法,流苏你脚程快,不妨请来替你家小姐把把脉。

"哦,来了啊。"霜铃挥手对伫立在一边的甘岚道:"甘岚,还不快带大夫去后院替小亮子看病啊?这个疯孩子,前两天下雪就玩得忘形了,当夜就挂着鼻涕嚷嚷头痛。"

流苏紧绷着脸,一言不发地望着地上的瓷片,眼色阴沉。

再一次看着支离破碎的瓷片,额头上忽地冷汗涔涔,我急忙叫道:"等等,我要见大夫,刚才喝下过一小口药。"

"现在表小姐知道后悔了?"甘岚回身眨着眼俏皮笑道。

"多嘴,去办你的事。"霜铃轻叱道,随即抓紧我的手,抿唇浅笑:"就知道你舍不得,没熬那个什么不知名的宫廷秘方,甘岚煎的是普通的保胎药。"

长舒一口气,我嗔道:"万一我要是狠了心呢?"

霜铃纤指一戳我心口:"哪天变成了硬铁,我再给你熬毒药!"随后拉着我走出书房,顺便拍了拍流苏的肩,"女侠,带上你的剑,我们要去开创新事业了。"

流苏冰冷着脸。

我向流苏点头:"现在一切围着三小姐转。"

"那就跟着我走了。"霜铃修眉高挑,挽着我直往外冲。忽地,她又停下,疾风一般回到书房内,臂弯里兜着锦丝披风。

我一笑:"多谢了。"

"得意啥?"霜铃咕哝道:"我是为未出世的干儿子拿的!"

径直抖开披风,为自己围上,全身暖洋洋的。

"你倒变得猴急了。"霜铃抬起修长手指,束紧披风系带,"跟我出城一趟吧?马车都在后门等候多时了。"

霜铃低着头,在仔细地梳理着披风褶纹,淡淡的鼻息在寒冷空气里化作浅白色的一团雾。

"去找谁的碴儿?"

霜铃眼角上挑,亮瞳一闪:"苏婉!"

马车里。

我拧着窗帘流苏,问道:"为什么拿苏婉第一个开刀?"

较之于深宫里斗争起来的苏婉,我更愿意选择从地方官员开始下手。

"就看她不爽,不行吗?"霜铃眼珠儿微瞪,眉梢间漾着极少见的任性,"长安三大势力,不拣最软的柿子苏家捏,难不成去拔你家洛谦的逆鳞?"

稍愣后,我细细笑道:"这个情报倒比苏家好弄……"

"少来了,到时候怎么死的都不清楚!"霜铃正色道,"女子干涉朝政自古就只有从后宫入手,你我现在都不可能再走这条通路了。位置被人家占住,当然就得使劲推倒她,让位给我们……"

"说你想好的具体突破口吧。"我扬眉问道。

霜铃颇为神秘地一笑:"知不知道我之前被你家洛谦关到哪里去了？"

我摇头。柳风曾派密部疯狂搜索也没查出。

"皇宫,浣衣局!"

随意将人插入皇宫？我惊异片刻,霜铃却是平静道:"祸兮福所倚,福兮祸所伏。我是在皇宫干了数月的苦差,但也结识了不少宫中人,无意间得知了许多皇宫里的神秘事情,譬如,关于苏婉诞子的那一夜……"

噫,我不禁浅呼,手指早被窗帘流苏绞紧,涨成了紫淤色。

霜铃欺近,耳语道:"我觉得极有可能是狸猫换太子——"

"有证据吗？"我颤声问道。

霜铃皱眉:"这不出城来找人证吗？听说给苏婉接生的稳婆是长安城八里外的李家村人。"

"有几分把握？"事关重大,倘若真是霜铃所讲,这一条就足以铲除苏婉。

霜铃抿唇:"至少八分吧。那夜浣衣局的颦儿去昭阳宫送洗好的被褥,恰好碰到苏婉早产,婴儿出生那一刻她只听到几声猫叫似的哭腔,随后瞟见急急走出的产婆也是脸色苍白。按理说早产儿这样虚弱,不死掉也至少要调养一段日子。可就出了怪事,第二天皇上看望九皇子时,这婴儿居然是啼声洪亮,一夜间陡然健康起来。"

"颦儿的话可信吗？"

霜铃点了点头:"颦儿在浣衣局同我睡一个铺,前几天我才帮她离宫回老家,她说的话一定可信。另外,苏婉早产那一夜昭阳宫有两个宫女在御花园暖塘边失踪,稳婆也再没出现在长安……"

"所以,现在我们就去找稳婆求证？"

霜铃黑瞳明亮:"查的就是苏婉的诛族大罪!"

"李家村到了。"流苏勒马停在车旁,冷声道。

"下去吧,很快就会揭开谜底了。"霜铃的眼神极为凌厉而自信,她扶着我下了马车。

很闭塞的小村,土墙矮房到处都是。

"请问,稳婆李妈住在哪里？"打发着随从一路问去,竟没有一个人知道。

随着霜铃走入破庙的残墙前,挡住了些寒风。

"会不会弄错了地方？"我疑问。

霜铃蹙眉摇头:"绝不会搞错,密部查出的档案李妈就是长安李家村人!"

"但也有可能替苏婉接生后,李妈为了避祸,没再回家。"我提出可能性。

霜铃不语。

沉静中,忽然从身后传来窸窸窣窣的声音,我急忙拉着霜铃转身。半边倒塌的破庙阴影里向我们走来一个人,看样子似乎是个女人,她张嘴一笑,似乎是在表示友好:"我知道李妈去了哪里,能不能给我一些吃的啊？"

"你叫什么？"我问起，同时回头止住流苏，她腰间的软剑已抽取三分。

那女人瑟瑟发抖："林紫裙……黄河泛滥淹死了我家男人……我一个人没有办法只能上京城来投奔父母和姐姐……可找不到他们了……"

"最近怎么了？路上就遇到不少无家可归的人。"我转向霜铃。

霜铃无奈叹道："去年夏秋黄河决堤，死了不少人，河间又闹起了饥荒，现在长安城外到处都是流民。可长安府尹却不让这些饥民进城讨食，说是怕流民闹市，其实还不是怕担责任。"

"就把身上带的碎银子全给了她吧。"我嘱咐流苏。天灾人祸还不全是由他们那些坐在朝堂上的人一手造成。

林紫裙接过流苏手中的碎银子，不住嚷嚷泣道："这位夫人将来一定有福报的！前几天我在村头碰到过李妈，她说是要回娘家看看亲戚。"

霜铃对我淡淡耸肩，无奈轻叹："苏婉的运气不错！"

回了马车，我放下帘子，轻声道："两天后，我要进宫见真妃，行个娘家礼。不如你也去，我们直接在案发现场取证，或许效果更好。"

"这么急？两天后就进宫，怕是来不及安排好接应的人。皇宫里我们的人还是稀疏，认识的又没有一个握了实权，怕是危险大于收获。"霜铃一愣，随即笑道，"不过动了杀心，很好！"

将手覆在软腹上，我低首淡道："等不及了……"

天朔十年，正月十二。

似乎是外屋的珠帘在响动，极轻的声音，洛谦却停滞了笔，搁下正在书写的折子，墨瞳恰似无意地瞟了我一眼。

避开他，懒散散地将目光撇到缠枝双绣幔帘后的挺傲身影，我静了静，才道："流苏，我知道了。你先去库房里取了西泠送来的龙涎香，就是那个昨天包好的藕色锦盒，我再找一件皮裘披上就走。"

流苏腰间剑鞘尾端挑起幔帘，灿锦若水波流动。人离，帘静。

"去哪里？"悠然墨香压来。

我回首，他高直鼻梁就在面前："进宫见真妃，年前说好的。"

"嗯。"他淡声应了应，过分平静了点。

见洛谦不语，我反身打开楠木木柜，柜中锦囊中白茶香淡淡飘出。取了最上层的白裘，正要披上，却发觉手中空无一物。他手臂挽着裘衣，长袖不乱，似乎方才没有任何动作："外面飘着雪，不要进宫了，待会儿派人到长乐宫传个话就好。"

"爹和哥都不方便进宫，真妃每年也说不上几句贴心话，就算只陪她静坐半日，也胜过偌大深宫无人，寂寥寒心。"我垂下眼睛，伸臂抓住他臂弯里的白裘一角，却拉不动分毫。

又试了一次，依旧没有得到裘衣，低低地叹气，只得复身又转回木柜。白茶香犹在。拈了一件流岚厚锦披衣，只抬起衣带边，身后便响起淡冷声音："那就顺便去告诉真妃，上官去疾昨夜冒风雪离京，急急赶回了大风营。"

手指无力，流岚厚锦披衣软软地瘫在了木板上。我张合着淡色的唇，只是不信："哥说今年会等到上元灯节，一家人逛了东市，再返军营。哥不会骗我的……"

周身冷却，却抵不过身后淡声的寒："大风营内伤兵满帐，已有不少人因无药而亡。可他们的将军却在京城美酒暖枕，自然是激起众愤，甚至引发兵乱。虽说监军即时镇压，大风营暂时安定，但仍有不少官员弹劾骠骑将军……"

"所以，哥被逼离开京城。"我接下这句话，茫然地望向委顿缩成一团的流岚厚锦，只觉那是自己匍匐成泥。

冷寂无声。

他从来都视上官为敌，在上官的每条退路上插满尖利刺刀，若不是鲜血流尽，始终也走不出他安排的死巷。

寒冷从心渗入腹部。最后瞥了一眼缩皱的披锦，咬了咬下唇，牙齿尖锐地刺痛着唇。他不留量换余地，想暖，只能夺来他手中白裘。极快地关上木柜门，砰然刺响，背倚着半人高的木柜，撑起整个身子的重量。用尽所有力量，一寸一寸地扬起脖颈，直视他的眼。那里似有一层薄翼的冰。

指甲扣在木板上，缓慢用劲地刮。

"洛谦，所有的人都说这个孩子绝对无法来到世间，你说呢？"

忽地，他的双手撑住我轻颤的肩："谁说的？"感觉他掌心处的温暖力量，如一条游躜的蛇，噬咬进肌肤，缠紧白骨，"傻瓜，一路上白吃了那么多的保胎丸，世上任何人都不敢说我洛谦的孩子无法出生！"

粗粗舒气，眼眶下角处一阵温湿的酸涩。

紧紧地攀着他的手臂，半边身子倚在他怀里，淡淡地说："我答应过真妃要去，但这一次是最后一次，好吗？"

他无言，只默默将白裘披在了我身上。

快步离去，恐怕墨香缭绕缠住了脚步。

府前流苏撩起马车厚帘，我弯腰进去。

马车密封得严实，没有透进一丝寒气。厚帘放下，马车里昏昏暗然。

"磨蹭这么久，我还以为你突然害怕不肯干了呢？"霜铃薄唇轻抿，扬起淡若笑意。

"刚才的确有想过不干……"我急切着寻着霜铃的墨瞳，只恨不得一口气说出胸中的话。

霜铃笑意突止："为什么？"

握着霜铃温温的手掌，我靠近一点，忍不住地笑道："他说，他想要这个孩子。我

第十九章 虚龙斗

真的忽然就像是被幸福雷击了，什么都不想做，只想安安静静地为孩子取个名字或者缝缝小衣服什么之类……"

手心刷地火热刺痛，是霜铃急速抽出时长甲刮痛我的手心。她柳眉一横，劈头骂来："看你的傻样，根本就是被天雷劈中了！说，不想干了，还跑来干什么，专门气我吗？"

挽住霜铃的手臂，我倚在她肩头，轻声道："难道他说在意孩子时，我不该高兴而该难过吗？"又挨近霜铃几分，"我会来自然是愿意干的。反正也是说不清的感觉，大概就是所谓第六感吧，隐隐觉得苏婉不除，我的心就无法安定。"

霜铃短叹："总算是没有傻瓜到底，被男人的一句甜言蜜语迷得晕头转向了。"

"为什么不信他呢？"

"你还真当自己是什么三从四德的古代贞妇？"

"贞洁烈妇一样过着柴米油盐的生活……"

霜铃瞪着妙目："上官扶柳给我拿出点现代女性的自信来，就算是男人死光了，我们的天也不会塌下来！"

我浅笑。

"听到没！"霜铃低喝，"你不要拿洛谦与学校里那些没踏入社会的半生不熟的小男人比，能依靠他到什么程度，你怕是比我清楚多了！"

突地，那夜范大作倒在血泊里的画面毫无预防地浮现在眼前。

霜铃冷冷道："我又让密部收集了所有关于洛谦的资料。你不会只看到他外表的温雅，没发觉他内藏的狠毒吧？"

"想起来没？我就念念他在朝的每一次升迁。承祐二十年，初任大理寺右监察，赴河间审查粮仓亏空一案，涉及整个河间府官员，最终斩杀望族曾氏一族。其曾氏族长砍头前流下血泪大呼冤枉。冤不冤我说了不算，只是河间百姓有传唱，曾氏清如许，冤杀一百零三人。凭此案，洛谦晋升入吏部。承祐二十二年，礼部尚书上疏指责丞相洛征结党营私，第二日却被洛谦反弹劾一本，礼部尚书勾结官员谋反，证据强硬，有尚书亲儿作证。一月后礼部尚书午门斩首，当夜指证礼部尚书勾结乱党的亲生儿子发疯到处嚷，爹，我错了，最后在乱岗中吐血而死。后洛谦升迁至吏部尚书……"

"不要说了——"喉咙里发出模糊的喊叫声。

那一夜再次重现。

冰冷的铁箭，乍开的鲜血以及他漠然而残酷的声音。

舍弃……舍弃……

他可以毫不犹豫地舍弃下曾经的救命恩人范大作，那什么情况下，他能够舍弃我？

"现代女性最大的解脱是什么？是经济上的独立，宣告世界女人不依附于男人，一样可以活得精彩！"霜铃的眼直逼着我，低声切道，"在这个西华王朝，什么是独立，就是权力掌控在自己手上！"

摊开自己的掌心，空空无一物。

"舍弃？权力？"喃喃自语，似乎是陷入一个魔潭，四周到处都是诱惑的声音。

"独立女人才有资格去追寻所谓的天边幸福。"

"人不犯我我不犯人，人若犯我我必犯人。苏婉这样挑衅，你不要告诉我，现在你就是小媳妇，可以任人欺凌？"

"他洛谦用了几分真心？对你上官家频频下黑手，对她苏婉家绣球抛个不止。全西华的人都知道洛丞相钦点太子是九皇子，挺的是她苏婉的儿子皇甫昊！"

"说起来，皇甫昊身上流着的皇家血脉还是一个疑问呢！你听过坊间传言没？丞相扶持刚出生的九皇子，那是因为对当年未婚妻旧情难忘，更有甚者，直言皇甫昊其实就是洛谦的私生子……"

怀疑是一条吐芯的蛇，湿腻腻地游走在我的周身，阴鸷瞳孔冷冷盯着我。

猛然抬起头，额头重重磕上霜铃的下巴，痛却忍着，只是酸涩问道："为什么要活得这样累？"

霜铃尖利下颚像刀刃一样扎在我的额头，她冷漠寒声："因为你身边的每一个男人都充满了欲望野心！"

所以他们生活的精彩是用鲜血作料的绚丽画幕。

"但是，野心是他们的事，与我无关。"颤抖的声音连自己也无法说服。

"还记得张妍吗？"霜铃柳眉微蹙，眉心纠结在一起："她的遗书里写的是什么？还不够值得我们去反思吗？扶柳，将来你不要后悔到去赴她的后尘，千万不要……"

张妍，一个曾经拥有葵花般灿烂笑颜的女孩。我记得同桌时，一回首就是她的浅浅笑窝，轻松的甜蜜。那一年，躺在宿舍的硬木床板上我接到她的电话，在另一头她兴奋地说，从今以后嘉木就是我的男友啦，全世界都祝福我吧！

"就宋嘉木这个小男人，都能为攀娶一个局长千金而抛弃张妍，他洛谦浸淫权术多年，可以干出什么事？当初他为什么肯娶一个素昧平生的陌生女子？他与宋嘉木一样抛弃了另一个女人……"

宋嘉木，曾经也是单纯少年，与张妍青梅竹马十数年。当年我们都曾认为他们将会是最幸福的一对，一直一直到老也不会分离。可惜，只挨过四年，毕业才一年，宋嘉木就另娶了佳人，做了高官爱婿，奔赴自由的美国去进修了。

张妍吃安眠药的那夜，黄昏时打电话给我。我站在林荫道中，黄叶在血色般的晚霞背景里安静飘落。手机里的声音有些喑哑，张妍茫然地说，嘉木留给我的最后一句话是"我不甘心被人踩在脚底"！

电话挂断，此后再也没有听过张妍的声音。

霜铃咬牙说："我看透了，不想被抛弃，就要让他不敢抛弃，或者是我抛弃他！"

"抛弃……"突然发现我开始害怕这个词语。

昏暗的马车里压抑得连发声也困难了。

"停车！"粗喝声乍响。

马车戛然停止。挑了车帘一角，淡淡扫视拦车之人。银盔束甲，原来时间过得这样快，已经到了皇宫偏门。

"我们是真妃家眷。"我目光停到流苏身上，"流苏，给他们瞧一瞧真妃的亲笔丝帛。"

"真妃？"约莫是皇城守卫将领的人咀嚼起这两字，又细细瞧了一遍丝帛，才慢悠悠道，"可以进宫，但需要搜查一下。"

撩开车帘，车内一览无余。我扬起眉，只道："将军，可看清了？"

那人倒也不敢真正搜身，只瞧了一阵，三角眼忽地斜觑向流苏道："夫人及小姐可以入宫，只是这位丫鬟就踏进不得半步了。"

流苏冷冷盯着那人："凭什么？"

"哎哟，小丫鬟火气倒挺大的！"那人哈哈大笑，指着流苏腰间软剑，"下次如果要带利刃进宫，请藏得隐蔽一些。"随后，他转向我一字一字大声道："宫规第一条，玄武门卸甲解刃。这是对将军贵人们的，至于下人，卸了也不准入宫！"

霜铃一把放下车帘，冷声道："流苏留下，我们进宫。"

"等一下，还是想想办法吧？进去后不是所有事都由我们控制，恐怕遇上危险……"

霜铃沉眉："前天是谁说等不及了？她苏婉可曾会为你留下时间慢慢部署？或许你的稍一犹豫，她就将毒下到了你的药碗里！"

我绞着袖口："会连累上你的……"

"不入虎穴焉得虎子？"霜铃目光沉如刀，"危险也认了！这世间哪有不冒险获得的大利？我可从没遇上过天上砸下的金锅饼！"

"赌一次？"

霜铃弯唇："人生本就是一场赌博！"

马鞭声响起，车缓缓驶过宫门。

幽幽深宫，同霜铃穿行在长廊里。

前面的小公公步行笔直，微微地躬身，只安静地领着路。

顺着廊柱转弯，突然手臂传来拉力，连忙侧过头，霜铃正向我努嘴。按着她指示的方向，悄悄几个跨步，躲在假山后，看着那个毫无知觉的小公公越走越远。

"跟我走。"霜铃低声在我耳畔语。

跟着霜铃轻巧的步伐，躲过一批又一批的侍卫。脚步不停，转来转去中，来到一池水潭边。潭边株株树木，挡住了我们的身影。

"这里是什么地方？"我扒开横斜过来的枝条，紧随着霜铃的脚步，"冬天也可以有不凋零的树木。"

霜铃止步,回首环顾周围,最后目光停留在水潭上:"冷宫旁的暖潭,好像是因为连着温泉,潭里的水才是暖的,连带着潭边的树木也是常年青绿。"

"皇宫里还有这样有生气的地方。"我掐下一片绿叶,空气里顿时泛起春日的清新味。

"对面的那片梨树林春天才是风景,有一天我偶然望去,真是千树万树梨花开。"霜铃淡淡道,"在浣衣局的时候,天天往各宫送换洗衣物,早就将皇宫的每个角落摸熟了。扶柳,在这片林子里找一棵歪脖子槐树。"

同霜铃一样,我分开树枝,扫视四周:"为什么找树?"

霜铃拂开一丛灌木:"翚儿说,她那夜看着那两个宫女悄悄跑到暖潭边,在一个歪脖子槐树下默默干了半日。她当时离得远没有瞧得十分清楚,不过大致好像是在埋什么东西。"

扯断几根柔弱树枝,我蹙眉:"可信吗?"

"如果翚儿不是因为看到了这些,每夜吓得睡不着,她才舍不得离开皇宫。"霜铃冷笑,"她一心想着麻雀飞上枝头变凤凰呢……"

"找到了——"霜铃忽地向前冲出几步,手臂笔直指向一棵歪脖子槐树。

她牵起我的手,跨过长草,来到树前,唇角逸出淡淡笑意:"错不了,你看,这树干上还挂着几缕丝线呢!"她小心地拈起卡在树皮间的丝线。丝线是鲜艳的红色,同宫中常穿的石榴裙一样红艳。

"还有,这里泥土的颜色与周围的不同,一定是刨开重新埋过的。"霜铃抑不住地兴奋,她的手指抓着我的手腕,不停地轻颤。

潮湿的泥土气息扑面而来。

我不禁紧张,也握紧了霜铃的手:"这样挖时间够吗?可能随时会有人来。"

"不要紧,这里是冷宫附近,这个时辰几乎没有人过来的。"

"真的挖?"

"苏婉的秘密,当然要挖!"霜铃目光坚毅,随即又笑了笑,"不挖出她的秘密,还显不出我西泠柳三小姐的能耐呢!"

冬日阴风拂过肌肤,寒栗阵阵。

"没有带工具,这倒是一件麻烦事。"霜铃环视周围横纵交错的树枝,挽起长袖,将丝缎裹在掌心几圈,拗起一根手腕粗的树枝。脆响,丈长的树枝拦腰折断,新鲜的断开莹白如玉,只衬得褐色树皮愈加粗暗。依着这法子霜铃又拗下一根稍细的树枝,递给我道,"你怀着孕,本来不应该让你动手的,可宫中人多还是早点挖出早点拿了证据走的好。反正你自己小心点使,实在是不行的话,就由我一个人来挖。"

接过霜铃掌中的树枝,我淡笑着点头,"你也注意些,才撅下两根树枝就磨破了丝缎。"

霜铃掂了掂手中的树枝,唇角轻微上扬:"看来每年的植树节模范没白当!挖坑

技巧,在古代一样能派上用场。"

说干便干。朝着树根下泥土颜色大不同的地方狠狠戳下,霜铃向上一带树枝,泥土翻飞,露出深深划痕。我如今力气跟不上,只能在霜铃挖出的主坑旁扒扒松散的泥土。

约莫干了一炷香的时间,热汗已顺着霜铃额头淌下。她微微仰头,朝我一点头,完全的自信扬在了她的倨傲眉梢上:"冰山一角……"

我低头细看,深黑泥土中有一角暗黄丝锦萎在坑里。被泥埋了许久,黄色丝锦里的经纬丝线中已淤积了不少湿泥,本来原貌不太清晰,但也足以辨认出那是皇室所用的黄衣。

心怦怦跳起,我将树枝插入坑边,低声细问:"怀疑是什么?"

霜铃双瞳紧眯,脆声迸出一句话:"尸体!"

"你是说埋在这里的才是苏婉真正的孩子?"我靠近霜铃轻声语。

霜铃点头:"真皇子死了,埋在乱林中。假皇子活着,是苏婉手中谋权的傀儡。假若假皇子的身份曝光了,苏婉固然是死罪难逃,而洛谦也不得不重新对朝堂洗牌。真妃的皇子可不是苏婉手中那个连牙也没长全的小奶孩,这样就会逼得洛谦暂时放弃对付上官的进攻计划,而开始保守住他原有的地盘……"

杵着树枝碾磨起疏散泥土,看着尘土成沙,我到底还是打断了霜铃的话:"也不过是求得暂时的平静罢了,若是皇甫轩封为太子后,他们谁肯罢手?"

霜铃秀眉一低,停止挖泥:"至少也是求得强大自己的时机,过些日子再看,或许选择起来就不那么难了。"

连平时最为坚强的霜铃的嗓音也低沉起来。

"当时你就没想过和他在一起,注定会有这样的结果?"

"啪",树枝倒在泥上。我拍了拍手,对霜铃努力一笑:"想过……只是有的时候身不由己……而且也没料到他们的矛盾会这样尖锐……尖锐到从一开始,他向爹提出联姻时,脑子就有了铲尽上官的策划……那一支狼牙铁箭……哥险胜的那一场战……"

"回想没有用的……不要去想了……"霜铃环住我的肩,轻轻地拍打,像是哄骗一个哭泣的幼儿。

潮腥的泥土气息似乎含着一股恶心的腐败味。

我与霜铃同时抬起头,眼对眼,心意相同。一定是埋葬着尸体!

泥坑里,暗黄破布闪着刺目的光。

"什么人?"尖锐的高喝声立即打断了我与霜铃的对视。

有其他人在场!握着霜铃胳膊的手轻轻一用力,示意这事由我来办,毕竟霜铃是没有任何身份的民女。我缓缓起身,也不急着看到底是谁,先是雅然地拍掉长裙上的泥屑,才循声望向树外。几棵树外的草丛里站着两个太监,一个身形颇为高大,另一个则瘦小了许多。再仔细瞟了他们的衣饰，大约只是不得宠的小太监。

"我们是长乐宫真妃娘家的女眷，今日进宫拜谒真妃，却不想迷了路。敢问公公是哪个宫里的人？可否方便带我们去长乐宫？"我淡笑着向前踏近两步，白裘披风完全展开，挡住了身后的泥坑。

瘦小的太监呵呵一笑："原来是迷路了，奴才们就是附近暖潭依华院的执事。如果夫人不嫌依华院窄小，不妨先进去等，待奴才传话到长乐宫，请长乐宫的公公带夫人觐见真妃娘娘。"

"暖潭附近是有个依华院，专门负责冷宫衣食的。"霜铃也站起身来，在我耳后轻声道："先跟着他们去吧，依华院还有十数人，如果现在与他们起了争执，将那些人都引来就不好办了。或许便引来苏婉毁尸灭迹……"

我微微颔首，又笑着向前几步："麻烦公公了。"

那瘦小太监眯眼一笑，连忙弯腰挥袖："夫人这边请。"高大的太监一直没说话，只扫了我与霜铃一眼，也转身带路了。

牵起霜铃微凉的手掌，跟着两个太监，离开了那棵歪脖子槐树，离开了挖出一方暗黄锦布的泥坑。

突然眼前开阔，寒风忽紧，已走出了暖潭边的杂树林。

"夫人，就在前面，外面寒冷，进去喝杯暖茶等着。"瘦小太监口舌麻利，指着斜方一间暗砖院子，呵呵笑道。

只几步就进了依华院。

瘦小太监打起棉帘："夫人，请。"

屋里简洁干净，看来也就是平常他们偶然商量事情的地方。几张宽大靠背木椅，几张条凳，一方长桌，再无其他长物。

我与霜铃相视一眼，便拣了两张靠近门的木椅坐下。

霜铃利目直望向瘦小太监："派人去长乐宫没？"

瘦小太监哈腰点头："去了，派的是脚程最快的那一个，他以前跑去长乐宫只要一炷香……"

猛烈的撞击声，似乎是包着铜的木门沉沉落下。

"你们干什么？"霜铃激得陡然跳起，抓着我急速后退，直到靠住了雪白的墙，才将我挡在了身后，自己挺胸踏出了一步，冷泠泠的目光似刀萧寒。

瘦小太监挺起了腰，脸上依旧带着谄媚笑容："挺精明的两个妞，知道死期将要来临了？"

"不用废话了，院子里的人全出去了，赶快解决掉这两个！"棉帘掀起，寒气涌入，那个身着太监服的高大男子踏进，阴冷地盯着我们。

顿时，我心寒彻骨。到底是大意了，不应该如此匆忙进宫，毕竟尸体埋在那里是跑不掉的，我们有的是时间慢慢搜寻。霜铃护住我的手臂也在不住轻颤，大约此时她心里也是后悔的。

那个高大男人话音雄厚，当然不可能是太监。

若他们两人是太监，我与霜铃或许还有一线希望，可对却忽然变出一个高大男人来。气力上我们终究是不足的。

"刑侍卫，还等什么？我可是要等着向婉贵妃领赏的。"瘦小太监一屁股坐在了木椅上，悠悠然地跷起了细瘦的腿。

金属出鞘的摩擦声激荡着耳膜，全身不禁战栗。

那个叫做刑侍卫的高大男人拔出了绑在小腿上的匕首，锋刃处寒光游弋。

"等一下！"我的目光越过霜铃轻颤的肩，直直地瞪向瘦小太监，"你知道我是谁吗？你不怕我死后，你也难逃被杀……"

"名动京城的洛夫人嘛，那天在翠微殿上奴才早就见过夫人了。"瘦小太监右手兰花微翘，轻轻地拂过他的脸颊，忽而咯咯一笑，"唉，奴才当初瞧了夫人第一眼，不知怎的心里就只有'红颜薄命'这一个词……"

"既然知道，你不怕死？"我把霜铃推向了另一端的长桌，昂首走了两步，厉声喝道，"本夫人今日进宫所有人都知道，等会儿真妃见不到我，自会派人搜查。你以为你逃得掉吗？我死了，也会拉上你的九族陪葬！"

高大的刑侍卫一双鹰目紧张地扫视着我，而那瘦小太监却是哧哧轻笑："洛夫人，奴才进宫前就没了一个亲人，更何况以奴才一条贱命换取夫人的贵命，真是划算之极的事。不止哦，好像夫人肚子里还有相爷的骨肉，可真是贵重得紧啊！"

他尖锐的声音里藏着毒刺，听得人不禁背脊冷汗淋淋。

"此外，皇宫这样的大，又有谁知道洛夫人是在哪里消失的呢？"他细长的眼斜觑过来，像极了阴毒的蛇，"如果我是夫人定然不会冒这个险的，安安心心地在府里生下孩子。日后有了孩子，相爷或许还念着些旧情，到时候也留着条命有饭吃。何必非要与婉贵妃作对呢？说实在的，守着那棵歪脖子树，奴才冷冷清清了好几个月，还以为没有人助奴才升官了的，却不想今日等到的是堂堂的丞相夫人……"

清脆的爆裂声突兀在屋内响起。

方才无人注意的霜铃手执着底部破裂的琉璃花瓶，冷目对视瘦小太监："果然是苏婉，她的九皇子怕是假的吧，哈哈，她怕被人揭穿吗？"随即将尖锐的花瓶碎口直直地对着那高大男人，恶狠狠啐道，"有本事过来啊！"

"霜铃，另一只花瓶呢？"我轻拍着霜铃的肩，退到她身后。刚才瞥到了长桌上装饰用的一对琉璃花瓶，就特意将霜铃推到了那里。

霜铃眉眼间带着凌厉笑意："在身后，砸碎了自己用吧，这花瓶比起啤酒瓶子差不了多少！"

墙下放着一只完好的琉璃花瓶，我快速抄起瓶子，狠狠地将底部砸在长桌上。一瞬间的破裂，细小的玻璃碎片砸在石板地上，叮叮响个不停。不禁双手握紧了瓶口，

286

将犬牙交错的尖利碎口,对准了瘦小太监的胸口。

烈风吹起厚重棉帘,一丝阳光射入,照射在琉璃缺口上变化出五颜六色的魔幻色彩,真如地狱里杀人魔王的满口利齿。

"奴才真是好怕啊!"瘦小太监抱胸轻抖着伏在椅背上,才又笑道:"小人单薄,这种事只能交给刑侍卫了。"

那高大男子面无表情,缓慢地蹲了下来,沉身,肌肉紧绷,如同亟待猎食的野兽。他将匕首收在腰间,肩膀微耸,鹰一样的眼直直盯着花瓶尖锐处。

霜铃亦是双手握住花瓶颈部,沉在腰部下两寸,手臂微屈,积蓄着全身力量,等待爆发的一瞬间。见那男子不动,屋内气氛越来越沉,直压着胸口发闷。我将破碎琉璃瓶向前突出,缓缓地移动起僵硬的腿,一步一步左右移走。

"扶柳,这个傻样男交给我!"霜铃银牙咬着薄唇,齿痕深印,别有一股狠劲,"那个瘦皮猴子就交给你了,扒下他的臭皮去喂猪!"

"成吗?"一缕发丝散在唇角,我发狠地咬住。

霜铃忽地呵呵一笑:"小看我是吗?"她脚步游移起来,缓慢却路径清晰。我低头瞧了,悬着的心总算是有根细绳拉住,霜铃的步法好像是泓先生曾教过柳云的武功。

暴喝一声,那高大男子冲来,快得像豹,精光匕首直取霜铃的手腕。

"退!"

霜铃清叱。我急忙脚步移动,避开了霜铃的身影,向屋子深处移去。

"刺!"

霜铃又是一喝,脚下快如清风,躲过了刑侍卫的匕首。随即反身腰转,手臂挺直,挥动着锐利花瓶,画出完美弧线,扫过高大男子的后背。

"就知道你们这种缩头乌龟只会偷袭,刚才是我故意说话分心引蛇出洞,难道你这个笨蛋没看出来吗?"霜铃扬眉,手里的花瓶沾上了新鲜血液。

刑侍卫眉头一锁,反手拂过后背,只望见他手心血迹斑斑,却不见他任何反应,也不见他暴怒,反是拳头突地握紧,筋骨脆响,双脚立定再也不动了。

霜铃亦是握着瓶颈,不再移动分毫。

极安静中,他们都有汗珠滚下。再过一刻,我已能听见霜铃微微的喘气声。呼吸渐渐厚重,我心下也随之急躁,环顾之间瞥到在一旁悠闲看戏的瘦小太监,不禁微眯着眼。后退几步,而后踮起脚,轻声慢慢地靠近他。霜铃与刑侍卫正在对峙,他们都分心不得半刻,而那瘦小太监正兴趣盎然地瞧着他们,手指间指指点点,似乎好像还在数着那高大男子滴下的血珠数。

"去死吧!"离着还有三四步时,我猛然冲前,直挺挺地将手中碎裂的琉璃花瓶刺向瘦小太监的胸口。

那瘦小太监急急抬首,只见他脸色青灰,快速地弯腰低头,身子滚到地面,避过了我急冲而来的尖锐琉璃片。一击不中,我靠在椅背上粗粗吸气,低头瞧了一眼琉璃

第十九章 虚龙斗

287

片,上面有几根发丝,再望向那瘦小太监时,他已然跳起,额头发茎断裂几缕。

瘦小太监小眼盯着我手中碎瓶,怪异惊声叫起:"洛夫人,这样拼命当真连腹中骨肉也不要了?"

唇边发丝已然湿濡,我一咬紧,冷笑不已:"倾巢之下,安有完卵?我自己都保不住了,哪里还有心思管什么骨肉,若是要用他性命换我性命,我也是毫不犹豫的!"

瘦小太监移步躲在另一张椅子后,枯黄手指抓着椅背不住微颤,却依旧挂着干瘪笑容:"洛夫人怕是吓唬人的吧?哪有人不拿孩子当回事的?"

我们这里乱作一团,可霜铃与那高大男子仍是静如泰山不动。男子手中匕首寒光流动,霜铃的汗珠亦是洒落在裙褥上,溅碎到地板更似泪珠。深呼吸,强行再次屈臂,做出了攻击姿态,我冷笑对瘦小太监:"等你能躲过我这一次的攻击,留下狗命再去想我说的话是真是假吧?"

几乎没有调整任何动作,我直接抡起琉璃花瓶砸向了瘦小太监的头顶。

"洛夫人下地府后可不要对丞相讲是奴才狠心,是你自找的!"瘦小太监黄牙紧咬,眼珠瞪出。他双手暴筋抓起椅背,竟想抬起粗重的木椅来挡住尖刺的琉璃碎片。刺耳的摩擦声响起,他只将木椅抬起三寸便手臂一抖,木椅又砸回了原地。我的琉璃花瓶碎口已抵到他前胸。

细细的血丝像迫不及待的长虫,从瘦小太监的胸口涌出。

"臭娘儿们!"瘦小太监哼疼着向后仰去,他身前的宽大木椅恰好挡住了我的去路。我再次举瓶,却不想瘦小太监受伤后仍是灵活,躲过了直击。我收势不及,手中的琉璃尖片扎入硬木,尖锐处的血滴混着丝线顺着优雅的椅背曲线落下。

一丝清浅的血腥味蹿入我的鼻尖,胃中开始隐隐翻腾,喉管里泛起轻微酸味。

皇宫里的器物都是最上等的,这样偏院里的木椅也是用上等黄花梨打成。大约瘦小太监没有料到这看似普通的木椅这般沉重,只抬起一半便撒手了。心中庆幸之余,已将花瓶拔出。黄花梨木硬,我的力气有限,所以扎得不深,稍稍用力琉璃花瓶又掌在手心。

倚在椅背上,擦了擦手心渗出的热汗,我双手再次握紧琉璃瓶颈,柳眉一振,狠劲十足地瞪了一眼喘着粗气的瘦小太监。

再次扑向瘦小太监,使着十足力道去捅他的右腰眼。

"婊子养的!"瘦小太监苍白嘴唇颤抖嚅动着,身子急速向左移去。可惜只到一半,脚下就被木椅腿绊住,整个身子倾倒向了左前方。瘦小太监的左前方正是手执匕首不动的刑侍卫。

情势突变。

刑侍卫讶异地转头瞧了一眼扑向他的瘦小太监。趁着那高大男人一瞬间的分神,霜铃忽地清喝,尖利琉璃碎片已直取他心口。

我则脚步蹒跚地倚回椅背,大口喘气,盯着霜铃手中的刺目尖片。快如流星。

惊锐的痛呼声乍响在屋子。

看着捂住心口蜷缩在地呼叫的瘦小太监，我黯然叹息。方才高大男子右腿快踢，直接将瘦小太监踢飞，右手推进匕首，封住了霜铃的花瓶。

精铁与琉璃的对抗。

刺刺的碎裂声在爆响，霜铃掌中的琉璃花瓶出现了细细的碎纹，晶莹的琉璃碎珠像雪粒一样沙沙地落下，敲打着恐惧心灵。

"扶柳上！"霜铃狠绝地扫了我一眼，唇角咬出的是沁沁血丝。

琉璃如花绽放，霜铃握着仅有的短锐琉璃碎片，如同拼命，死死地扎入高大男子的小腹。同时，男人手中的匕首碎裂了琉璃后，刺向了霜铃胸口。霜铃脚步扭动，带着身子微侧。

"扶柳上！"霜铃再一次高喊，厉声凄狠。

生存与死亡只一线之隔。

错过前胸，匕首没入霜铃的臂膀，血如喷花，洒在了那男人的脸上。

男人的血，霜铃的血，都染红了我的眼。

不再犹豫，也忘记了腹中的微痛，只举起琉璃利器，狠狠扎向高大男人的右侧颈。没有第二次机会，匕首停留在霜铃血肉中不会太长久。

温热咸腥的鲜艳液体洒了我一脸，灼热得似乎烫伤了我的肌肤。

那个刑侍卫缓缓地转过头，眼珠突出瞪着我，喉咙发出呵呵声，越来越小，直到安静。大概他做梦也不曾想到我这样的瘦弱女子会割破他颈上的大动脉。

"傻样，先去地府等着，本小姐马上就把苏婉送过去陪你！"霜铃松开了插入男人小腹的琉璃碎片，手心一片鲜艳。她薄唇牵出一个薄凉笑容，满是血的手掌推倒了已经死去的高大男人。

高大男人僵硬倒下，胸口赫赫然有一个纤细的血手印。

"扶柳，杀了那个瘦皮猴子。"霜铃切齿低声，软软地瘫倒在地上，利眼盯着在地上打滚的瘦小太监，凶狠不减。

脸上的血腥黏稠，却是像蠕动的虫子缓缓地向脖颈处游移。我的周身都是浓烈的刺鼻腥味，胃中翻江倒海般难受。

"杀了他！"霜铃挣扎着向上仰起，可只撑起半尺，身子又如软泥般瘫下，手臂匕首处一阵鲜红涌出："斩草除根！"

不是他死，便是我亡。

咬牙抽出刺进男人脖颈的琉璃尖片，血再一次喷涌，死腥气冲击着我的大脑。斜觑着瘦小太监，手中再一次有了力量。你死远比我与霜铃死好！

一步步逼近胸口发颤的瘦小太监，他的细目已然暴起。

"杀了你！"我轻喝，似乎也在为自己打气。

闪烁着七彩流光的琉璃尖刺片狠狠地扎向了瘦小太监的心脏。

尖角滑过地面,留下长长的划痕。

抬起眼角,冷冷瞥向靠着屋角抖动着的瘦小太监。刚才大概是求生的本能,他竟然挣扎起身,踉跄地退缩在了角落,细麻杆般的双腿交错颤抖。

"杀人了!"他号叫起来,脸色苍白地跑向门口。

我急忙起身,追赶两步,琉璃尖片只划过他的手臂,割出一条极细的血痕。

他一把掀开棉帘,扯着嗓子吼叫:"救命啊!杀人了!"细瘦身影极快地消失了,接着便是抛下木闩的闷声,"依华院里有人杀人了!"

再追几步,靠近门口,冷空气扑面而来,同时腹中传来一阵绞痛,我双腿一软,顿时跌坐在了阴凉的地面。琉璃花瓶撞击地面,发出清脆的破裂声。

"扶柳,你怎样啊?"霜铃艰难转过头,盯着我的腹部,唇色雪白。

隐隐的痛,像是抽丝般断断续续。我深吸一口气,缓缓扬起浅笑:"没事,大概是刚才动作太激烈了,胸口有一些堵。"望着早无人影的门口,只能叹息,"可惜放狗出门了……"

"我帮你先包扎止血吧。"霜铃的手臂上匕首依旧泛着刺目寒光。

几乎是匍匐着挪到霜铃身边,费力撕下自己的裙幅,再握住了霜铃手臂间的匕首把柄。

潮湿的血腥味再一次在我的鼻尖肆虐。

胃里几乎是一瞬间翻涌着滔天酸气,铺天盖地冲入了我的喉管。恶心,止不住的恶心。再也受不住了,双手放开匕首,我快速转过身,勉力撑住上半身,对着漆黑地面呕吐不止。

渐渐眼里也泛起酸味。泪光盈盈。

"霜铃,对不起……"喘息着吐出几个字,又是忍不住的呕吐。

几乎是趴在冰凉的地面上,只觉得将腹中所有都呕吐干净,又干呕数下,我才无力地转过身子对霜铃扯着笑:"对不起……连累你要死在这里了……"

霜铃抬起长袖,抬起手臂擦拭过我的脸颊。一下一下,她的长袖上沾满着鲜血和泪水:"扶柳,对不起……"

嘶哑的低语,如同梦呓。

一句话似乎抽取了我残留的力量,身子轻软,缓缓地躺在了霜铃身边。

"真像那天海上啊,我们也是躺着,并肩躺在甲板上,遇上了风暴。扶柳,你说人怎么会那么容易死呢?上次我们活下来了,这次也一定能活下来!狗娘养的太监说不定一出门就发疯地跳进了暖潭,淹死了活该……"

感觉身子似乎在轻摇,就像躺在宽大的甲板上,只是背脊处有些阴凉。头顶似乎还有大海上的星星,我一笑,轻声道:"死太监一定叫不到帮手!"

霜铃张合着淡色双唇,似乎是在捕捉着血腥空气里的希望:"扶柳,记不记得曾经说过的话,无论如何都要有一个幸福的结局!"

我眩晕地点头。

"扶柳,知道我最后悔的是什么吗?"霜铃一字一字地缓缓说:"不是这次贸然行动。我不后悔没有部署就闯进来,因为时间是不等人的,你不快一分杀死苏婉,她下一秒就会杀死我们。没有人是禁得起耗的,你肚子里的孩子禁不起随时去迎接苏婉的藏红花……"

"是我等不及——"我淡淡说出,"霜铃,一听到苏婉这个名字我的心就会像被针扎一样,只想尽快置她于死地……她是我心底的黑暗……"

"苏婉还没有资格让我后悔!"霜铃扬起修长墨眉,笑得恣意青春,"让我最后悔的是,怎能当自己是情圣般,竟鼓动你去爱一个这样的男人!自己都还没有弄清什么是情?什么是爱?"

指尖移向腹部,那里不再疼痛,似乎有了轻微的跳动。我忽而浅笑:"霜铃,有些事,不是受耳畔声音的鼓动,而是受了心的蛊惑……"

沉重的厚靴声透过地面震荡传来。

相视一笑,我抓紧了霜铃冰凉的手心。

寒风凛冽。棉帘被一只精致的手掀起,门口站着一个身着锦缎的白面太监:"好烈的血腥味啊。"

"就是她们两个杀了人!"瘦小太监从门框处露出头,细目迸出怨恨,"张公公,您可要为奴才做主啊……解决了,奴才还要向婉贵妃交代……"

锦服太监混浊目光如秋风扫过我与霜铃,突兀笑起,脸上皱纹犹如菊花交纵:"洛夫人,可好?"

一串血沫从瘦小太监唇角逸下,他惊异地瞪着锦服太监:"张公公不是婉贵妃的人吗?为什么?"

青色刀刃穿过瘦小太监柔软腹部,锋尖沾着暗色血液。

锦服太监长袖拂开,露出了插在瘦小太监小腹的利刃刀柄,精致得分外华丽。锦服太监遗憾满脸,轻声道:"小圆子,你错了,我并不是苏婉的人!你也不应该这样着急地想要找人替你杀人……有的时候,你的性命真是比不上贵人的一根头发……还有,下次投胎做人,记得看清形势再投靠一个好主子……你的主子苏婉控制不了皇宫,也控制不了长安……你说公公还会替她卖命吗?"

轻声细语,却有瘆人寒意。

"谢谢,张公公。"我强硬起身,缓缓一笑,道了声谢意。

锦服太监张德子掏出雪白手帕,擦了擦手指间的血迹,淡淡冷漠道:"洛夫人一声谢,老奴还是担不起的。夫人能活,那是因为夫人自身的福缘。福缘强大,老奴也不过是顺水推舟罢了。"

血迹点点的手帕飘落在了瘦小太监的脸上,遮盖了那双犹自睁大的眼。

张德子转身离去:"老奴不便送夫人去长乐宫,请夫人稍等片刻,老奴已派人传信到了长乐宫。"

棉帘再一次落下,阻隔了光明。

"三姨……"

外面响起冷漠却犹豫的声音。

我心中一惊,不想真妃竟派皇甫轩一个小孩子来接人:"我在里面,有人受伤了,找一个会包扎的人进来。"霜铃手臂匕首扎进处血液开始凝结,但双唇却雪色惊人。

帘起,并不高大的身影进入。

屋子里到处都是琉璃碎片以及鲜血,皇甫轩却只是淡淡地瞟了一眼,显出不符年龄的冷静,径直走到我身边。他快速蹲下,腰间乌木剑鞘敲打在地面,发出一声低鸣。一双冷目盯着霜铃伤口:片刻,他就从我手中抢过撕下的裙幅,麻利地裹住伤口,"匕首刺入手臂两寸,现在没有条件,贸然拔出只会加重伤情。先回到长乐宫,再请太医来拔刀。"

霜铃幽幽道:"倒是有魄力,不枉我挺你,挨了这一刀子!"

"走吧,外面有软轿。"皇甫轩架起霜铃,寒目盯着我身上的血迹,冷漠地命令道。

瞧着他努力严肃的面孔,我浅浅一笑,抓住他的手腕:"扶你三姨一把,我们可真是为了你的太子位拼了老命的……"

他手臂轻颤,带着我与霜铃步出了那个充满血腥的屋子。

"霜铃,感觉怎么样?"

软轿里我的额头挨着霜铃脸颊,只觉冰凉:"坚持一下,马上……马上就到了长乐宫。"

霜铃挤出一个笑容:"不会有事的,我柳霜铃从来就不会有事!"

"快走!常建开路,不必手下留情,死了我一力承担。"寒冷声音低沉喝起,却明显有着男孩变音到男人的尖锐。

软轿一阵颠簸。

"常平抬轿,黄叔右边草丛那里还藏了一个人!"

刺耳急吼就在耳畔,我掀开窗帘,看见一个青涩男人正在挥剑,剑锋上的血珠顺着血槽染红了他的衣角。

"不许看!"

皇甫轩一掌打掉我拈起窗帘的手:"只是些昭阳宫的小贼,成不了事,我们马上就到长乐宫。"

想再观看一眼外面情形,霜铃轻轻抓住我,缓缓道:"相信他是一个男子汉!"

我抿唇,才发觉刚才被他手掌拂过的手指沾染了一滴血珠。

默默不语,只管抓着霜铃微凉的手,听着外面惨烈的吼叫声、精铁兵器的撞击声,身子随着软轿不停摇晃。

渐渐地,血腥弥漫,吼声低落。

一路颠簸，等到软轿落地时，我再也忍不住，掀开窗帘，低头呕起。

几番胃部抽搐，终于是将堵在喉咙的酸物呕尽。再抬首时，双眼已被酸气冲得泪水点点。一幕水雾外，介于男孩和男人之间的皇甫轩怔怔地望着我，脸颊有一串新鲜的血珠。他掌中长剑的血槽艳红一线。

清冷冷的长乐宫矗立在他不高大的身影后。

厚重声响起，长乐宫大门开启一丝缝。

高门阴影下，素白女子虚浮出来，苍白手指死死地抠着门框："阿轩，先让受伤的侍卫撤进来，太医就在宫内。"她唇角紧咬，淡目扫过那些人身上流血的伤口，转头望着我眼神利然，"扶柳，一切先进来再说，马上关宫门。"

我扶起霜铃，混在受伤的侍卫中，通过长乐宫那道狭窄缝隙。

尘土飞扬，重门紧锁。

"阿轩，偏殿已经专门辟出地方，准备了药物纱布还有热水，你到那里去给受伤的人包扎。"真妃薄唇清晰吩咐，不见惊异，也不见慌乱，"等一切收拾妥当后，再与黄统领核实受伤人数，还有苏婉那边的伤亡数。"

"是，母妃。"皇甫轩低首离去，血剑沿着他的脚印滴了一路。

真妃瞟了我与霜铃一眼，转身漠然："跟我到内殿，太医在里面。"

"扶柳，你们上官家的基因……"霜铃轻张雪唇，最后连一句话也讲不完了，全身开始战栗。

"想研究基因，就先闭嘴。"我皱眉，几乎是拖着霜铃到了内殿。

刚走进门口，便有热风拂面，恍若阳春三月。清雅屋子里燃着五六个火炉子。

"刘太医，费心了。"真妃淡淡瞥一眼正在急忙开启药箱的中年男子。

那刘太医取出一枚细长薄刀："下官一定尽心。"随后指着一方软榻，又将细长薄刀沾了一层药粉在火上来回烤，"你将病人放到榻上就离开吧，其他的，我来做。"

我依言将霜铃轻轻安放在软榻上，她手臂间的匕首仍旧寒光闪烁。

霜铃的长袖被刘太医撕裂，猩红受伤处仍有破碎锦片萎在血肉中。

那刘太医不住摇头，双手却是极稳，薄刀轻轻地沿着匕首锋刃一寸寸滑过，直到薄刀完全贴合，才猛地拔出匕首与薄刀。暗色血液一下子又涌出，太医手指极快，转眼便将一柄铁镊握在手，对着那暴露的血管精准掐住，血液顿时回流。

我只感觉胃中又是一番翻腾。

等不下去了，我只得躲到白莲屏风后，对着铜盘，呕吐不止。

一次一次的恶心狂吐。

最后无力到只能撑着屏风木架喘息。

一方沾着淡淡莲香的手帕挨近我的唇角，我抬眼望着秀眉紧蹙的真妃，眼眶酸得有泪："真姐姐，对不起。"

真妃忽地展了清淡笑颜："三个月了吧？我当初怀着阿轩三个月时，什么东西也

吃不下，勉强咽下的也不到一个时辰全部呕出了。哪像你，血腥味也能忍下？"

我接过手帕，丝绸滑过唇角，有一丝冰凉："是我们鲁莽，给真姐姐添麻烦了。"

"你也知道错？"真妃突然目光犀利，锐利得更像是一种压抑后的爆发，直直盯着我的眼，"我在宫里忍了一年都没有与苏婉撕破脸皮，你这个丫头倒好，一进来就直接去挖她的痛处，她不杀你才怪。"

"真姐姐，你知道暖潭的事？"我惊讶不已。

真妃摇首又点头："不十分清楚，大约有几个宫人不明不白地死在了那里。前几个月，那边都是苏婉的人，直到年后，才好了些，苏婉撤了人，只留下了两个人看着，这些天也无事。"

她顿了顿，才又斜望着我，眼波淡淡："你们不会是察觉了什么，瞧着苏婉这阵子不太在意，想弄她个措手不及吧？"

触及到真妃眼底的光，说不出的一阵心慌，我避过头："我想……杀她……"断断续续地，却字字清寒。

屏风上清丽白莲忽地就变成了雪地里卷曲的藏红花。

"杀人也要有个耐心。这次算是幸运，听张公公说留在依华院的男人只是普通侍卫，功夫一般，如果苏婉真是在意，你们俩也真就去了。"真妃低叹，冰凉的手拂过我的小腹，"你想保住他，或者是为了孩子的将来，所以才这样不计后果地跑来宫中送命吗？"

我轻轻退后一步，真妃的手凝在半空，等了一刻，我才伸出手覆在了她一贯冰凉的手指上："等不了……"

"嗞嗞"的燃烧声响个不停，屋子里陡然蓬起幽然药香。

屏风后霜铃浅吟数声，最后一声低呼，粗喘着气吃力道："少来马后放炮，如果不尽快拉下苏婉，再等一个月，看看这后宫由谁做主？再过半年，看看你们上官家还能剩下几人？"

"这位小姐失血过多，还是少说些话为好。"是方才割肉取刃的刘太医。

我望了一眼真妃，她抿唇蹙眉，脸色似乎更加雪白。寂静中，几团沾有血迹的棉麻布滚出。刘太医又呼叫："准备些烫水来。"

"真姐姐，我先去取些热水来。"我快步端了铜盆，盆内早已是血污一片。压下心头不适，疾步走向殿门。

"扶柳，等等。"静了许久的真妃忽然向我跑来，几乎撞进我的怀里，指甲扣进我的手腕，急切呼吸喷在我脸上："你是不是愿意……"

她带着颤音的询问在震耳欲聋的撞击声中消弭。

厚重的宫门如同发颤的牙齿，抖动不停。

"黄统领，快传信给去疾。"真妃脸颊突地涨红，大力拉着我往后退。

铜盆里血水起伏，几泼血色打在了我的臂弯。

猛地拖住真妃凌乱的步伐,我静静道:"没用的,二哥昨夜离开长安。"

"不可能!"真妃急迫反驳,"今年的事都没有商量好呢,去疾不会离去的,不会的!"

听着那步步逼近的撞击声,我叹道:"大风营里出了事,哥必须赶回去,不然手里的兵权就不安稳了。"

"你怎么知道的?是他告诉你的,对不对?"真妃一瞬间就冷静下来,回望门口那些用身体抵住宫门的侍卫,低沉却有力的声音道,"黄统领你带人从偏门杀出,分别传信给陛下和二叔,说苏婉宫廷造反!"

侍卫中走出一个高大魁梧的中年男子,他浓眉纠结,沉默了片刻,利箭一般的眼扫过身后众人,手指点道:"你,你,还有你,都随我杀出去。"而后利落转身,声音低哑道,"望不负真妃所托。"

几个身影立刻撤离宫门,直接掠向了偏门。

"扶柳,你先进殿吧,待会儿我直接面对苏婉,总能拖延些时间的。"真妃舒缓着叹气,那种全身的松懈更像是一种交代完遗嘱的无所牵挂,"倘若我保下了你和你的腹部骨肉,你也保下我的孩子吧?"

轻羽般的交换语气,掠过我的耳畔,激起的却是心里的千层涟漪。

"进去,留着性命……"真妃的淡雅声再一次淹没在巨大的撞击声中。

抵住宫门的粗壮木闩有了细细的碎裂纹路。

砰……砰……砰砰……

心跳配合着急促的撞击声一次次跳动,震耳巨响中竟似乎有了一种共鸣。

熟铜的赤黄表层裂纹逐渐加深,如网,包裹住了我后退的脚。

奇异的感觉在身体里蔓延。

挣脱真妃的束缚,我来不及放下那盛满血水的铜盆,几乎是本能地冲到宫门前。

淡淡地,隔着侍卫们身上甲胄的熟牛皮气味,我闻到了那熟悉的墨香,有些潮湿地绕着震动的包铜木闩。

"让开!让开!"

重重地放下铜盆,血水荡漾,湿了裙角。那些用厚实背部抵住宫门的侍卫被我一把推开,隔着薄刀刃般细小的门缝,我扒着门缝,几乎是尖锐利叫:"洛谦,是你吧?"

瞬间似乎静到了极致。

"扶柳……"喜悦渗入嘶哑的声音。

极快地抱起那根门闩,仿若它只是一根轻飘飘的羽毛,那样轻松地就取下。

环着那根熟铜紧包的门闩,就这样安静地看着厚重的门缓缓重新展开,才一寸的宽度,远处微弱的夕阳光芒就一下子全部落入瞳孔。

眼前茫茫然的一片浅金色,模糊的,却是温暖颜色。

耳畔却是丁零的脆响,忙低下头,宫门外旋处扫到盛着艳艳血水的铜盆。来不及

躲避,铜盆倾倒,整盆的污水尽数泼在了我的长裙上,自腰间到裙角,数股血水蜿蜒而下,湿淋淋犹自滴落猩红污水。

"扶柳!"

抬起头,夕阳余晖打在洛谦的颊角,金色映出毛茸茸的绒毛,心底也像是微绒拂过,痒痒的,却温馨到了极致。

腰间似乎有阵狂风刮过,只是稍稍一愣,就被他抱起,颠簸着急速往外奔去:"不会有事的,太医院很快就到了……"

他的眉间有浅细的皱纹,却是蹙得极紧。我攀着他的肩,少点起伏:"太医就在殿内。"

"长乐宫里有?"他极快地说,墨瞳稍扬盯着我的脸,忽而一怔,才又道:"不痛吗?裙子上流了那么多的血?"

我细细笑起,借着他的肩,足轻点在地上,转眸望了一眼宫门口倒扣着的铜盆:"都是刚才泼到裙子上的。"

他缓缓地舒气,温润的气息如春风般拂过我的头顶:"其他的呢?有没有什么不舒服?"

"没有……"我的目光越过他的肩,红墙下一队软甲军人正在快速行来。为首的发鬓微白,只是高大的身影有些微偻,可腰间长剑却是笔直。

双手放开他的肩,转而只是轻轻抓着他的臂膀,我轻声说:"爹。"

上官毅之双眉沉沉。

"真是没想到洛相这么快就到了呢。"如莺娇媚的声音隔着几丈远的距离,在身后遥遥响起。

旋即转身,我回头,便是柔美的芙蓉面。

浩荡人群中,苏婉坐在软榻上,裙裾下弯弯如莲的小脚懒懒地踏在雪白毛皮上,唇角勾起,对着洛谦似笑非笑。

"婉贵妃,今儿怎么得空来了这里?"真妃跨过深红门槛,素白裙尾还铺在宫门之后。她随后又瞧了我一眼,淡淡招手道:"扶柳裙子怎么脏了,先进来换一件,天气寒冷小心冻着。"

我低首,周围湿了一圈,刚踏出半步,整个人都被止住,挪动不得半分。

"马车里有我的大氅。"

被洛谦强行拉着走到黑漆马车前。

车前一排手执长枪的侍卫肃穆地静立着。我与洛谦刚穿过他们,他们手中的长枪便一致向前倾斜。精钢做杆的长枪,肃重寒气自然传开。大约方才就是他们用这些沉重长枪枪尾撞击宫门的。

"洛相稍等,方才我昭阳宫中的人不明不白地死在了依华院,还请洛相查明,还他们一个公道。"苏婉蔻甲轻翘,有意无意地指向了我。

"是我下令杀了他们的！"清雅声音袅袅地说，仿若在讲花开的荼蘼。

我一惊，半边身子隐在洛谦的身后，呆愣地望着血红宫门前的素衣真妃。

四周纯静，似乎在场的没有任何一个人相信这句话。

咳嗽声响起，上官毅之抚着胸，眼角厉然斜觑着真妃。

"呵呵，真妃是在开玩笑的吧？"苏婉纤手隐在了宽大袖袍里。

真妃摇首，发髻上的金步摇迭迭清音："我正想去问问婉妃，后宫之内怎么会有个男人藏在依华院？"

苏婉低首，随即抬眼精光咄咄："真妃说话可是要讲证据的。"

"张公公亲眼看见，婉妃若是不信，可去皇上面前当面对质。"真妃秀面沉静如水，"人是我杀的，倘若有罪，本宫承担便是。"

"咻咻"轻响，苏婉宽大袖口中飘出几缕细长的丝线，大约是指甲刮下的。

上官毅之缓步走到真妃斜后，静默不语。

苏婉亦是沉静，却转过头，瞥向我与洛谦："洛相，这件事该如何办呢？"声音娇滴如丝，滑不沾手，却死死地勒着脖子。

"依律交给大理寺查办，这案子不属臣管。婉妃若有疑问，不妨直召大理寺监察询问。"洛谦淡道，撩起车帘，推着我进去。

"霜铃还在长乐宫……"

"不要忘了刚说过的话，从此以后不再踏入长乐宫。"他墨色的瞳极亮，寒意浸浸，只将他墨色大氅围在我身上。马车前行后，才道，"没有人敢闯入长乐宫的……"

大氅下的血水仍在不断浸透锦缎，紧沾着肌肤，止不住阵阵寒意。

"是我杀的人！"

"嗯。"他淡淡合目，似乎是疲倦。

"她想杀我。"我垂下额头，软软地没有力气去挺直，任由大氅下寒气肆流。忽地，腰间灸热，被他拉入怀中。

贴着他，胸口吸取着他的温度，一点点地靠近，自己却不住地发颤。

青白手指蜷曲着抓住他绣有夔云纹的衣襟，整个人几乎压迫着他，慢慢地抬眸，他仍旧是闭着眼，浓黑长睫掩下一团暗色阴影。

我轻喃，不知是说给他听，还是提醒自己："她给我藏红花，想杀我……可我也想……杀她……"

温暖的鼻息滑过我的脖颈："不再进宫，什么也没有了……"

嘴唇哆嗦，似乎是更冷了，我不禁环紧他一分，那里依稀是温暖的。

只是什么都没有，没有危险，也没有了西华的上官家。

第十九章 虚龙斗

第二十章

玉 生 隙

　　天朔十年，三月十三，仲春。

　　天空一浅碧色，高处几只雀儿唧唧喳喳。

　　"流苏，这是什么雀儿？"院子里的槐树枝端发了绿芽，尾如剪翼的不知名雀鸟在斜逸树枝上轻快跳跃。

　　流苏斜向上瞟眼："不知。"

　　春日融融阳光穿过疏松枝条打在我的脸上，不过一会儿，全身便暖洋洋的。北方不似江南，直到三月才气温稳定。几乎是窝在屋里过了整整一个冬天，这些天在院子里散步身子分外舒爽。

　　"夫人，小心点。"前面的大丫鬟风铃儿用脚将石子路上的枯枝踢开。这个丫鬟是那天从长乐宫回来后，洛文遣来的，替了碧衫以前的工作。

　　春风徐徐，几瓣艳艳的桃花随着风掠过高墙，盈盈地落在我的袖口："风铃儿，府里哪里来的桃花？"

　　风铃儿甜甜一笑："大约是从隔壁院子里吹过来的吧？夫人若是喜欢，风铃儿待会儿就去折几枝来。"

　　"丞相下朝回府没？"我捋下袖间花瓣，手指稍稍轻碾，芬芳香郁的桃花味立即弥散。

　　风铃儿笑道："夫人先用饭吧，宫里刚传出来的话，相爷还有些公事处理。"

　　我摊开手掌，几片桃花瓣都已拧成一团红色小豆："这桃花可真是娇嫩，风铃儿你现在就去采些吧？"

　　风铃儿一愣，随后浅笑："好啊，难得夫人喜欢。"

　　她脚步轻盈，裙角飞扬出了院落。我挺直了腰，小腹突出。五个月了，虽说不是大腹便便,但也有些重量。"流苏,去后门吧。"

行走不快,等到抵达后门时,一抬眼就瞧见了洛文。

"夫人去哪里?需要小人派些人跟着方便点吗?"洛文三步向前,微微躬身,挡住了我的路,露出了他身后的一排健硕之人。

扶着流苏的臂膀,我淡笑道:"劳文总管操心了,这次还是去汇通钱庄探望柳三小姐,上次大夫说,这几天是伤口愈合的关键时刻,我去瞧瞧。"

"这是禹州刚上贡来的当归,给三小姐补血最好了。"洛文侧身,一名青衣小童捧着锦盒走上前。

流苏接过。洛文依旧伫立不动,挡着路。

"还是文总管细心。"我转过头,对流苏道,"多些人还是方便些,流苏你去挑几个人吧。"

流苏随意点了几个劲装汉子,洛文才退步:"夫人请。"

坐在马车上,听得周围马蹄声嗒嗒,一路驶往长安汇通钱庄。

进钱庄偏门,拣着僻静小路去霜铃的书房。

书房小窗全开,春日阳光洒入,屋内明亮一片。

停留在小窗前,我恰好看见霜铃正用左手写写算算:"不用工伤上阵,该是你的银子一个子儿也不会少的。"

霜铃稍稍挪动右臂,那里锦袖下仍是粗大,大约裹的纱布依旧厚实。她左手提笔,只肯用眼角余光瞥我一眼:"你每次国宾待遇,保镖一溜排,吃了我不少茶水钱。"

"小气!"我笑道,"那些在平罗凑集的银子,不是正运往你的银库?我辛苦攒下的十万两可全部握在你手里,难道喝几口茶也不行了?"

抛下毛笔,霜铃走到窗前,秀眉高扬:"昨天刚入的库,进来谈吧。"

霜铃左手合上纱窗,窗台下藤萝新绿。

"流苏,不要让任何人进来了。"将要关上书房门,我微微低首淡道,目光刚好扫过流苏腰间的软剑,又顿了会儿,叹道,"真要是有人硬闯,也不必拔刃见血,叫一声我们听见就好了。"

书房的门窗都已关尽,光线透过纱笼射入,使一切多了几分朦胧。

"十万两已经到了?"我碎步走过霜铃身侧,将刚才她重重下笔的地方细细瞧着,粗墨乱字,具体明细看不出,但大大的"十万两已点清"几字还是容易辨认的。

霜铃缓步走向西北角的紫檀书柜,背影挺直:"我昨天连夜点清的,一两也不少,但扶柳我总觉得这十万两花得太亏了,不如我们再另想一个法子吧?"

将被霜铃画乱的账本合上,我挑眉遥遥望着她:"短时间除了这个,我们还能借什么上位呢?"

霜铃轻微耸肩,叹道:"只是十万两可以干的事太多了,如果时间不紧迫,它可以换取更多的效益。罢了,机会稍纵便逝,就当是初次投资交的学费吧。"她左手摸索在

书柜隔板间,抽出一本薄薄的册子。

"先看看吧,请的是去年苏州解元提笔,文采在江南也算是一流。"霜铃将青蓝封皮的册子递到我手中。

我低首,微微一笑,封皮上的"万言书"落笔铮然有劲,不看内容也涌出浩然正气:"这么短的时间从江南递上长安,怕是没有费多少时间来请动解元才子吧?"

"二哥院子里的文人。"霜铃淡道,"柳云好像改了性子,迎合起名士雅人来。去年年底,他将西泠在苏州的一处别院花了好几千两重新装饰一番,请了十几个当地有名的文人白吃白住白玩。"

"结交一下可能入仕的文人总是有好处的。"我展开了册子,前方洋洋洒洒数千言,文辞朴素也没用些华丽辞藻,但字字肺腑,却是震撼人心的好句,"到底是解元,你我恐怕是写不出这样行云流水的文章。"

"按下手印的一百个孤儿安顿好没?"册子后面全是鲜红的小手印,我粗粗一瞟眼,便觉触目惊心,赤红掌纹重重压在雪白纸张上,清晰得犹如血管在流动。

霜铃亦是轻叹:"都圈在了城外的一处祠堂里。大约是父母都去世了,这些孩子心里有阴影会害怕,可每天只要给他们两三个馒头也就不会吵闹了。"

"人祸甚于天灾,诚然于此。"我合上册子,小心放入怀中,"利用这些小孤儿,成了事后也将十万两散了,算是当做补偿。毕竟黄河泛滥是他一手造成……"

霜铃卷起账册,忽而抬眼,望着我摇头道:"收养这些孤儿,也不必白白搭上十万两之多。我还是觉得代价太大,收益太小。"

"以十万两博取虚名也勉强值得吧,虽然获得实权不多,但至少是露在了天下人面前。"我取过霜铃手中账册,笑道,"财富过多,就沦为了一串数字。"

"钱不万能,没钱万万不能。财富是数字那是有钱人的闲话。"霜铃修眉高挑,左手拂过锦袖下的右臂:"倒不是舍不得黄白之物,只是没给敌人制造出任何杀伤力,就好像将银子丢进湖里,连水花也没溅起个什么。"

"你倒是日日夜夜惦念着苏婉。"

"虽说上次是我太过轻视她,轻率地与之交手。"霜铃右手紧握,可臂膀的绑纱处依旧是僵硬,"但毕竟是实实在在地挨了一刀子,这个败仗我迟早是要扳回的!"

我伸手覆上霜铃僵紧的拳,缓缓地将它放松:"其实我们将苏婉送上断头台,也不过只是钻入了后宫的权力缝隙,且不说你我不在宫内能够分到多少苏婉留下的权力馅饼,就算是全部抢来,实权依旧也跨不出皇宫高墙。"

"不如趁这次,走到朝堂前,或许第一次那些老臣们会反对,得不到实质官位,但百姓却可以知道,可以流传,也可以获得民心。"

"是这个理,但……"霜铃薄唇微抿,逸出丝丝冷笑,"苏婉我是不会放过的!"

我浅浅笑道:"谁又说会放过可能杀死自己的人?这两个月我们不是一直按两条线走的吗?苏婉那边你部署得如何了?"

霜铃目光骤然一亮，鬓间光滑如水的发丝似乎被震得垂下肩头："这次我筹划一月，万事妥当，只等引她出洞，快刀斩下她的七寸。"

"她大约不会亲自出宫，但也必定是其心腹，等剪去她的羽翼后，再在皇宫内动用长乐宫的势力去攻击，或许便可让苏婉跌入冷宫了。"我眼角余光掠过纱窗，仿若看见了院子外的车水马龙，暗处有几个漫不经心的路人，"我每次出门，都会有不少人跟踪，今日就了结了这帮跟屁虫吧。"

霜铃目光低垂，落在了我突出的腹部："扶柳，你还是不要去了，我一个人就可以搞定。"

"不行……"我蹙眉摇头，"我不去，苏婉的手下也不会跟着去，那陷阱就是白设计了一场。现在我只是小腹稍稍隆起，对行动影响不大，拖到后面可能连出府的机会也没有了。就在今日动手！"

霜铃犹豫地闭唇不语。

"莫非你对自己的部署没有信心？"我反问。

霜铃眉心皱着，缓缓咬牙："去吧！有流苏，有你相府的保镖，还有我花钱雇请来的唐门十二暗杀，我就不信她苏婉爪牙有天大本事，可以突破这三重守卫。"

我浅笑，霜铃却是冷笑中带着狠。

"真是期待这场连环戏的开演……"

再次踏入李家村的时候，眼前变化不多，却是震撼心灵，萧乱情景更甚于想象。破旧房屋稀稀落落地分散在黄土上，即使是春日，仍旧到处大片亚色土黄，偶尔几点绿色嫩草上也是蒙上了一层尘土。墙角下无数的流民聚集在一起，一张张黑黄的脸无精打采，只瞪大了眼张望着我们这群与此格格不入的闯入人。

风一起，黄土飞扬，拥挤的人群吵闹着缓慢挪动。

可周无四壁，上无瓦片，这些流民又能躲避到何处呢？

"贵人们，赏点吃食吧？"几个胆子颇大的妇女已经走了过来，双膝跪在硬邦邦的石子路上，不住磕头，裹着灰尘的发已掉进土里。

她们眼神深处有极深的渴求，却不敢再上前半步，隔开我与她们之间的相府侍卫已横刀腰间，宽厚的刀鞘威慑十足。

"哪里带有吃的，给些碎银子吧？"霜铃转头吩咐着从汇通钱庄跟来的小伙计。小伙计散了些碎银放在妇人们的手中，可妇人们却不是欣喜，而是无可奈何地欲哭无泪："如今就是有银子也买不到几粒米啊？"

霜铃蹙眉："我们又不是来发粮的，只有些银子，你们得了就该自己想方法，老是哭哭啼啼的能哭出一张饼吗？"

也是变不出一口粮，我想了想，回头对那小伙计道："取了马车里的果脯盒子，每人分得一两颗，吃上一口东西也好些吧。"

霜铃讶道："你什么时候还藏了吃食的？"

"前段日子恶心反胃，就在马车里备了一盒酸梅子。"我望着衣衫褴褛的人群，微微皱眉，"才几个月怎么多出了这么多的流民？"

"你个官家夫人待在深宅大院当然想象不到城外流民的疾苦，去年夏黄河决堤，淹没房屋无数，几十万人无家可归。朝廷本来赈灾的粮食就不足，又经过各级官员的层层剥扣，落在百姓碗里的就只剩下一粒米了。"霜铃语音低沉，"多数流民没有活路，只听说京城里米仓有粮，就一路艰难跋涉赶来，才知晓根本连城门也进不了。不少人爬着到了长安脚下，再无力气回去，便只能聚在城外村子里，讨些饭过活。"

满目疮痍，心中竟涌出一股羞愧，自己清楚这些百姓为何沦为了权势下的牺牲品。我转头，拉了霜铃离去："快去找那个接生婆吧！早点解决苏婉的事，早点将银子换成粮食发了！"忽地停步，眼角余光瞟到了一处土墙后的人影，消瘦干练，气息冷漠，似乎曾经见过。

"走错方向了，李婆住在另外一头。"霜铃拉着我转身。轻旋中，那个冷漠身影消失在了视线里，仿佛刚才只是幻影。愣了一刹那，在脑子里迅速搜索过无数人影，却始终找不出对应的名字。

霜铃带我拐入另一条乡间小道，眼前陌生景物压迫而来，再顾及不得其他遐想："上次来时不是打听到李婆住在村东吗？现在为什么向西走？"

"李婆被我安置在村西的破庙里。"霜铃简快地说，"我们挖了老槐树坑洞的第二天，李婆全家就被灭口了，伴作说是染了瘟疫死去的，密部人看了尸体，口唇发乌是灌了砒霜毒死的。估计那老槐树下埋的东西也被苏婉烧干净了。"

转过拐角，酥软阳光恰好斜斜照映在霜铃飞扬的眉峰，连绵软的春光也锐利起来："我给密部下了死命令，才在河间府搜到了李婆的下落。她个老奸巨猾的，听到家里人死光了，连回到京城为丈夫儿子收殓也不愿意。害我特意跑了一趟，用三千两和唐门暗杀的贴身保护才将老婆子引诱回来作证。"

我并肩走在霜铃旁边，身前有流苏，身后跟着一队相府侍卫："她自己越谨慎越好，便不会轻易地被苏婉杀了。霜铃，发现跟踪的人没？"

霜铃微微眯起眼，装若无意地回头，扯了扯被灌木勾住的裙摆。自从依华院杀戮后，我才知晓，她常年出门在外跑生意，为了安全早磨着柳云教了些基本功夫，不精湛，勉强自保而已，但眼力却练得不凡："混在人群里，我只能数出两三个。人虽不多，但来了就不让他活着回去。"

"嗯。"我低声应道。

沿着矮墙篱笆，一炷香后走到了村西破庙。

庙宇以前也应该是恢弘的，院墙砌得比一般砖房要高，可惜破落了，坍塌了大半，整个院墙只剩下几段零落残墙。

环顾四周，东南角竟还有一处小山坡，若有人居高射箭，破庙根本无任何依托防御。我不禁颦眉挽住霜铃左臂，轻声道："如果选择在这里动手，怕是地势吃亏，要不要换一个地方动手？"

霜铃墨瞳亦是扫过那树木密盛的土坡，薄唇浅笑："喜而忘忧，那块风水宝地是我特意留给他们的葬身处！任何人都知道居高临下的好处，处高喜悦自然也会忘记危险，唐门暗杀早就埋伏在了山坡中。"

走到破庙唯一尚算是保存完整的大殿前，听到一阵猛烈的咳嗽声，尖利得似乎要将肺咳出。

"李婆生病了吗？"我疑惑问道。霜铃同样不解地望着我，推开了沾满灰尘的大殿门。飘飘细尘扑面而来，我和霜铃立即挥袖蒙住了口鼻，隔着灰尘，大约辨认出破殿一角坐着三个人。她们身上衣物脏乱不堪，与村头的那些流民差不多。

"李婆婆，这几天过得还好吧？"霜铃走向了其中一个头发花白的老婆子，伸手扶起那笑容堆面的李婆。

"柳三小姐，老身可是看着您西泠天大面子才回京城的，简直就是舍命相随啊，所以有些实话不得不讲了，这些天老身没有一刻过得舒心。"李婆唇薄牙突，脸相抱怨起来更显刻薄，"先不说时时胆战心惊，生怕哪里跳出个杀手，单单就是每日吃不饱穿不暖也让老身难受啊！"

霜铃眼底冷厉，唇角却是笑意盛盛："婆婆暂且忍个三五日，到时候御状告成功了，不仅有我给婆婆的三千两，或许皇上还会赏给婆婆珍稀宝贝，而百姓也一定会争相传诵婆婆的义举的。"

"老身哪敢想名利啊？只想安稳过余下日子罢了。"李婆眯紧眼，俨然目光陶醉，眼角皱纹深壑。她痴痴地想了一会儿，才望着我施礼道："老身眼花糊涂，似乎从未见过这位夫人？"

霜铃对我轻轻颔首，幽深目光穿过大殿破碎木窗，投到了破庙院子里。

我上下打量一番李婆，浅浅笑道："是个极懂规矩的人，现在就准备一下，马上随我进宫面圣。"

"现在吗？"李婆嘴角扯出冷笑，双眼游移在我腹间，语气狐疑，"并未听说当今哪位娘娘孕有龙种，而夫人身怀六甲怕不是皇宫中人吧？该不是骗老身去黄泉路吧？"

我淡笑，上前两步，抽出流苏腰间软剑五寸，剑脊上镌刻着上官府的篆文："我乃上官大将军府之人，听闻你有意面圣指证皇家血脉有伪，才特意举荐你谒见真妃，让你有机会戴罪立功，谁知却碰上个不知好歹的老东西。算了，就当我白跑了一趟。"

流苏软剑的白惨惨精光映上李婆老皱的脸，那婆子立即盯着上官篆文，双腿轻颤，随即软跪在地："是老婆子有眼无珠，不识贵人，该死，该死……"

我轻哼一声，将软剑回鞘，清冷金属摩擦声回响在空荡破殿内。

"上官小姐，不，洛夫人。"李婆涕泪纵横，一张脸皱得更加干枯，"洛夫人要为老婆子做主啊，她苏婉杀了我一家七口人，老婆子就算是拼上这条贱命也要让他们沉冤得雪哪……"

李婆反应极快,不仅猜出我的身份,更快的是搬出了她原本不愿收殓的家人做了她哭诉的道具。

霜铃淡笑,努了努嘴偏向了殿外。我亦轻笑点头。霜铃怕土坡上苏婉爪牙等不及直接靠近破庙,那唐门暗杀的埋伏就白设计了。现在需要的就是将李婆拉出去,给苏婉心腹瞧见这个还活着的证人,让他们发急先动手,然后埋伏在侧的唐门暗杀再行动。

"好了,跟我去吧。"我转身。

还没来得及听到李婆的千恩万谢,猛烈的咳嗽再次响起在破殿内,仿若将要撕裂那咳嗽之人的肺。我不禁停步回首:"她怎么了?"

乱发覆面的女子正弯腰咳嗽不止,细瘦的双肩剧烈颤抖。她身边的一名中年妇人缓缓地为她抚背。可中年妇人双目精光盈盈,手指虽然沾有褐泥但指骨纤细,没有一点黄趼,绝非普通农妇。我眼角抬起,瞥向霜铃,霜铃的手掌在腰间轻轻比画了一个砍的动作。我从那妇人身上收回视线,她就是保护李婆的唐门暗杀。

"哦,老身住进庙殿前,她就躺在这里了,说是来投靠她姐姐的,前些天染了风寒,一直在咳嗽。"李婆跟在我身后,详细解释着,"不过老身已经要人带信,让村头的大夫来瞧瞧。"

"村里还有大夫吗?"我随意接了一句话。

李婆忙不迭点头:"有,三天前刚来的,看诊不要银子。"

"医者仁心。"我缓步出了破殿,天空中日已偏西,阳光也少了些温度,"等些时候给大夫送些银钱,为这么多人看病药钱还是必要的。"

破庙荒院里带出来的相府侍卫正以半扇形挺立的,是防御最为全面的站法,攻守皆宜,转化几乎不会有任何停滞时间。

"哪有这么多空闲特意过来啊?"霜铃取下腕上血翡玉镯,塞入李婆手中,"还是今日就给了李婆婆,这玉镯值些银子,便麻烦婆婆将换的钱送给大夫。"

"柳三小姐这事老身哪里能做啊?"李婆摩挲着血翡玉镯,一时笑得嘴也合不拢,"既然承蒙柳三小姐看得起,老身也就尽力办好了。"

李婆自然是在喜滋滋地盘算着能从中得到多少好处,可她却忽视了霜铃眼角的凌厉。藏身在土坡的苏婉心腹正好可将李婆收钱的喜悦模样看得一清二楚。

此时,流苏已挡在了我的身前,侧身,隐在长袖中的右手已悄然握住了腰间软剑。霜铃亦是将藏在袖间的短铁尺滑到掌心。

我对面土坡,斜望天际一行南雁飞回。

大雁白羽飘落,悠悠地掠过土坡上的树丛。雁羽掠过,在幽暗树荫里我再次看到那个冷漠而熟悉的身影。此时,他半张脸没入阴暗,眉峰冷峻。

卷曲的藏红花。是他,皇宫里,他为苏婉送来装满锦盒的藏红花。

"霜铃,我记得他是谁了……"我急切地说,声音却很轻。

树枝后,他缓慢而坚定地抬起了手臂,紧扎的袖口上绑着黝黑的铁箭,箭锋锐利,幽幽泛着残青光芒。

"扶柳!"

远处破庙残墙侧响起清脆叫声,犹如平地起雷,爆裂了这紧张气氛。

苏婉心腹双肩震动,袖箭激射而出。

霜铃脸色突变,瞬间拔出铁尺,快速地扑向了残墙旁:"趴下!"

铿锵金属出鞘声,流苏三尺软剑精光闪烁,如白练在空中画出优美弧线。

乌青袖箭正破空而来,激起凄厉的呼啸声。

"杀人哪!"李婆枯瘦双手筛糠似的抖动,血翡玉镯跌落在断裂的石阶上,顿时摔得粉碎。

流苏长剑削断一支袖箭。

"躲进来!"我拽着瘫软的李婆闪进破殿内,倚着墙壁轻轻地喘气。墙上灰色尘粉簌簌落下,如同下着灰色的雪。

劣质木头的脆裂声在耳畔炸起。

一支铁青袖箭带着强烈的旋转击碎了破败的殿门,片片木屑炸开,狠狠地扎在了我与李婆脚下泥土里。

而袖箭呼啸着继续向前冲击,直到扎进大殿梁柱,箭尾雪白的羽翎仍在颤抖。

"死了,死了,不该跑来的!"李婆瑟缩在墙角,口中不住咒骂,"都是些狗日的,谁要是伤了老娘,老娘化作厉鬼也要挖了他的心……"

见李婆无事,我贴着墙,缓缓移到破殿的窗子边,斜斜地瞭望着外面的情形。

一堵残墙下,霜铃拉着一个青衣青年女子尽量缩在一起。我微微眯起眼,又仔细瞧了一遍她们,除了衣物有些脏泥外,全身上下并无受伤。总算是舒了口气,霜铃与雨蕉皆无恙。那声清脆叫声正是那青衣女子雨蕉呼出。

其余的都战做一团,土坡上二三十个人手执轻型弓弩,熟练地发射羽箭。不同于上次的拓跋狼牙箭,这次苏婉手下只带着易于偷袭的轻型弓弩,所以羽箭力量不足,相府侍卫们容易挥刀劈断,流苏更是挥剑如云,抖腕便斩断数支羽箭。

残墙后,霜铃也瞥见窗后的我,猛地一点头。

陡然的瞬间,土坡上的密林里出现了一道银光闪烁的利网。

唐门暗杀终于出现。

站在最高处的冷峻男子猛然挥臂,一半的人抛下轻弩,拔出了腰间阔口大刀。另一半的人收缩在一起,继续发箭,阻止流苏和相府侍卫们攻上土坡。

厮战正酣,撕裂的咳嗽声再一次响起。

蜷缩成一团的女人咳嗽不止,她低着头,一缕缕脏黏发丝遮住面容,只隐约可见黑发下的淡淡血丝。我不禁跨出两步,却发现伪装成流民的唐门暗杀女子指间有细利刃锋。她冷目瞪我一眼,便将视线投到破窗外的土坡上,唇角紧抿,拉出一线僵硬。

我回退，贴着墙壁望向土坡。那里冷峻男子鹰目蓦然一亮，右臂直挺如箭，袖间铁箭流星般射向破殿枯草堆中的咳嗽女人，箭尖铁青，飞冲向咳嗽女子的喉咙。

唐门女子滚地翻身，右手似乎像是要去抓住那急速的袖箭。

细碎的断铁锵声在破殿里响起。唐门女子半跪在地面，右臂后扬，如高傲的鹰，铁箭在她指间的利刃下断为数截铁片。她凤目微挑，嘴角溢着冷嘲似的笑容，直直望向冷峻男子。

土坡上冷峻男子一声暴喝，隔着远了，四周又是兵器交击的锐声，一时也不知他说些什么。随即，他从手下处抢来一张弓，引弦拉弓，他身后数人也跟着瞄准了破殿烂窗，直指瑟瑟颤抖的咳嗽女人。倒是霜铃背靠着残墙，对我吼道："苏婉的面瘫男以为破殿里咳嗽的女人是你，刚才听声辨位，想擒贼先擒王杀死你……"

霜铃的嘶哑吼声很快就淹没在了呼啸而来的无数箭羽裂空声中。

数支箭羽被半途截断。流苏剑锋流转如行云，毫无滞留。相府侍卫不带任何技巧，只是用身体力量挥刀去斩裂箭羽。

破殿内，唐门女子轻功展开，曼妙如花更胜飞舞，她手指触及之处箭羽长杆飞屑落下。解裂十几支箭后，那唐门女子回首对我们高声道："第一轮箭已射完，趁他们取箭之际，赶快拉那个女人躲到墙后！"

"李婆快去！我怀着孕，跑不起来！"我使劲拽起瑟缩在墙角的李婆。

李婆拼命地往后退，微驼的背剧烈地磨着墙壁，粉尘跌落不已。她黄褐的眼珠突出："管她做什么，反正都是要死了的人，为什么要拉着我去垫背？"

我抓住李婆衣襟，又推一把："她还活着！"

意料不及，李婆竟低头狠狠地咬住我的手腕，突然吃痛，我松开了李婆的衣襟。李婆急忙后退，张咧着满口黄牙："就知道你们这些皇妃夫人全是毒蝎，都想要我进棺材，哈哈，我偏不……"

没有空闲去理一个发疯的老婆子，我一咬牙，绕着墙壁疾步快走向缩在枯草堆里的女人。在满地碎箭里，我扶起那女子："能不能走？"

她无力地摇头，覆在她面额前的长长发丝来回摆动。

"她走不动！我现在行动不便，可能要多花一些时间，你可以挺住吗？"我扬起脖子，对着在箭羽中穿梭的唐门女子大声问道。

一个漂亮的后踢腿，箭羽飞转方向，从破殿的另一个窗子射出。唐门女子扭腰回首，极快地瞟了我一眼，便又折断一支箭："可以！土坡上三叔他们已经开始收网了……"

只听到她一句坚决可以，我便将咳嗽女子右臂搭上我的肩。

"夫人，你是个好人。我知道自己病得很厉害，活不了多久了。能不能帮我找到姐姐，然后告诉她不要再惦记我了？"那女子将头垂在我的肩头，吃力地说。

"活着就会有希望的。"我拽紧她的手，分开了她面前的乱发，"我们是不是以前见过？"我觉得脑子里有她模糊的记忆。

她喘着粗气："两个月前夫人曾在这庙里给了我不少银子。"

破庙里的女人，她告诉过我和霜铃李婆的下落。我浅笑："你叫林紫裙是吧？林紫裙，我们会找你姐姐的，只要你愿意活下去！我现在力气不够，但更重要的是你活下去的力量。我数一二三，我们一起用力走到墙下，好吗？"

她抬起眼眸望着我，轻轻地点头。

"一，二……"

"三叔中了箭！"唐门女子忽地旋身来到我们面前，"夫人，现在土坡上所有的人都抛下了弓弩，再无箭矢，所以我必须去救同门了。"她快速说完，人影跃起，破窗而出。

破殿陋窗彻底碎裂，晚霞艳丽的光线第一次完全射入这破落神殿。

"真漂亮啊！"林紫裙喃喃细语。

"我给你擦擦吧。"再没有铁箭射入，我的心总算是放松下来，取了锦帕，轻拭起她的唇角。那里有不少她咳出的血丝，擦了几下，我观望着笑道，"隔得近了，看你的面相竟觉得有些像我的一个故人。"

林紫裙侧着脸，眼神茫然望向天际，大约仍在看绚丽晚霞。

我低头将她乱糟糟的发顺到耳后："也真是凑巧了，你们都是林家门的，莫非……"

"希望真美……"林紫裙猛然抓住我的衣领，向上仰起，额头重重地抵上了我脸颊。

痛得我蹙起眉，不禁问道："怎么了？"

林紫裙似乎是诡异地在笑，她的瞳孔正在平静地放大。

我抬眸，正前方是一支袖箭，袖箭的后方冷峻男子死死地盯着我。破窗全无，我看他清楚，他看我清晰。

残青色的袖箭低鸣地鸣叫，箭尖泛着死亡暗芒，就如他冷目里的阴光。

只是，瞬间，他脸色铁青。

袖箭没入林紫裙的胸口。她躺在我的怀里，安静得如同在接受上天赐予的希望。我可以听见她胸腔里肋骨折断的脆裂声，以及那破碎尖刺的断骨割开内脏的轻哧声。

"咳，咳……"她剧烈地咳嗽，撕心裂肺的咳声比她任何一次都要刺耳。

血自她口腔喷出。

我的衣襟点点鲜艳。

"夫人，我的姐姐叫林碧衫……"

空荡的破殿再无轻微声响，林紫裙安宁地合上眼，没有呼吸。

我抿紧唇，扬起下颔，更是一种挑衅望向土坡上的冷峻男子。他再一次举起袖箭,而一丈外是流苏沾血的剑锋。

袖箭破空,射向了凌空而来的流苏。

流苏侧身避过,就这一缓的瞬间,冷峻男子拔出了腰刀。

鲜血,苏婉手下的鲜血滴落在那个土坡上,我对着漫天霞光缓缓地扬起了一丝冷笑。

"还活着吧?"

霜铃左手捂着右臂奔进来,她的锦衣右袖上染红了一片。她瞧了我一眼,舒气:"没事就好,就怕你挺着大肚子干傻事!咦,她还是死了啊?"

"你呢?"我平静问道。

霜铃扬眉:"小事,扑倒雨蕉时不小心把伤口撕裂了。"

"扶柳,扶柳,你没事吧?"青衣女子气喘吁吁地闯入,身后一名玉面男子随后步入。那男子修眉俊目,静静瞧着林紫裙的伤口,只是唇间薄笑始终带着摸不透的淡淡邪意:"洛夫人双颊红润,想来宫中太医照料得很是悉心。"

我抬眸斜望医邪一眼,将林紫裙平身放好,浅笑走向他:"大表姐夫自是比太医手段厉害,不知可不可以起死回生?"

医邪脸色一僵:"死透了的人,你去找阎王要命!"

"既然大表姐夫视他人性命如草芥,又为何分文不取替灾民看病呢?"

医邪凤目斜飞,余光瞥到雨蕉:"千里进京还不是应了洛夫人的邀请?"我从平罗回京之后,就派密部传讯给雨蕉,以安胎之名请她到长安来。

"是我自愿来的!"雨蕉隔开我与医邪,手指熟练地按上我的脉搏,低头静思一会儿,才道,"还好……"

霜铃抿唇浅笑:"她怀的是一个怪胎,怎么折腾都不会有事的!"

"哪里有金刚不坏之身?"雨蕉嗔道,"孕妇再厉害也是高危人群!"

医邪慢慢嚼字道:"的确很高危……"

"总比老邪好。"霜铃不冷不热扔下一句话,转身负手,施施然踱步出了破殿,"斗嘴是内讧,与其损耗自家战斗力,还不如去看看外面那张面瘫脸会不会毁容?"

雨蕉挽住我手臂,瞟了一眼医邪,甜甜虚笑:"当归,你还是去到村头陈老爹家给桔梗换尿布吧?"

医邪如玉面颊扯了扯:"不去!"

"记下一笔,等桔梗长大后,就告诉她爹曾经是多么的嫌弃她。"霜铃眺望远处,墨色眼瞳微眯,盯着那个冷峻男子不放,唇角逸出一丝薄笑,"莫当归,看在面瘫男就要死挂,我心情大好的分上,这次爱心教育就算了,记得以后少在我面前装大男子主义!"

医邪整个面部已经变得不正常,全在抽搐。

"好了,大家各让一步。"雨蕉忙不迭地跑到霜铃身边挽臂浅笑,又回首对医邪略微抱怨道,"明明你换尿布比我熟练,为什么不肯在人前承认呢?"

霜铃双肩轻耸,没有声响,我却是忍不住扑哧轻笑出声。

医邪玉面酱红,长袖微拂:"唯女子与小人难养也!"随即凤目瞪着霜铃轻颤不住的背影,目光也随之越向土坡,"咦,唐门十二暗杀银罗阵。"

我亦眺向土坡。郁郁树林间,血丝布满枝条。苏婉手下大多都已死去,他们身上几乎被无数个细长浅薄的伤口覆盖,一条一条纵横在暴露的肌肤上,血肉模糊。只剩下那个冷峻男子背靠着一株老树挥刀飞舞,钢刀如旋风护在周身,无人可靠近半尺。但他右臂已是多处细刃伤口,鲜血淌了一地,大约也支持不了多长时间。所以连流苏也站在了树枝高端,冷目斜望。

"竟然请唐门最残酷的十二暗杀,银罗杀人分尸七十二块!"医邪恢复了那一贯的冷淡邪意,白玉手指顺了顺衣襟,轻叹,"果然还是最毒妇人心……"

"臭婊子们,原来真的想要老娘的命——"

离我不远墙角处的李婆忽然暴喝,恶狠狠地将我们所有人都扫视一遍,忽地又仰天长笑,额间花白发丝纷纷落下,随着她激动如魔的笑声抖动。

"小蹄子,还嫩了些,老娘绝不会让你们得逞!"

趁着我们错愕之际,枯瘦的李婆仿佛变身成了一个壮汉,动若脱兔地冲出破殿,冲劲之大,竟将殿门处的雨蕉撞得站步不稳,向一旁趔趄歪倒。

霜铃一惊之后便快手抓住雨蕉衣袖,刺耳锦裂声响起,霜铃长眉深皱,冲着已奔出的医邪低喝:"快些,撑不住了。"

医邪足尖几点,手臂舒展如猿,及时地圈住了雨蕉。

此时,李婆离开殿门已然两尺。

怕是再也抓不住了,我不禁蹙起娥眉,快步追起:"霜铃抓住她,她是皇宫案子唯一的证人了!"

"死老婆子!"霜铃重重抛下手中的雨蕉断袖,亦是奋力追上。

奔跑中李婆慌乱回头,瞧见了急速追赶的霜铃,老眼直瞪得眼珠突出,随即更是使出全身力气向前直冲:"救命啊!救命——"

凄厉的呼救声盘旋在上空戛然而止,像是一支被利箭射穿咽喉的大雁,飞到最高处陡然跌落尘土。

其实,差别也不大。

李婆因大声呼喊而竭力张开的嘴里,灌进一支生铁重箭。在千斤震撼的箭力下,如蛇芯的生铁箭头冲碎了李婆的喉管,击粉头骨,带着新鲜黏稠血迹的箭头从李婆的后脑骨生生穿出。

箭力有余,竟推着李婆的身体后退数步,才沉重地向后仰倒。

尘土被震起,李婆浊黄的眼死死地瞪望着天空。夕阳余晖,正是七彩绚烂。

鲜血如喷井般细细碎碎地冲向半空,下了一场红雨。猩红血雾里,僵硬指向天空的箭羽，由白染红，仿若在接受一场盛大的祭祀。

"啊——"

雨蕉埋首在医邪怀中，毫无顾忌地放声尖叫。对于一个医者来说，她不是没见过鲜血，却没亲历过这样一次残酷死亡。

霜铃唇色淡白，苍黑眼瞳追寻向铁箭轨迹的始点。

血染红李婆半边身子，混进泥土，成了硬邦邦的褐色。我缓缓地抬眸，天际处是大片的暖金色晚霞，如织锦炫彩。李婆鲜血染红的土地只是拓跋铁箭下的客栈一角，铁腥残酷被缩小。

土坡下旌旗飘飘，硕大的"萧"字在霞光下忽闪忽现。

旗下身着甲胄的禁军肃立在风中，他们面色刚毅，手中的长矛在余晖里流光溢彩，远远望去，如银鳞闪烁。

军队里最前列的黑骊上的白衣男子淡雅如玉，他将手中铁弓轻轻一翻，优雅地递给了一旁的铁盔男子。土坡上的打斗早已停止，随我而来的相府侍卫列成一排挺立在军旗之下，流苏及唐门暗杀被无数箭头瞄准。

马嘶突响，浑身是血的冷峻男子拔地而起，飞快地踢下一名骑兵，抢了军骑，马鞭鸣响扬长离去。

"真他妈的背，居然让死人脸逃了！"霜铃瞪着一卷烟尘，狠狠跺脚，连粗口也喋喋骂出。我拉住她的衣袖，止住了她冲上去的欲望："情势对我们不利，不要冒险追了。但他这条命，我向你保证一定不会长久！"手指不自觉地缠上霜铃的手掌，仿若掌心有彼此的力量在传递。

"五百尺的距离，塞北的千斤铁弓……"医邪清冷的声音在身后淡淡嘀咕着："太危险了，太危险了……"

"有什么特别的吗？"霜铃回首质问。

"没有，就是塞北士兵的普通装备！"医邪冷笑望向前方的整甲军队，"只是我非常地不喜欢被无数支利箭当猎物瞄准着，容易想起刺猬浑身不舒服，如此而已。"

霜铃轻哼，转头对我耳语："看旗子应该是长安禁军左统领萧如风，他年少是定北将军李定耀的亲兵，现在掌管京中军队。其实，你们上官家在禁军也安排了人，只不过右统领陈峰半个月前抱病在家休养了。"

"能不能不要咬耳朵了？先让这位厉害的表妹夫下令收箭吧，万一误伤了受累的是我去治伤。"医邪环着还不甚适应的雨蕉道，"我们还得赶着回村头给女儿换尿布呢。"

望了一眼雨蕉苍白双颊，我对医邪招了个手，示意他扶着雨蕉跟在我身后。半倚着霜铃，我缓缓举步走向猎猎旌旗下的黑骊。

站在马下，离开霜铃，衣袖拂过黑骊光泽的长鬃，我握住熟悉而干燥温暖的手心，浅浅一笑："怎么来了？"

全身都被一股温和的力量牵引着,轻巧地腾空,一瞬间就坐在高头黑骊上,就在他的怀里,缕缕清雅墨香里混着铁腥味。

他反问:"你为什么来呢?"

环顾了周围一圈,军士箭弓上的弦已松,唐门十二暗杀安静地退隐在了树林里,流苏亦是飘转着落到地面。我收回视线,垂眸静思了片刻,才伸指指向漠视一切的医邪慢吞道:"给霜铃送药时,忽然听到掌柜的说,大表姐他们到了城外的李家村要我们派人去接,所以我和霜铃就赶来了。"

洛谦转目颇为仔细地瞧着医邪,可医邪却好似逃避一般眼光乱转。末了,他们始终没有对望一眼,洛谦淡道:"久闻莫神医大名,以后内子承望照料。"

医邪不语,雨蕉倒是立即点头:"扶柳的事当然没问题……"

马蹄声阵阵,来势汹汹淹没了雨蕉的轻声细语。

骏马飞驰,极快地,轻装便甲的大批军士雷霆般行来。百丈距离仿若只一瞬间就到,为首的中年汉子一拉缰绳,烈马前蹄狠狠刨土,生挖出土坑才停住。

"爷,已从军营中取来火油。"马上之人正是洛文。他办事一向严肃,这次脸色更是肃杀。他身后军士不带军械,而是怀中满抱装着火油的木桶。

洛谦淡目轻掠过成堆火油:"还是由萧统领安排吧。"

一直沉默的萧如风立即低首:"末将在丞相面前大胆直呼了。"随后昂扬抬头,虎目如炬,电一般扫过整列军士,几乎是吼道,"一队的人就地砍树,取易燃烧之物。二队的人泼洒火油,门窗柴堆一个也不准漏掉。三队的人包围整个村子张弓引箭,若是有人想冲出火圈,直接射杀不必犹豫!"

最后他一举令旗,震天高喝:"都听明白没有?"

片刻,铁甲震震,军士们如同豹子号叫:"明白!"

萧如风锦披大挥,面色冷如青铁的军士们一声低喝,井然有序地奔赴向他们各自的任务,不论他们的箭尖将要沾染的是敌人鲜血还是无辜百姓的热血。

"你们要干什么?是放火屠村吗?"霜铃忽地冷锐急速质问。她厉眉长挑,一双利目直直地瞪着萧如风,"百姓纳粮给你们这些当兵的吃饭,不是养一头忘恩负义的虎来扑咬自己,而是要一群正直的汉子来保护他们的家庭!"

清厉喝声飘荡在风里,披甲军士们只微微惊怔,很快地又恢复平静,粗大的手握着利刃默默地去执行命令。

"柳三小姐误会了,他们正是为了百姓的安全执行公务。"洛谦俯视静伫的霜铃,墨瞳沉沉,只轻缓地说,"前几日县衙上报府门,京外李家村突然爆发疫情,死人无数。太医院也派人来仔细诊断,的确是一种极为厉害的瘟疫,若是不及时制止,怕会传入京城。朝堂为了国家安定,也只能牺牲李家村,而且他们都已感染瘟疫,不过是早死与晚死的区别……"

霜铃清亮的瞳渐渐黯淡。

"不是的！根本就不是瘟疫！"突然间雨蕉跨步走到霜铃身边，仰起头，对洛谦据理力争："我和当归检查过了，这里的村民不是染上了瘟疫，而是他们的水源被感染。村里人吃了不干净的水，所以才会有发烧腹泻这样疑似瘟疫的症状。如果流民之中真有瘟疫，六十里外的三坡村更像……"

霜铃极快地扯住雨蕉衣袖，止住了雨蕉后面的话，而后冷目横过，讥笑道："按丞相所说是瘟疫，我们这些人包括扶柳在内，待在李家村几个时辰，岂不是人人都染了瘟疫，人人都要诛杀？"

我抬起眼角淡淡望向他，他只是平静道："比起民间大夫，朝廷更相信太医院的诊断。"

"太医院的诊断才是权威！"医邪将雨蕉拉离霜铃，掩在他身后，"丞相切勿听信拙荆妄言，她学医不精，常有误断。在下不才，为不少村民观脉，的确是瘟疫！"

"不是……"雨蕉微弱的呼叫很快掐断。

医邪强抱着她离去，回首对洛谦似乎是欷笑又似乎是冷笑："莫某幼女尚在村头，先行离去，将来若再有人质疑疫情，丞相可找莫某作证。"他青衣飘袖，几个起落便不见踪影。

只余破庙萧萧沉静，三月春风乍寒。

洛谦深望一眼犹自倔犟挺立的霜铃，兜转马头，双腿轻夹马腹，黑骊平缓前行。

"世间都道，天地向无道理，听命的只是强权。可知，人在做，天在看……"向来刚毅的霜铃竟是咽声长吟，我坐在他的黑骊上他的胸前，也不知是不是该庆幸看不见此时霜铃的眼？

"罢了，怨愤撼不动天地，不若自己高攀！"

霜铃切金断玉之声在身后遥遥突兀响起，又片刻消散。

"来人，驾我天下第一西泠柳庄的黄金马车来，载我而行，天地辽阔！"

渐渐不可再闻，大约霜铃拣了另一条路回京，并不与我们同行。

"其实，那么多姐妹中，我与霜铃最像。"我轻轻地靠上他的肩膀，眼前夕阳如火，"大约都是隐藏在骨子里的倔犟吧。"

他的手略微松了松马缰，却加一分劲环着我："嗯。"

我继续说："刚才发生的事未必有多少李村人知道？"

"也许就有一个。"他淡道。

黑骊行过村头，蓬头污面的流民被赶到一间土房里，周围全是洒满火油的柴薪，窗户中伸出拥挤的头颅，呜咽声一片。

"他们只是无辜。"

"有的时候，斩草除根是一种必要。"

军士们的火把在傍晚炫彩的天空画出高高的抛物线。

"三坡村的人还有活着的希望吗？瘟疫一样可以治好的。"

"或许吧,药物可能救活他们。"

凄厉的惨叫声在火光蓬起里陡然爆发,安贫小村只一刻便变为地狱烈焰。无数的人在挣扎,面孔扭曲。嗖,千万箭羽射入火海,那些努力冲破火圈的流民们缓缓倒下,艳红的火光瞬间掩埋了插满箭羽的尸体,只有洒入泥土的鲜血似乎还在与火焰共舞。

我垂下目光,眼角有温湿液体滑过,落在他挽缰的手臂上:"很痛……"

感觉他的身子似乎在轻震,急促的声音响在耳畔:"扶柳,怎么了?要不要紧?"

轻缓舒气,我仰起头,斜斜瞧着他深锁的修眉:"没有事,我只是第一次感觉到他在肚子里踢我了……"

彩霞艳得一塌糊涂,与火一样烧得一塌糊涂。

这一刻,有人死去,也有新生命开始活动。

"洛谦,李村里发生的事,其实我只想说,一个年轻女人为了救我而死去,可杀她的那个人却逃走了……"

末了,我只能轻叹:"不过火海里再也找不到他杀人的证据了。"

他不语,静默地拥着我离去。

天朔十年,三月十五,长桌上的定窑莲花缠枝细口白瓷瓶里插着几枝刚剪下的桃花,花蕊处尚缀着春露。

"夫人,还是让风铃儿来做吧。"风铃儿手脚麻利地抢过我玉杵下的瓷盆,自个儿捣着桃花瓣噼啪噼啪作响。

取了身边素帕,我低首将玉杵上残留的桃花汁擦拭干净。雪白锦帕沾了艳红,倒似泼墨晕染的,别有一番情趣:"是怕我笨手笨脚,做坏了你的桃花胭脂吧?"

风铃儿又抓了一把新采的桃花瓣撒入瓷盆,只用玉杵轻压几下,鲜汁立即涌出,芬芳花香弥漫。她冲着我甜甜笑道:"哪里?风铃儿怕夫人的胭脂做得比我好,那些小丫头以后就只缠着夫人,不肯理我了!"说着她熟练地取来棉布,细细地过滤起桃花汁。

鲜艳饱满的汁水一滴一滴地挣扎过纯净棉布,落进冰雪般的玉碗。

空气里的花香过浓,有些腻人了,我顺手推开雕窗,眼角瞥到隐在青翠树枝里的灰白院墙角:"风铃儿,是不是到了巳时?"

"嗯。"风铃儿又滤了一遍桃花汁,"夫人等人吗?"

我瞧着檐下水漏,淡道:"昨天不是很舒服,就让流苏传了一个信,请医邪过来替我把脉。"

"哇,医邪?"风铃儿停下了她忙不迭的活,眼眸明亮,"是不是人称邪面神医的莫当归?坊间传闻那可是个神人,专门和阎王抢人的如仙公子!"

"邪面神医?如仙公子?"我不惊奇,就是忍不住低头轻笑。他要如仙,龙傲天就是春风满面了!

"对啊!听说他一笑倾城呢?当年浮白山庄的大小姐只看他低首微微一笑,多年的心悸病便好了。"风铃儿一双水灵眼眨巴眨巴的,"夫人,是不是真的像传说中的那样丰神俊朗啊?"

我垂首笑了一会儿,才道:"你真想知道不如自己去看吧,大约就在这个时刻他要来的。"

风铃儿呼啦跑了:"夫人,我去大门请医邪公子过来!"她飞扬的发丝末梢上金色阳光不停跳跃,青春气息溢满整个身体。

屋子里顿时空荡下来,这个时辰流苏通常在院子外练剑,我瞧见桌子上滤了一半的桃花汁,便展开了棉布,继续滤汁。

门口处咯吱轻响,春风又荡入屋中几缕。

没有回头,我拧紧了棉布条,最后的几滴桃花汁落入玉碗:"流苏吧?铜盆里是刚才倒入的滚烫开水,现在大约温热了,你自个拿布巾擦擦脸……"

"不是说前天受了惊吓,身体不舒服吗?"

那么多字的话,绝对不是出自流苏口中。我拭干手指间的桃花汁,才微转回头。素衣女子如莲,浅淡阳光映在她的周身,衣角边缘处似乎轻得透明了。

她眉心轻蹙,我浅笑道:"真姐姐怎么不派宫人前来通报呢,我也好做个接驾的准备啊!"

"昨天听说你在城外受了惊吓,病得不轻。我连夜向皇上求的特许,急急赶来,却不想看到的是你调弄胭脂。"真妃莲步轻移,素裙百褶微荡,如水波起伏。

"后宫的流言飞语,真姐姐也会相信?"我低眉浅笑,上前两步关了门。院子里站满了长乐宫的侍卫与宫女,"前天我与霜铃设计动了苏婉的手下,我染疾这条消息怕是从昭阳宫里流出的吧?其实,她也只是想借此缓一缓,如果我同长乐宫有一丝联系,他就会有所怀疑,我再想行动会更加不便……"

"扶柳,上官扶柳!"真妃清丽面容突然含霜,厉声打断我的话,"既然你选择生下孩子,为什么不安安静静地安胎?为什么拿怀着的孩子不当回事,为了杀区区一两个奴才竟以自己为诱饵,不要命了吗?"

望着真妃轻微抽搐的唇角,我缓缓跪下:"扶柳知错了,不该让真姐姐担心。只不过这次行动并无任何错误,错只错在结果!第一,让苏婉奴才活着跑掉了,第二,李村烧毁,没有留下一丝证据……"

"执迷不悟!"真妃断然疾挥广袖,踏上矮榻,转身挺腰直坐,绣金广袖铺展开,气势浩大。一向温婉的真妃竟是眼角厉光,对我狠道:"爱跪就跪,我等你跪到清醒!"

如同急风暴雨般,很快屋子里恢复平静,我只跪着不语,真妃侧身坐着胸口微微起伏。

"当世间有密不透风的墙吗?苏婉和九皇子的事,我在长乐宫会一点也不知道?"

真妃淡淡叹息着,如玉纤细脖颈上的青筋轻跳,"因为有些事揭穿了也是徒然!换天下的只有阳谋,没有阴谋!"

我抬眸瞧着半侧容颜掩在锦帐后的真妃,她不婉约,冷静得惊人。

"十年豪门,十年深宫,我从未干涉过朝政,但也看透一点,掌控乾坤的人都是掌控实权的人!如果一个人他能掌生杀,那是因为他的强大,而不是他的阴谋。阴谋可杀人,却不可保你稳坐高位!"真妃静静地说,她唇边的纱帐轻微飘动,"扶柳,所以即使你推出接生婆指证,她苏婉也一样可以矢口否认。一个平民的满口真话是抵不过贵妃的一句冤枉的……更何况整个大理寺我们没有一个人……"

指尖冷冰,划过我的胸口,轻颤着取出一直带在身上的万言书。双手将万言书高举过头顶,我垂下头,似乎那薄薄一册有千斤沉重,大声朗道:"上官扶柳甘为万民请愿!去年黄河决堤,至今仍有无数两岸百姓无家可归,饥不饱腹多有饿死之人。现以百名孤儿之名,上疏请圣恩!"

"扶柳。"真妃惊怔地快速立起,"你这是干什么?干涉朝政?"

我扬起脖颈,直盯着真妃不解的眼,字字抑扬:"正如真姐姐刚才所言,权势是根本,所以要做的事也在含元殿前,而不是深宫之中!"

"你确定?"真妃清音发颤。

我眼眸下垂,目光落在了突出的腹部,那里不久前有生命轻轻地踢了一下:"请真妃将此万言书代转皇上!"

寂寂沉静。

似乎只是一瞬间,似乎又是漫长的一夜。上方有淡然坚音:"我会上禀皇上的。"而后素裙掠过眼前,脚步声远去,"扶柳,如果决定了就不要后悔……"

恍若是千年的哀叹,待我慢慢起身后,回望之时,院落里早已空无一人,只有时时都在的明媚春光。

"夫人,神医公子来了。"风铃儿甜笑着进来,她的身后跟着神情冷淡的医邪。

我坐到软榻上,扬眉问道:"雨蕉呢?"

"我的医术比她更好。"医邪淡淡坐下,"把脉吧。"

伸出右腕,又极快地收回,我浅笑:"可我不需要你看病!"

"哦。"医邪平淡一应,转头对风铃儿敛容道:"请姑娘帮我取来笔墨,我直接开药方。"

风铃儿一愣随即就是崇拜眼神,在屋里兜转一圈:"莫公子稍等一下,宣纸恰好用完了,我立即去库房取上等纸张来。"说完就迫不及待跑了。

"我也来开一张药方。"我笑了笑,"明天去霜铃那里领一万两,专门替那些灾民免费看病,雨蕉会喜欢的。"

"不去!"医邪干脆拒绝。

"为什么不去?"我拢着袖口,缓缓地说,"医者仁心,碰上大灾你就忍心看着那么

315

多人死去吗?"

医邪亦是漫不经心地说:"第一,我医者不仁心;第二,我从不为他人做事。拿你的钱给灾民看病,就是劳累我自己替你挣清名,这事我不做!"

"怎样才肯呢?"

"怎样都不……"医邪摇着头忽然停下,目光炯然望着我佩的玉坠子,顿了一会儿,才叹道,"好吧,给我玉坠子我就做。"

我解下翡翠玉坠子,握在掌心,淡淡摇头:"这个不行,换个其他的,我都能满足。"

"就它借我三个月。"医邪唇角上扬,"如果不愿意的话,也随你意。"

窗外台上雀儿叫得正欢,我与医邪静坐。

很久,医邪笑道:"我没时间陪你耗了,你就一个人玩这种危险事吧!"

"哪有危险?"

"不要告诉我真有这么巧的事,丞相上朝时,真妃来去匆匆,然后又假仁假义给灾民找人看病……"

"好!"我蹙眉摊开掌心,玉坠子翠色欲滴,"你要用玉坠子干什么?"

医邪取了玉坠子,放在阳光下又眯眼细细瞧了一阵子,回首无比认真道:"保密!"随后便大步离开。

我怔了好一会儿,直到风铃儿拿着纸,跳脚大叫:"神医公子怎么一声不响就跑了啊?"

第二十一章

意 难 平

天朔十年,三月十九,是个晴朗天,细白鱼鳞云飘浮半空,向天际远处荡去。

"洛夫人,翠微宫到了,老奴这就扶夫人下车。"

粗哑的声音里总不免透出一股苍老,是张德子在车帘外。今日清早洛谦上朝半个时辰后,朝阳刚露出一角,风铃儿就急急奔来,惊叫说:"夫人,宫里总管公公来了,说皇上要宣夫人进宫呢!"

"不急,先喝碗粥。"我递给风铃儿一碗冒着甜丝丝热气的米粥,笑道,"进宫可是个体力活,还是吃饱了好办事!"

晾了张德子两刻钟,我才随他出了相府。当时洛文送我登的马车,他的脸肃穆得比张德子更接近花甲老人。

张德子挑起缎青帘子,向我伸出他保养极好的右手:"夫人小心些,老奴虽然孱弱,但还是可以扶夫人一把的。"

"多谢公公的搀扶了。"我浅笑,搭上张德子的干瘦手腕,踏出马车。车下放置了一个铺着云锦盖面的木墩子,踩在脚底柔软如云。

在翠微宫前眺望四周,极快地发现不远处的一队侍卫。我向那群侍卫的领首人招了招手,领首人黑瞳漠然地摇头,有一丝滑稽。略大的牛皮软甲穿在他的身上,随着摇动的脖颈,轻轻摆动,更像是一个机械娃娃。

"阿轩。"我轻轻叫着,他薄唇抿成一线。

张德子亦是望向那个努力挺起胸甲的少年,低笑道:"夫人不必勉强了,大皇子一向如此冷漠,总是与人隔着距离。刚才夫人马车进宫的那刻,大皇子就带着这群侍卫跟在后面了,却始终离着十丈远。"

风将他的衣袖鼓起,撑起略大的甲胄。我笑了笑,转身踏进了翠微宫的门口:"这小孩子大约不喜欢与人亲近,我看也就算了。"

张德子跟在身后,也是淡笑:"大概大皇子是怕夫人再遇上危险事吧。"

微微一怔,我止了脚步,侧头向张德子笑道:"这过日子又不是演戏,哪能重复上演?总该是有些新鲜的戏码才好看,公公你说呢?"

张德子低首引袖:"老奴年纪大了,耳朵也不太灵光,好些年都不太听戏,怕是与夫人说不上什么新戏好看。不过老奴却还是知道宫里就数翠微宫最为清净。"

我与张德子都但笑不语,直直走入翠微宫。

翠微宫的梁栋造得是雅致清幽,可里面却是莺莺笑语一片。约莫十数个宫女嬉闹在一起,她们褪下了沉重厚锦,换上了春日艳丽罗衫,当真是乱花渐欲迷人眼。

"听说皇上待会儿要来,你个丫头片子就迫不及待穿了纱衫,真是大胆!"梳着灵蛇髻的宫女笑叱着,双手却是在挠一个犹带稚气的薄纱绿裙小女孩,"看等会儿婉贵妃怎么整死你?"

小女孩咯吱咯吱笑个不停,清脆如铃:"姐姐还不是抹了香油梳了一个时辰的发髻……"

"咳!咳咳!"张德子负手皱眉厉声咳嗽不止,"不好好干活,在大殿打闹成何体统!"

欢快聚在一起的女孩子们立时僵住,只瞧了一眼张德子,便如受惊般的金丝雀散开了,各自取了摊在地上的掸子,安静地扫起来。

"夫人暂且休息一下,老奴去看看皇上何时下朝?"张德子躬身离去,跨出门槛时又扫视了一眼静静打扫的宫女们。

见张德子离去,隔着我最近的小宫女几乎是蹦跳地走过来,用好奇的水灵大眼盯着我:"你是什么人啊?为什么能进宫呢?啊,不会是调来管我们的司宾姐姐吧?"她就是刚才那个穿着绿裙咯咯笑的女孩。

"糊涂蛋!"梳灵蛇髻的略大宫女横过鸡毛掸子敲打在绿裙女孩头上。

"啊?干吗老是欺负我?"绿裙小女孩捂住额头,龇着小虎牙,双眼滴溜溜地转,顺着灵蛇髻宫女目光追到我突起的小腹上,"司宾姐姐怎么可能大肚子呢?哦,想明白了,原来你不是司宾啊!"

"我说过我是司宾吗?"瞧着小女孩一脸的纯真,我不禁挑眉笑眯眯地反问。

她撇嘴,垂下眼:"不许猜测吗?"说着双手绞着腰间翠绿丝带,怏怏地回到长桌前,拾起一把小巧银剪,修理采下的花枝,大约是要插花。

她人小,手却极巧。几束鲜花只一刻钟便在她手心变化了模样,长短有序浓淡相宜,静静地绽放在蓝釉花瓠上。

瞧着有趣,闲着也是无聊,我缓步走到她身边,浅笑道:"你心灵手巧,我跟着你学插花,好吗?"

"哼,自己去悟!"绿裙小姑娘皱起鼻子,还重重地一甩头,留了个后脑勺给我。

"多谢姑娘传授。"我径直取了她刚插好的花瓠,拿到身前,自个儿细细地观摩起来。几枝百合,几株兰叶,几根文竹,一个不漏地扫视一遍。

绿裙女孩回头,哇地叫开:"喂,你这个人怎么不声不响就偷走我的花啊?"

"刚才不是姑娘自己同意的吗?"我选了些大致的花,拢在掌心,然后对绿裙小姑娘很认真地说,"姑娘让我自己顿悟,所以我取花过来自己看,自己学啊!"

剪下多余的枝叶,将半开的百合在花瓠边沿比画了一下。

"错了,哪有人将花剪得光秃秃的啊?"小姑娘跳着脚抢过我手里的花,自己忙起来,"要这样做,这样做!"

鲜花依旧在她手下绽放,只不过才花开一半,女孩就靠近我小声问道:"你是不是见过皇上啊?"

"嗯。"我将手边开得正艳的桃花递给她。她随手一插,声音更小,"皇上长得好看吗?"

我往花丛里插了一枝月季,叹道:"你将来如果有机会还是出宫的好!花插在瓶里,离开了土壤,活不了多久。"

绿裙小女孩僵愣了许久。

翠微宫里只有掸子与金柱轻撞的喑哑声。

"洛夫人,花插错了位置。"

清雅声音在身后蓦然响起,我立即转身拜下:"臣妇上官扶柳参见陛下。"

殿上彩衣宫女们纷纷跪倒:"奴婢叩见陛下。"

"平身,张德子扶洛夫人起身吧。"

张德子双手搀着我起身,五个半月的身子动还是能动,只是比不得平常利索。当我抬眼时,皇甫朔已移步到了花瓠前,他额头微垂,似乎在默默数着花瓣。立站一旁的绿裙小女孩正睁大眼目不转睛地盯着皇甫朔的侧脸瞧,咬着下唇,满脸的失望。张德子却是横着老脸,忙挥袖不停,赶小姑娘快点离开。绿裙女孩皱鼻龇牙对张德子做了一个鬼脸,又瞪大眼盯着皇甫朔。

"是不是觉得朕老,很失望?"皇甫朔突地转过头,淡笑着问了小女孩一句。

小女孩惊呆后又很诚实地点了点头再摇头:"皇上不老,只是看起来很老。"

皇甫朔静默了一会儿,轻轻转身又摆弄起花草,低叹:"张德子放她出宫回家吧。"

"奴才遵旨。"张德子黑沉着脸,将还处于混沌状态的绿裙小姑娘强行拉离了翠微宫。打扫的宫女们也陆续离开,整个大殿就只留下了两个看似得力的宫女。

"桃花放错了位置。"皇甫朔细心地扒开花丛,极轻地取出绿裙小姑娘刚才插入的桃花,"这束花以百合为主,桃花脂粉过浓,坏了清雅。"

"皇上学过?"

"以前闲暇时试着跟真妃学过,不过是很多年前的事了。"皇甫朔又抽出月季,

"插花也有主次之分，犹如君臣，不能将两朵主花放在一起，否则迟早是要闹起来的。"

"可惜扶柳小时候待在江南，没有福气跟着真妃学习插花。"我顿了顿，望着桌面上一堆杂混的各色鲜花，缓缓道，"但却还记得余杭温暖，春天百花同开，小孩们都是尽量采摘更多的花，凑在一起，开得热闹。"

"百花齐放？"皇甫朔弯腰剪下花觚中间的大朵纯白百合旁的一叶卷叶，"洛夫人，插花求全并不好看，而且花朵也未必愿意挤在一个花觚里，总是要比个高低的。"

轻扬的金属声，皇甫朔直起腰，将手指间的银剪放在洒蓝釉花觚边，随即俯视了一遍他刚才修好的束花，淡淡叹息道："说来说去朕与洛夫人都是插花的门外汉，还是不要谈了，说多了传到行家耳里，不免让人贻笑大方了。"

宝蓝色花觚，盈洁的百合，零星的文竹点缀，皇甫朔的插花手艺并不差。我唇角微弯："不知为不知，扶柳的确是不懂插花，不耻下问也是应该的。"

"好了，谈正事吧。"皇甫朔转过身，略略轻拍了下指缝间的屑末绿叶，而后用沉静的瞳盯着我："方才早朝，朕将夫人上呈的万言书给众位臣卿传看……"

关键时刻皇甫朔轻微咳嗽几声，殿内的老沉宫女急忙扶住，另一名宫女便快速搬来盘龙金椅。皇甫朔身子发软，缓缓坐下。他眼下青黑，脸色憔悴，看起来像是一个久病之人。

皇甫朔骨瘦的手紧紧地抓着椅把："含元殿上众臣无语，只有洛卿说了一句'万言书的文采不错'。"

我轻微一怔，不禁抬眼望向看似疲倦的皇甫朔。皇甫朔也恰好向我投来淡淡目光，平静眼瞳下暗藏着探究："其实朕既不关心是哪位才子提笔，也不在意众臣反应，只是十分好奇为什么洛夫人要上谏万言书呢？"

苍白的脸上，皇甫朔的瞳却如黑漆般光亮。

"前些天臣妇同友人踏青郊外，意外发现有不少流民食不果腹，竟连观音土也挖出来煮着吃。瞧那些皮包骨的百姓以及遍地孤儿，臣妇担心若再继续放任下去，恐怕连土也没有吃的，城外难免饿殍满野。"我垂下眼眸，避开了皇甫朔锐利的探究目光，"皇上当世明君，应不会让子民发生易子相食的悲剧。"

"十万两可不是普通的小数目，夫人真的想好了吗？"

我双掌平置于腹前，广袖轻拂过襦裙，锦花微荡："小时候常听先生教导，人之首要者莫若于生命。扶柳一直不曾顿悟，直到那天将锦囊中的碎银随意赠给了一位灾民母亲，亲眼看着那位母亲将用银子换来稀米汤灌进小孩口中，随后小孩睁开眼对我虚弱一笑，我才明白当年先生为什么会说，区区黄白之物实不及百姓一声肺腑感激。"

"百姓碗中的米饭的确太过于天！可做任何事都还不及釜底抽薪好，治了表面，拔不出毒瘤，迟早会复发的！"皇甫朔开始还是平平淡淡地说，可是说到一半，越来越急促,字字有力自牙缝迸出,"到底谁造成了这场灾难?"

是谁让两岸百姓沦为流民?我低首,后颈离开衣领,空隙间有风吹入,阴凉的。

"夫人既然为无辜百姓请命,又为何不替百姓查处罪魁祸首呢?"皇甫朔的声音突地由烈火变成寒冰,直直刺入最隐蔽的柔软处。

感觉冷汗自背脊泛起。真妃接过万言书离去之时说,扶柳,如果决定了就不要后悔。她大抵是看透了,朝堂上,转瞬间便可激起大风。

"听闻灾民口述,去年夏日连降暴雨,一月后黄河决堤,臣妇愚钝只能想到天灾而已。"

皇甫朔清瘦双眉一皱,冷冰冰道:"天灾人祸向来同为一体,夫人不知道吗?"

到底谁造成了这场灾难?有他,难道就没有你?我的额头更垂下一分,呼吸渐渐急促起来。

又一阵春风拂过我的脊背,长袖扑打在裙裾上,哗哗轻响。寂静里,花觚里的花香鼓动起来,如柔滑丝缎裹住整个翠微宫。

"臣妇浅学,只听闻过君无道,天或降异象或降大灾以惩戒之!"

猛然扬起下颚,我双目坦荡荡逼视着皇甫朔,缓慢而清晰地说。

盘龙金椅后的两名沉稳宫女面色如土,连抹了香油的发髻也松散几缕发丝垂下。

"咳,咳咳。"皇甫朔原本苍白的脸颊突然潮红,低头费劲地咳嗽,额头上的青筋突起,"丝帕。"

年纪稍大的宫女忙掏出素白丝帕递给皇甫朔,皇甫朔将丝帕捂在唇上,又是几声急促咳嗽。断断续续咳了一阵,末了,皇甫朔的双颊又恢复了青白,才慢慢地折了丝帕,塞入袖中。

"朕忘了夫人偏爱百花齐放。"皇甫朔抬眼淡淡睨着我,唇色艳如胭脂,"罢了,凡事不能勉强。"

我轻轻后退一步,目光柔和几分。

"朕有些疲惫了,就与夫人快语快说。朝中国库空虚,实无足够银两赈灾,夫人自愿捐献十万两白银帮助百姓,有何条件要求?"

我垂目:"按惯例即可。"

"惯例?"皇甫朔挑眉轻笑,"哪里来的惯例?从来没有一个女人出钱赈灾的!"

我亦是轻笑:"又不是讨官,难道捐银子救人也要分男女吗?"

皇甫朔一愣,随即莞尔:"那就按前朝先例吧。当年有富户捐粮救灾,穆宗赐了一个慈侯封号给富户,虽无实权,但也可世袭。如果夫人赈灾有功,朕便赐安国夫人封号,封地瑞安,食邑千户,何如?"

我微微躬身:"臣妇恭领皇上圣恩。"

"朕累了,就在翠微宫歇下吧。去传张德子来伺候。"皇甫朔在一名宫女的搀扶下缓慢地走进内殿。

"臣妇恭送圣安。"

待挺直身子时，皇甫朔已不在大殿，我默默跟着宫女步出翠微宫。宫外对面的乔木下，皇甫轩如枪般挺立，冰冷的眼直直地盯着翠微宫宫门。

那宫女寒蝉片刻，躬身道："洛夫人，请回。"说完急急转身回到翠微宫内。

手掌大的碧绿叶子随风扬在枝头，轻轻晃动，如同宫中婀娜女子的绿裙。可树下却是沉默的寒气，每个侍卫的披甲在阳光下反射出锐利的金属光泽，腰间厚刀时不时碰上铁甲，发出清厉撞击声。

我走上前，对似乎不曾动过分毫的皇甫轩笑道："我要走了，你是不是要准备一下跟上来？"没有上马车，沿着来时的路慢慢地走，一下子放轻松的节奏，正好可以胡思乱想。

"阿轩，有时候也陪你母妃出来散散步，老是闷在长乐宫里对身体不好。"皇甫轩在我身后几丈远，从声音可以听到他的步伐与我一致，我与他距离是固定。絮絮地说事，有点儿像自言自语，"还有哥教你的阵法学到哪里……"

"停住！"

喝声如雷从身后掠到耳畔，一柄带鞘长剑挡住了我的路。握剑的手不大，很年轻。我止步，有些疑惑地瞧着面前皇甫轩僵硬的脸，他的寒目却瞥向路的另一端，苏婉正逶迤而来，长长的裙摆上的牡丹绣花绚丽无端。

"臣妇见过婉贵妃。"我淡笑，却不拜。

苏婉停在距离十丈的绿草地上，身后的侍卫上前踏出一步。那侍卫冷峻的脸庞我太熟悉，在李家村他向我发射过无数支箭羽。

树影斑驳打在苏婉如玉肌肤上，模糊了她的明丽五官。

"不敢受洛夫人一拜！"苏婉冷笑。她沉目一挥云锦长袖，袖底生出一股阴风，"苏刚，给洛夫人赔罪。"

"是！"冷峻男子右手紧握腰刀，抱拳低首。

苏婉狠狠瞪了我一眼，便侧过身不再看苏刚一眼。

苏刚面向我，薄唇紧抿，眼底狠光阴沉。陡然，他拔出腰刀，刀锋如电。刺耳的金属摩擦声在我身边响成一片，皇甫轩以及长乐宫侍卫们的刀已拔出。

血喷薄而出，草地上一层鲜血。

苏刚跪在地上，左手捂着他的右肩，一股股的血从他指缝间流出，黏湿了他的半边衣衫。他唇角溢出血丝，咬着的唇始终不肯放松，只流血不吭声。

"他用右手射了一箭，这条右臂就赔给你！"苏婉侧着身，眼中厉光投向天际，"下一次再斗，你若有种就不要拉男人进来！"

她离去，余狠犹在。

草地上，苏刚断臂的手指还在轻微地抽搐。

"记着,下次我要的不是一条手臂,而是一条命!"我清声说完,转身离去时,恰好有风吹落几朵蔷薇花。

一路蹙眉前行,似乎那股血腥味老是绕在自己的周身。

"等一下。"别扭的清冷声音响起。

我回头,少年定在岔路口,眉头深锁。

目光扫过他,我有些勉强微笑:"阿轩,三姨有些不舒服,就不去长乐宫了,你代我向真姐姐问好吧。"他身后的路是通向长乐宫的。

皇甫轩只倔犟地抿着唇,定定地站在那里。

"我真的累了。"我无力笑了笑,慢腾腾地回到马车。车轮滚动,帘子被风吹起一角,少年沉目依旧站着。

锦帐上的精织牡丹的鲜艳色彩突然黯淡下来。

似乎同时有深夜寒气涌入,我不禁将滑落几分的薄丝被褥拉高到胸前,只是露在空气中的手指依旧冰凉。屋里光线更暗,我摇摇头,稍微驱散一下困意,侧头寻找到光源。

红烛成泪,青铜烛台上已有了一摊红油,凝固成蜡。烛台下的短几上,风铃儿正趴在桌面的线书上,大约是睡着了,扎书的白棉线在她娇嫩脸颊上压出了几条红痕。

困意止不住地袭来,实在是受不住,我揉起太阳穴,想提些精神来。只揉到一半,就听得喑哑嗞嗞声,烛火像被掐住似的一下子黯然,连忙凝目望去,烛芯烧到了尽头,焦黑芯线如烧枯的枝枝断掉,微弱火苗在抖动,随时就要熄灭。

"风铃儿,风铃儿。"我唤道。

风铃儿眉头轻皱,迷糊地半睁开眼,咕哝着:"睡了,我正睡着呢!"

前倾了身子,隔着风铃儿近些,我拔高声音道:"蜡烛快烧尽了,换上新的,你就回屋睡去。"

"啊,夫人!"风铃儿猛地站起,瞪大眼,"我马上就侍候夫人就寝。"

我将床头锦帐扯得更高,指着青铜烛台笑道:"先点根新烛再说,到时候黑灯瞎火什么事也办不成。"

"哦。"风铃儿清醒过来,动作爽快,从格子里取来两指粗的蜡烛点燃,霎时屋子里光线明亮。

"夫人先睡下吧?都深夜子时了,怀着孩子熬夜对身子不好。"风铃儿快步撩起牡丹锦帐,蹲在床榻边,将我发间的翠玉簪细细取下。乌发再无绊羁,全数垂下,"文总管晚饭时就说了,相爷下朝没有回府是因为去监察御史查大人府邸,有很重要的朝事要商议,关系着千万百姓的生存……"

我将额前落下的发丝拂到后颈,冰凉指尖触及肌肤,自己都忍不住寒战:"傻丫头,一年到头哪有几件真正为百姓办的事?"

风铃儿一愣,随即甜笑:"可风铃儿一家人都生活得很好啊!夫人不用担心了,相

爷迟早是会回来的。"她捧着中衣为我换上。

"还是再等等吧,我不放心。"我直挺了背,回首低望,背后的靠枕已经被压出了一个凹痕,"风铃儿,再给我取一个靠枕,还有将书桌上那本翻了一半的书拿来。"

"夫人!"风铃儿红唇翘着,委屈道,"睡吧!"

"我还想看会儿书,"我笑着将素白中衣上的细褶拍平,"你该干的事都干完了,就回房睡吧,等会儿我看累了,自然就睡着了。"

风铃儿慢吞吞地取来靠枕和书。

我摆手:"睡觉去,这是命令,免得你在这里唧唧喳喳,吵得我看不进去书。"风铃儿嘟着嘴,转身别扭离去。

摊开书,是刘安的《淮南子》。

"塞翁失马焉知非福……"书页上光线明灭,晃动得厉害,我抬眼望去,红烛烛火正左右飘移。刚才风铃儿换蜡烛时,忘了罩上灯纱,屋里轻风稍动,便忽明忽暗。

看得头痛,我索性合上书,身子稍稍后仰闭目放松。

失马、得马、断腿、保命……

什么是因,什么又是果呢?福祸相依……

终究是困极了的,如今又这般半躺着全身都舒松,只一刻,脑子里就一片空白,像是伏在软绵的白云上,迷迷糊糊不知为何。

蓦然间,原本抓着什么东西的手心突然一空,只剩下满满的一把冷汗。心似乎被掏空似的荒芜,我急忙睁开眼。

昏黄烛光一下子熄灭,寂黑从四周滚滚而来。

我手中的书没有了,僵硬的脑子里只回想起,青铜烛台旁一个白衣人影轻轻地吹熄了烛火。

暗夜里我的背被温暖的手掌托起,身后响起锦缎摩擦的轻微声,瞬间塞满厚实靠枕地方一片空虚。夜里的凉气极快地乘虚而入,袭满我的背。我禁不住地轻颤,拥住前方的温厚身体:"回来了吗?"

"吵醒了?"他的右手穿过我后颈的发,完全搂住我的肩,左手铺开薄棉被,"等一下,全是靠枕,你把棉枕藏到哪儿了?半夜也不好好睡觉!"

"我想等你回来……"话出口才发现自己的声音有些沙哑。

"是不是着凉了?"他的额头轻轻地抵上我微凉的平额,温暖气息拂热我的脸颊,"以后不要傻等了,生了病又闹人心!最近朝廷事多,难免会有几天晚回。"

墨香似乎要比以往更加浓郁,我垂下眼:"我总是会担心的。"

他轻叹:"不回来能去哪里呢?"

我窝在他的怀里,随他躺下,薄被裹得这样紧,几乎不能离开他半寸。冥冥暗夜里,看不清任何东西,我只能凭着那一缕熟悉的墨香,贴在他的胸前,浅浅的呼吸绕过他松散的发丝:"今早我进宫只去了翠微宫,并没有踏入长乐宫半步……"

"我知道。"他的唇滑过我的额头,一路温暖到发鬓。

脸颊旁痒痒的,大约是我与他的黑发纠缠在了一起,我伸出手指慢慢地捋开发丝,偶尔指尖凉意拂过他的前胸,"可是在长乐宫门前,我亲眼看见一条胳膊被活生生地斩断,流了一地鲜血……"

"以后不会再发生了!"手指被他紧紧抓住,指尖抵着他的掌心,温湿感觉从薄凉长指一直传到心里,"手怎么会这样凉?"

他的臂膀又拉我靠近他一分。

耳畔他的心跳分外清晰,一跳一动就像自己的血脉起伏。墨香萦绕鼻端,我努力仰起头,哑声轻轻问道:"是不是为万言书的事恼了?"

"没有。"忽地,他的手掌开始发僵。

挣脱开他温湿的掌心,我环住他的肩,一点点地用力,一点点地上攀,直到下颔抵住他的肩。我小声地说:"洛谦我给你讲一个故事,你告诉我故事里的那个女人说的遗言对不对,好吗?"

他不语,只是手掌轻抚过我的背,指缝间全是我的发丝。

"不回答,我就当是默认了。"我的声音带着淡淡的嘶哑,喉咙有些发紧,"西泠柳庄旁边住着一个姓张的员外,张员外有一个独生女儿张妍和我们从小玩到大,然后呢,隔壁还有一个小男生宋嘉木,年幼时光都是我们这几个人一起消磨的。"

突然觉得后背炙热,我笑了笑,继续道:"所以张妍与宋嘉木是两小无猜,两方家长也瞧着他们感情好,定了娃娃亲。如果一直这样下去,我想他们一定会是幸福得如同蜜糖。"

"但是,我们长大了。"我轻叹,"宋嘉木参加了科举,可惜失败了。故事开始在这里转折,他虽然没有中举,却被无意间去探望父亲的翰林小姐看上了。轿中一瞥,翰林小姐心撞如鹿,却断了张妍十年真情。后来,很快,只一年过去,宋家就向张家退了亲。隔了不到半月,宋嘉木便大红花轿娶了翰林小姐,那次宴席摆了三条街,整个街坊里都是热闹的,唯独张家门户紧闭。下次科考,宋嘉木轻易中举,然后就到湖州上任知府了。他走的第二天,张家小姐自缢在闺房。她留下一封遗书,我只看了一眼,就被张员外当遗物烧去,可她的每个字我都记得非常清楚,就像刻在她的白骨上,也刻在了我的心里。她写道:他每一滴血液里都充满了野心,而我却没有跟上他步伐的昭昭野心,所以一开始就注定了被抛弃的命运。此生此恨无绝,只愿来世他为女来我为男。"

我抿着唇,整个人都在轻颤:"她说的遗言,对吗?"

你有野心,我没有野心,那以后迟早就是被抛弃的命运……

血液流窜在全身,似乎开始沸腾,烧得脑子一片空白,就只剩下那张惨白的遗书。泪花打湿纸张,风干后成为枯黄的脆弱花朵。

花盛到花败,其实从遇见起便注定抛弃在风中的结局!

"哪里听来的傻道理?"黑暗里他就在我的耳畔轻叱,墨香一瞬间带着丝丝燥热浮了上来,"笨丫头偏听偏信,一个女鬼的话也当真。"

"事实是最好的证明……"

"尽信书不如无书!"他手指轻弹我的额头,严肃道,"以后不准胡思乱想了。"

"痛啊……"我捂住额头,在他怀里乱蹭。

"痛了才能记住。"他静默了片刻,忽地疑问道,"湖州知府是任华,而且官员名单中好像没有听说过有个叫宋嘉木的?"

我垂下眼眸,支吾了半天:"那个……那个……宋嘉木是化名……总不能毁了人家好不容易得来的前程吧……"

他也是沉默,缓缓道:"是编的故事吧?"

"没有啊!"我矢口否认,随即紧闭上双眼,蜷在他温热怀中,低声道,"好累,真的是好累,我要睡觉了。"

他没有再追问,混沌迷糊间我也很快入睡。

天朔十年,五月十五,桃花落英缤纷。

"乾坤有空,苍龙盘踞,是以斗虚大忌。当至庚申,引尾入室,双星顶拱太微,偏翼轸,直指太白,方可飞龙在天云翔万里……"

错金古铜算筹沉沉压在指间,我凝视片刻,才将手中最后一枚算筹置放于东方角亢之间。指尖顺着算筹画出流畅线条,如龙腾云。

"总算是有了个大致雏形。"我缓然舒气,提笔将刚才的筹算过程写下。口诀低吟到一半,再望向书桌上的古铜算筹时,忽然发现竟是只见龙首不见龙尾,"难道又错了?"

急忙搁下狼毫,我捡起方才搁下的最后一枚算筹,衣袖不小心掠过墨砚,轻纱瞬间染黑,更有几点墨汁被纱布带着滴落在了算筹上的篆字间。来不及擦拭,我倒推步骤,沉吟着大段口诀,最后只能惴惴地将壁位算筹移到氐位。

算筹从指间滑落。龙形缩首入云。

"失败……"。

只叹息半句,风就吹入,卷起白麻纸穿过我的袖底飘向门口。

"等等。"我伸臂想要抓住纸张,起身才想起自己已然七个多月身孕,大腹便便,哪里跟得上纸张翻转的速度,却还是慢步追了上去,毕竟纸上还是写了不少口诀。

纸张悠然翩飞,将穿过门之时,被两只修长手指夹住。

瞧见熟悉身影立于门槛处,我微微惊讶,向前伸出的手指无奈软下:"今儿下朝真早。"

"嗯,卯时从宣殿传出的消息,皇上染恙,大约有个四五天不能上朝。"他低眸随意说道,展开了指间纸张,墨瞳略略扫过。

朝阳斜斜照在纸张上。

我弯弯唇角,低头将纱袖挽起:"刚才写字不小心将墨水泼在了袖口,去换一件衣衫。"转身走向屏风后,心情若雨后天晴般爽朗。方才他手中的纸上大团大团的墨迹,应该是沾墨纱袖拂过的痕迹,遮掩住了原本的字迹。

换衣出来,恰好看见洛谦坐在书桌前,古铜算筹凌乱一桌。

"前天不是说暑气太重,觉得胸闷吗?怎么还在摆弄算筹呢?"他墨瞳微眯,盯着书桌上那张墨迹污散的纸,低声缓道,"乾坤有空……苍龙盘踞……是以斗虚大忌……"

"停下!"我脚步有些慌乱,走到书桌前,双手撑住长桌边缘,"明明是一团墨了,怎么还可以辨认出原本字迹?"

他抬起眼眸,淡笑:"墨色有浓有淡,字浓污淡,当然可以辨认。"

抓起纸张,我细细地看了一遍,的确如此,虽然有大片墨团,但因是轻纱无力一拂,留下的墨痕远比当初字迹墨色淡了许多。映射在阳光下,文字隐隐浮现。

"这样推算很容易累坏身子的。"他一把没收起桌上所有古铜算筹,放入了带锁的木盒中。眼看费了一番工夫才收集到的百年古筹便要不见天日了,我急忙笑道:"看书而已,哪会有坏处?既学知识,又打发时光。"

他扣下铜锁,挑眉道:"怕不止这些缘由吧?"

只能眼睁睁瞧着古铜算筹从此埋灰箱底,我叹了叹:"缘由啊,缘由就是太无聊了。挺着大肚子哪里都不能去,不想被活活闷死当然就只有看书了,再摆摆算筹,说出去好歹是个将门之后,扛不起长戈上阵,也总该懂个基本阵法的……"

"扶柳。"他忽然攥紧我的手,打断我的絮叨,"既然闷在府里不舒心,我们去城外骊山别庄小住几日?"

窗外的栀子花突地从绿萼处折落,白玉花瓣散开,零零飘下。

他的墨瞳深得太沉,我轻抿唇角:"朝廷里事情多,会有时间吗?"

"夏至了,忙碌不多,各部可以自行处理。"他微微一笑,眉尖扬起似乎将累积疲惫抛弃,却又暗自藏了锋利,直入发鬓,"皇上因病不上朝,我们也沾点光去骊山休憩几天,不好吗?"

"好啊!"

我回首,雨蕉笑吟吟地站在门口:"趁着还迈得动步子,多出去走走,对身子总是好的。"

这些天雨蕉会日日前来询问我的情况,几乎是贴身医护。半个月前,医邪留下一堆治疗瘟疫的各种药方,然后包袱一背攀登长白山去了,说是生长在长白山山巅的绝世神药只在三伏天可采。他一句山路险绝对雨蕉照顾不全,便将妻子女儿抛到我这里,还美其名曰,送我一个大夫日日看诊。

"七个多月了,还可以出门吗?"我略有疑虑。

雨蕉点头:"正是要趁这个时期稍微运动一下,增加点肌肉力量,到时候生产疼痛也少受些。你前些天不是嚷着胸闷,骊山空气清新,消消体内热气也是极好的。"

"那个山庄的确清幽,消暑最好。"他笑道,似乎同雨蕉一唱一搭般,将我所有的疑问都压下。

"嗯,好吧,府里最近是有些闷热。"我轻轻颔首,目光掠到窗外,翠绿叶子里的栀子花好像又落下几朵。春天真的已经过去,炎夏开始统领了这方天空。

骊山盘山道,两旁高大乔木下处处是浓荫。

几分懒散地半躺在宽大马车里,我抬眸目光有些缥缈,看着对面雨蕉的带笑双眼,手里悠悠挥了下素纨圆扇。扇底风不似城内含着热气,而是缕缕凉意:"不带上你的宝贝桔梗,放得下心吗?"

"桔梗还是婴儿,乍冷乍热的对她身体反而不好,况且在你相府,最好的婆子、最好的丫鬟、最好的食物,比皇宫也不差,我还担心个什么?"雨蕉笑道,目光掠及我腹部,随即止了笑意,清眉淡拢,"倒是你更令人担心,怀上孩子后没一天清闲,打打杀杀也经历好几次了,也不知现在胎位倒转正常没?生产时会不会顺利?"

我放下圆扇,山中已够清凉了:"照你说的,就当是运动了,对身体有好处的。其实,对精神也是有好处的。"

"既然口中说得潇洒,为什么一路上净是深锁眉头呢?"雨蕉握住我的手,"连指尖也是这样发凉,你说你一直都将心思隐藏,怎样让人放心呢?"

一惊,片刻后我挺直背脊,笑得唇角弯如新月,连眼角也翘起:"有那么明显的哭丧脸吗?"

雨蕉缓缓点头:"你眼角泛青,虽然擦了粉遮住一些,可只要学医的都可以看出你心绪不宁,大约是睡眠长期不好吧?"

敛了脸上的笑意,我半垂眼眸,淡淡道:"有的时候会整夜整夜地失眠。"

"担心什么呢?"雨蕉手指把上我的脉搏,静静一会儿,对我笑道,"孕妇七八个月失眠多梦其实是很正常的,多多休息一下就好。我可不相信我们的扶柳会患上产前忧郁症。"

"我又不是百毒不侵的铁人,难道就不能产生正常人的忧郁情绪吗?"我眨着眼无辜道,随即轻轻笑开,笑着笑着欢意渐消,变作了无奈,"担心什么呢?担心……骊山离长安太远了……"

"距离远?"雨蕉讶道,"快马一日而已!"

我轻叹:"深山路多曲折,一去一来便是整整两天,这样折腾能不担心吗?"

"担心山路曲折,在马车里颠簸会对腹中孩子有害?"雨蕉道,"骊山上权贵富贵人家的别苑多得是,他们把山路修得比官道还要好!你自己坐在车里感觉不到吗?"

我只能对雨蕉摇首:"等医邪采药归来后,你们就回西泠吧。"

"怎么听着像赶我们似的?"雨蕉皱眉。

"今年是大舅的五十大寿,你们不回去吗?"我说了一半,垂下额头,眼光盯着轻纱下隆起的腹部,低叹一声,"担心什么?这两个月霜铃为了赈灾施药的事忙得昏天暗地,而我却几乎不出府门,连册封安国夫人的圣旨自己都来不及看上一眼就被他截去,谁又知道长安暗处在发生什么事呢?皇上抱病,哥在大风营毫无消息,爹更像是个隐士突然抛下了整个家族不管了,所以骊山对我来说已经足够远了……"

"大家现在生活得不是很好吗?和以前有什么变化吗?"雨蕉不解地问。

我闭上唇,提起精神对雨蕉笑了笑,在她眼里,所有的人都还如在江南那段时光中的那般幸福美好。环上雨蕉的肩头,我侧脸轻靠上她的肩窝,缓慢地说:"很好,一切都非常好!哪怕一点的不如意,我也会想尽办法将瑕疵遮盖……"

山风吹动着车窗帘如同起伏的波浪。

长安也是这般的风浪起伏,哪里是你待的地方?你有夫有子,哪里能禁受住京城的动荡?其实医邪一开始在李家村的妥协就是对的。我咬唇,低哑道:"初秋帮我带一份寿礼给大舅,你们回西泠去……"

帘外的风还在吹,乔叶相互撞击声如大海。

骊山道上马车驶得分外平稳。

"扶柳。"他骑马在旁,隔着红木车板传来淡淡声音,"马上就要到了,车停了不要急着出来,等我来扶。"

我轻声应道:"嗯。"

马蹄声远离了几丈。

抬起头,离开了雨蕉单薄而温暖的肩,我笑了笑:"雨蕉,我是百毒不侵的上官扶柳,没有忧郁,没有烦恼,没有担心,你也就忘记刚才的废话吧。"

雨蕉唇角逸出柔柔笑意:"本来就是废话,他这样在意你。"

垂下眼睑,我没有发出任何声音,有些时候实在是说不出话,吐出一个字也累。

"扶柳,伸手。"青缎车帘被撩起,他的手掌伸到我眼前。

越过他的掌心,我反是抓住他的臂膀,身子前倾压了出去。靠在他的肩头,听着倒吸的抽气声,我安稳落地。

"为什么不听话?"他双手架住我的后背,微微地抖。

我后退一步,目光越过他的身影,凝视前方:"为什么不是骊山别庄?"

前方古柏长松间红砖高墙,包铜漆红大门威严肃穆。目光直直延伸向里,在袅袅青烟中依稀可以辨认出释迦牟尼佛的铜像,垂目微笑,悲悯人世。

紫檀匾额上硕大的字"大觉寺"。

"不喜欢吗?"他牵住我的手,掌心里异常温暖,我毫无力气,被带近他身边几步,"还以为你会喜欢这里的清静的?"

我抿着唇,只觉他周身的墨香里似乎掺入了不少幽暗檀香。

静默了片刻,我才抬眸望着他,寺前千年古柏的树荫遮住他的脸,斑驳光圈间他

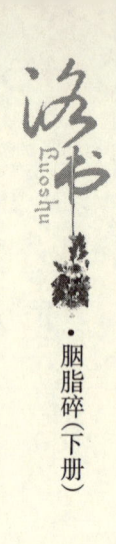

的唇间似乎扬着安宁的笑。"寺庙里哪里清静？每日香烛不灭，那么多的人都前来许愿，连佛祖也未必觉得清静。"平缓说完，我顿了顿，呼吸着山林间带着脉脉檀香的空气，又道，"寺里香炉太旺，我最近受不了檀香熏，闻了总觉得头痛。"

他握着我的手，淡笑不语。

"寺里的确人多烟多，空气混浊，你怀着身子当然会头晕。"雨蕉婉柔笑道，"既然都来到了佛祖面前，不去拜拜也是不敬。扶柳，你就不要进寺了，我替你求个平安吧。"

"嗯。"我点头。

雨蕉往大觉寺迈出几步，忽地回头一笑："其实我主要是想为当归求个平安符。"平淡一语后，雨蕉纤细背影逐渐没入大觉寺的香烟中。

"其实我是想带你去寺后的一方石亭看看。"

逆着光，我恍惚间忽然觉得他眉目竟是不曾见过的安详，静如垂钓隐士。愣了好一会儿，我才说出一字："好！"

跟着他一步步地走进大觉寺旁的松林。

大约是很少人会穿林而过的缘故，林间小路上铺了一层厚厚松针叶，踩在脚底发出轻颤的沙沙声与风中的翠色针叶的摇曳声，一同共振着，如大海涛声层层叠叠。

"还记不记得我曾经说过从骊山大觉寺俯览长安才是最好？"他将面前低矮松枝抬高，松针叶簌簌落下，如同下了一阵碧色线雨。

我微微低头，弯腰从松枝下走过："记得，在皇宫翠微宫前说的，在大觉寺眺望长安，云淡风轻，才是最好之景。"我的右手却没有穿过松枝，留在身后他的左手掌心。

阳光稀薄，他俯身过了低矮树枝便松开了手，松枝起伏，轻荡声响起，犹如浪花轻拍海岸礁石："小时候经常穿这条偏僻捷径去石亭，当时觉得松树高得怎么也够不着，后来再来，突然之间发现原来这里的松树其实是这样的矮。"

我停住步子，回首看着他慢慢走到我身边，并着肩，距离一公分，轻声道："树没变，那是人变了。"随后转过头平视前方，豁然开朗，一地茵茵绿草。

"临崖亭，我快有五年没有来过了。"他淡道，黑瞳里却跳跃着过于闪亮的锐光。山间的风拂起他宽大的衣袖，白袖上细碎波浪滚滚。

我只笑了笑，将手指更深地钻入他的掌心。

侧身行在他的身后，那里的风小一些，不会将额发吹乱。随他进临崖亭，扫视一周，并无特异之处。普通的青石亭，连最简单的回文石刻也无，只由一条条青石规整搭起。

他却是小心翼翼地挽起衣袖，拂去亭内石桌上的灰尘。灰尘散开，露出了石桌温润一角，光滑得像是打过蜡般。"临崖亭是恒光朝的名士顾居延修建，百年来无数人偏爱此处风景，常常在亭中煮茶弈棋，因此青石多年被人抚摩已温润如玉。"他抬起头瞧着我，说得详细，青石桌也完全浮现出本来原貌。

桌面纵横石痕十九根,道道刚劲。

他打开桌角布满灰尘的石盒,夹起一枚黑子落在纵四横四:"这也是当年顾居延在昆仑寻到的黑岩白石做的棋子,我以前经常来临崖亭下棋……"

"为什么不落子?"

我右手支颐倚在石桌半天,只望着那枚黑子不动手。他也是静等了许久,才忍不住问出。我挑眉淡道:"我最近脑子笨,没有算筹,琢磨不出棋路,当然下不了。"说罢,起身靠近石栏,向下遥望,巍巍山头耸立,只是山半腰隔着一层轻纱般的白雾,整个长安都模糊不清,"什么云淡风轻,分明是大雾弥漫,哪里看得清长安?"

"扶柳。"他忽地轻叹,将黑子捡回石盒,"九年前,我在这里输了一盘棋……"

"咦?"我回首,风将轻纱薄袖吹得翻卷,仿若想要挣脱飞向天际,"九年前泓先生来过长安吗?"

他缓慢摇头,似笑非笑:"不是无双公子。"

"那能是谁?"山风将我额前青丝撩到眼前,隔着黑发望去,他的脸被细细发丝裂成无数碎片。

"一个很像你……"

他淡淡的声音被暴烈的马蹄声压踏在泥泞里。

松林中冲出一骑赤马,马上是一个纤腰女子,火红的石榴裙在疾风里猎猎展开。赤马踏出一道尘烟飞驰而来,将身后的几匹黑马甩了十来丈远。

"丞相!"

红衫女子鬓发散乱,似乎是想更近临崖亭一分,她竟只用一手兜缰,另一只手竭力向前探进,秀长手指上青筋暴起。

赤马奋力一跃,半空中红衫女子身子突然绵软,向左侧歪倒。危险时刻,那赤马似乎通人性,也是向左微倾,跪坐在了地上。

"砰",红衫女子摔落在地,虽然赤马半跪,已减少了不少冲击,可她仍旧是滚动了几圈,尘土飞乱。

"素娘。"极低的叫声发自他喉咙深处,匆匆穿过我的身边走到那红衫女子处。几匹黑马也是极快赶到,洛文带着软甲军士下马。

瞬间惊变,我蹙眉走到艳艳石榴裙边。那女子娇颜面容上已沾满尘土,却掩不住颊间妖冶嫣红。她发丝凌乱,夹杂着不少松针,想来一路狂奔,根本顾不及躲避。

"丞相,塞北有事……"那女子挣扎着撑开一丝眼缝,只气若游丝说了半句话,便双唇紧闭晕了过去。

"爷。"洛文面色凝重附耳在洛谦身边低声说着些什么。

"扶柳。"我转过身,雨蕉正好从另一端走来,"我刚刚在庙里给你求了一个平安符。"

"嗯,累吗?"我笑着迎向雨蕉,想带着她远离临崖亭,"为你家的大人小孩求平安

没？"

"扶柳。"他攥住我已伸向雨蕉的臂膀，"在平罗给你的玉坠子呢？"

我惊怔，有些茫然地侧过头，看见他黑瞳里有一丝焦急。稍微一愣，雨蕉就到了身边，往我手心塞入正红绣包，里面装着平安符。

"我没有带在身边，收在屋角那口沉木箱子里了。"我呼吸浅短，却是极力压稳声音平淡道。

"啊？荼夕花之毒？"雨蕉瞪大眼，惊叫道。随后她挽着我轻颤，刚求来的平安符从我们之间的掌缝处掉落在尘土里，"快扶到安静的房里，我用银针引脉散毒，或许还有救！"

雨蕉话音刚落，软甲军士已在洛文的带领下抱起那个红衫女子大步奔向大觉寺的侧门。

"扶柳，救人要紧，你帮我一下。"雨蕉拉我跟上，我回首，瘫软在软甲军士身上的女子的石榴裙上满是尘土，就像掉入泥土的那道被军靴踏过的平安符。

大觉寺内的静心斋。

雨蕉取下腰间软包，平整铺开，一排银针闪烁。手指一下夹住三枚银针，雨蕉盯着针尖瞧了一会儿，却转头对我说："扶柳，这是我第一次用这套针法，会不会一下子弄错反而害死了她啊？"

那女子身上衣物已被我解开，全身皮肤烧得粉红，其间血管更是艳如红线。我用浸过冷水的布擦拭着女子额头，咬牙道："死马当活马医，反正你不施针，她一样是死！"

"也对！"雨蕉目光一紧，手掌翻转间已将三枚银针插入女子身上穴位中。此后心里再无顾忌，雨蕉下针飞快，瞬间就将七七四十九枚银针扎入。

那女子不停颤抖，身上银针好像被火烧一般，慢慢地变成了透红色。

"将军……重俊……小心……"

女子轻声呓语，我就在她身边，听着听着好似被吸入了一个不祥的黑渊。突地额前一凉，我睁大双眼，雨蕉正用凉水为我擦拭："可能是刚才太紧张了，所以会轻微发晕。我不怕了，这里就交给我吧，你到外面休息一会儿。"

我点头，轻步走过屏风。

"你醒了？"是雨蕉欣喜的声音。

"我要见丞相……"

我回身，床上那女子已睁开眼："好，我去叫他过来。"

拉着雨蕉走出静心斋，径直走到他面前："她醒了，说要见你。"

"嗯。"他突地举起衣袖，拭过我额头上的细汗，"我刚煮了一壶茶，你就待在这儿喝了压惊，我很快出来。"

洛文跟在他的身后步入静心斋。

我软软坐下,木椅上还残留着他的温度,端着茶杯,静静地看着碧水茶面悠悠地晃动:"雨蕉,荼夕花是什么毒?"

雨蕉坐在椅上喝过茶,轻喘一口气,才道:"很厉害的热毒,不过还好中的不是火蟾毒,否则救也救不了。"

"火蟾?"我蹙眉。

雨蕉点头:"火蟾是世间最厉害的热毒,中者无救。这荼夕花只是火蟾的食物,因为沾染上了火蟾的唾液才变得有毒……"

我打断雨蕉:"有没有一种玉可以救治这种热毒?"

"玉?"雨蕉皱眉沉思,忽地重重点头,"想起来了,曾经听安师傅说过迦南教有一块翡翠,天下至阴之物,含入口中可避任何热毒。当时安师傅还经常嗟叹,怎么无缘得到这种宝玉,揣上去长白山捕上一只火蟾……"

原来那玉坠子不是什么万年玉种的满绿翡翠!

"怎么了?"雨蕉抓着我的手腕叫道。

我低头,手中茶杯倾斜,茶水早从指缝流到腕间,打湿了半壁袖口。

"没什么。"我放下茶杯,甩了甩袖口,"雨蕉,回长安后你出府买药时,去一趟霜铃那里,要她帮我查查迦南教和白飞,还有那块驱除热毒的玉,越详细越好。"

"咯吱",门开的声音,洛谦走出静心斋,墨色的瞳深如黑夜。

我抓着雨蕉的手,很紧,低声道:"不要告诉其他人。"

雨蕉脸上还带着疑惑,他已经来到眼前,淡淡道:"扶柳,既然觉得寺里吵,我们离去吧?"

风有些冷,还带着浓郁的檀香。有些眩晕,我点了点头。

没有去骊山别庄,直接驾车回到长安。

长安被燥热压抑得闷气沉沉,仿若骊山的一切只是虚幻。在青墙围绕里,我怀疑自己开始失聪,听不见外面的鸟鸣,只剩下窗前绿藤里的蝉还在不停地聒噪。

开始夜夜做梦,手掌里的翡翠变得无比烫手,从髓绿翠色中淌出一股黑流,漆黑的液体像蛇般扭曲蜿蜒向我的手臂,一寸寸接近心口。

每当这时,我都会醒来,望着黑洞洞的帐顶,豆大的汗珠正穿过湿漉漉的发际。雨蕉说,七八月的孕妇失眠多梦很正常。

很正常,我在等待那一刻的来临。

听说,女人做母亲的那一刹那也是一场重生。

【洛谦番外】

"杀了他!"

在皇宫的御花园内,我面朝东方而立,眺望远处的云,很薄很稀。苏婉就在旁边的矮树丛中,尖尖的指甲不住地掐断刚开出花苞的迎春花,猛地,她扯下一把花,揉

碎在心里,洋洋洒洒抛了一地:"凭什么?明明是那个女人自己找的麻烦,本宫没有报复算账对她已是忍让了!"

浅蓝的天空有数行大雁飞过,雁北归,春天真的来了。

"杀了他!一天之内!"

我淡淡地说,或许是她不该在我眼前撕裂娘最喜爱的迎春花,就如同我从来不许任何人来破坏我身后的安宁与幸福。

"不可能的!昭阳宫离不开苏刚,你要是杀了他,我立即回宫掐死九皇子!"苏婉红唇颤动,明媚的眼里迸出强横狠意,"大不了同归于尽!反正阿姐死了,我活着早已经无味透顶……"

我蹙眉,转身错开她的目光时,却发现了那隐藏在愤恨下的小小得意。这个女人从不知什么叫适可而止,对厌恶的人一旦抓住个小小瑕疵便要打压一生。殊不知,已被遗忘在深海的东西老是强迫地扯出水面,迟早会被风吹得苍白。

"那就一起杀了吧,反正也不是皇家血脉。"

她瞪大眼看着我,长袖扫过开满灿黄花朵的枝条,迎春花簌簌落下:"你想让长乐宫那个流了上官家血脉的皇甫轩登基吗?"

我避开她咄咄逼人的目光,低首将她方才弄乱的迎春花枝条梳理稍微顺畅一些:"谁当皇帝其实对我们做臣子的影响也不大,做好本分事,只是小皇帝体恤下臣的程度不同而已。"

苏婉愣住,隔了好一会儿,她才朗朗笑起,颤得细黄花朵沿着她的锦裙瓣瓣滑落:"白子谦,你这话说得就像杀手说自己从不杀人一样好笑!你会听皇甫轩那小孩子的话?"她迫近几步,"现在除了我的儿子,还有谁可以做你的傀儡?他是不是皇子重要吗?只要我说他是皇上的儿子就足够了!"

我轻叹:"是我离京前疏忽了,想不到你下手这样快。"

"我需要苏刚的命,九皇子也需要苏刚的保护。"她眼角翘起,得意扬扬,"如果没有苏刚,我可没有本事在长乐宫的刀枪下护住九皇子。"

权衡弊者,取其小也。她抓住的是弱点。我可以容忍她的张狂,却绝不会让上官得权,这头拦路虎必须杀!

"既然如此,那就小惩大戒,废了他那条发箭的胳膊。"我挥袖离去,却听见身后苏婉肆无忌惮的笑声,心里堵得慌,回首低喝道,"这是最后一次,如有下次,我亲手取他性命!"

"杀一儆百吗?想保住她?白子谦你白费心了,不说我苏婉怎样,单论你的手下塞北大营想要杀她的人多的是,还未必轮得到我出手呢!"苏婉轻巧转身,绣满牡丹的裙摆逶迤过青绿草地,"那女人竟然上谏万言书,其心昭昭,她想借黄河弊案拖你下水!"

春阳下夹杂着金线的刺绣牡丹太过刺眼了。

出宫后,径直去了户部尚书王安臣的府邸,召集了各部涉及黄河弊案的官员,部署了一下,让他们将各自手中的证据全数销毁。

回来时已经是深夜了,却没想到屋里的烛火还亮着,透过纱窗射出,在院子里看来就像是为暗夜迷途的人指引的灯。

原来她还是睡了,只是手里依旧握着书,大约是看累了,稍一闭眼便睡着了。锦被下,她的腹部突出。不知为什么,或许刚才还有许多的烦闷,现在心底生出强烈的责任感,瞬间平静,我是要保护他们的。

然后她醒了,断断续续编了一个故事。

"他每一滴血液里都充满了野心。而我却没有跟上他步伐的昭昭野心,所以一开始就注定了被抛弃的命运。"

我的每一滴血里都充满了野心,可扶柳,你并不需要昭昭野心,只要站在我的身后,很近的地方,我可以闻到你身上的幽香,就好。其余的,江山血路我一人足矣。

她睡着了,我却想起她咬牙说过一句:她想杀我,可我也想杀她!她与苏婉隔着什么,怕最深处也只是阿宁吧?那么有些事情也该告诉她了。

"为什么不落子?"

她懒散地倚在棋盘边,垂目望着棋子,久久不动,只有浓密的睫毛微微颤动:"我最近脑子笨,没有算筹,琢磨不出棋路,当然下不了。"

又在耍小脾气,还在意着锁上了她的算筹,可非得遂了她的愿,害得我担心才是好吗?夏日气闷,怀着小孩费脑是极易昏厥的。

我不语,说了话,她更是得寸进尺。实际也是我特意带她离开长安,如今禁军右统领陈峰的家大约被抄了。

她移步到了栏边,俯览长安:"什么云淡风轻,分明是大雾弥漫,哪里看得清长安?"轻雾漫起,山风将她的纱袖吹起,飘荡如云。

发如墨,肤似雪,影影绰绰在雾里,如南海素莲婷婷而立。

"扶柳。"我将手中的棋子放入盒中,她不是阿宁,也不必一定要在临崖亭与我对弈一局,"九年前,我在这里输了一盘棋……"

如今与她棋未下,我早已输。

"咦。"她回首,发丝柔柔搭在肩上,"九年前泓先生来过长安吗?"

"不是无双公子。"我摇首,"一个很像你……"

原来兜兜转转那么多年,是阿宁像着你。

后面的话被马蹄声打断,素娘急速催马而来,却跌落在地:"丞相!"

我大步上前,素娘在京中身份极为隐蔽,若不是大事,她断不会贸然直接找我。

素娘趴在地上:"丞相,塞北有事……"她还没说完便晕去。

我凝神望去,素娘全身发热,瞧眼角泛着嫣红,应该是中了荼夕花之毒:"扶柳,在平罗给你的玉坠子呢?"她在极力地控制着呼吸,可黑瞳里却是闪烁不定,"我没有

带在身边,收在屋角那口沉木箱子里了。"

"啊?荼夕花之毒?"她身边的表姐认出了所中的毒,也由她带着素娘进大觉寺厢房解毒了。在静心斋外,我刚好泡好一壶茶,她出来了,额角细汗密布。替她拭去细汗:"我刚煮了一壶茶,你就待在这儿喝了压惊,我很快出来。"

屋内,素娘中的毒解了大半,已经清醒,"上官旧部刺杀将军,箭尖上涂的是火蟾之毒。重俊扑上去杀那参将的时候,受了刀伤,急急传来信,刚过了危险期,他要我提醒丞相小心身边的上官家,因为火蟾需寒沅翠才可捕到。可不知我哪里泄露了身份,被人下了荼夕花之毒,赶来之时恰好毒发……"

时刻算得太准,太凑巧,一般是设计多时的圈套。

"听说寒沅翠戴在上官夫人身上……"

"没有。"我打断了素娘的话,"寒沅翠一直在我手里。"

素娘反问:"可刚才解除荼夕花之毒用的并不是寒沅翠,而是银针解毒。丞相为何要隐瞒实情?定北将军受小人暗算后仍是担心丞相,要素娘带个话,善泳者多溺,任何事不要太过自信,或许危险就来自于被自己保护的地方……"

"寒沅翠就在我手中,止住这种谣言。"庙里厢房内檀香浓郁,我却静不下心,"要捉火蟾不一定非要寒沅翠不可,死人一样抓得住。"

素娘沉眉:"丞相……"

"既然有人识破你的身份,就先去塞北大营避一避吧,顺便照顾重俊。"我不再给素娘说话的机会,踏出了房门。

院子里她紧紧抓着她表姐的手,额头上又沁出一层细汗,我握住她微凉的手,轻声道:"扶柳,既然觉得寺里吵,我们离去吧?"

长安府邸虽闷,至少还是安全的。

第二十二章

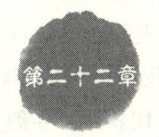

甚寒亭

天朔十年,六月二十六,柳枝绿,白荷香。

那是痛并快乐的一天。

经历过整夜痛苦,在朝阳破云那一刻,一个与我血脉相连的鲜活生命,我腹中的骨肉来到这个世间。

在洛谦的臂弯里,我透过汗水浸透的额前缕缕碎发,第一眼看到的是他皱着脸的哭相……

天朔十年,七月二十六,晴空万里。

长安,相府,和墨斋。

一个身穿桃红肚兜的水灵女娃趴在翠竹凉席上,黑溜溜的眼珠盯着她面前一大堆稀奇古怪的物件转啊转的。

"小桔梗很乖的哟,快点选二姨娘的金锁片。"雪君对小女娃不停地摇着金灿灿的麒麟锁片,"十足的纯金哦!"

"不要学二姨贪财!"雨蕉轻柔地抚着女娃的小脑袋,喃道,"乖桔梗,好好选,一定要拿妈妈的银铃铛!"

雪君立即转头大声道:"霜铃,雨蕉歧视你是个财奴!"

"有吗?明明是说你,不要拉我进来混淆视听。"霜铃不耐烦地挥挥手。

雪君委屈撇嘴:"人家不顾龙老大的怒吼,千辛万苦跑来这里,不就是想看看你们吗?结果你们还嫌弃我!"

昨天小妮子突然杀入府,唧唧喳喳讲了半夜。一路上她是多么不容易地坚持到了长安。源起龙傲天进京取照壁关的长久通牒,她柳家二小姐抑制不住想我们的澎

湃热情,偷偷地跟着龙傲天出堡。结果很快被抓,又磨了三天三夜,才让龙傲天带她上京。

话说三个女人一台戏,今天四个女人聚齐自是七嘴八舌,刚才聊着聊着便扯到桔梗周岁该抓周了。大家立即兴致勃勃开始实际行动,在竹席上堆满了一些小东西。雨蕉一直戴在手腕上的银铃铛,代表医者仁心;雪君的金锁片,代表平安健康;霜铃的青玉小算盘,代表着精打细算;我则是取出了收藏许久的血玉墨砚,代表文采非凡;就连流苏也拿出了金丝细软鞭,代表舞刀弄剑。

"不要吵了,桔梗开始动了。"霜铃打断雪君的诉苦。

屋内的女人们将目光都聚焦于水灵女娃身上,可女娃丝毫不为众多人的热切目光所动,连抬一下眼皮正眼瞧瞧我们的兴趣都没有,只是盯着各色小物件,歪歪斜斜地爬去。乌溜溜的大眼一一仔细打量过每一件物件,突地伸出粉嫩小手,左手抓起银铃铛,右手握住金丝细软鞭。

见女娃选了银铃铛,雨蕉自是喜笑颜开,但又见娃娃还取了金丝细软鞭便蹙了眉,疑道:"小桔梗是想当大夫,还是女侠啊?"

女娃显然是丝毫不理会她母亲的担心,呵呵一笑,将右手的金丝细软鞭穿过银铃手镯,一圈一圈地缠绕,而后举起细小的胳膊左右摇晃,咯咯大笑。

众人还没来得及分析女娃的意思,雪君却是跺着脚,急急地说道:"小桔梗居然学她那个古怪的老爹,去做一个江湖邪医。"

霜铃若有所思,轻点着头,赞同道:"倒真有武林神医风范,挺像天龙八部中的薛神医,用一项武林绝技换一条性命。"

雨蕉则是抱起女娃,将金丝细软鞭从银镯子中解开,仅将银铃手镯戴入女娃的手腕上,柔声哄道:"桔梗乖,咱们就只一心一意当个好大夫。"

一阵夏风穿过敞开的竹窗,吹入和墨斋,带来了盛夏的丝丝炎热。手持绢扇,轻轻摇动,略带动一阵凉风,稍解得闷热暑气,我淡笑道:"桔梗是女孩子,当然会是听话的乖孩子,我倒是担心我的那个傻小子将来会不会成一个混世魔王?霜铃一直说他是一个命硬怪胎!"

"哪里?多可爱的小孩啊,对谁都笑,哪像我家的臭小子,老是板着一张娃娃脸!"雪君张望四周,"咦,怎么没看见了,我还想再捏两下他粉嘟嘟的脸呢?"

"刚刚被丫鬟抱到大厅去了,今儿恰好满月,来庆贺的人不少。"我扇着风淡道。

"是啊,很多人都急着见他们未来的主子,早拍马屁早得好处!"霜铃冷冷说。

绢扇自我手中滑落,骨碌地转着圈。

"拍什么马屁?"雨蕉拾起绢扇,"连个名字都没有的小娃,知道个什么?"

"没有名字?取名字可真是一件伤脑子的事。"雪君在和墨斋内踱着步,还略有感慨,"去年给我那死小子取名就麻烦死了,龙老大说长辈尚在,应该由二叔赐名。知道吗?就二叔那文化水平比我还差,识得斗大的字不比我多,还有二叔当年可是取了何首乌那惊天地泣鬼神的名字啊！他一把抱住我儿子就说白白胖胖健康得很，就叫龙健康，哎呀，比何首乌那破名字还要破烂啊！"

"我当然不同意，磨了半天，才将那个健字砍去。"雪君还煞有气势地挥动手臂，做了一个斩的姿势，"可那老头子居然又阿康阿康地叫得亲热，天啊，杨康可是大反派，最后死得好惨的，虽然说他帅得一塌糊涂。"

雪君眨着大眼，贴上我，问道："扶柳，你儿子真的还没取名？"

这些天洛谦翻《辞海》，却也始终没有定下来。我勾起一抹微笑，轻摇额头，缓缓说道："还没。"

"都一个月了，还没名字，难不成等着皇帝老子赐名吗？"雪君唠唠叨叨不停，继续发挥着她无穷的想象力，"皇帝老子我知道的不多，就毛爷爷那首词中，什么秦皇汉武，唐宗宋祖的。嗯，还有电视剧里经常出现的皇阿玛乾隆，还有康熙也不错……"突然雪君抓住我的手，上下晃动，眼里发出激动的光芒，兴奋地叫道，"康熙啊，康熙，我儿子叫龙康，扶柳你儿子就叫洛熙。到时候，他们俩合称为康熙大帝，多威风，是不是呀？"

洛熙，听起来好像还不错，我依旧淡淡笑着。

"还雍正、乾隆、嘉庆、道光、咸丰、同治、光绪、宣统一个个排着队来。"霜铃啐道。

雪君恍然大悟，对着霜铃笑道："这样排下来挺好的，就不用费脑筋想了。嗯，下一个就轮到霜铃了，阿雍，很不错啊。"

霜铃俏脸一白，被气得哭也不是笑也不是，压沉声音道："取的什么名字啊？明明是同辈，凭什么取名字时我的就无缘无故矮了一辈，成了你们的儿子辈。"

雪君急速地点着头道："也对啊，我们是姐妹嘛，儿子们也应该是兄弟的，如果这样取名字辈分就不对了。唉，为什么雍正是康熙的儿子，而不是兄弟呢？"

看着雪君一脸的懊恼相，我不禁扑哧一笑，手指一点她的额头："哪个人会有你这样的想法？还兄弟呢！康熙不过只是他的年号，他的名字其实是爱新觉罗·玄烨。"

雪君黑眼珠一转，拍手笑道："那就叫阿玄阿烨，辈分问题不就解决了。"

哪知霜铃并不领雪君的情，俏脸寒霜，冷道："丫头，不要乱说些没影的事，什么阿玄阿烨的。"

一直温柔浅笑的雨蕉这时却说上话，疑道："霜铃，你怎么老是不见动静啊？要不要给你介绍几个好对象？"

"霜铃我也帮你留意吧？不要不好意思了！"雪君贴上霜铃。

霜铃躲闪，拉住我跑出和墨斋："我要远离你们这一帮不道德的媒婆。"

"切！"雪君做着鬼脸，"我要跟雨蕉交流育儿心经，才不和你这单身女人在一块儿呢！"

"那最好！"霜铃带着我曲折穿梭在竹林间，直到确认周围无人后，才倚在绿竹上舒气。

第二十二章 甚寒亭

339

我也靠着碧波翠竹,竹叶晃动,偶尔落下几片。

"你最近很大牌啊,见个面还要过五关斩六将,这次如果不是雨蕉雪君做幌子,我还踏不进你相府的门呢。"霜铃冲着我笑,唇角淡淡讥讽。

我垂眸,叹息一声:"没有办法,这几个月发生了很多对我太不利的事情,自从安国夫人册封后,他存了心,我行动受限,只能辛苦你了。"

"算了,他也是不想让你扯入旋涡。"霜铃挥手,随即却是眉头轻皱,"迦南教和白飞的事,我派了密部精英去查,因为隔的时间太久,没有挖出什么有价值的新消息。还有那块什么驱邪的玉,好像是以前在总坛被人偷去过,几十年前又被重新找到,然后又失踪了,曲曲折折的,查不到下落了。可有一点我总觉得奇怪,就是迦南教历代圣女都是由上一代圣女的女儿继承,按传统这代圣女应该是白飞的女儿,但实际却是大祭司的女儿!"

我对上霜铃的眼:"所以你怀疑白飞的女儿有问题?"

"那要看你怎么想了!毕竟我不知道你为什么突然想要查迦南教?"

白飞的女儿,迦南教的玉坠,春风化雨功,洛谦,几个交错的点杂乱地挤在脑子里,我只能低头不住地摇。

"乱七八糟的事不要想了!"霜铃扣住我的肩,低喝一声,"看眼前吧!"

"出了什么事吗?"我急忙抬头。

霜铃郑重点头:"你让雨蕉给我带信查东西时,发生了两件大事。第一,监察御史在长安禁军右统领府邸发现陈峰私藏三百套甲胄,然后大将军也就是你爹陈情上表,说那只是陈峰的收藏而已。可明律规定,京城之中任何人不得拥有多于一百套盔甲,否则以谋反罪论处。翌日,陈峰被打入天牢,三堂会审后总算是保住了一条命,改判流放边疆。这些打仗的人多是老粗,从不看看律法,被人抓到小辫子也是正常。第二,定北将军打猎时遭部下参将暗杀,幸而有惊无险,但这位参将二十年前曾是你爹帐下校尉,他用涂有火蟾剧毒的箭射向李定耀,不过箭头偏了,而他当场就被射为刺猬。这件事被压了下来,知道的人不多。你说,可这到底是不是上官家干的蠢事啊?"

全身的重量都压在了身后的翠竹上,可我却还是在慢慢地滑下:"第一,上官家在禁军从此无人;第二,暗杀上官家没人告诉我,可火蟾之毒……"

"发生都发生了,再想全是白想!"霜铃猛地在我耳边低喝,"该做的是定下一步我们要做什么!"

抬眸盯着霜铃漆黑的眼,那里有熊熊燃烧的信心,我咬牙道:"你暂时不动,他们伤不到你,等我摸清全盘后,再与你制订反击计划!"

头顶上的狭长竹叶哗哗地响着。

天朔十年,八月十五,明月当空,一碧如洗。

天下无不散之筵席,半月前,她们总算是离开长安了。雨蕉随医邪回西泠柳庄,雪君也被龙傲天强行拖回破弩堡。

现在,月光如水,照着窗前的菱纹青铜镜潋光潋潋。

流苏将珍珠金莲钗递给我,肃穆冷然道:"老爷说,趁中秋晚宴进宫,真妃娘娘有要事相谈。"我将珍珠金莲钗插入发髻中,金压乌发,珠晕流彩,抬眸轻笑,"不想又用上了真妃特意为我做的珍珠金莲钗。"

流苏一愣,缓缓低头,僵硬道:"对不起。"她额头青紫,是为出府在深夜与侍卫交手留下的痕迹。

拽起及地裙摆,我起身:"以前我曾说过,流苏,你为哥所做之事,我对你绝无恨意。可今夜我还是忍不住劝你一句,流苏,当面去问哥一句,上官去疾,你到底爱不爱我?"

走到床榻边,我抱起熙儿,他正在把玩手中的玉坠子:"熙儿乖,娘见过真姨就回来陪你。"雪君曾兴冲冲地向洛谦提议取名为洛熙,当时洛谦赞曰:熙者,天下太平,是好字。就这样,洛熙便成了我儿子的名字。

翡翠玉坠在熙儿小手里翻转,碧光莹然。

那天,医邪将玉坠还给我时,也是一样的翠色欲滴。

"你捉到火蟾了?"

医邪讶异地望着我,随即笑道:"你总算识货了,知晓这寒沉翠的妙处。"

"你把火蟾怎么了?"我皱眉。

"遇事冷静的安国夫人也会着急?"他斜觑着我,狭目里几许嘲弄,"你怀疑我跟那个暗杀李定耀的参将勾结,将火蟾卖给了他?"

我双唇轻颤。

"呵呵,你在怕?"医邪挑眉轻笑,"我才不愿和你扯上一点关系呢!火蟾我制成了药本,早已无毒了。"

"什么意思?"

"意思就是热毒只能从活着的火蟾身上取出,死后僵硬的火蟾就变成可治病的灵药了。"

"除了寒沉翠,还有其他的办法活捉火蟾吗?"

"当然有了。"医邪薄唇泛出寒冷笑意,"如果想去自杀,还是可以抓住火蟾把玩一个时辰的。"

"以命换火蟾?"

医邪挑眉道:"你不用担心自己也被人暗算下毒了,火蟾百年难遇,而且一只火蟾只能提取一次毒汁,毒汁剥离火蟾毙命。"

"那你带雨蕉离开长安吧。"

一声清脆响音,玉坠自熙儿手中滑落,滚在床榻上。

"流苏你留在府里,帮我守住熙儿。"我将熙儿哄着睡下,轻轻地放入铺了几层软

絮的摇篮里。

"不好!"流苏垂目拒绝。

"这府里除了你,我能相信谁呢?"我移到流苏面前,直直地盯着她,"熙儿只有交给你,我才能放心!"

流苏默默低头,双目完全埋入了胸前的月光阴影之中。她习惯性地用沉默来答应。

我微微扬起唇角,伸掌略一用力,推开雕花木门。可在跨过门槛时双足似乎没有站稳,身子轻轻摇晃一下,髻上的金钗磕到门框,发出铿锵之声。我无奈淡笑一声,真是弱不禁风了,竟连走路也不会了。稍稍停滞,稳住足底,挺直背脊,而后带着猎猎衣风大步而行。

夜空中,银盘似的明月竟也朦胧起来。

几处曲转,遥见得碧波翠竹林中的洛谦在温柔地笑,笑润如玉。

可在月下薄雾里这笑容似乎太过模糊了。

皇宫,御花园。

登高临风,更近明月。

斑驳的青石亭中,萧索的仲秋凉风将我的白绡素袖翻卷在浓烈的夜色之中,身旁清似白芙蓉的女子幽声道:"这亭子是皇上亲手题匾,扶柳,知道为什么要叫甚寒亭吗?"

皇甫朔位坐极位,皇帝宝座是权力巅峰,也是刀山火海,最终恐怕还是无穷的孤寂吧!

我有些迟疑,沉默一阵,终还是叹道:"怕是高处不胜寒吧!"

清幽女子凝眸望月,月色清冽,全部落入她的黑瞳之中。轻叹连连,一抹幽音似从天边传来,飘忽不定,带着彻骨哀愁:"他说'这亭子处得高,俯览而下,将整个皇宫瞧得透透彻彻。可人世间,把所有事都看清了,那就只剩下心寒。朕心甚寒,真儿,你能明白吗'。"

她清冽的目光一扫我的瞳,淡道:"原来还是扶柳体会得更真切。"

在如水银泻地的月光中,我莞尔一笑:"真姐姐,心寒可用心暖,情之所至,寒冰亦可成沸水。"

如莲女子清幽一笑,却是说不出的哀痛,她自是长乐宫中的真妃。

八月十五中秋佳节,皇宫举宴君臣同乐。

在开宴不久,我便被真妃带上了这甚寒亭。甚寒亭修筑于御花园绝顶山之巅。绝顶山,处御花园后,天然山石,三面绝壁,高耸峭立,唯一处可上。此山虽非西华绝顶高处,却可尽览皇宫一切。

立于甚寒亭石栏之侧,看尽御花园风景,亭台水榭,群花深木。御花园美景之最在东南,小桥流水,玉带石阶,不经意间点缀几株秋海棠,清风拂花瓣,幽香弥漫,胜似人间仙境。

而在今夜圆月清辉之下,清冽河水泛着碎碎的幽银光芒,层层细纹水波轻拍白玉石阶,阶旁海棠蕊中的秋露吸纳了月光,耀眼似白钻,点点闪烁。

可这景之美又怎及人之美,白玉石阶上斜倚一美人,如皓莲足浸入清澈流水,雪藕小臂靠阶托腮。目若秋水涟涟,腮似红霞艳艳,宫中此等明媚女子,舍苏婉其谁?

真妃亦瞥得苏婉艳丽,幽幽叹道:"红颜灼灼,难怪能宠冠后宫。"随后转身端坐于石亭之中,我亦随之坐下,浅浅笑道:"绝世红颜历朝历代皆有,可真正入了帝王心的又有几人?真爱不是容貌,而在于心。以色侍君,色衰而爱弛,难道真姐姐也愿意成为此等宠妃?"

真妃红唇轻颤,垂头沉思。

一盏热茶已凉透,真妃才抬眸,沉声道:"定北将军被部下参将刺杀,这是几个月前的事了,当时你产子在即,叔父和我都怕你担心,所以没有告诉你。一切都太巧合了,那名参将曾是叔父麾下的校尉,可这场暗杀并不是上官家做的,是有人想陷害我们。"

"不是。"我摇首,"是针对我的。"

"你知道了?"

"嗯。"我轻声道,"我会查清此事的。"

"真相不急,反正迟早要与他们决裂的。"真妃缓缓道,"倒是去疾那边出了些问题,刚刚镇住军营,却不料他们以黄河泛滥土地颗粒无收为由,断了大风营的粮草,估计再挨上一个月,再无粮饷,士兵们就要饿着肚子造反了。"

"这件事我会想办法的。"

真妃突然愣了一会儿,眼眸闪烁不定,忽地低哑问道:"扶柳,他对你好吗?出了刺杀这事,他有没有对你怎么样?"

我微讶,讲着哥的事怎么会突然扯到洛谦身上。我思索了一会儿,还是淡定轻声道:"好啊,有些东西从不奢求太多,太贪心就会失去很多。"

真妃轻蹙烟眉,呢喃而言:"不能太贪心吗?可一个女人不就只想陪着爱她的夫君,守着自己的孩儿,过平淡的日子,就像是纯净的溪水,容不得任何杂质,没有金钱,没有权势,也无法包容天下。"

真妃忽地一笑,绚烂之极:"扶柳,山高风寒,我们回去吧。"

顿时,我惊愕呆住,为何无缘无故止住?

突然手腕阵痛,将我扯出混沌乱思之中。真妃紧紧握住我的右腕,抓得之紧,我甚至可以感觉到真妃的指甲已掐入我的皮肉中,她急切地将我拽起:"扶柳,回家,我们赶快回家。"

从不知娇弱的真妃也有如此大的力量,猛地一扯,拉得我手臂僵直,身子却是不由自主地向后旋转半圈,回头一瞥,便瞧见了池边斜倚的美人苏婉。

343

就那一瞥，真妃的手就软了。因为她知道迟了，晚了，一切不可挽回了。

那一幕，上官家处心积虑要让我亲眼目睹的一幕，就这样刺刺地呈现在了我的眼前。

苏婉霍然起身，娇笑如花，指拈裙角，轻盈飞奔，玉足带水，逶迤一地。

她巧笑媚兮地奔向的是，那淡淡月辉笼罩下的月白身影。

那种温文尔雅，天上地下何曾有第二人拥有？

他唇边的温柔，她眉梢的风情，都融于这花好月圆之中。

而我却恍如隔世，怔怔然，轻抖于这山巅寒风之中。

甚寒亭，心甚寒，看清世事，便寒若冰潭，彻入骨髓，生生地痛。

将双眼睁得极大，却无了神采，空洞一切，是幻觉吗？这一切仅仅只是假象而已，可我为什么看得如此清晰，如此真实，连他唇角的弧度我都知道是最完美的三十七度，也能感觉到她每根秀眉上扬所散发的甜蜜。

月光不再轻柔，而是森森然，灼烧着我的眼，刺痛着我的心。

一片水幕快速地遮住了我的眼，遮住了世间一切，朦胧着，看不清天下事。

肩膀被人死死掐住，不住地摇晃，真妃低声道："扶柳，对不起，不应该用这种事来刺激你的，方才我本是想拉你离开的，这样就看不见了。"

可是，我若没有看到，它就不存在了吗？

正因为它是那么真切地存在着，所以你和上官毅之才能千方百计让我看清它。禁不住剧烈激动的摇晃，我眼眶中的水雾终于忍不住，顺着脸颊滑落，湿了大半边脸，停留在了嘴角，涩得比海水更苦。

凉凉的手指抚过我的眼角，带走一片泪水："扶柳，哭吧，我也常哭，哭过之后就会舒服一些。"

我一把甩开真妃，切齿嘶哑道："你们算对了，苏婉就是我眼里的一粒沙子，我容不下她！"

苏婉，那个媚若春花的女子，其实始终是我心中的一根硬刺。只是我一直在天真地想用丝丝柔情将这根刺层层缠绕起来，以为天长地久之后，刺便软了，便化了。可笑我错得如此离谱，这根硬刺它本就是金刚所做，我根本就无法化解。如今硬刺突兀地挑开了那些缥缈无用的情丝，狠狠地捅入我的心，霎时，鲜血淋漓，碎落一地。

是啊！挥剑岂能一剑斩断情丝，藕断自是丝还连的。

心在绞绞地痛，痛得无法呼吸。

我靠着石柱，沙哑道："让我一个人冷静一下，或许……"

"或许什么，他们私会又不是一两次了，既然看过，就当是窗户纸捅破了，难道还要打个补丁骗自己其实一个破洞也没有吗？"真妃死死掐住我的手腕，水眸森然，带着决绝狠意。

我咬牙推开真妃："你们也不过想逼我入绝境，然后背叛他，不是吗？告诉你们上官家的每一个人,我上官扶柳绝不依附任何一个人,权要揽也只在自己手中,要做的事也是自己想做的,他也好,哥也好,你也好,爹也好,谁都不要妄想控制我!"

痛快说完,厉风刮起,割着我的肌肤硬生生地痛。脸上泪痕未干,乍一起风,便刺痛不已。可这种痛却能让我忘记一点心痛。

我需要这种痛,让我冷静,用时间去思考这一切。

随后我向山下而奔,迎风狂跑。这时,冷冽的秋风割痛了我的脸,崎岖山路上的尖锐碎石刺痛了我的足,坚硬而干枯的树枝刮痛了我的手臂……

全身上下都在痛,可我就需要这种刺激的痛来缓和心中的彻痛,平静我的心。

我不辨方向地狂奔,只为寻找这种弥盖的痛。

尖叫声从后方响起,刺入黑暗的夜空:"扶柳……"

眼前的景物快速地飞驰而过,我不知前路,只是不停地奔跑。

身体终究有了反抗,体力不济,踉跄地停了下来,倚在一根粗壮树枝上,双目紧闭,大口大口地喘气,努力平复着心情。

心跳渐渐稳了,才睁开眼眸,一扫周边环境。

原来跑入一片树林之中,四周全是梨树。正值秋季,雪梨花早已凋谢,树枝上只挂有几个稀落的梨子。月光透过枯枝照入林中,映得那梨倒生出几分水灵。

适才奔得急,现在嘴唇不免干燥,见了梨,不禁小心翼翼地踮起脚尖,碰到最低树枝上的梨果,略一用力,枝上枯叶飘零而落,梨果也落入我的手中。我拈起衣袖细细擦拭一番,将梨果放于唇边,轻轻咬上一口,一股苦涩之味顿时袭入心底。

"这梨是吃不得的,苦涩之极。"幽幽声音穿透树林缥缈而至,似鬼魅般诡异,可听起来却生硬得很,咬字极重,发音不清。

一望四周,并不见人影,深吸一口气,我轻声道:"是谁?"

叹息之声传来:"这些梨树所浇灌之水乃是地下温泉,滋润之极。仲春时节,梨花压枝,一片雪白,绚烂夺目。可花开得好了,果却结得苦,涩得无法入口。可惜啦,你来得不是时候,无法欣赏到纯白雪梨花溅落幽青石的美景了。"

我早已屏气凝神,循着声音来源找了过去。踏过数十步,转得两三个弯,便走出梨树林。一出梨树林,眼前立即豁然开朗,巍峨宫殿直入眼帘。

清辉明月下,一名婀娜女子坐卧于宫殿台阶之上,妖娆地笑道:"可算是等到你了。"

惊且僵住,我手中一抖,涩梨啪的一声跌落地上,亚黄梨肉散落泥中。

眉间那颗艳若胭脂的朱砂痣,那深邃的轮廓,那透亮的黑瞳,那妖冶的红唇,就是这张我一生也无法忘却的妖娆笑脸。

就是她,她给了我胭脂碎,将我卷入这个时空。

我盯着那明媚笑脸,颤声问道:"为什么?为什么带我到这里?"

"早已向你说明。"神情妖娆之极,"爱情,只求得一个结果。"

爱情,只求得一个结果。

刚刚止血的伤口忽然间又受到一记重锤,鲜血喷薄而出,溅红眼前一切,迷离而凄凉。

心被片片刀割,痛入骨髓,呼吸也变得短浅而急促。

那女子慵懒起身,轻扭腰肢向我行来。不知是痛得无法移动,还是被她身上的诡魅所吸引,我只是静静地站着,等着她的到来。

滑若羊脂的纤手轻拂过我的脸颊,继而牵起我的手,轻柔曼声道:"我可怜的孩子,受了这般天大的委屈,竟无处倾诉,还是先随我进殿吧。"

似毫无意识般,任由她牵我走进宫殿。

殿内装饰异常奢华,只是年长日久,岁月早已黯淡了原本的光华。

将我安置于琉璃玳瑁梳妆台前,那女子轻柔地取下我发髻中的珍珠金莲钗,叹道:"瞧折磨的,连发髻都乱了,还是我给你重新梳梳。"

长发解开,倾泻而落,那女子手执象牙磨玉梳,穿梭在我的黑发之中。

略略稳住心神,我轻声问道:"这是哪儿?我怎么从未听闻。"

那女子轻轻笑道:"章华宫,也是多年前的皇宫大殿。"

"章华宫?"我一怔,随后似笑非笑,"那你就是废太妃拓跋月,十年前夺位失败,遭终身幽禁。"

拓跋月长眉一挑,既不否认也不点头,却是转移话题,含笑赞道:"果真聪明,上官扶柳竟能穿过水辰阵。"

"水辰阵?"我略皱柳眉,疑道,"宫中怎么会有水辰阵?而你又怎么知道我是上官扶柳?"

"水辰阵乃是二十年前无双公子朱泓所布,无双公子阵法奇绝,当年为了方便出入,特意留出一条生路。十年前皇甫朔封住生门,就再无人闯入。而你,是十年来的第一个人。"

水辰阵为天权五大主阵之一,威力岂可小觑,皇宫中无人破阵应是正常之事。而我,却在刚才奔跑之时无意闯阵,但因为早将水辰阵熟记于心,自然而然就顺阵势而动,闯进了水辰阵中的章华宫。

拓跋月雪白柔荑挑起我的一缕长发,笑道:"至于为何知道你是上官扶柳,难道以你的七窍玲珑心看不出吗?"她眉间的朱砂痣晕红,手指抚过我的脸,轻抬起我的下巴,叹道,"这张脸与柳依依真像。"

非常厌恶现在的姿势,我一沉眉,拍掉颔下的纤长手指。

拓跋月顺势坐在了梳妆台上,低眉含笑,欣赏着她那红莲般的酡红丹蔻,懒懒地轻讽道:"我倒错了,你本与柳依依不同,若她有了你一半的心思,也不至于此。"

我横眉冷对那张妖冶笑脸,不言不语。

就是这位明媚妖魅的拓跋公主夺走了柳依依的幸福。小时候,柳依依曾千百遍在我耳边诉说过,那戛然而止的爱情,她的幸福终止于上官毅之与拓跋月的相遇。

虽然不知当年他们三人之间到底发生了什么事,谁与谁才是真心相爱。但柳依依与我生活十年,所以在这场爱情争夺战中,从一开始我就偏向了柳依依。

很明显,我并不喜欢拓跋月。

拓跋月倒不在意,依旧娇笑望着我,手肘好似无意般敲击了一下梳妆台上突起的琉璃牡丹。只听一声呜哑,弹出一方黑红暗格。

暗格内华光流连,明艳不可视。

璀璨黄金新月弯弯,醉红玛瑙碎如血,神秘、魅惑,就是胭脂碎。

从未想过,竟还能重见胭脂碎,我的手在轻轻颤抖着。

我一扬柳眉,对上拓跋月的深邃黑瞳,轻声道:"我前世今生容貌已变,你如何确定我就是胭脂碎倒转时空带来之人?"

拓跋月虔诚地望着胭脂碎,正色道:"凡是与胭脂碎有缘之人,可使簪上血珠变得晶莹剔透。"

醉红玛瑙果真折射出七彩光芒,晶莹剔透。

疑云绕我心头已经久久,便继续追问道:"你为什么要将我带入西华?"

"因为我需要你的力量。"拓跋月一字一顿。

我冷笑:"你既然拥有胭脂碎,又何须我这个异世中的一抹游魂?"

拓跋月皱眉坦言:"我并不知道你是哪一世的人,或许是先秦,或许是盛汉,抑或是不可知的未来,但你与胭脂碎有缘,可以随胭脂碎穿越时空来到西华,而我需要你的到来,来改变这个世界的发展。"

"二十年前,我沐斋三日,诚心向神圣的昆仑神占卜。昆仑神托梦告诉了我将来之事。那真是恐怖的画面,我们伟大的拓跋消失了,惨壮之极。"

"思索半月,我重下决心铤而走险,施血咒,将你拖入西华,期望可以改变未来。其实,你也不用害怕,你不会受到任何损伤,因为你的闯入,就已经是改变了原来世界的走向。呵呵,即使是一颗沙粒的变动,也会影响全局,更何况是添加了一个活生生的人呢!"

眼角余光一瞥,我淡道:"改变了吗?"

"时间未到,不知昆仑神能让我改变未来吗?"拓跋月眼神里居然有一丝担忧。

我轻叹道:"那你要我做什么?"

"我本来只当是往西华投了一颗不起眼的石头。"拓跋月掩嘴一笑,"却不想我的运气不错,胭脂碎为我挑了一个聪明人。"她如鱼般灵活地滑下梳妆台,凑到我的耳畔,吹气如兰,"扶柳,让我离开这个禁宫。"

顿时我哑然,你拓跋月费尽千辛万苦,难道就仅仅是让我带你离开章华宫而已?

拓跋月笑靥如花:"你猜得不错,它并不简单,我要名正言顺大光明地离开章华宫,我要继续完成十年前未完成之事。"

我心一惊,这个女人的野心太大了。她想名正言顺出禁宫,皇甫朔就必须死;她想完成十年前之事,重新登上权力巅峰。我冷声道:"恐怕要让太妃失望了,扶柳没有这个能力。"

"你可以的。"拓跋月轻移莲步已到我身后,开始替我绾起长发,"而且你也希望这样,不是吗?呵呵,不要告诉我安国夫人只是随便涉入朝堂玩玩,看一眼就走人的。"

满头青丝已被整齐绾起:"你看看,胭脂碎多适合你啊!"

多年之后,胭脂碎又一次锁住了我的长发。

我回眸淡笑,轻声询问,带着一丝威迫:"你将胭脂碎给我,难道不怕我利用它回去吗?"

拓跋月自信道:"不会,你是走不掉的。胭脂碎只能应血咒启动,而你不会!"

"是吗?我想试一试呢。"我眼波半转,挑眉扬声。

"哦?"拓跋月俯身而下,在我耳畔轻声道,"我还以为安国夫人会试着比苏婉那小贱人先拿到祥凤印呢?"

我沉目:"祥凤印?"

冷寂宫殿内突然响起厚重的脚步声,拓跋月脸色疾变,将我推入后殿幔帐之内:"记住,不要出声,否则只有死路一条!"

她凤目狠厉,一把扯下束住幔帐的丝带,重锦幔帐隔断了我与外界的视线。

"咯吱咯吱",像是老旧机括的启动声。

"想通没有?"听似虚弱的声音里却含着清刚威仪。

"能不能换个开场白,我都听腻了。"是拓跋月的嘲笑声,"弄个新鲜一点的词语吧?我这十年听不到几句人声。"

"帝剑归藏在哪里?"

我贴着朱柱掀开一丝缝隙,窄缝里明黄人影憧憧。

"皇甫朔,我会笨到将保命符交给你吗?"拓跋月掩袖而笑,媚眼里全是讥讽,"你得到帝剑归藏之日,就是我死之期。你说,我还会告诉你吗?"

明黄衣角微动。

"如此说来朕永远也拿不到帝剑归藏,那为什么还让你活着呢?"

"呵呵,你需要我活着,而且是很好地活着。"拓跋月挥袖挺立,双目炯然有神逼视着皇甫朔,"因为我死之前其言必多,如果不小心将帝剑归藏的消息告诉给了其他人,比如说,丞相……"

"所以你活了很久!"皇甫朔轻咳着垂眸,然后转身离去。

机括闭合,拓跋月猛地掀开锦帐,那锦缎飞扬在空中,蹁跹如花。

"你全部都听到了,所以呢……"拓跋月媚笑着低语在我身旁,"你帮我出章华宫后,我便将可号令京城禁军的帝剑归藏给你……"

"这是一笔好交易。"我亦是低声轻笑,"只是怕出了章华宫,帝剑归藏所杀的第一个人就是我!"

拓跋月一怔,更加妩媚笑起:"真是有意思,有意思,看来我迟早都会走出章华宫了。"

我斜觑着她,不语,只在心里默默打算。

旧殿沉静。

"洛夫人……洛夫人……"一声声的呼喊从梨树林外清晰传入。

拓跋月邪魅诡笑:"洛夫人,至少你现在是不会被帝剑归藏所杀的。"

平淡的一声"洛夫人",在我耳中竟似讥笑嘲讽。

紧握双拳,一摇头,将脑中一幕强行抛开,我咬碎银牙,倔犟起身,迎向殿外明月大步而行。

拓跋月横卧贵妃榻,媚眼如丝,叹道:"其实啊,有时亲眼所见并非事实。"

脚步略滞,我微沉手肘,十指紧扣,怅然闭眼。

是啊,我也知,有时亲眼所见并非事实,可映入眼帘的事岂能视而不见。我非圣人,当然做不到无情无欲,又怎能释怀?

缓然睁开双目,明月依然当空照,我强撑起身心俱疲的躯体,脚踏满地枯叶,入了迷乱的水辰阵。在梨树林中迂回旋转,终算是走到了梨树林的边缘。此时,足上丝履已沾满泥土,锦衣素衫也被树枝刮花,狼狈不堪。

透过寥寥几棵褐黄树干,就看见清辉月光下幽落女子的绝望背影。真妃猛地推开身旁宫女,蹒跚前行,厉声呵斥:"说了不用管本宫了,你们还一个个愣着干什么,快去找洛夫人。"

真妃背影微颤:"扶柳,你在哪里啊?"

抚摩着粗糙的树皮,细嫩的皮肤被微微刺痛,我的心就如同这秋冬枯萎的树皮,生疼地剥落。

终于我疲惫地低唤:"真姐姐……"

真妃霍然转身,疾奔而至,将我狠狠地抱进怀里,泣道:"扶柳,没有人会逼你的,一切问题都由真姐姐解决。"

我轻抚着真妃散落的乱发,在她瘦弱的怀抱里,淡声道:"我倦了累了,可以在真姐姐那里安静地休息几天,喘上一口气吗?"

"好,只要你无事。"真妃搀扶起我,缓慢地走向软辇。我安静地依偎在真妃怀中,依稀看到远方有点点灯火明亮,越来越近,像火一般在燃烧,然后不想再看,便闭上双眸。

真妃扬声呼道:"起辇,回宫。"

后方有序的脚步声越来越响,一声声沉重地敲在我心头。终于,温润嗓音穿透黑夜响起:"真妃,请留步,洛谦有事。"

不敢睁眼，只能轻轻绞起自己衣襟上的白绢。真妃略回头，似有轻讽："原来是洛相啊，有何贵事？"

一股清醇酒气混着淡淡墨香扑鼻而来："有劳真妃找到扶柳。"

真妃冷冷一笑："本宫倒是忘了相告洛相，扶柳刚才不小心在甚寒亭受凉，准备与本宫回长乐宫。现在洛相既在，本宫也就直讲，扶柳与本宫原是姐妹多年分离，如今想相处几日叙旧，扶柳就留在长乐宫陪本宫。"

"是吗？"淡淡上扬的询问声几乎细不可闻。

从开始起，我就只是闭目躺在真妃怀中，一动不动。

真妃轻喝道："还不回宫。"

婆娑树影缓缓滑过我的身体，墨香也随夜风驱散，淡至无味。

【洛谦番外】

"老二，烫死我了！"少维一个激灵，蹦了起来，甩着手龇牙道。他的右手数指被烫得通红，方才我有些走神，为他倒刚煮沸的茶时，一直倒着，让滚开的水溢满了少维的手掌。

我略微抬眼，有些疲倦："对不起。"

"心不在焉的。"少维掏出帕子自个儿细细擦拭起来，"等了一夜，马上就天亮了，先去躺一下吧，待会儿也蓄些精神上朝。她生出来了，我再去叫你……"

与她隔了一个院落，这里应该是完全清静的，可是我却老是觉得能听到她的喊声，嘶哑的喊声根本不像是在迎接一个生命，而像是在剥离自己的生命，痛苦的抽泣，越听越觉得寒冷。

"洛老二，到底有没有听我讲话？"少维就在我前方大吼。

"嗯。"我淡道，"再等等吧，实在不行今天不去上朝了。"

少维像在看怪物般盯着我："你是傻了还是疯了？今天不是要最后处置陈峰吗？你不去，上官老头和皇帝一定会饶过禁军右统领的命！难道一向斩草除根的洛老二转性成菩萨，要积功德了吗？"

我又向铜炉里添了一块炭，重新煮上一壶茶："陈峰官职被除，留下他一条贱命对我们也没有什么大碍。"

"呵呵，果然失心疯了。"少维指着茶壶，"连茶叶也没放入，煮白开水啊！洛老二大热天烧个火炉煮个茶就能静心？你也不照镜子瞧瞧自己，脸上的汗珠都能泡一大碗凉茶了！"

我抬袖抹去额头汗水，湿透了袖口："大约是热的。"

"说说话吧，缓解一下紧张气氛。"少维重新坐在我身边，端起茶碗饮了一口茶，"老二，想要男娃还是女娃？"

"女儿吧。"我不假思索。

少维刚含入的一口茶喷出:"你居然想让老洛家就此断后……"

"儿子以后可以再有,但这次……"我垂下眼眸,茶壶里的水咕噜噜冒着泡,一番水深火热的情景,与如今形势一般。此时若生下的是嫡长子,对她只有诸多危险,经火蟾刺杀之事后怕是有更多的人容不下她了。可若是再过几年,大事都已定下,就是生下几个儿子也无人会反对的,"还是女儿乖巧,上个月我连名字也想好了,平安,平安……"

"洛平安?"少维眼珠突瞪,不可思议道,"这就是西华状元的水平?跟市井小民一个样,飘着俗气。"

院门被突然推开,洛文进来,我没等他说话,自己先奔去了隔壁院里。

果然有婴儿的嘹亮啼哭声,我冲进去,稳婆抱着一个粉团团的婴儿,笑眯着眼道:"恭喜相爷,是位小少爷!"

我愣住,轻叹道:"平安……"

"母子都很平安。"稳婆将裹着几层细缎的婴儿放入我怀中。臂弯里充满了重量,沉甸甸地压在我的心头,我抬眼望向床榻,她合着眼,唇色极淡,呼吸轻得好像随时都可能断了。

"扶柳。"我细细分开她额前的碎发,那些被汗水浸湿了,贴在肌肤上像是黏住了一般。她眼皮略略动了一下,可却没有睁开眼。血管突突地急跳,我抓紧她的手,几乎捏碎那细薄的指骨,"扶柳,醒来看一眼儿子。"

她柳眉蹙起,缓慢地但总算是睁开黑瞳了,幽幽地盯着我怀中儿子的皱皱小脸,没有说出一句话。

"洛谦,我累了,只想睡觉。"她又睡去,轻轻地反握住我的手,"还好我是活着的……"

圆月下,苏婉赤足向我奔来,沿路洒了一地晶莹水珠。

她媚笑如花:"你把上官去疾逼得太急了,他竟然又想谋杀一次定北将军。"

"你这是在同情骠骑将军吗?"我似笑非笑,唇线却是扬得极高,"婉贵妃要记住自己的身份,后宫才是你的战场,不要插入军营,士兵粗人们可不愿意耍什么心眼,他们只喜欢挥刀杀人。"

苏婉哆嗦一下,随即又是明媚笑开:"本宫也是好心提醒丞相注意,毕竟我们都是要辅助九皇子成大事的,该防的小人总是不能大意。"

玉栏旁的秋海棠开得极好,想起这些天她无聊时开始学着莳花,常常弄得花瓣撒了一地:"第一次或许真不是骠骑将军干的,在官场超过十年的人是不会蠢到干两次同样的傻事。"

"你眼里带刺地盯我干什么?难道怀疑是我干的吗?"苏婉直勾勾反瞪着我,然后才掩嘴轻笑,"本宫和九皇子还需要仰望定北将军扶持呢?哪会自断长城?况且他上官家一向诡计多端,不会故意这样做吧?"

一切都有理,一切也可能虚假,这一次做事的人手脚太干净,也足够狠毒,该杀的人,该抹去的证据全部销毁。

"扶柳……"

尖锐的叫声从身后御花园的绝顶山上遥遥传来,刺骨地冷。

我慌忙转头,只来得及看见一道素白身影划过沉沉夜色,消失在了假山的那一头。唯有狭窄路边的枯枝上挂着的破碎白缎,证明那个身影是真实存在的,是有温度的。

轻慢稀疏的掌声缓缓响起,苏婉的笑容肆意张扬。

"是你故意设计的?"我低吼。

苏婉战栗退后数步,才定住,狠狠道:"除了上官家,谁有面子请到你的丞相夫人?"

来不及分辨,也顾不上分辨这些真真假假,我奔向假山后。清泠月光下,树木丛立的皇宫一片迷茫,厚厚落叶堆积着,掩住了原本就轻巧的脚印,我根本寻不到她的影子,一点儿也找不到。

来来回回,我不知转了多少圈,却是每走一步都是心凉,到了最后,再也不敢迈步了,怕是下一步就成了冰天雪地。靠着干枯树干,我闭上眼,静静地想,或许前路远比我想的要艰难。静谧中似乎闻到了一股幽香,暗夜里的南海素莲,如今我中了毒,即使血肉模糊也要一路到底。跟着心底的香起,我走出密林,看见远处的她依在真妃肩头。

加快脚步追上步辇:"有劳真妃找到扶柳。"

她像个小孩一样蜷在真妃怀里,浓密睫毛犹如受伤的蝴蝶在轻颤,手指骨节发白,死死地抓着衣襟。真妃冷道:"扶柳与本宫原是姐妹多年分离,如今想相处几日叙旧,扶柳就留在长乐宫陪本宫。"

"是吗?"我淡问,看着步辇渐渐远离,原来你忘了曾经的承诺"不再踏入长乐宫半步"。

第二十三章

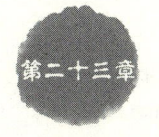

棋 局 乱

真是祸不单行,在甚寒亭中轻染了风寒,浑浑噩噩地躺在床上静养了三日。我只是躺在床上,什么也不看,什么也不想,将一切烦心事都抛在了脑后。每天就只是按时喝药,准点睡觉而已。

今日稍觉得恢复了些气力,我才半躺在长乐宫梨花木贵妃榻上,手执半卷《河图》,有一眼没一眼地瞧着,打发时光。

"扶柳,记得我把昨日皇上赏赐的那对白玉麒麟放到哪里了吗?"真妃急急掀帘而入,打开沉香木柜翻找一通。

昨日是辕儿生辰,皇甫朔因政事繁忙,没能亲自来长乐宫,便赏赐了些珍宝,尤以那对白玉麒麟为贵。我放下书卷,蹙眉想了一会儿,才道:"大约是收在了隔屉里。"

真妃一把拉开隔屉,微微喜意,双手捧起白玉麒麟:"这玉质不错,换上百担粮食应该不成问题……"

起身走到真妃身边,我眼带疑惑,问道:"白玉麒麟是皇上的赏赐,真姐姐应该比我更清楚将它拿出宫换银钱的后果吧?"

真妃轻叹:"如今危在旦夕,哪里还顾得上末枝小节呢?去疾在大风营再等不到粮草,整个上官就将覆灭了,我身在深宫,帮不上什么忙,只能多凑点钱银,好换作粮草解一下去疾的燃眉之急。"说着她又从木柜中搜出几件玉器。

"不要冒险了,这样很容易被人抓住把柄。"我将真妃怀中的白玉麒麟取出,重新放入隔屉,"太晚了,有钱也未必买得到粮食了。马上就是秋收,派人去瑞安县,让那千户人家打了粮食直接运去大风营吧。"

真妃一喜:"差点忘记半年前皇上封了你瑞安千户。"

却也是惊喜,当初求安国夫人爵位时,从未曾想过会派上这样的用途。

"那扶柳，你是不是想好了？"真妃急切地抓住我的手，眼里充满期望，"你肯帮去疾，那就是说……"

"娘娘，黄统领有要事求见。"秋香色长裙的宫女在殿门低首禀报。

真妃望了殿外一眼，叹道："扶柳，你先好好休息吧，刚养好的身子，不要又劳累上了。"

很快，真妃就已带着宫女离去，我也回到榻上，重拾书卷。

轻快的脚步声带着秋日暖阳冲破一室药香。皇甫辕将手中的一束小黄花挤到我的书前，朗朗笑道："辕儿将这些漂亮的小花送给三姨，三姨的病很快就会好了。"

仔细端详起开得欢快的花朵，是一束雏菊，花不大，但开得极好，色泽鲜艳，灿黄夺目。我瞧着这花，不禁心情开朗，风寒也似乎愈了大半，笑道："辕儿的花真漂亮，三姨的病现在就好了。"

皇甫辕拍手大笑，眼睛亮晶晶的："哈哈，辕儿比太医老师傅们可要厉害多了。"

皇甫辕的小脸红扑扑的，笑容里充满着孩子的纯真无邪。我已有一年不见他了，他小小的个子也高了不少，可脸上的稚气还丝毫未减。

一眨眼的工夫，辕儿就爬上榻，对着我撒娇道："辕儿帮三姨治好了病，那三姨是不是应该帮辕儿一个小小的忙呢？"

还是一个机灵小鬼，我玩味浅笑道："辕儿有什么小小的麻烦呢？"

皇甫辕娇嫩如花的小脸顿时一皱，软声央求道："三姨，帮帮大哥吧！从今天一大早起哥就对着那些稀奇古怪的图发呆，闷闷不乐地不肯说话。刚才辕儿想拉哥去玩球，哥理都不肯理我。辕儿记得，上次下雪哥也是对着稀奇古怪的图发呆，可三姨只瞧了一眼，念了几句拗口的咒语，哥就笑了。"

我放下书卷，支身起来，望着皇甫辕满是担心的眼，问道："辕儿很关心哥哥吗？或者这样说，辕儿很爱哥哥吗？"

皇甫辕很疑惑，用手挠着头，十分不确定地说："三姨，辕儿不知道什么是爱呢！"然后不好意思地一笑，继续道，"不过，辕儿知道，如果哥哥不开心，辕儿也会很不开心。三姨，这叫爱吗？"

他不开心，我也不开心，便是最简单也最朴实的爱。

我莞尔浅笑，笃定道："辕儿是很爱哥哥的，而且以后长大了也要一样爱，知道吗？"

辕儿仍是不明白，但却很用力地点了一下头。

我抚摩着辕儿的头，笑道："那我们现在是不是要让哥哥开心呢？"

辕儿立即跳起，欢呼雀跃，拉着我的手，奔向殿外。

依旧是长乐宫的梅花林中，皇甫轩手持树枝，皱眉沉思。此情此景，不禁让我想起一年前的月夜，白雪飘飘，红梅艳艳，一个孤傲少年安静地盯着雪地。

只是如今梅树无花，枯叶飘零，而那个少年却更加孤傲，像一把久未出匣的绝世宝剑,冷冷地拒绝着周围的一切。

缓缓地走近了他,我打了个手势让辕儿不要出声。我细细地看着皇甫轩的侧脸,剑眉星目,深刻的轮廓,天生的贵气,皇甫轩不似皇甫朔平和,也不似真妃清秀,而是有一股冷悍,倒与如今领军的大哥上官去疾很像。哥,上官家未来的掌权者,我心头一酸,便转移了视线,望着疏枝老梅下的阵图。

是癸阵,一般而言学完兑阵之后便是癸阵。地上的癸阵还有几个重要关口未能闯过。

思索片刻,我浅浅吟道:"紫微中空,待卯辰,转毕参。"

皇甫轩一惊,微怔,但是并没有抬头看我,而是用树枝极快地在潮湿的泥土上画线。他用力极大,树枝挑起泥土,飞溅开来。

"取坎通之位,属火相,急攻东北角,假朱雀,角氐同盟,转六合八荒,紫微天降,守西南娄井,意乾坤……"我越说越快,如珠玉掷地,绵绵不绝。皇甫轩的速度也越来越快,脸上欣喜之色益显。树枝飞快地刺破泥地表层,如伤口,将混着潮气的黑土暴露在空气中。泥土四处飞散,有不少沾在了皇甫轩的织金锦袍上。

"留左尾穴,出震门,诱入太徽心室,合苍龙白虎之力,歼之……"节奏快如打板,急风暴雨,压得人喘不过气。啪的一声脆响打断了破阵之语,一截尚带青黄秋叶的树枝萎入泥土之中,原来是皇甫轩掌中树枝不堪重力断了,不过这癸阵也破了。

身后银铃般的笑声响起,辕儿跑至皇甫轩身边,从皇甫轩手中取过半截树枝,扔在地上,笑嘻嘻地说:"哥,这个图画得乱七八糟,你开心了吧?可以陪我玩球了。"

皇甫轩蹲下身子,轻捏起辕儿的鼻子,眼中含笑,道:"小淘气鬼,先去拿球来,待会儿哥就陪你玩。"

哄得辕儿离开后,皇甫轩就立刻恢复了他一贯的冰冷表情,盯着我冷声道:"三姨,怎么会精通二舅的军中阵法呢?"

望着他全神戒备的眼神,我悠然笑道:"小时候我与求儿学于同一位先生,所以哥知晓的,我也精通,这行军阵法也不例外。"

皇甫轩剑眉高挑,反问道:"那三姨也能上马挥剑杀敌吗?"

我一愣,随即朗朗笑起:"我乃一介女流,骑术不精,亦不能挥剑斩杀敌首。不过大皇子天生金贵,应该明白,国家安定需要的不是草莽匹夫,而是将帅之才。"

皇甫轩的薄唇勾起玩味浅笑,黑眸中隐约带着邪气,低哑着嗓音,问道:"三姨可是将帅之才?能保国家安定?"

我轻蹙眉尖,而后淡然一笑,清声道:"驻守西北边疆的骠骑将军才是大皇子的将帅之才,中流砥柱啊!"说完转身,遥望温暖的夕阳,缓缓而行,轻声呢喃道,"我只不过是滚滚潮水中只求安稳的一名无知妇人罢了。"

夕阳余晖将长乐宫的影子拉得老长。

此后日子过得十分安静,每天早上随真妃在长乐宫中绣花,一针一针地刺透光

滑的锦缎,添上绚丽的色彩。只不过真妃可以绣出栩栩如生的白莲,而我只能绣出一幅连自己也看不懂的激进抽象画。

响午,皇甫轩与皇甫辕下学回宫,大家围坐一块儿,静静地吃顿午餐。下午时分,我常泡上一壶清茶,捧着一卷发黄的旧籍,摆上算筹细细品读。

待皇甫轩被阵法难住,紧锁眉头闷闷不乐时,辕儿又会拉上我去指点两句。再后来,皇甫轩迷惑不解时,便会过来直接相问,而我也会一语中的直说重点。

其实,皇甫轩极为聪明,对于复杂且变幻无穷的阵法常常是一点即透。只是以前哥教他的时间极短,每年仅仅过年回京几日光景,所以他的根基不牢。因为天权阵越学越深,变化亦是翻倍增加,这使得近来皇甫轩的求问次数也是日益频繁。

长乐宫侍候我的婢女曾私底下对我说,大皇子天生冷酷,是个无情之人,对夫人尚有尊敬,很是难得。

听罢,我浅浅一笑,不言。

深宫里谁知他呢?为了在这个暗红的皇宫中生存下来,他别无选择,只能无情,冰冷地面对每一个可能构成潜在危险的人。

而在深夜,我便会对着如腕粗的蜡烛发呆,有时候想着他,有时候念着熙儿,又有时想起了哥。然而始终得不出个答案,便会长时间陷入思索,一天又一天地想。

天朔十年,九月十八,菊花盛开。

茶一壶,书一卷,人间难得清闲。

一阵轻微的窸窣声后,书卷下探出了皇甫辕的小头,他鼻头一皱,可怜巴巴地望着我,撇嘴道:"三姨骗人!昨儿明明答应辕儿下午教轩哥哥古怪画图的,然后轩哥哥陪辕儿玩藤球。可现在三姨还躺在宫里,撒谎!骗人!"

小鬼头说话还一套套的。我轻笑着捏起皇甫辕鼓鼓的腮帮子,道:"三姨从不骗人,是辕儿心急,忘了告诉三姨地方了。"

"啊,是我忘了。"皇甫辕虽说得懊恼,可眼睛却是笑得弯弯的,"三姨,我现在就带你去啊。"说罢,就牵起我的手,拉着我奔出了长乐宫。

穿过菊花妖娆的御花园,直抵绝顶山下。

山下碣石如旧,不移分毫。

我的手却在不停地颤抖,绝顶山上甚寒亭,心甚寒,寒入骨髓。

可皇甫辕一名孩童,又如何知道其中错综复杂的渊源,只是一个劲儿地拽着我爬上山顶。

绝顶山巅,尚有柏木,半掩亭角,却遮不住秋风萧萧。

"啊,终于到了!"皇甫辕兴奋地叫起,可刚喊到一半,便立刻低下声音,"辕儿参见父皇。"

我亦一惊,抬头望去。

甚寒亭内，一盘棋，两个人。甚寒亭外，一群侍从，屏气肃立。

亭中两人，一人着绣龙白袍立于石桌旁，浓眉冷眸，如剑锋利。另一人着明黄金丝龙袍坐在石桌前，淡若浮云。

我旋即沉下身，行礼道："臣妇叩见皇上，大皇子。"

皇甫朔左手略抬，示意平身，而后拈起一枚白子，盯着棋盘，叹道："洛夫人，你来晚一步啊！半盏茶前，北疆急报，洛卿方才离去。"

大概有月余没有听人提及洛谦了，如今乍听之下，我掩在宽大袖口中的手指不禁向后抓紧袖角，垂下头，平声道："臣妇只是偶然路过，并非特意为之。"

皇甫朔极其谨慎地将白子落在西北角，然后转眸扫我一眼，和煦笑道："听闻洛卿言，夫人亦是精通棋艺，不知夫人现在能陪朕下完这局残局吗？"

深吸一口气，我缓缓抬眼，清声道："臣妇棋艺粗陋，不敢与皇上同台对弈。"

皇甫朔脸色依旧平和，只是眸子突亮，散发出迫人气势："夫人可晓朕说的每一句话即是圣旨？"

心中气恼，可面对皇权，我只有压抑怒火，淡然笑道："臣妇自当遵圣旨。"

甩起云袖，雅然入座，淡目凝视棋局。

黄玉为盘，玉质高洁，莹莹透光，其中纵横十九根银丝，丝若琴弦，熠熠有光。玛瑙为子，深红玛瑙做黑子，透白玛瑙做白子，颗颗润滑，色彩鲜明。

黑白双瓷净盒，盈盈装满三百六十一颗棋子。

我撩起刺绣广袖，将手没入棋盒，玛瑙深红棋子覆盖住指尖，顿时一阵凉气直透心底。食指与中指搅动起棋子，然后定住，夹住一枚黑棋，缓缓抬起手臂，至半空，却停滞不前，只因实不知该落子何处。

这局棋已下至七十八手，大势趋定。

白子布局老练，稳扎稳打，步步为营，如今大龙贯通全盘，并不断地向四周吞噬领土。反观黑子着着打破常规，奇招迭出，似乎是想出其不意地攻下白子。但面对白子的铜墙铁壁，黑子的旁门左道始终无法打破僵局，倒陷于白子的精密陷阱，大龙不成，逐渐委靡。

是攻？是守？

我抬眼瞧见皇甫朔唇边的温和笑意，便不再犹豫，下子直指西北角，黑棋形成尖角，准备进攻。

处于劣势，墨守必败，何不试上一搏，厮杀到底，或许可以拼出一条血路来。

皇甫朔很是惊讶，道："没想到夫人外表温柔，棋风却是霸气十足。"

我不答，亦不言，只是蹙起眉，陷入苦思。

手起子落，时间悄然滑过棋子。

半个时辰后，下到第一百零八手，我右手插入黑瓷棋盒，拈起一枚黑棋，又放下，几番反复，久久未能抽离。

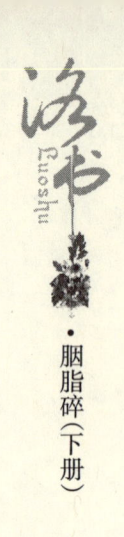

白棋绵劲有力，似一张银丝网，越收越紧，将我困于西北角。

前无去路，后有追兵，根本无处可落子，难道要就此束手就擒？

我咬牙，霍然夹棋举手，却又僵住。

沉寂，半响。

玉石相撞，脆声叠叠。

落子西北天目处，自绝黑棋半面角。

我弯起唇角，笑对皇甫朔，手指轻快，拈起数十枚深红玛瑙棋子。

顿时，棋局豁然开朗。

正是所谓，置之死地而后生！

而后，运棋如风，下子疾似闪电，铿锵有力。

不多时，已至终手，第一百八十一枚棋子定于棋盘上。

落下最后一枚黑棋，凝神望着黄玉棋盘，我坦然舒心笑道："相差三目半，臣妇还是输了。"虽然无法取胜，但也没有什么值得遗憾的，我已经竭尽全力。

皇甫朔浅笑雅然，伸出与透白玛瑙几乎同色的手指，取下棋盘上的十颗白子："夫人实在过谦，倘若是从头下起，恐怕就要胜负颠倒了，朕至少要输上六目。"

我淡笑道："皇上尚未落子，怎能凭空定输赢呢？"

皇甫朔舒展手指，如春风拂过棋盘，轻柔地拈起一枚黑子，对我微微笑道："夫人的第一百零八手石破天惊，敢自杀一角，却又创出另一片天地，可谓是魄力十足的绝地反击啊。"

我莞尔一笑："世上只有破釜沉舟才能使枯木逢春，这着乃是置之死地而后生。"

"置之死地而后生……"皇甫朔喃喃重复着，很快，似恍然大悟，高挑起眉梢，朗声笑道，"看来朝中只有洛夫人才有可能赢洛卿。"

喉咙中似乎卡住了一枚棋子，我的呼吸被扼住了，带着一丝不惑。

皇甫朔瞧着我有些僵硬的面部，继续笑道："刚才朕与洛卿下棋，朕执黑子，洛卿执白子。下至中盘，忽有急事，洛卿匆匆离去，留有残局。恰逢夫人来，便请夫人替朕下完此局。难道夫人没有发现白棋是洛卿的棋风吗？谨慎密算，决不错步。"

我哑然失笑，在一眼观察棋势时，我就曾怀疑白棋乃是洛谦所下。正如皇甫朔所说，白棋棋风平和，却稳固异常，是洛谦常用的布局。可黑棋乖张谲怪，实非皇甫朔这种处于大风大浪的政潮中却能平淡自如的人下的，况且白棋前后思路连贯，棋风一致。所以我一直认为，皇甫朔是从头至尾执白子下棋，黑棋则是由年轻气盛的皇甫轩所下，而我只是在努力地为皇甫轩扳回劣势而已。

皇甫朔的双目忽然间有了一种奇异的光彩，似乎是绝望中看到了前方的希望，激激滟滟，眼波半转，目光如水银泻地，畅流无阻："朝中数洛卿棋力最深，朕一直苦思何法可破洛卿布局，故方才剑走偏锋，一试结局，朕仍旧陷于困境。"

"所以皇上让臣妇破阵。"我苦涩薄笑，道出皇甫朔的特意设计，"可叹臣妇竟一直以为此局乃是皇上与大皇子所下。"

沉寂半时的皇甫轩这时突然开口道："我不过半大的小孩,岂可同父皇和洛相对弈?只不过在旁观摩学习而已。"

皇甫朔的淡和笑容逐渐扩大,开始泛起一股难言的天子自信："下次朕与夫人重新对弈一局,便可知晓胜负了。"随后,皇甫朔缓缓起身,招手,对皇甫轩道,"跟朕去御书房,那里才是你真正学习的地方。"

"皇上起驾御书房。"公公细尖嗓音缭绕绝顶,充盈了整个甚寒亭。

我伏在地上,恭送圣驾,久久不曾动。

秋天的乔木落叶撒在我宽大的衣袖上,叶角萎缩,卷翘枯黄。

一股暖流环抱住了我的脖子,软软的嗓音在耳边响起："三姨,父皇早就走远。不用怕了,和辕儿一起回家吧。"

我抬起头,盯着皇甫辕清亮的眼："辕儿怎么知道三姨是在害怕呢?"

皇甫辕吮吸着拇指,嗫嗫地说："一般人看到父皇就跪下,然后都不敢笑,而且有的还在发抖。嬷嬷说,那是天威,所有人都会害怕的。辕儿也会害怕父皇,每一次见父皇,辕儿都看不清父皇的脸。我也不知道为什么?三姨,你知道为什么会这样吗?"

我温柔笑起,伸出手分别蒙住了我与皇甫辕的眼睛,轻声道："因为辕儿的父皇是统治天下的皇帝,他高高在上,与我们相隔的距离太遥远了,而且他也不愿意让我们看清他的脸,他会隐藏,不让我们看到心中的想法。所以,辕儿,以后要看清一个人,不要用眼睛看,它会骗人的,只有用心去看,才是真实的。"

"现在辕儿用心看到的是,三姨的手好冷啊。"皇甫辕呵呵地笑,然后用他的两只小手包裹住我的手,"可辕儿喜欢这种凉爽爽的感觉。"

天朔十年,九月十九,夕阳余晖。

在暖潭边的梨树林边转了一圈,我才回到长乐宫。穿过梅林,走到达殿前,就听到了一阵明媚而又张扬的笑声。

顿时,我感觉小腿似灌满了铅,挪不动步,伫立于门口,呼吸急促。

"哟,这不是洛夫人吗?怎么不肯进来呢?难道是不愿同我这个无才女子站在同一个屋檐下?"娇艳女子掩嘴笑道,她一颦一笑,撩人风情。

旁边的清丽女子随即淡然道："婉贵妃说笑了,扶柳哪会这样想。"

我亦翻醒,随后语笑嫣然："刚才阳光直刺入眼,照着人有些炫目,才停顿了小会儿。倒是婉贵妃舞艺倾绝,令扶柳自行惭愧,不敢同屋。"说着缓缓步入长乐大殿。

"难怪一个多月来,身旁的宫女太监们都说,洛夫人不仅模样生得好,还有一颗七窍玲珑心,嘴像抹了蜜似的,每说一句话都甜到人心坎里去了。"苏婉笑靥如桃花,"哎哟,瞧我这记性,早就应该过来见上一面,毕竟洛夫人已经在宫中住了一个多月了。"

苏婉将一个多月说得极重,似咬牙切齿。

自古以来,后宫就有定下规矩,凡外来女眷探亲,在宫中最长也只能逗留一月。百年来,住在后宫超过一个月的女人,皆是嫔妃。

我浅浅笑道:"比起民间,看来婉贵妃还是更适合留在后宫,彰显富贵。"

千年来,不是选秀入宫,却能登上贵妃宝座的,也只有她苏婉一人。

话中暗嘲,箭来箭往。

苏婉脸色一暗,但很快便娇颜如花,笑道:"洛夫人眼光厉害,不如帮真妃姐姐选上几匹锦缎吧。"然后兰花指指向殿中矮榻上的一堆锦缎,"前几日皇上赏了一些提花川府锦缎,今儿早上我方才知道原来今年总共才上贡了这几匹,皇上竟全推给了小妹。我思量着,后宫里大家都是姐妹,好东西哪能独享啊。所以巴巴地给真妃姐姐送来,也好赶着做一套冬衣。"

炫耀?示威?

苏氏一门,皇后贵妃,十年恩宠不断。

真妃淡道:"本宫年龄大了,穿不了如此繁艳的花色了,还是婉贵妃留着自个儿做衣裳吧。"

"那就洛夫人挑上二匹吧。"苏婉并不气馁。

我摇头浅笑:"不敢夺贵妃所爱。"

苏婉锐利目光忽地直指我发间,而后娇俏笑起:"我说洛夫人怎么都瞧不上提花锦缎呢,若是我有了这等精美花簪,也不稀罕什么锦缎了。"

我头上并无过多饰物,仅斜插入,胭脂碎。

自从月圆之夜拓跋月为我绾上胭脂碎,它就未曾离我身。

我顺势微微侧身,挡住苏婉的灼热目光:"粗俗之物比不上贵妃发间的沁血红玉百宝簪。"

苏婉似乎想一探究竟,又向前迈出一步。

这时,恰好,殿门口响起人声:"哎哟,两位娘娘都在啊,老奴先行礼了。"是皇甫朔的近身公公张德子,"皇上让老奴传个话,洛夫人,明儿下盘棋。"

"啧,啧。"苏婉说得酸溜溜的,"难怪皇上这几天都不来昭阳宫看我的歌舞,原来是有洛夫人陪着下棋呢!"

我面对铺天盖地的酸醋,还有隐藏其中的刺耳嘲讽,站着不动,不承认,不否认,只是淡淡一笑而过。

"婉娘娘可误会皇上了。"张德子急得连连直呼,"老奴在皇上身边寸步不离。最近皇上为国事劳心劳力,常常都累得趴在御案上睡着了。短短一个月,瘦了好几斤啊。奴才瞧着心疼,可又帮不上忙。"说着适时地抹起一把眼泪,又道,"今儿清早皇上突然说,想下一盘棋放松一会儿。奴才听闻洛夫人棋艺好,才斗胆向皇上推荐的。"

苏婉声调复杂却又情绪放纵的笑声漫过张德子的头顶:"张公公,本宫马上回宫就为皇上炖上一盅极品燕窝。咱这一群人活着,还不全是为了皇上吗?张公公,你说,是吗?"

张德子快速地回答道:"娘娘教训的是,老奴铭记了。"

苏婉曳着拖地长裙翩翩离去,裙裾上的金刺牡丹在嚣张地绽放着。

真妃亦杳然离开大殿,回到飘有暗香的内室。

"洛夫人,请随老奴到偏殿挑选棋局。"张德子张罗着向外移去,"皇上特意嘱咐的,说是不同的棋局可以下出不同的棋。"

至偏殿,无人,却张目琳琅。

寒冰翡翠棋,金沙赤朱棋,青冈白水棋,当然还有甚寒亭中的黄玉银丝棋。

手指滑过髓绿翡翠,有一丝沁凉,可以平复刚才被苏婉搅起的心头纷乱。

"洛相要老奴给夫人捎上一句话。"

"嗯。"将一颗翡翠棋子握进手心。

"甚寒亭,绝顶处,浮云多蔽目,俯视皆虚幻。"

良久,清寂,无言。

手心的翡翠变得暖了,很快换上另一枚重新握紧。

"夫人就没有一个字让老奴回给洛相?"

"没有。不过扶柳想问一句话,张公公可全是为了皇上?"

"老奴要活着,才能为了皇上。"

"其实张公公一心为皇上,一样可以活着。"

"夫人错了,老奴是为了让自己活得更好。"

空气下沉,心也沉了,安静了,我转身遥遥指向角落:"麻烦张公公回禀皇上,就要昨天的黄玉银丝棋盘。其实,扶柳从小就很念旧的。"

留下一室的混浊,看不清、猜不透方向。

偏殿窗外有年轻挺拔的白影,是刚跨过长乐宫宫门的皇甫轩:"母妃在内殿等着三姨,有些话要对三姨说。"他离去,背影挺拔。

我在偏殿转了几圈,才步向内殿。

殿内真妃正捧着一堆锦布,手中针线穿梭引往,她微微抬起蛾首,望了我一眼,手指间拈着针指了指身边的软座:"坐下吧,等我将辕儿的这件棉衣收完衣襟。"

"原来提花川锦早就被真姐姐裁成了棉衣。"我低声说。

真妃侧头咬断丝线:"这不过是去年剩下的一段川锦罢了,她的确是过来示威的。"她又捻起线,打了个结,"去疾出事了。"

"什么?"

真妃缝起右袖:"上次的火蟾暗杀事件,丞相一派认定是上官家干的,军中事务处处针对去疾。去疾也是忍不住了,想着既然背了黑锅,还不如实际干一次,真的暗杀成功,一并解决燃眉之急和长久之患。"

我抿着唇，只盯着真妃低垂的眼。

忽地，血珠冒出，真妃指尖被衣针扎破，她叹了口气，又低首继续缝衣："可惜还是失败，大概苏婉是得到了消息，特意跑来刺激我的吧。"

"为什么哥行动前不跟我说？"我咬牙。

"说了有什么用吗？"

"策划暗杀李定耀与我说的确是没用，可离间我与他就有用了，是吗？"我霍然起身，衣袖震得真妃散发飞扬。两次暗杀，我都处在旋涡，任谁也会相信我与上官一样，是要置李定耀于死地。

真妃缓慢抬眼："你在意的是他的想法，还是他的一切？"

"他是我孩子的爹！"我冰冷迸出一句，愤然转身。行了几步，只觉背脊生出彻彻寒意，一下子灭了心中怒火，回首问道，"祥凤印在谁手中？"

"祥凤印？"真妃愣了愣，才说，"自从苏宁去后，祥凤印一直由皇上收着。"

我停立了一会儿，直到斜阳射入殿内，五彩光芒迷了眼，才无声离去。

天朔十年，九月二十，长乐宫，梅林中，暖阳和风。

盛秋，梅花未开，尚有深叶。

一张黄玉棋盘。暗红，亮白，玛瑙棋子。

几盏菊花茶。潮润的雏菊泡开在白瓷清水中。

众人或站，或立，围在青石桌旁。

猜先，皇甫朔赢。

皇甫朔平和夹起黑子，直取天元。

意料中的开局，我随后贴上一子，手很稳。

真妃些许不安地坐在一旁，盯着棋局。

棋势胶着，交错领先。

我全神贯注，不理外物，只想一心赢得棋局。直到，对面皇甫朔身后的执扇宫女突然五指松张，双目圆睁，张口欲呼，可喉咙却好像被死死掐住，只能发出呃呃几声低唤。

落在空中孔雀团扇的炫艳色彩，惊了我的眼。

我随即将视线从棋盘移开，盯住了下坠的团扇。

眼见便要铿锵落地。皇甫朔忽地左手成爪，左肩向后画上小半圈，臂膀弯曲，虎爪后探，五指紧合，抓住了扇柄。

而后，皇甫朔手形快转，将团扇插入了张德子哆嗦的双手之中。

接着，皇甫朔双目倏然凌厉，扫过随身的宫女与太监，刻意压低嗓音，命令道："都不许动，也不准出声，否则诛九族。"

众多宫女与太监立即全身僵硬，可眼睛却是直勾勾地盯着我身后，流露出无法控制的惊恐,场面诡异异常。

我的心不禁一紧,小手指轻轻颤抖,拨动了棋子。

皇甫朔回首安详笑起:"洛夫人最好也不要动。"

我身体开始僵硬,呼吸已乱,后背冒出细细的汗。

秋风起,刮得身后梅树树叶沙沙地响。

我的背脊隐隐透着凉气,冰冷的感觉迅速浸透全身。

对面的皇甫朔优雅依旧,嘴角噙着笑,然后缓缓地抬起右臂,轻柔地卷起袖子,右手侧立,让大拇指上的扳指完全地暴露在阳光之下。

那是一枚罕见的金扳指。上等赤金,雕刻有相互盘亘的九条龙,龙眼与龙身皆镶有璀璨的红宝石。

皇甫朔的右手开始游动,越来越快,宛如扭动的蛇。

身后响起嗞嗞之声,突然我闻到一股浓烈的潮腥之气,随后感到有冰冷黏液软体东西滑过我的左颊,惊得我全身毛孔收缩。

这时,皇甫朔的右手也停止了扭动,扳指旁,一只怪蛇狠狠地咬住了他的右手手腕。

四周不可抑制的尖叫声纷纷响起。

怪蛇有腕粗丈长,金光闪闪的鳞片裹着灵活的躯体,上面布满不规则的红斑。这条怪蛇最夺人目光的就是它头上的红冠,张扬卓立,色彩如同鲜血般瑰丽。

皇甫朔轻皱起眉头,似无奈,然后左手闪电般夹住了金蛇的七寸处,咔嚓一响,金蛇脖子斜歪,毒牙松口,跌落在地。

金蛇垂死挣扎,身体怪异地曲卷着,不停地敲打地面,发出啪啪之声,似在求救。

很快,金蛇就张着獠牙死去了。

"皇上,蛇有毒。"真妃摇晃起身,摔倒了坐椅,直直地攥住了皇甫朔的手腕。

血腥之气顿时弥漫开来。

真妃半个人已经倚在了皇甫朔身上,对着惊慌失措的宫女们厉声吼道:"还不快传太医。"语间竟带有深沉的哭腔。

皇甫朔如老僧入定般,脸上维持着一贯的淡笑。

我却惊醒。

一把扯下腰间丝带,快步奔至皇甫朔身旁,轻轻推开真妃道:"我会处理伤口。"迅速地用丝带绑住皇甫朔的右上臂,阻止血液流通,防止毒素随血液扩散全身。

"给我小刀!"

四周慌忙而惊讶,并没有人递来小刀。

我心一横,拔下发髻中的胭脂碎,握紧簪花,留下尖锐钗尖。回望真妃泪眼,我决绝发力,将钗尖刺入皇甫朔手腕上的毒洞,划破皮肤,连接起两个毒牙洞。

黑血瞬间喷薄而出,洒了一地。

第二十三章 棋局乱

我将皇甫朔的右臂自然下垂,让毒血顺势流出,同时认真观察伤口。

只见伤口仍有黑血流出。我不禁小声懊恼道:"毒血流不尽。"这种急救方法应该没有错,只是现在没有塑料薄膜,否则可以用塑料膜隔离伤口,然后用嘴吮吸伤口,直到将毒血吸尽。

我尚在思索替代之法时,真妃早已俯身而下,用口吸取着毒血。

"毒素会从口入。"我想拉开真妃,才发觉自己的力量是如此渺小,根本撼不动真妃分毫。真妃不断地吮吸,然后从口中吐出黑血,喷到地面,像是盛开的黑色大丽花。

嘈杂之声奔袭而来。

张德子尖声高叫道:"皇上,太医来了,太医来了。"

清苦药香随空气晕散到长乐宫的每处角落。

真妃刚喝下解毒汤药,安静睡下。

见真妃无事,我放下床帐,转身离去。

脚踏在细长柔软的波斯地毯上,几近无声,这时,张德子碎步前来:"洛夫人,皇上召见。"

随张德子穿梭于宫殿的庞大柱阵中,至走入一间晦暗房间。

皇甫朔半躺在明黄龙榻上,有一人匍匐在侧。

张德子悄然退下。

我亦无声地站在巨大柱廊之后,遮住侧影,只是裙摆掩藏不住,飘至柱外。

"微臣禀皇上,幸得安国夫人处理伤口及时,再加上已敷上的疗毒灵药,皇上伤口应无大碍。"

"知道是什么毒吗?"

我垂首低头,侧耳倾听。

"此乃红冠金蛇之毒,但臣实不明为何宫中会有红冠金蛇。据记载,红冠金蛇数量极少,只生长在南疆沼泽密林之中,但毒性确为众蛇之冠。"

"可金蛇为什么会单单袭击朕呢?"

"红冠金蛇喜嗜特别,独喜欢攻击与它相近之物。若是金底红点表面,必会扑上厮咬。所以臣大胆推测,与皇上手中扳指有关。"

我听得心惊肉跳,手不由得抓住了柱边幔帐,同时,衣袖也顺势拂过身旁盘龙金柱。

清脆的金属撞击声响在耳畔。

"看来安国夫人也表示赞同啊!"皇甫朔突然提及我。

我轻拧眉头,刚才来不及将胭脂碎重新绾上发,就直接将其丢入袖中,却不想撞上石柱,发出脆响,打断了皇甫朔与太医的对话。

皇甫朔瞟了一眼太医:"退下吧。"

我缓缓从柱后步出,正迎上退出的太医,擦身而过时,听到了他长舒的叹气声。皇甫朔撑起身子,取下手中扳指,仔细端详着,忽然认真笑起:"朕倒觉得这枚扳指好像与洛夫人的发簪很有缘分,同样的金底红点。"

"是谁?"我的声音有些颤抖。胭脂碎如今正安静地躺在我的袖中,可尚有黑色毒血附在钗尖。

皇甫朔摊手,无奈一笑:"朕不知。"

"皇上需要静养,臣妇先行退下。"我根本无力来分析这隐暗的来龙去脉,现在只是单纯的本能反应,我要离开杀机重重的深宫。

说完,不等皇甫朔同意,我就转身大步走向殿门。

"站住。"皇甫朔威严命令道。

我不由得放缓脚步,终于停下。

皇甫朔的声音突然变得轻柔无比,似飘浮的鹅毛:"扶柳,记住,你欠朕一个人情,一个大至性命的人情。"

我不知我是怎样迈出晦暗宫殿的,只知道出了殿门,站在阳光之中,全身的气力就被抽尽了,双目一阵眩晕,而后软软倒下。

跌入一个温暖的怀抱,周围萦绕着淡定墨香,我半张着眼,看见皇甫轩冷绝的身影卓立于夕阳前。他目光肃杀,步子极慢却又无比踏实,向我走来。

我咬唇,一阵刺痛入心,快速翻身,冰冷手指紧紧攥着洛谦的衣角,用尽最后一丝力气说:"洛谦,我想回家了。"

江南,碧波翠竹林。

风吹竹摆,碧波漾漾,我蹲在竹林中,摆弄寸长竹棍,演练阵法。

突然间,竹林哗哗之声大作。

无数条红冠金蛇从四面八方疯狂涌出,它们或扭动爬行,或盘旋昂头,但无一例外都吐出狭长的红芯,闪露獠牙,滴涎着毒液。

我惊恐万分,只能抓住身旁的翠竹,借助它,摇晃起身,然后眼睁睁地瞧着,红冠金蛇不断地扩张它们的地盘,向我缩进。

我闭上眼,不可控制地放喉尖声叫起。

随后,四周陷入万劫不复的死寂,惧怕使我必须睁开双眼,头顶只有一床淡青幔帐。

一场梦而已,令人毛骨悚然的噩梦。

我冷汗涔涔,哆嗦起身,来不及穿鞋,就赤足踏地,推开门窗。

天地间的凉风吹散胸中闷气。

我迎风出门,躲在了廊柱后的黑暗中。

半月被阴云包裹,全世界皆在浑噩之中。我缓缓坐下,双手抱膝,尽量地蜷缩成一团,像是受伤的动物孤独地舔舐着流血伤口。轻轻踮起足尖,在下面铺上了一层裙布。我未着罗袜,赤足受不了花岗岩的寒绝,然后开始静静地想着事。

星移泰斗,时间却仿佛滞固。

也不知想了多久,直到庭院内响起人声,我才对周围重新有了知觉。

"红冠金蛇为什么会出现在宫里？"

"前日婉妃娘娘派苏刚急要红冠金蛇,往日也有过这样的情况,小人也没细查便给了苏刚红冠金蛇。"

"糊涂,她想杀她！"温润的声音陡然怒气十足,随后一声闷响,数声咳嗽迭起,"这次失察只罚一掌,若再犯,必会重罚。"

"谢爷轻惩。"声音比方才微弱许多。

"以后你就不要听她的任何命令！"

一切还归寂静,我下意识地将自己蜷缩得更紧,完全融入黑暗之中。

突然,眼前雪亮,一袍白绸飘然至面前,熟悉的清水墨香很快将我包围。

遥远的上方传来温润声音:"扶柳,我们回屋了。"

他俯身而下,将我环住,想抱我回屋。

我不言语,只是用手直直地攥住他的衣袖,无声地告诉他我不想动。

他就在我眼前,然后,我用削尖的下巴抵住他的后肩,一点点地汲取他身上的温暖。此时心中所有复杂情绪都化为眼中泪水,无声地,簌簌地流,湿了他半面衫。

终了,泪水流尽。

我抬起眼眸,睫毛上还留有泪珠,隔着水雾,他的脸氤氲在月光里。淡薄清绝的月光洒在绿绮窗棂上,青碧泠泠的反射光芒游移在他的衣襟处,光影流动,恰似碧波翠竹的剪影。于是,梦里竹林中的蛇盘旋进了我的心,手指颤动着抵在他的前胸,与心脏仅隔一寸血肉:"如果我说两次刺杀定北将军我都不知情,你信不信？"

指尖是温热在蹿动,慢慢地,他的温度暖了我冰凉的掌心。

可却没有听到他的声音！

眸里是一片水帘,他的面容涣散开。

我扬起头,更靠近他一分,嘶哑道:"当初为什么不告诉我那玉坠子其实是寒沉翠,是迦南教驱散热毒的灵玉,有它就可以抓火蟾？要不我才不会像一个傻瓜一样,什么都不知道就把它借给医邪拿去长白山捕火蟾！"

指间感受到他轻微的一震。

我苦笑,旋即垂下头,眼中的泪水滴落,打湿了裙角。

"任何人都可以捉到火蟾,不一定非要寒沉翠不可。"他的掌心覆在我的肩头,烙得我肌肤灼热,"扶柳,下次不要将寒沉翠借给莫当归就是了。"

整个眼眶都是酸的,泪水再一次涌出,我低声语:"其实我问了医邪,他的确是捉了一只火蟾,不过早已制成了药本。真妃昨天告诉我,只有第二次刺杀,才是哥干的。可你为什么不肯给哥大风营里的将士一口饭吃呢？"

他没有回答，只在我耳畔轻声说："扶柳，相信我，会有一个结果的。"

可是，洛谦，你要给我一个什么样的结果呢？

家国恨，亲缘灭！这就是你要给我的结果？

"结果！什么结果？是不是从此以后在这个世上我一个亲人也没有了？"我攥着他的衣襟，夔云纹刺绣擦过手心，微微刺痛，"你这个浑蛋……"

"没有上官……"他温暖手掌抚过我脸颊，泪水拭去，留下浅浅墨香，"我们以后还会有很多亲人，儿孙满堂的。"

我窝在他怀里，后背依然发凉。

【洛谦番外】

她躲在廊柱的阴影里，蜷缩在一起，似乎想要用自己的手臂包裹住全部。夜里寒风吹起，她赤裸的足在黑色花岗岩上慢慢地蠕动着，一点一点挪进自己的怀抱，却离我越来越远。

"扶柳，我们回屋了。"我俯身而下，环住她，带入屋内。

她咬着唇，固执地摇头，攀上我肩头，用消瘦的下巴死死抵住我的后背，然后无声哭泣。灼热的泪水滴落在背上，很快浸过衣衫，烫着肌肤，慌乱了心。她只是哭，一句话也不说，我只得更加用力抱着她。

她的泪水湿透了我半面衣衫，原本滚烫的泪凉下，风一吹，我的背后一片阴冷，像是听到她差点被红冠金蛇咬住的那一瞬间。

"如果我说两次刺杀定北将军我都不知情，你信不信？"她揪着我的衣襟在问，眼眶红红的，还留有晶莹泪水。我一颤，她踏入长乐宫的那一刻我曾以为她已不再在乎我，原来她还是在意我。

"扶柳，相信我，会有一个结果的。"

一个月来，我加快速度瓦解上官的势力，只想着快一点再快一点，最好天明一睁眼，上官就消失了，我可以安心地抱着她，没有人会再针对她，甚至想杀了她。

"结果！什么结果？是不是从此以后在这个世上我一个亲人也没有了？"她低泣，"你这个浑蛋……"

"没有上官……"我将她泪水拭去，"我们以后还会有很多亲人，儿孙满堂的。"

上官扶柳，你娘怎么教你的，不知道出嫁从夫？良人者，所仰望而终身也，你的一生一世都是要陪着我，即使死去也是在一起的，而不是跟着上官！

第二十四章

伤离别

"夫人，醒了吗？"

我睁开眼，额角在抽搐着疼。

"真的醒了。"风铃儿将覆在我额头上的冷巾取下，疲惫眼角带着欣喜笑意翘起，"风铃儿马上去药房端汤药来，这药都熬了几个时辰了。"

风铃儿一向麻利，话刚说完，就出了房门。

我揉起额角，舒缓疼意，撑起身子半躺在榻上。大约是昨夜吹了冷风，又染上了寒症，喉咙有些干干的灼痛。转头瞧了檐下的更漏，这个时辰他应该是在含元殿上。

沉闷的重木撞击声，我回头见风铃儿正端着药碗龇牙，她脚边的一个镂空圆凳笨重地来回滚动。

"以后小心点，去找流苏要些膏药擦吧，她以前身上也老有淤青，消肿活血的药就没有离过身。"

风铃儿勉强一笑："那个冷丫头，我才不想求她呢！自己揉揉就好了。"随即提起裙摆，腿脚微跛走来，"夫人，先趁热喝药吧。"

我喝了一口药，真苦，蹙了眉："流苏人呢？"

"她啊，一直守着小少爷半步也不肯离开！"风铃儿双手搓揉着脚踝，时不时皱眉轻哼两声。憋足一口气喝完所有药汁，我将药碗递回给风铃儿："叫流苏抱着熙儿过来让我瞧瞧，一个月了，是不是长胖了些？"

"好啊。"风铃儿唇角一弯，"那个青面丫头都不肯让我碰小少爷呢！"然后伸长脖子对屋外高声喊道，"小梅去告诉流苏，夫人要她抱小少爷过来。"

门口有个女声轻应，脚步声远离。

药效散开，我开始出汗，风铃儿就坐在身边榻上，替我拭着额上细汗："夫人，小少爷粉团团的,可爱得不得了。那天我好不容易悄悄溜进流苏房里,就看见小少爷乌溜溜的眼珠转个不停,还对我咯咯笑呢……"

"下次我打断你的腿!"冷冷声音在门口响起,风铃儿身子一抖,望向立在门口的流苏皱起鼻子,挽着我的手臂做了一个鬼脸。

"流苏,熙儿呢?"

流苏两手空空,踏步入屋,身后跟来一个模样朴实的中年妇女,她臂弯里抱着一个小孩。隔得远,我只能看见小孩粉扑扑的脸颊,大约是睡着了。

"这是前段日子刚请来的奶妈,姓吴。"风铃儿蹦跳着到了吴妈身边,一把推着她的腰,"快上前给夫人瞧瞧小少爷啊!"

吴妈有些拘谨,不自然地笑着把熙儿抱到我身边,俯下身子,将熙儿送到我面前。熟睡中的熙儿双颊泛着红晕,眼眸紧闭,稀疏的睫毛微微颤动。我抬眼,对吴妈轻声问道:"小少爷最近吃得多吗?"

"三小姐有封信要给表小姐。"吴妈目光闪烁,似乎想要将周围尽收眼底。她方才的话音极低,用的是余杭方言。我极快稳住她已在颤动的手,偏头对在屋里收拾药碗的风铃儿道:"风铃儿,去厨房告诉张娘我晚上想吃酒酿丸子,你亲自去吧,那些小丫鬟不清楚我的口味,容易出岔子。"

"知道了,夫人。"风铃儿笑着走出去,"不要豆沙的,要红豆的;不要十月的晚米,要五月的新米;不要金陵的米酒,要扬州的米酒……"

"说吧,什么话?"我从吴妈怀里接过熙儿,低头拿起素帕轻轻擦着他还留有些奶渍的唇角。

"三小姐半月前离开京城,临走前嘱咐,无论如何也要将这封信亲自交给表小姐。"吴妈从胸口取出一封信,信长久压着,已生出了深深皱痕。

我将熙儿放好在软榻,又掖了一遍被子,才接过信,瞟了吴妈一眼:"该忘的就忘了,你只是相府请来的奶妈,过了半年就要离去的。"

吴妈一愣,随即垂下头,退到了流苏身旁。

撕开封口,抽出薄薄一张纸,是霜铃的簪花小楷。我粗粗扫了一遍,又仔细读了两次,才将薄纸塞入案上的香炉中。火舌舔着密麻墨迹的白纸,深橙色光芒瞬间转为灰白纸灰。

灰沉入香炉底,我才抬起头,依旧沉默,只挥了挥手。流苏冷眉沉下,嘴角僵硬,领着吴妈离开。双门合上,隔绝了重重脚步声。掺了纸灰烟味的沉水清香自案头香炉徐徐飘出,我解了锦帐金钩,厚重提花锦缎隔断了那股异香。空气随着锦缎的滑落而沉淀下来,我抓紧棉被,重新躺下陷入软榻之中。合上眼,耳边有孩子酣然的呼吸声,还有浓郁的乳香。

终于,霜铃也离开了长安。

设在金陵的汇通钱庄出了账目问题,加之柳义柏五十大寿,霜铃匆忙赶下江南。

走之前,她留下一条消息,引出无数的可能性。她说,据密部线人的证言,三十年前白飞的女儿白玲珑宣布她夺得迦南灵玉寒沉翠,从而得到教中长老认可提前五年继任圣女。可就在继任大典的前一夜,白玲珑无故失踪,以后再没现身江湖。只是有人曾在长安相府远远瞥见一眼白玲珑,当时还有洛征在侧。此后,便真的再也没有白玲珑的任何消息了。

霜铃最后问了一句,洛谦的娘亲是华阳郡主吗?

一切都留有疑问,可一切都只是臆想!

昏昏睡着的时候,我脑子里一片空白,只有浓浓的乳香萦绕在发鬓处。

天朔十年,初冬,阳光稀薄。

府里有些热闹,大概是年底要考核各级政绩,每日来的人分外多些。

"小少爷,好玩吗?"风铃儿将一个缀有银铃的藤球递给怀中的熙儿。她生性活泼,一直不喜与流苏共处,流苏也嫌她聒噪,自个儿练剑去了。

后院与前厅隔着高墙,还是清静的,只听着风声和铃铛声。

"哎哟,掉了。"风铃儿低低呼叫着,藤球从熙儿手中滑落,骨碌滚进了路旁的槐树林,转瞬间又没入了假山后,"天啊,小少爷连玩着球也能睡着!可怜我的铃铛球球啊!"

阳光渐斜,冬日寒气涌出。

"起风了。"我拉紧了熙儿的棉袄领子,"风铃儿把少爷抱进屋去吧,我是抱不动这个小胖子,还是去捡球好了。"

"真是个小胖子,好重啊!"风铃儿嘻嘻笑道,抱着熙儿快步离去,她正青春,脚步稳健。风吹了一会儿,我才走进槐树林,林子里落叶积厚,踩在脚下沙沙地响。只转了一个弯,就发现藤球静静地躺在假山脚下,球上缀着的银铃轻摆,映出地上的枯黄落叶。

清泠铃声断断续续地轻响,似乎在与低沉风声呼应着。

我正要弯腰去捡,却听到假山另一端传来的人声,顿时手臂僵硬。

"听说夫人和少爷明年要倒霉了,翠儿,不要靠夫人太近哦,小心把自己也栽进去!"

"这话你也敢乱说?"

"大家都心知肚明的事!我婶婶在王尚书家干活,她前天特意跑来嘱咐我离夫人远点。说京城各家大人府里都流传开了,夫人和少爷绝对活不长久。"

"为什么?"

"没有听过苏府传出来的话?那上官家女人不过凭着狐媚一时迷惑了相爷,等她背后的上官家垮下,到时候,多的是人要杀她!"

"哪能如此容易,夫人上半年还被封了安国夫人呢?"

"在大人们眼里，安国夫人只是个狗屁不如的虚号，或许在民间也会有些影响力，可在朝里能掀起多大的浪呢！夫人凭上官家嫁人，上官将军府都没了，她还能再待在相府？"

"不会吧？相爷肯定不会同意的！"

"哎，谁知道到时候相爷会怎么想呢？但塞北大营里已有人放言了，上官妖女屡次谋杀将军，众人愿先杀妖女再向相爷自刎请罪！这样的事都有人肯做，你说夫人还能活得长久吗？"

"那小少爷呢？"

"自然也是逃不过的！谁叫他可怜投在了上官女人的肚子里！"

几片枯叶自头顶高枝飘下，萧萧落进在我裙角褶皱里，暗黄的颜色忽地就刺痛了我的眼。深吸着气，我挺起背脊，用僵硬的手臂打落夹在襦裙里的落叶，一步一步转过假山，直到看见两名婢女。

她们唇色发白，手中的托盘砸落地面，汤水横流，一片狼藉。

我缓缓走过，无声无息，离她们数丈远了，只觉得喉间有气哽着，迎着北风猛然转身，扬起下颌："以后说悄悄话时，记得再小声一点！让别人抓住把柄，先死的是自己！"

"夫人，饶命！"她们匍匐在地上，发辫跌入泥水中，又湿又脏。

我冷笑回首，却瞥见远处的风铃儿在风里似乎瑟瑟抖着，我背脊直绷，衣袖猎猎地走到风铃儿身边，听到她的细声："夫人，你的脸色很不好。"

平视前方，是一片开阔天际，我咬着牙，声音却轻："风铃儿，迟早有一天我会让你伺候的主子成为她们的主子，要所有人都甘心下跪！"

天朔十年，腊月十一，阴风飒飒。

在厚绒帘布重重的暖阁内，我眯起眼，将粗丝红绳穿过一个绳结，然后十指绕起红绳向外猛拉，中间繁复盘杂的红绳迅速缩紧，直至形成一个漂亮的结。

身旁的洛熙还不会走路，软乎乎地爬在棉榻上。我将刚编好的平安结晃到他眼前："熙儿，娘编的平安结好看吗？"

每到此时，洛熙就会似乎很不爽，皱起小小的眉头，好像控诉我打断了他的兴致。他会歪着头，睁着圆溜溜的双眼，与我开始用眼对峙。可他却是充满心机的，待我手中的平安结晃动速度放缓，渐止停住，他就会突然地伸出粗短的小胳膊，狠准地抓住平安结，并用力从我手中抢走它，然后呀呀叫着，挥舞着平安结，向我炫耀他的胜利。一个月来，我会乐此不疲地与洛熙玩各种幼稚游戏，也会不断地为他编起各色吉祥绳结。

平安结，长生结，甚至连求得女孩子欢心的桃花结，我也为他编好。

我会开始幻想他长大后的英俊模样。他拿起我亲手编的桃花结，对着心仪的少

女承诺，执子之手，与子偕老。然后，他会抱着粉团团的孩儿，对我说，娘，快来抱一下你的小孙子吧。

我将已玩累睡着的洛熙放入摇篮，替他披好棉被。然后取了稍细的翠色丝绳，比画在寒沉翠上，碧光流转，绿莹一片。

"少爷回京了，请小姐去长乐宫里见面。"流苏带着冬日的寒冷走进。

"为什么在皇宫？"

"不知道。"

我胡乱将丝线缠了寒沉翠数圈，放入袖口："能够进宫吗？"

"少爷将贴身侍卫调到了偏门外的街道里守着了。"流苏这次说得很详细，"昨日皇上下旨，命相爷今早出城到太庙准备祭祀仪式。事务繁重，相爷最快也要明日才可回京。"

我起身，拍了拍长裙上的短屑绳头："流苏，帮我照顾好熙儿，保他平安。"

"不行，除了我，谁也带不了你踏出相府！"流苏说得决绝，目光亦决绝，"小少爷自会有府中人保护，可是你在宫中呢？我不容许金蛇事件再发生一次。"

回望身后熟睡的熙儿，我抿着唇，眉尖陡扬！熙儿，娘会让你成为那些王尚书等人名副其实的主子！

静默片刻，我牵起流苏僵硬的手，笑道："那我们一起去，现在就走。"

一路上，刀剑金鸣，马车颠簸，极快速地奔驰入宫。

骏马长嘶一声，车停，哥的侍卫下马，皮甲上刀痕深刻。

一只保养很好的手探入车内，撩起厚重帘子，张德子冻得发白的脸就在车外："洛夫人，可让老奴久等了。"

是皇甫朔的近侍张德子，我微愕，随后浅浅笑起："让公公受冻了。"

张德子立即诺诺道："哪里哪里。老奴能替主子接夫人，是老奴的福气啊！"然后弯腰摆袖，"洛夫人，这边请，主子正等着呢。"

不是皇甫朔的太徽宫，张德子领我去的是长乐宫。

长乐宫中殿内，常年的冷暗潮气混着药味。

决然的皇甫轩如同傲气的雪松挺立在大殿中央，身边的紫金铜鼎升起细白香气。我与他相隔数丈，走近，远离，他目不斜视，未曾望我一眼，只是眼光寒冷依旧。

等到快要进长乐宫内殿时，皇甫轩才冷冷地开口，却直指流苏："皇宫重地，外人不得入内。"

流苏霍然回头，眼光里迸出锐利的刀尖，刺向皇甫轩。她的面色比皇甫轩更加阴沉，同时右手也在慢慢地靠近腰间。

张德子见状，急忙打起圆场，和气笑道："外人不许随意在皇宫内走动，这是千百年来的规矩，并不是针对姑娘。"

环视四周，已有不少侍卫候命殿前。我淡道："流苏，你就留下来，都是一家人，毋庸担心。"

张德子连连和道："一家人,一家人,哪有什么不放心的。"

流苏双手垂下,抿紧薄唇,冷淡的眸子中有些急切,似在询问。

我轻松一笑,表示我可以应付。

随后,跟在张德子的身后,踏入昏暗的长乐宫后殿。所过之处充斥着苦涩的药香,潮气暗湿,紧闷得像是装着草药的地窖。

需要一点东西打破沉默,我曼声问道："张公公,你现在为谁而活啊?"

张德子一愣,脚步放缓,声音亦缓慢："老奴还是为了自己,却斗胆问夫人一句,决定了吗?"

突然间冷冷药香袭来,我似笑非笑,点了一下头。

滞涩的时间在脚下缓滑而过。

张德子带着我穿过七重幔帐,在掀开最后一层明黄蝶影轻纱后,我一惊,轻声呓道："哥呢?"哥要我来长乐宫他却不在帘后,而是一个更为削瘦的男子坐在双面刺绣白莲屏风前,闭目养神。

张德子轻轻说道："皇上,洛夫人到了。"

皇甫朔淡淡地睁开一丝缝,嘴角滑出一声"嗯"。

我随即俯身行礼道："臣妇叩见皇上。"

皇甫朔的眼睛全部睁开了,挺直了背脊,清声笑道："安国夫人何须客气,都是一家人。"如玉手指一指,"夫人,请坐到此处。"

皇甫朔坐在软榻案几的左侧,他指的地方正是右侧。

皇上右侧只有皇后能坐。不合礼制,我委婉拒绝："臣妇何德何能,怎敢与天子同坐?"

皇甫朔淡道："安国夫人有德有才,何必过谦,而且朕只不过想请夫人看清这盘棋罢了。"

我缓缓向前走进,将幔帐后的一切瞧得更清楚。看清了便有些惊讶,短短几个月,皇甫朔就像是变了一个人。面色蜡黄,眼窝深陷,颧骨突出,瘦得只剩下了一把坚硬的骨头,不过眼珠仍旧是黑琉璃般闪有光彩,盯着棋面上的黑白棋子。

"夫人,这盘棋可还有解?"皇甫朔手里拈着一枚黑子。

更惊,棋盘上的棋子就是按照那日甚寒亭的所摆,一子不差。将行第一百零八手,皇甫朔黑瞳流离光芒,笑得过分绚烂："第一百零八手,置之死地而后生。安国夫人,是吗?"皇甫朔将黑子轻轻放到西北角,自杀一片。然后盯着我,"只能这样下,才有赢洛谦的希望。"

我迅速垂下头,小声道："每一步棋,都有千万种变化,棋势难定,胜负亦难定。"

皇甫朔朗朗笑道："好一句'胜负亦难定'!既然是安国夫人想出的破着之式,就让夫人实现这置之死地而后生的奇迹吧。"

373

"张德子,宣读圣旨。"

张德子趋步走到我面前,展开明黄锦缎。他的手有些颤抖。

我伏地,准备领旨。

"奉天承运,皇帝诏曰:上官氏扶柳,性情聪慧,敏锐有识,心怀百姓疾苦,曾因赈灾有功,赐封安国夫人。又因长乐宫救驾大功,朕视如亲妹,今特晋封瑞安长公主。钦此。"

给我权力,让我破僵局吗?我伏在地上,久久不曾接旨。

张德子有些着急了,催促道:"长公主接旨啊。"

袅袅起身,我傲然抬头,直道:"臣妇性情愚钝,见识粗浅,不堪如此大任。请皇上收回成命。"

张德子吓得大汗淋漓:"夫人,你这是在抗旨,死罪啊。"

我浅笑:"臣妇知道抗旨是死罪。只不过不接旨,还能有个全尸。怕是接了这个旨,明里暗里的刀箭齐发,倒弄得个粉身碎骨。"

皇甫朔不怒,反懒洋洋地拍手赞道:"安国夫人看得通透。只是朕通常认为不为己用,便是敌人,若是敌人,决不手下留情。"

皇甫朔淡淡的一句话,使整个房间顿时如乌云压顶,让人闷得喘不过气。张德子的额头开始冒出豆大的汗珠,我的手心也沁出细细汗水。

淡笑着思索一阵,我施施然坐在了皇甫朔的右侧。他既然要我做瑞安长公主,我当然就敢坐在他的旁边。"白棋已经控制整个局势,但凭扶柳的一个置之死地而后生是无法扭转全局的,皇上可有良策?"

皇甫朔淡眉一挑,颇有兴趣:"夫人不肯接下第一道圣旨,朕又怎么能告诉夫人第二道圣旨呢?"

我亦挑高眉尖,笑道:"皇上不肯说,臣妇也不敢接。"随即拨弄起棋子来,"看来还是一盘僵局啊。"

皇甫朔收了一身淡然,正色道:"夫人有何底气敢不接旨?"

我眼波淡转,几分自嘲笑道:"难道皇上忘了使了一条调虎离山计才让我进宫的吗?我已经被他看守在府里三个月,切断一切与外界联系的途径。我敢保证在我抵达宫中时,已有飞鸽传书将消息递到他手中,而从太庙策马奔来也只须一个时辰。"

"只有一个时辰。"我加重语气,甚至带了一丝压迫,"皇上何不有话直说,否则错过时间,便再无机会。"

皇甫朔的手开始轻微地抖动,陡然扫落大半棋子,零碎的撞地声激起他的忍耐多年的怒火:"难道朕会怕他区区一个丞相?"愤怒来得快,却短促,火气燃烧到最高点便急剧下降,转为颓废。

面对皇上的愤怒,我在不停地告诫自己,无畏,只有无畏才能赢得和他谈条件的资格。我毫不避讳,双眼炯炯有神,盯着皇甫朔的一举一动,不退让半步。

皇甫朔缓缓合上眼,苦笑叹道:"连你也威胁朕了。"

"臣妇不敢。"我拨弄棋子,顺手下了一子。

皇甫朔倚着雕花椅背,默默不语,只是手指轻轻弹着棋盘。

"扶柳,休得冒犯皇上!"激怒的甚至是带有咆哮的吼叫声从屏风后传来,上官去疾的冲出几乎掀起了半扇屏风。他扬起了手,像极了要教训不成器的子女,却被而后出来的真妃急急拉住。

看着哥泛红的眼睛以及他清晰而憔悴的面容,我感觉到那个曾经意气风发的少年,已经一去不返了。他年少时光洁饱满的额头有了浅浅的皱纹,他开始老去了,我也不知道应该用什么样的笑容面对他,只能这样单纯傻气地坐着。

哥,你现在的怒气是身为一个臣子必须做给皇帝看的表演吗?因为皇甫朔清楚地道明了他中意皇甫轩?

哥颓然后退几步,嗓音嘶哑:"到底是泼出去的水,你还是一心向着他。可你知不知道他又是如何对付上官家的,他连从瑞安县运去的几车粮草也不放过,烧了个粒米不剩!"

他是在月夜里对我说,从此以后没有上官!

我扬着眸,静静地看着哥泛红的眼眶,唇角抿得极紧。

皇甫朔无力地摆摆手,轻声说道:"不要争执了,朕的思路都被你们打断了。安国夫人说得很对,只有一个时辰的时间,我们没有什么骄傲可以浪费一分一秒。"

皇甫朔睁开了眼,黑琉璃眼瞳平淡无波,但又蕴涵希望的光彩。一瞬间,我有些惊怔。皇甫朔他善于隐藏,也能轻易地调整状态。现在的自信,是他胸有成竹,还是他意念的支撑?

"安国夫人,你我都如此急迫,你又何必坐地起价呢?"

皇甫朔拈棋微微一笑,转而对哥清声道:"上官将军,如果安国夫人没有欲望,她又怎么冒着失信于丞相的危险来到宫中呢?安安静静地待在相府不是更好吗?"

哥望着我,因激动而起伏的情绪方才平静下来。

我只坐着,一丝儿没动,可皇甫朔的淡然语音却像惊雷一般从我脑子里扫过。

袅袅茶香散开,真妃垂着头,安静地等着她面前的泉水沸腾。

大约是狮峰龙井,但终究是比不上新茶,差了点江南水韵。深吸一口清雅茶香,定了心神,我扬眉笑道:"皇帝开的价码太低了,上官扶柳不愿意接受。"不再自称臣妇,我是上官扶柳,上官家的女儿在向皇上提价。

皇甫朔眯起眼,瞳人精亮:"覆巢之下安有完卵!想必安国夫人也是想透了的,现在,我们都好比浪尖上的两只小舟,此时不链锁,更待何时呢?"

我伸指将棋盘中挨在一起的黑白两子分开:"可皇上给的锁链太单薄了?"

皇甫朔呵呵一笑,竟有些嘲讽意味:"上官家的二小姐,你既然已经清楚将军府覆灭后,你和你儿子的将来,为什么还要强撑呢?"

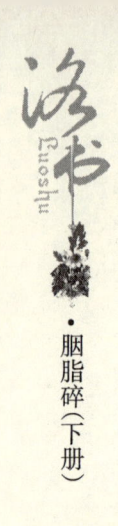

依旧是微笑,我挺着背:"因为强撑着,天才不会垮,才有希望看到未来。"

"心急吃不了热豆腐。"皇甫朔声音淡然,手却是轻微摇晃,伸进了龙袍宽袖中。莹白而瘦骨嶙峋的双手,在我面前的棋盘上铺开明黄锦缎,"朕给你看第二道圣旨。"

锦缎上的字圆润有力,像年轻的士兵,准备厮战一场。

"瑞安长公主学富五车,比肩男子。现朕授瑞安长公主为大皇子太傅,教授课业,而朕深以为宫中方圆地小,不及民间学识丰富。所故,特准瑞安长公主带大皇子出宫游学,望三年之后,学业有成,堪以大任。"

瑞安长公主?太傅?我望着皇甫朔平静的脸,你还要给我多少头衔?

浅浅摇头,换上无辜的眼神,我轻声道:"扶柳愚笨,还是不明所以。"

皇甫朔逸出一声清淡笑声,像是嘲讽:"安国夫人蕙质兰心,岂会不明白?既然夫人想要我亲自把话挑明,那朕决不让夫人失望,一定说得通透。"

好一招以退为进,看似我逼得皇甫朔不得不以实相告,可实话之后呢?我有拒绝的空间吗?现在不容退缩,我淡笑道:"扶柳洗耳恭听。"

皇甫朔缓缓道来,节奏不快不慢,却自有一股威严:"夫人可晓得,朕为什么要代夫人受上毒蛇一咬?"

"所谓一物换一物。"我回道。从那时你堂堂皇帝就开始算计我了,利用苏婉想毒我之际,故意引蛇咬你。我便欠下一个人情,而你需要我帮你做一件大事,危及性命的大事。

皇甫朔悠闲笑起:"夫人说得很对。还有一个问题,朕为什么急于求成,要冒天大风险,想要一举铲除朝中党派?"

我摇头,这也是许多人不理解之处。皇甫朔隐忍了十年,谨慎沉稳,在朝政大事上从未出过任何纰漏,但前年雷厉风行的削权大事的确是操之过急了。

皇甫朔黑漆般的眸子倏亮,笑声畅快:"因为朕想在有生之年做出一件大事,不枉此生!"笑声渐渐弱小,几乎不可闻。

"三年前,朕目眩晕倒,太医把脉,诊出奇症,言无药可救,只能服药拖延五年。"皇甫朔说话间似乎心中雄心也在消退,"假如夫人处于此况,该如何办?"

原来如此,原来如此,假是我,亦这般。

我敛住笑意,极其认真地对答道:"皇上用心良苦,扶柳领会。他日少主即位,主弱而臣强,恐有梁翼弄权、王莽篡位之忧。为保江山社稷,扶柳亦会冒险一搏,尽己余生之力,歼除朝中隐患之人,选忠心良臣辅弼幼主。"

皇甫朔亦是全神贯注,听我讲完:"安国夫人,果真可称朕之知己。"随而叹气,"可叹,若朕当时若不是心急削权,而是联合大将军专攻洛谦一党,如今怕是另外一番景象了。但圣人常言,亡羊补牢,犹未晚矣。或许朕还可以及时补救。"

我不免讥笑,再有一次机会,他皇甫朔还是两翼齐剪,容不下洛谦掌朝,也容不下上官揽权,天下是他皇甫家的,不姓洛,也不姓上官!

皇甫朔继续道："上次与夫人下棋，夫人言，置之死地而后生，一语惊醒梦中人！朕当时便有了这个补救计划，还望夫人大力援手啊。"

我不自觉地抿了抿唇，牙咬得紧了，他居然先摆明利害关系，再逼以情意！

皇甫朔琉璃瞳一转，定住我："朕怕夫人不愿意，所以甘冒奇险，替夫人挡了蛇毒。素闻夫人最重情义，想来不会拒绝这救命恩人的请求吧？当然夫人也会认为这桩买卖不划算，朕是将死之人，中毒与否，皆无关紧要。可夫人应该明白中红冠金蛇之毒后的症状吧？"

我曾在那日后，立即派密部调查红冠金蛇。我有些迟疑，但还是说了："被红冠金蛇咬伤之人，倘若侥幸不死，毒汁亦残留体内，终生不消。且十年之后，毒必再发，绝无可救。"

皇甫朔惬意笑起，甚至还带有一点儿的赞许："夫人博识，一字不差。是故，太医说，朕的寿命再减，只有一年余命。"

陡然间，皇甫朔散发出如刀锋般锐利的气势，一字一顿，硬声道："上官扶柳，你必须还朕的情！"

随后，皇甫朔又平静一笑，拍手道："其实，朕还有第三道圣旨。"

应拍手之声，张德子捧出一个乌木圆筒，恭敬地放在了我与皇甫朔之间的棋盘上，亦压住了第二道圣旨。

皇甫朔伸掌指向第三道圣旨，笑道："朕将此旨密封，三年之后方可打开。夫人可以猜出旨中内容吗？"

乌木圆筒筒口被白蜡封住。

我轻叹一声，而后抬眸淡笑："此乃置之死地而后生之后生。大皇子三年学而有成，依祖制，年十八，祭太庙，分封为王，掌管洛阳千里。"

"为何洛阳？"皇甫朔嘴角挂着笑。

"洛阳，中原富饶之地，兵强马壮，钱粮充足，为挥师北伐长安最佳之地。皇上去年因一桩贪污小案，处斩晋王，不就是要他腾出晋王的位子，将洛阳纳入朝廷？"我话无余地，一语说破。

皇甫朔大笑开，黑瞳闪烁有芒："朕所托有人啊！"

看着皇甫朔的欣朗笑颜，我的眉头已经打结，亦一字一顿，缓缓说道："扶柳将有辱皇命，不愿接旨！"

站在一旁许久的哥，微怒道："扶柳，岂能抗旨？"

皇甫朔也是微讶："你不是要权吗？难道朕封的太傅、长公主还不能打动上官小姐吗？"

"不过是与上次安国夫人的虚名一般，有什么值得稀罕的？"我下颔微扬，斜斜睨着皇甫朔冷冷道。

"好，好，很好。"皇甫朔拍手笑着，没有丝毫怒意，反是开怀，"你能强胁要权，那

就是铁定了心保住上官！乌木筒里与第三道圣旨同在的还有祥凤印,他日你归来含元殿,就与身为太后的苏婉同等地位,或许拥有祥凤印的长公主比起太后更加好办事!"他泛白唇角弯得极高,低声道:"若是……若是阿轩登基,你有拥立之功,权势之贵何人可及呢?"

当有人在面前描绘太过完美的前景时,我通常都会怀疑,这次也不例外:"敢问皇上一句,是看中扶柳的才干,还是看中了扶柳的身份?"

皇甫朔愣住,随即浅笑:"洛夫人很在意这个问题吗?"

洛夫人,原来他们还是觉得这个身份是可用的。

"夫人带着阿轩,总比其他人要少受些苦难的。"

一双柔荑捧着素瓷茶杯递给皇甫朔,茶水热气像雾一样涌起,模糊了皇甫朔苍白病态的脸。

"扶柳。"柔若春风的唤声,是真妃,"真姐姐有几句肺腑之言想和你单独说。"

真妃拉起我的手,带我进入她的椒房。

暗香扑鼻而来,缥缈清香,却偏又混着丝丝冷气。

真妃轻轻将门锁紧,转身面对我,涩涩苦笑:"你我同身为女子,只是我不争气,担不起这种大任。我若有你的心思,也不必为难于你。千般险阻万般难都冲我一个人来,纵使粉身碎骨也不怕。可……"

真妃已经泣不成声,扑通一响,跪倒在我面前:"扶柳,我求求你了……"

我咬牙不语,亦随之跪倒在地,有的时候跪下的人反而更有气势。

可当我碰触到真妃的目光时,我知道我心里的一角在轰然倒塌,眼角湿润。

泪如线断,真妃声音嘶哑:"扶柳,我不求别的,只求我的孩子平安。只要他们平安,什么王爷,什么皇帝都可以不做,天下可以舍,我的性命也可以舍。"

"扶柳,答应真姐姐最后一件事,好吗?你要让阿轩、辕儿活下来!"

此时真妃的眼睛像极了娘,蒙着江南水乡的潮冷雾气,彻骨的哀愁自脚底缭绕而起。上官真不再是高高在上的贵妃,也不是深爱着某个男人的痴心女子,只是一个单纯的、走投无路苦苦护犊的母亲。

这是真妃第一次在我面前示弱,她以前是清冷、漠然观看,或者偶尔呵斥一声,却绝无乞求,她骨子里也是上官家军中的铮然铁骨。

"你我都是做了娘的人,难道不知那种剜心的痛吗?"

熙儿的睡颜蓦然滑过眼前,像是枯黄的老照片,隔得那么远,觉自己被吸进了一池碧水,不断地下沉,急促地呼吸,周围荡漾着髓绿波浪。溺在真妃的泪水中,恍惚间,看到了自己的身影在瞬间倒塌,却还是冷声问出:"救了你的儿子,我的熙儿呢?就是条没心肺的狼也会先护住自己孩子的!"

"倘若上官覆灭后,你和洛熙永远也不能得到洛派人的认可,或许……或许死在苏婉的手里?"

原来温柔似水的真妃的目光也能磨成刀刃,脆薄而锋利。我现在匍匐在地的身影,在这种细小的刀锋中肢解,片片碎屑。

洛谦……苏婉……

一丝腥涩咽入喉,我知道自己咬破了嘴唇。抬袖,先抹掉眼泪,再擦拭嘴角血丝。殷红的血融进眼泪,晕染在月白的锦缎上,似血溅雪地,花开般狰狞。

用尽全身力气推开锁紧的暗朱红门,长乐宫的阴郁冷香就此消散。

我将背挺得极直,那是我给自己的信心。步伐沉稳,姿态却如平常娉婷,我径直走向皇甫朔,取过他身旁棋盘上的乌木圆筒,缓缓浅笑,举手托圆筒过头顶,清声道:"上官扶柳,谢主隆恩。"

七重纱幔被突然而至的狂风吹起,层层飞舞。

殿上静谧窒息,皇甫朔笑起,极其缓慢,却又极其欣慰。

同时,我听到了哥的长长舒气声。

"瑞安既已领旨,便要做该做之事!"随后,转身,背对皇甫朔,面对突起的狂风。风大,吹起我的垂地湘裙,一褶一褶恣意张扬。乌木圆筒却重若千斤,沉甸甸地压在我的手臂间。

"长公主,朕只能为你挡住追兵一月。"皇甫朔说得轻柔,像是在叹息,又像是在郑重许诺。

我回头,斜睨着静如画的皇甫朔,唇角轻颤:"离去之前我想问皇上一个问题……他的娘是不是华阳郡主……"这个问题压在我心头许久,沉甸甸的,从未舒畅过。

皇甫朔先是黑瞳惊瞪,随即竟是畅快大笑:"为什么问朕?"

"有的时候人会更加了解对手。"

皇甫朔挑眉:"长公主你也会在暗地里调查他?"

我脖颈处开始僵硬,转回头,留给皇甫朔是完全的背影。

"朕知道。"皇甫朔说得很缓慢,似乎在斟酌每一个字,"不过,朕不会告诉长公主,想知道的事应该自己去查,或者直接去问他。"

后来,我才明白皇甫朔是不敢告诉我,可那时我已一步一步地离开幽暗的长乐宫。后面不远处,哥跟着我,蜿蜒曲折行在雕凤柱间。

"哥,你都已从大风营撤回,那爹呢?"我的手指抚过光滑的乌木,木紧有致,散发沉沉凉意。

上官去疾脚步一顿:"爹随洛相去了城外太庙。"

"放心,爹会尽力拖住洛谦,为我们争取时间。"上官去疾并不坚定的声音,在通往正殿的门处被切断。

正殿上,青铜香炉依旧冒着绵绵不断的香气。

流苏盯着我怀中的乌木圆筒,眉拧成了结,但瞧见随后步出的哥,硬是生生地将

第二十四章 劳离别

379

整个下唇抿进嘴里。

一向冷淡的皇甫轩看见了乌木圆筒,竟然笑起。笑容不大,但因为他常年不笑,这陡然一笑,像是有人强扯起他的嘴角,勉强之极。

我一笑:"还不如不笑呢!比板着一张老成的脸更难看。"

皇甫轩轻哼一声,便转身背对我们。

"亏你还有心情说笑,"哥轻拍我的头,"事态紧急,阿轩,准备好没?"

皇甫轩答道:"一切备好,鞋帽衣服全部放在里屋。"

上官去疾随即命令道:"扶柳与流苏进去换衣物,阿轩去将辕儿带来。一刻钟后,准备出发。"

不多时,我们都已换上太监服饰,只有躺在皇甫轩怀中的皇甫辕睡得香熟。

"没想到丫头比哥能干,要担起国家重任了。"哥轻拍着我的肩膀,笑容苦涩,倒像是将要送儿上战场的老母。我温柔笑起,如同小时候一般。哥低头,在我耳畔轻声道,"出宫后,换马走北门,一直向北,到塞北吉安镇。"

"哥,你也要小心。"

哥笑起:"丫头不要太小瞧了哥,百年上官岂能轻易崩塌,三年后哥定会在西北十万兵士前为丫头接风!"

这时,张德子急急闯入,慌忙道:"将军,不好了。洛相已经单骑闯过第一道宫门了。"

"怕什么。"哥怒道,"他敢单骑闯宫,我就敢单骑会他。"说罢,便要冲出殿外。我急拉住哥的衣袖:"小心一些。"

"不用担心,我不会伤他的,你们趁着混乱赶快出宫。"哥将我推进了备好的马车里,随后挥起马鞭。车缓缓启动,我抓着哥的肩轻声道:"哥,我的相公他会武功。"然后松开,我回到车内,撂下厚帘。

马车速度不快,像平常太监出宫一样,悠悠地驶向宫门。

离宫门很近了,却遥遥看见哥与洛谦骑马对峙在偌大的宫门广场上。

天空飘起细碎的雪,渐出宫门,风中洛谦只留给我一个模糊的背影。

出了皇宫,车一路狂奔,停在了一个僻静地方。有人接应,我们换了普通百姓打扮,骑上马,直向长安北门。

出城,跑了一两里地,周围都是小土坡,前面恰有一个歇脚的茶馆。皇甫辕早已被折腾至醒,见到有东西可吃,自是嚷嚷着要去。

三人拗他不过,只得催马向前。

刚至茶馆门口,突地从茶馆内冲出一群人,将我们团团围住。

流苏快速抽出软剑,便要驾马杀出。

"流苏姑娘慢着,全是自己人。"洛文骑着马,领着一队骑兵,从茶馆后徐徐踱出。随即勒马向前,对我低首道,"爷要小人在此等候夫人,并请夫人回府。"

雪开始逐渐下大,皇甫轩抓着马缰的手已经泛白,指骨间隐隐冒着青筋。

我悠然笑道:"文总管请回,我还想赏一会儿雪景。"

洛文波澜不惊,继续道:"一个时辰前,爷吩咐小人道,无论随同夫人的是何人,倘若出城一定走北门。"若按常理推断的确不错。向西,可投奔哥驻扎在边关的军营;向南,可藏身在西泠柳庄的七十二座别院中;再不济向东,人口密集,也好安身。但决不会是向北,北方人烟稀少,不易躲藏,而且向北有塞北大营,哪会自投罗网?但又为了迷惑行踪,所以出北门,误让人认为我们将要北上,而后改行他方,是为最佳。

"爷说,若夫人是被迫的,可以强攻;若夫人是自愿的,也要强留。"洛文抬头,恭敬道,"夫人见谅,小人无礼了。"说罢挥手,但见骑兵已成扇形,渐渐将我们包围。

皇甫辕年幼,在宫中娇生惯养,何时见过这等场面,吓得趴在皇甫轩的怀里,哭声啼啼。

环望四周形势,突围太困难。

骑兵就要缩小成圆形之时,一支银箭破空而来,呼啸风引,直插入洛文坐骑前蹄的泥土中,入土三寸,箭尾白羽犹自颤抖,如雪花浮动。洛文坐骑惊吓过度,嘶声长啸,前蹄踏空,身躯剧烈扭摆。洛文脸色剧变,惊慌不已,但身体却是随着常年经验,急忙勒紧缰绳,双腿夹住马肚,稳住了受惊的马匹。

众人皆张望银箭来处。

小土坡上,凋敝树林中,有一男子墨衣白马,挽弓若满月,重箭横贯,箭尖银光闪闪,寒气逼人。身后数百名弓箭手,皆是全副武装,居高临下,箭头齐齐指向洛文。

无声无息的对抗在持续中。

半晌,洛文忽地重重叹气,一使眼色,将我们包围的骑兵迅速撤离。洛文又道:"爷言:若遇强敌,可以撤退,不必以死相搏。但临走之前转告夫人一句,一步错,难回头。"

是吗?难回头?我似乎陷入了自己的冥想之中。

"夫人。"洛文轻轻叫唤着,"小人跟随爷二十年,爷从未料错过一件事。所以夫人还是听爷的一句劝吧。"

望着洛文忠厚方正脸上的诚恳,我淡笑,声音清冷:"文总管,扶柳问一句,在红冠金蛇事件中,你可曾闪过一丝杀我的念头?"

洛文紫脸涨红,握缰之手抖动得厉害,却是中气十足地答道:"有!"

"好……"我手腕亦是颤抖,"文总管,三年后扶柳还会再问你这一句,看到时候你中气还是不是这样的足!"

洛文一愣,然后勒缰掉头,奔驰离去。

雪茫茫地下,很快覆盖了来时的路。

【洛谦番外】

太庙内接到府里传来的消息时,我一时僵硬。

"洛文你赶快去北门截住扶柳,不对,派人去都堵住所有的门。"我一骑快马呼啸奔向长安,冬日的朔风吹散黑发,挡住了半边视线,根本管不了这些,只是不停挥鞭策行,马蹄狂乱,惊走路边所有行人。

一路飞驰,挑翻皇宫侍卫,马终于在含元殿前口吐白沫,力竭而死。

"弓箭阵!"没有见到她,只有戎装的上官去疾严阵守候。

抢下侍卫的腰刀,自己将刀舞到极致,刀光凛冽,如银光网布在周身。手在与强箭多次硬碰之后,渐渐麻木。不知道自己还能撑住多久,可决不能在此放弃,因为她尚在宫中。

突得手腕一凉,我感到了腥热的液体。多少年了,居然又流血了,上一次好像是尚年少我武艺还未成,这一次却是为了她。

头顶猎风响起,雄厚的功力包裹着刀锋而至。力已竭,只能等着刀锋劈向头颅。但杀气锋芒一偏,陡止。冰冷的刀锋横卧在脖颈,只需轻轻一动,就能断了性命。

仰起头,傲气更盛,我洛谦何时向他人低过头?"没有五轮的长锋箭,你不可能偷袭成功!"

"的确!"上官去疾额角有青筋突出,面容沉肃。他撤刀后退,同时举臂一呼,"撤!"

箭弩收回,军士开始整齐有序地后退。

"扶柳一定不希望我们这样。"上官去疾在离去之时,留下这样一句叹息。

我环顾四周,鲜红血花在雪地里狰狞开放,又低头瞧间自己手腕处的伤口,不深,却痛入心髓。

原来,她还是为了上官离我而去!

第二十五章

松涛雪

"好冷啊！"不大的车厢里辕儿皱着圆嘟嘟的小脸。

我哈了一口热气，搓搓冻僵的手，然后才捂住皇甫辕冻得发红的耳朵："多动动，就暖和了。"

辕儿学我，对他自己的小手掌不停地呼气："吹吹就会很暖和了。"

"呜，白发叔叔不要掀开帘子，真的冷啊！"辕儿哆嗦着缩在了我怀里。柳风在车帘外探入半张脸，微微笑道："再过一个山头，就到吉安镇了，到时候躺在热乎乎的炕头上，保准你这个小鬼什么抱怨也没有了。"吉安镇是临行前哥在我耳畔轻轻说的地点，大约是哥与皇甫朔事先便商量好的，可能哥在吉安镇已经为我们安排妥当了一切。

北风夹杂着雪花挤入那一丝缝隙，呼呼地灌入车厢内。厚厚皮毛风雪帽下柳风的发鬓银丝若隐若现，狂风呼啸，卷着几缕细细的耀眼银发擦过柳风的脸颊，扑打到了车厢内壁上。墨油车壁映衬着纯白发丝，颜色对比太大，只觉刺眼，我不由自主转移了视线，却听见柳风轻笑着说道："扶柳，冷就多加件皮裘披上，我让他们加快脚程。"

厚重毛毯车帘又重新落下，遮隔了外面的冰天雪地，柳风就在这层帘子外与车夫并坐。他不进来，只说这样对我名声不好，又说天气恶劣对车夫驾车技术不放心，还是他亲自监督为好。

他笑着说出理由的时候，我沉默不语，这一生大约我都是欠着他的。

以前也曾设想过如果我和他再一次见面，会怎样呢？那时的我还以为，会是我满头银发站在洛谦身后对他微微一笑，对他轻声说一句，大表哥，好久不见。只是，再见面，我红颜未老，他却霜染两鬓。

那一日,长安北门山坡上,他身姿矫健,银箭破空,救我出围。可我驱马走到他面前时,才发现原来最耀眼的不是纯金箭头,而是他鬓边的那缕白发。

在漫天雪花中,我嗫嚅道:"大表哥,何时银丝盘上发？"

柳风衣如墨发如雪,可银丝柔软得却如同唇角的笑:"医邪说,心结染白发。所以我现在努力地让自己静心,三年下来,如今我每天只用一个时辰去想念起往日的那些事情。"

柳风改变得如此彻底,他竟然会时时含着笑意对人说话,这让我措手不及,只惊讶道:"大表哥,你变了……"

"不好吗？"柳风反问道,带着低低的笑音,"柳云一直说我板着张脸,又动不动拿眼睛去杀人,这样子把所有的女孩子都吓跑了,活该当一辈子光棍！我在桃花岛上想了一个月,阿萝也赞同柳云的歪理,我想既然大家都认同也应该是有道理的,就试了一试,果然一张笑脸谈起生意来赚的银子更多。"

"阿萝？"我是第一次听到这个名字。

柳风唇角轻弯:"在桃花岛上给我熬药的一个小丫鬟,与你和柳云一样,从来都是没大没小的。"

我望向那白发,轻声道:"等到病完全好了,再出岛也不迟,毕竟健康重要。"

"没有了性命,哪来的健康？"柳风望着我,眼角泛起细小的纹路,"我接到姨夫的急信,说你在京城有危险,便赶了过来。"

我垂头,不敢直视他有温度的黑眸:"爹只是在利用你！"

"我知道。"柳风说得平淡,"可是我不来,你就要陷入困境,不是吗？"

我发现我维持不了一贯的笑容,低着头,默然不语。他却是积极地安排着北上路线,让从百名弓箭手中挑选出的最为精壮的二十人跟着我们,装扮成东北商队向吉安镇驶去。其余的八十人分成了四队,也是商人打扮,按不同方向离去,混淆视听,替我们这一路分散些注意力。

或者是这瞒天之计的确是起了迷惑的作用,或许是皇甫朔为我们保障了一个月的安静时光,总之,这一路算是顺利,马上就可抵达吉安镇了。

"哥！"皇甫辕越过我肩头,掀开车窗帘子,对外面怯生生地喊。

冷风割面,我从记忆中回神,转头望去。皇甫轩白狐帽沿下的脸僵硬如石,流苏亦是铁青着脸,右手紧贴着腰间软剑手柄。

"三姨,辕儿怕。"皇甫辕躲在我怀里,一双黑溜溜的眼惊恐地望向前方的雪坡。我也远眺向前方,轻轻一叹气,该来的总该是会来的。

纷纷扬扬的雪花中,雪坡上箭头攒动。这个景象太熟悉,就如同在长安城外的那场逃逸一样,只不过弓箭不在自己手中,我们变成了他人铁箭下的猎物。

稀疏树木下,每一个拉弓披甲的人都是冻红的脸,可他们的眼神依旧锋锐,有嗜血的激动。扣弦的手早已是铁青色,偶尔还有冻得扎裂的口子,暗红色的血凝冻成了冰渣,可他们的手仍然稳健,仍然可以准确地射入百步外人的心脏。

既然她下了千里杀人的血本,那我也必须硬碰硬对一战,否则于我于她都是遗憾。放下车窗帘子,我缓缓地将包有乌木圆筒的包袱背在身上,一遍又一遍打着死结,直到再也拉动不得半分。

撩起车帘,柳风和那些汉子们已经握刀在手,站定成了一个月牙形。刀锋闪闪,雪花飘落下来,映得刀面青钢越发生寒。

"苏刚,你家主子人呢?"我站在车辕前遥遥相问,"叫她出来,我们就此做个了断也好。"

风呼呼地刮,银枝颤动,不少积雪簌簌地落下。树下的人衣襟处落满雪花,那人冷眉冷目,似乎连呼吸也是冷的。伸出修长的左手手指拍掉衣服上的落雪,他只有左臂,浓眉突起,望着我道:"娘娘没来,只说,苏刚,长公主曾放言,下一次要的不是你的胳膊而是你的性命,本宫就给你一百勇士,就看你自己能不能争取到活命的机会!"

"看是你死在长公主的手下,还是你结束长公主的性命?"苏刚冷漠的脸突然扭曲,紧绷的肌肉线条无比僵硬。他咬牙将固定在战车上的铁弓,用单臂缓缓拉开,泠泠箭尖直指我。

"扶柳,你先躲进去。"柳风移步到了我身边。

"大表哥,我没事的。"我摇头,"待会儿我转身躲到马车后,那箭离我有两百步的距离,加之车厢的两层桐木板,箭伤不到我。倒是你们要小心第一轮箭矢,他们等了许久,在这种风雪天里冻僵的手决不能像平常般快速发起第二轮箭攻,你们守住了再趁机冲上去。"

"好,你自己小心。"柳风恢复了往日的肃静,沉着脸,轻拍过我的肩。他微微转头,瞟到身后的深沟,"等会儿不要有太大的动作,注意脚下,不要滑落沟里了。"我亦是回头低俯,大约一丈外就是深壑,坡面上一片银白积雪,可沟底却是黑森森的,看不见任何东西。我沉眉用力点头,他反而是笑容扬起,大步踏前与持刀的汉子们并肩,气势如虹。

同时,苏刚也是低喝一声,雪坡上的执弓众人都是咬唇,将弓拉得更圆,箭尖寒光闪烁。苏刚冷目只盯着我,但深深勒入他手指的硬弦却割破了他的指尖,鲜血沿着弓弦蜿蜒而下,滴落在雪地,犹如烈梅盛开。

我站在马车旁,挥手对皇甫辕道:"辕儿快下来,到三姨身边来。"

"三姨……"

我刚伸开双臂要抱辕儿下车时,眼角余光瞥到流光直直射向我身前的辕儿。苏刚突放冷箭,箭尖带着强烈的旋转,一路划破雪幕而来,击飞片片雪花。

锦缎的破裂声就在我耳畔响起。

一股彻骨寒气从我脖颈旁急速划过,箭尾的白羽颤抖着向更远处的天空画出弧线,眼前的半空中,我的断发散开,像一团茸茸黑丝绽放。

我站在马车后,紧握着皇甫辕的手腕轻轻发抖。

那支箭只离我的喉咙一寸。刚才那一瞬间,我别无选择只能与时间赛跑,尽自己最大的力气搂住辕儿,然后极快地旋身躲到车马后。

可喘息只有半刻,我倚在车厢外壁上,却看见乌木圆筒出现在左前方的半空中。我探出半边身子,同时左手摸向身后包袱,空了,只思考几秒,便大约明白了。苏刚的铁箭没有伤到我,却割裂了包袱,在我快速地旋转躲避中,乌木圆筒被甩了出去。没有片刻犹豫,我扑向乌木圆筒。

疾风像刀子一样割着肌肤,额前碎发乱乱地扑打在眼前,一片模糊,我只能凭借感觉抓向乌木圆筒。风声咆哮在耳边,掩盖了不远处战场上的兵刃金鸣声。冻得僵硬的指尖似乎触到了冷邦邦的东西,我心里一喜,死劲地扣住那东西。用力之大,压得指尖生疼,甚至好像可以听到指甲抓过乌木的刺耳声,我却是兴奋喊道:"我抓住了。"

"扶柳,小心!"柳风的暴喝声震开风雪传来。

顿时,我的心一凉,因为我的脚触不到稳实地面,顿时明了自己跌入那个黑森森的沟壑。果然,很快我跌落在了厚厚的积雪上,身体在不停地滚落。雪坡上不停地翻转,倒悬的天地里,我依旧紧紧地扣住乌木圆筒,那个圆筒就是我溺死之前必须抓紧的稻草。

"三姨……"

上方的声音越来越远,也越来越模糊,好似我们之间隔着一层真空。耳里灌入的全是呼啸风声,我只能睁大眼看着天地不断旋转,忽然,在单调的茫茫白色里,我似乎看见了一个与我同样翻滚的青色身躯,很快一瞬间,天地倒悬,再看到的是阴黑不见底的深壑。就这样,重复又重复,直到我听到一个沉闷的撞击声,同时裂骨的撕痛从我小腿传来,那时我抱着圆筒痛得晕厥过去。

"三姨……三姨……"焦急的低吼声在耳畔不停地响,这次的声音不像刚才掺入低沉烈风声的叫喊,似乎隔了一层,它很真实,就在我的身边,"笨蛋女人,一个破印值得拼命吗?"

随着意识的清醒,腿上的痛楚又一次清晰传来,我咬牙睁开眼:"笨蛋小孩,里面没有你封王圣旨吗?"头顶上方的皇甫轩脸色阴沉,我撑起身子倚着身边树干继续道,"阿轩,记住它不是一方破印也不是一张明黄缎子。它是权力!至死也不能放手的权力!"

皇甫轩抿紧薄唇,唇色泛白。我环顾四周,都是百年老树,幸好沟底是树林,挡住了我们的下坠,才不至于撞上岩石摔个粉碎。

"想办法出去吧?"我低头重新将乌木圆筒绑在身后,再抬头时,见阿轩僵着没动,"愣着干什么?"

他皱着浓眉,瞪着我还僵直的腿:"都受伤了,怎么走?"

"既然伤了,还不出去,难道在这里等死?"我从容招手,"过来,背你三姨上去。"

他一愣,满脸的不情愿模样,但还是缓缓地蹲了下来。少年长得极快,他的背已经够宽阔了,足已承担起千斤重量。我伏在他背上,随着他的脚步微微起伏。寒冷的空气中,他呼出的热气一下子就结成了水雾,白蒙蒙的一片氤氲。

"沉吗?"我轻声问道。

"沉!真沉!"虽然看不见他的表情,我几乎可以肯定他咬牙切齿的模样,"比辕儿重多了!"

"不孝!一点也不尊敬长辈!"我手指轻敲着他的头,骨头相撞,发出清脆的击碰声。他束发的皮冠早已不见,大约是滚落深壑时掉下的,现在长发毫无约束地披下,溢满我的眼,"当初他背我时候,可没抱怨过一声,哪像你这小孩说一大堆……"

那时在沙漠,我伏在他背上,迷迷糊糊地睡着。

"他现在呢?"冷冷的竟像是讥讽。

我垂下头,默默不语。现在不是曾经,未来我也看不到。

雪地里,阿轩一步一步地向前,衣摆扫过厚厚积雪,雪粒飞扬。我回首,银色雪坡上有一排深深的脚印,那时的沙漠也留过深深脚印,大约流沙滑过,或许再回头见到的只有黄沙如镜的无痕。

很纯粹的安静,只听得到阿轩踩踏雪地的咯吱咯吱脚步声,偶尔也有积雪从枝头坠落,打在雪地上,发出一串轻响。

"三姨,生气了吗?"阿轩想扭回头。

"别动!"他顿时静止不动了,我笑了笑,轻轻地拍过他的头顶,雪花扬扬,他乌黑的发间落了不少积雪,"怎么没有感觉呢?头上顶了那么多的雪花。"

阿轩没再说话,脚步沉稳一路向上。

后来,我想当时我也一定是雪花满头。

一个人背抵着粗糙树干,半跪在雪地,灰白的眼睛盯着远处灰蒙蒙的天空,似乎还在期望太阳的升起。他的手无力垂入积雪,指尖下是大块的猩红,血和雪混在一起。风中的箭尾白翎在他胸前低吟,锋锐的箭尾早已穿过他冰冷的胸膛,没入树干。新绒棉花从被箭锋撕裂的衣衫破洞中散出,沾了几滴血珠。

"阿轩,让他瞑目吧。"我伏在阿轩肩头低声道。

这是我和阿轩踏出深壑后见到的第一个人,他死了,穿着前天柳风刚买回的御寒棉衣。阿轩伸出手,有些颤抖地将那人涣散的眼合上。

雪依旧还在飘,可地面上早已是狼藉遍野。

阿轩背着我踏过不乏血迹的雪地,皮靴子压在一片乌黑混乱的脚印上,积雪更加凌乱。风夹着雪粒子,呼呼地吹个不停。路的两边不时有折断的兵刃,扎入雪地的半截铁箭,以及死去的人。几乎不用任何思索去辨认方向,沿着银白雪地上的赤红鲜血,就知道柳风他们去了哪里。

"我跳下去的时候,对他们大吼,一定要挺住!"阿轩的额头滴下滚滚热汗,在冰冷空气里汗珠一下子就凝结了,砸到地面是细细的叮咚声。转过一个弯,前面是山林小路,方才坐过的马车陷入半尺深的雪坑,车棚子上全是箭矢,挡寒锦帘已被利刃割碎,残存的半段也是血迹斑斑。阿轩喘着气,呼到空中化作白雾,他缓缓地侧过头,半边脸隐在白乳般的水汽里,"如果他们挡不住,苏刚宁愿摔碎也会跳下去杀了你,可我……"

"错了,是三姨会杀了他。"我坚声道,再次呼出的水汽瞬间成雾,浓浓地隔开我和阿轩,让我们都瞧不清彼此的脸。阿轩僵着没动,直到风快要吹散这水雾,他才转回头,直视前方,默默地往前走。

山路曲折,道旁雪松直挺,偶尔北风急刮,摇动墨绿松枝,松针上的细细白雪随风飘下,洋洋洒洒如柳絮飞扬。

越是沿山攀上,越是寂静。一路上不断的暗红血迹和那些无法瞑目的尸体,冲击着阿轩和我的心理承受能力,我们都闭言,他会焦急地想辕儿怎样了?我会担心柳风、流苏还有那些活下的汉子是否安然无恙?

忽地,阿轩止步。

我微微眯着眼,在前方雪坡后有一面大旗在大风中招展。红底黑字,硕大的"李"字似乎遮住了这方天。死寂,窒息的死寂,只有那军旗在飘动。

"阿轩,挺着胸走过去,辕儿在那一端,他需要勇敢的哥哥去保护。"我扣住阿轩的肩,手指用劲极大。阿轩的目光沿着路上的凌乱血迹和断箭残刀伸向雪坡,那沉沉目光似乎穿透军旗,扫视过千军万马。

阿轩背着我,步伐稳健转过雪坡。

雪坡的另一端,无数的人在沉默,他们都将目光投向突然闯入的不速之客——我和阿轩。人群分为两边,柳风和苏刚各自站在最前端,刀剑相向。只不过,他们都是静止的,连染血的兵刃也是沉寂,因为此时他们任何一个人都不可能成为这片雪地的主宰,无论谁杀了谁。一切的主动权掌握在最为安静的人手中。此时的阿轩只是冷着脸,浓眉沉敛,不视外物,那份冷静仿若泰山崩于前,也不会眨一下眼。我却是循着铺天的正红军旗,遥遥望向骏马上的银甲将军,他掌控这里的所有。

"哥……哥……"无声的对峙由小孩的哭腔打破,皇甫辕抽泣着哭喊,他从流苏的裙子边露出挂满泪痕的小脸,冻红的手伸往阿轩所在的方向,拼命地抓着虚无空气。

"辕儿,听话,安静。"阿轩一字一顿地说,不大的声音却能镇住辕儿,辕儿点点头,伸手抹掉泪花,可红彤彤的眼眶里依然是泪水不断涌出。

"做得好,今后你们都要学会坚强。"我淡笑,拍了拍阿轩的肩,"阿轩背着三姨去谈判吧。"

阿轩一颤，随即是挺直的脖颈，双目炯炯，大踏步走向那银甲将军。我和阿轩穿过平坦雪地，在离苏刚数丈远时，我似乎听到他骨头的爆裂声，但他没动，因为最利的箭在银甲将军的身后。

在骏马旁，我缓缓地下地，扶着阿轩的肩，对银甲将军微微一笑："李将军，好久不见。"

马上的李重俊皱着眉，瓮声瓮气道："腿怎么了？"

他不提倒好，这一提我注意力转到腿上，痛楚袭来，我轻咬几下唇，然后才浅笑："没什么，可能是刚才不小心撞伤了吧。一直听说李将军十分讨厌我，如今突然而至的关心，真让上官觉得受宠若惊。"

李重俊狠狠一瞪："少笑脸套近乎了，要不是二哥传信……"

他话说了一半，急刹车止住，撇着嘴转动起手中马鞭了。似乎又是一阵撕裂的痛，我跷起受伤腿的脚，几乎将全身重量完全压到另一条腿上："李将军不恨上官吗？那次的火蟾之毒，将军忘了吗？"

李重俊猛地脸颊涨红，盯着我，几次张合嘴唇欲言又止的模样，最后狠狠地虚挥马鞭："早就知道不是你干的了！半年前就在长白山找到了那个该杀千刀的人，只是他抓火蟾时已被烧得面目全非了，查不出他的真实身份，真他妈的窝火！"他又向半空挥动马鞭，惊雷般的震耳，"可爹说了，不能让你成为二哥的死穴，所以不管是谁，这黑锅都得由你背上！你走吧，爹是不会让你继续迷惑二哥的……"

死死地抓着阿轩的胳膊，几乎是使尽全部的力量，只有这样我才不会瘫软下去。低下头，深深呼吸数次，确定自己的眼是干涩着，才扬起眼睛，望着重俊激动的脸，笑道："这一离别，上官也不知前路何处，请李将军把这枚玉坠带给相府的洛熙，好吗？"我从袖口取出寒沅翠，去长乐宫之前我将编了一半的平安结连同玉坠子塞入袖中，寂寞路上我早已编好平安结，每一条丝线我都编了数遍，直到最好，"等洛熙长大后，告诉他，他的娘在他只有半岁的时候便抛弃了他。"

李重俊愣住，一张嘴怎么也合不拢。我将还带有身体余温的寒沅翠轻轻地放入重俊的掌心，将微翘的唇角弯得更高："我抛弃洛熙，从此以后，他与我上官家无任何瓜葛！他懂事后，你们可以告诉他，他的娘是个妖女，心肠恶毒到连亲生儿子也不要。让他恨我，但是请你们记得告诉他，他只姓洛！"

说完，我再次伏在阿轩背上，转身离去。

"等一下！"重俊催马赶来，将一瓶膏药塞到我手里，"狠心的女人，这个是治疗跌伤的药。"他眼圈微红，猛地掉转马头，踏得雪花飞扬。我握着药瓶，紧紧地咬唇，眼泪滴入阿轩披散的黑发里。

柳风和流苏也带着活下的人快速地撤了。

"李重俊，你私自放跑他们，不怕受责吗？"苏刚在低喝，他握剑的手青筋暴起。

389

李重俊仰天大笑,好一会儿才大声道:"我又不怕那个苏家女人,担心个什么?"苏刚脸色铁青,重俊玩转马鞭缓缓道,"其实比起上官妖女,我更讨厌你为其卖命的那个苏家女人。"

绕过雪坡的时候,我恰好听到这一句,回头正好望见重俊冲着我笑。

雪还在下,风却弱了。

一处避风雪坡下,简易帐篷里,流苏替我上药。李重俊给的药,涂在伤处火辣辣地痛。

"流苏,轻点,揉得轻点,很痛啊。"流苏柳眉倒竖,瞪我的眼分明在说活该,可手下到底是轻了些,"他们都在干什么呢?"

"按你的嘱咐,正起火烤肉。"

"那赶快去吃点,不然他们一群大男人,剩下的给我们塞牙缝都不够。"

我裹好衣物,扶着流苏勉强走到柳风身前的小火堆。其他人在不远处围在熊熊火堆前大口吃肉,欢声笑语一点也听不出刚才他们游离在生死边缘。他们砍了些附近的松枝,剥下树皮,生起火堆,烤肉的香气里弥漫着淡淡松香。

有些吃力地坐下,我取了烤好的肉,吃了起来。可不过两三口,柳风便扫视着黑沉沉的松林,问道:"扶柳不觉这林子有些古怪吗?好像是某种阵法一般?"

滚烫的肉咬在嘴间,我模糊道:"天黑了,也看不清方位,明儿一早再说。今天大家都累了,先睡个好觉吧。"

松枝烧得啪啪地响,柳风忽地皱起眉,正色问道:"扶柳,可以告诉我,为什么要逃离长安吗?"

肉掉到雪地里,我轻叹着捧着雪擦了擦满是油的手。他终究还是问了。

"为什么会有那么多人要杀你?"柳风脸色下沉,"我在岛上一直与外界隔绝,不知西华发生了什么大事?无缘无故,你怎么会被封为瑞安长公主?为何要带着大皇子出宫三年?"

躲开柳风的咄咄目光,我薄笑道:"圣旨上写着'瑞安长公主带着大皇子游学三年'。"

"说与不说在你。"柳风反而笑起,往火堆里扔进松枝,"三年的时间,我迟早会等到你肯说的那一天。"

靠近火堆的额前发丝已被烫得微微卷曲,我垂下眼眸,将脸埋进自己胸前,怅然轻叹。柳风,其实时间太长,反而更加容易忘记,或者埋在肚子里烂掉,想说也说不出来了。

"怎么了?"

我将头垂得更低:"头痛。"

"先吃些清心丸,等到了前面吉安镇再请大夫瞧瞧。"柳风递来一个锦囊,我接过,才打开一丝缝就闻到药香。含了一粒丸子,顿时觉得舌尖清凉:"谁这样细心准备好的药丸,锦囊针脚细密,一定是个巧手女子。"

"是阿萝。这个丫头临走前往车厢里塞了一大堆东西。"柳风又从袖口取出几个彩色锦囊,"连我都分不清里面到底装了些什么?"

锦囊上细细密密的花朵在橙色火光里舒展,我抿唇微笑:"这么贤惠的丫头,你居然还嫌弃,你过段时间就会思念她的好了。阿萝,想必她的模样也是极好看的。"

"嗯,阿萝微微垂下额头时,很像……"柳风顿了顿,目光柔和望着我,轻轻地笑,"很像盛夏庄里湄华池的水莲,清风微摆,我很喜欢的。"

我继续问道:"阿萝多大了?她是怎么进庄的?记得三年前我离去时还没有听过庄里还有个叫阿萝的女孩。"

柳风眯起眼,侧头扫过我一眼:"少转移话题,阿萝以后会让你天天看个够,但今晚还是先把这千里追杀的事说清楚!"

"将来一定要将阿萝瞧个通透!"我笑了笑,从身后取下乌木圆筒,自从跌下沟壑后,它再也没离开过我的身。缓缓地旋开乌木圆筒的底端,打开圆筒暗格,取出一方印,沉甸甸地压在我的手心。

一方印,血红玉。红玉上端雕有展翅凤凰,底端刻着小篆,只两字"西华"。

柳风惊呼:"祥凤印!"

我点头。祥凤印,西华两印之一。其一印,盘龙印,为历代皇帝相传,是为国玺。另一印,就是我手中的祥凤印,相传于西华后宫,是西华女子最高地位的象征。西华高祖定,祥凤印一般由皇后掌控,若有太后,祥凤印则属太后,若既无太后亦无皇后,便传于长公主。当初拓跋月在我耳畔轻声蛊惑"我还以为安国夫人会试着比苏婉那小贱人先拿到祥凤印呢?"现在祥凤印就在我手心,火烧似的红。

柳风却皱眉道:"果真是祥凤印!可皇上肯赐你掌权祥凤印,那必定是有大事让你做,是吗?而这个就是朝中无数人想杀你而后快的原因,对吗?"

我点头,淡道:"保住未来的皇帝。"

"皇上既然意属大皇子……"柳风疑道,"为何不直接封大皇子为太子呢?"

我苦笑摇头:"大表哥,你久居东海孤岛,不晓宫中形势,皇上这样迂回行事也是迫不得已。"

"京中局势再变幻多端,总是逃不过上官家与洛谦的掌心。"柳风分析道,"难道军中上官家也保不住大皇子的太子地位吗?"

"要保的是我的性命,并非太子的地位。"冷冷的声音从我和柳风身后的松树林中传出,随后一抹冷硬身影走向火堆,坐在了我的对面,"三姨,我说得对吗?"

柳风斜瞟着皇甫轩:"大皇子偷听了半炷香的时间,终于肯现身了。"

皇甫轩面色一变,很快恢复冰冷:"听闻柳大公子原先叱咤商场,锋芒无人可及。只是这两三年病魔缠身,静养休憩,许久不曾露面。"

柳风呵呵一笑:"不想大皇子也晓柳某薄名。柳某的确是微恙,不过还是有一些绵力的,所以还请大皇子说明京中的变化。"

柳风在无形地给皇甫轩施加压力,告诉皇甫轩,我柳风还是有实力的,可以选择帮助你,也可以选择打压你。皇甫轩一皱浓眉,却仍旧答道:"京中上官势力渐消,丞相统揽大权。可丞相与父皇意属不同,丞相坚持认为婉贵妃之子九皇子更适合当太子。"

柳风回望着我,急急问道:"谁是婉贵妃?洛谦为什么支持她?"

皇甫轩眼帘垂下,似乎不愿回答。

我将祥凤印重新收好,慢慢道:"婉贵妃本名苏婉,是纯宁皇后之妹,亦是……"

"是当年名动京城的双姝之一。"皇甫轩突然打断我的话,急促说道。他省略了苏婉曾经是洛谦的未婚妻。

柳风眼中流光一闪而过:"所以皇上即使封大皇子为太子,丞相也一定会用尽各种方法废掉太子,是吗?"

我接道:"从没有一个废太子可以安稳地活到老,所以我答应真姐姐,给他们一个平安的未来。"

皇甫轩一挑眉尖,盯着我道:"父皇说,一旦封我为太子,就相当于把我推上了刀尖之上。即使丞相不打算杀我,也会因为太子之名而对我痛下杀手。所以不如随三姨韬光养晦,隐忍三年,厚积薄发。"

"难怪三年!"柳风喃喃道,"三年之后,大皇子应该十八,可以封王了。"

我垂首,瞧着幽幽乌木:"所以我成了瑞安长公主,所以有了祥凤印,所以……"

皇甫朔算得天衣无缝,贸然将皇甫轩封为太子,大权在握的洛谦和苏婉一定会谋杀年轻的太子。太子暴毙,自是九皇子继任太子。可若是掌握实权的晋王皇甫轩,再加上军中的上官家,便有机会扳倒京城洛谦了。封我为瑞安长公主,众公主之长,也无非是给我合法的地位,足以与将来成为太后的苏婉一搏。借得祥凤印,为皇甫轩争取到最好的藩王位,拥有洛阳的晋王。

还有,皇甫朔,你将赐封瑞安长公主的诏书昭告天下,西华每一处城镇都知道了曾经的洛夫人背离了丞相!彻底地告诉洛谦,我还是选择了上官家,选择了与他对立,是吗?

"为什么答应下来?"柳风忽地沉眉盯着我,目光犀利,"以你跟霜铃一样的倔犟脾气,就是他们拿刀架在你脖子上,也不会屈服的,除非你心里是想要的!所以,你与长安朝堂上的所有人一样,在争权!"

柳风突地站起,最后一句几乎是咬牙说出,脸上的震惊之色尽显在紧皱的浓眉之间。我仰起头,微微笑道:"大表哥,扶柳陷入了染缸,所以沉溺在权势之中,为了长公主的身份,为了祥凤印的权力,抛夫弃子来到这里。"

我从接下圣旨之时,便开始向金碧皇宫最高处的含元殿不断攀爬,直到登上那金銮殿,才可能喘上一口气,微微放心吧。

"你变了？"柳风僵着脸。

我眨眨眼，很轻地颤动睫毛："环境变了，自己还不变，那么就等着被别人杀死！在长安为了生存，每个人都在不停地变，我也在变。"

刚停下的雪又开始簌簌地下，一片一片的雪花洒在我与柳风之间。

"灭火！"柳风忽然暴喝，旋即一扫腿，积雪飞扬扑灭了我身前的火堆。那边吃肉的众人一愣，便是极快的行动，用雪灭掉了火。

寂静雪夜里隐隐响起一种声音。

嗒，嗒嗒，犹如幽灵在逼近，敲击着众人紧张的心。

马蹄声越来越近，身边的汉子纷纷抽出了朴刀，刀锋狭亮。

"阿轩，扶三姨起来。"我靠着阿轩站起，受伤的腿刚刚抹上了药膏，不过效果明显，已能扶着他人勉强行走几步。柳风快速地做着手势，指挥着身后的汉子藏在松林阴影中。

"去帐篷后小坡的最高点。"催促着阿轩带我站在了一丈高的雪冰台上，身后是大片的坚硬冰面，寒气逼人。不禁冷得轻颤，我抓着阿轩的手臂，抬头望向天空。深蓝色的夜幕，如白鹅毛般的雪飘飘洒洒落下，没有月亮，但北辰星依旧是耀眼的明亮。视线扫过整个星际，直到将散乱分布的星星在脑子里连成一条线，我才垂眸，俯视整个松林，低声吟诵道，"至玄之夜，星散凌乱，阴气白女虚大涌，是以荧惑之象……"

"扶柳，你是故意引他们来这里的！"柳风突地转身，衣袖猎风扫过，将那刚熄灭火堆中烟尘扬起，如一团乌云绕在他身旁，"你早发现松林里暗藏玄机，所以在我们经过这里时，你便让大家休息烤火。火光映射在后面雪坡的冰层上，可以传得更远。苏刚急于杀你，摆脱李重俊后，他必然四处追寻，顺着火光极容易找到我们。你究竟想干什么？"

"大表哥，刚才我说了，扶柳已经踏入长安的权力修罗场。"幽黑的松林远处出现了点点火光，在黑夜里分外醒目，指着那些渐近的火把，我轻笑道，"所以我想在被他们杀死之前先杀了他们！"

苏刚消瘦阴冷的脸在黑夜里缓缓显现，阴鸷的双瞳，如刀锋般锐利的薄唇，以及空荡荡的右袖。火把下，我看清他的脸上有一道新的伤痕，还未来得及结痂。他冷冷地瞧着我，犹如在看着死去的猎物，在他看来我们今夜必将死在他的剑下："今夜无人能救得了你们！"

我傲视苏刚及他身后执弓的人，爽朗笑道："全是昭阳宫的精锐？"

"五十精锐，每个人至少杀过十个人。"苏刚平淡道，像是在介绍他最锐利的杀人武器。

"好！"我笑意更盛，我要杀的就是精锐！苏刚开始挽弓！

"启天桓，北移玄武，暗合斗参，大难将至，无人可逃！"我清声诵出，手臂猛然震起，指尖直直指向东方箕位的一棵参天松树，对柳风叫道，"中断箕位，面镇星而倒，是为引祸！祸从土出，盖天地之变色！"

铁弓拉起，苏刚似乎完全听不到外界的声音，他只是瞄着我，箭尖在弓柄上轻轻旋转。柳风回瞪我一眼，却是抛下了众人，疾速奔向了箕位松树。

我依旧在低吟："天位在高，坎不离震，地陷而山摇，须静如水稳如石，后制轸井，必一击而中，得窥满天星辰。"

那棵松下，柳风已拔出精光匕首，深深刺入树桩，暗含劲力推动匕首旋转半周，褐色树皮纷纷下落。苏刚铁弓满如圆月，箭尖泛着幽青光芒。流苏却带着皇甫辕飞到我身边。我猛地一推阿轩，他来不及反应，踉跄地撞到冰面："阿轩，砸开冰面，快点！"

尖锐啸声直冲而来，气旋飞扬，在半空卷起一条雪龙。龙首昂扬，铁牙利齿，直取我的心脏。苏刚立在黑幽松林里，冰冷薄唇扬起一抹残酷笑意。

雪花轻飘飘滑过鼻尖，一片微凉，我盯着苏刚笑了笑，眉尖舒缓扬起。不管那箭呼啸而来，我只关心箕位的柳风，他却是望着我，浓眉深锁，鬓角银发纷乱。半转过身，面对柳风，我是蹙着眉，急急挥着衣袖做了一个急速推倒的动作："面镇星而倒！"喉咙里压迫出来的嘶哑声，在风雪里似乎扭曲了，听起来有几分凄厉，柳风手中的匕首掉入雪地，琼花玉碎。

肩膀被人狠狠扳过，手臂几乎脱臼，同时，一道厉风擦身而过。

冰碎之声在身后裂盛，犹若玉珠砸在冰冷地面，清脆中夹杂着破碎的狠绝。我回头，是阿轩狠瞪的眼，里面似乎有腾腾怒火在跳跃。他的唇抿成一条僵硬的线，我轻声一叹："不是叫你去砸冰吗？这里自有流苏照顾一切。"

轰天巨响突然爆发，我匆匆转过视线，在箕位参天松树已倒。柳风立在旁边，静静地看着那层层树冠倒向了镇星之位。我几乎是拖着阿轩来到冰面前，冰面上的铁箭冲入寒冰，开始有了支离裂痕。

"阿轩，快砸开冰层啊！这是唯一的活路了……"又一阵巨响猛烈爆发，淹没了我颤抖的低喝声。松树重重砸在镇星位上，巨大的冲击力将原本在镇星位上的岩石撞了个粉碎，深褐色的碎石激射四周。

"大表哥，轸井之位在我身后！"我尽力大吼，冷冷空气灌入喉咙，只呼了一阵，便咳嗽起来。柳风身形快动，几乎是踏着飞雪，疾驰而来。而正与苏刚手下厮杀的那群汉子们也都按照柳风的手势，退往这里。

苏刚掩不住的讶异，却是冷目盯着那箕位横倒的松树。

更大的声响迸发，隐隐是雷声在震，震得地面晃动。镇星位的岩石破碎后，它的地底似乎有千斤炸药同时点燃，撼天动地的冲击波瞬间爆发，积雪被冲到半空，宛若形成了一道雪瀑布。

摇晃中，我抓住流苏的手腕，勉强稳住身子，瞟到阿轩脸色苍白不停地重重砸着冰面。刀柄狠狠砸着冰面，碎冰激扬，原本的裂口更大更深了。

惊呼声自远处传来，苏刚手下们呆愣着看着眼前的一切。

当飞扬的积雪落下时，镇星位出现了一个深渊，急速不断地向四周裂口。深夜里，这样幽深无底的洞像是来自地狱恶魔的噬人之口，吞没一切。地裂山摇，这座覆满白雪的山头似乎更像是跌落地面的白瓷，从底部开始碎裂，裂痕极快地攀上了山头。雪地无数黑色裂纹，越来越多，直到形成一个巨大黑网。

"雪崩！是雪崩了！"远处的苏刚手下们纷纷惊恐喝叫。

山头的白雪咆哮着冲下，越来越大，像山间溪泉逐渐汇聚成大江一样，只是雪流的速度远比江水快。它才是雪山玉龙，昂头冲下，令众人胆战变色。

忽地，一股冷风刮过我的背后，急忙回头，阿轩已经砸开一个小洞，远远望去，里面黑黢黢的，但可以肯定的是它是一个山洞，一个被厚冰封住但却可以躲过雪崩的山洞。再也顾及不得其他，我也抓起脚下掉下的冰块，与阿轩一并用力地砸。尖刺的碎裂声，在此时更胜得人间天籁。

极快，黑洞裂口已能容纳一个人弯腰进去。阿轩横剑在侧，第一个踏入未知山洞，随即闷声传来："很安全！"

"流苏，带着辕儿进去！"我推着流苏进去，随即回首朝着正向此处奔来的柳风道，"快些！"

雪龙所过之处，百年老松尽毁，无一活物，甚至在震天呼啸声中可以隐隐听到野兽临死前的凄厉号叫。苏刚身后的人都已抛下兵器，掉头回跑，脚下处处是或深或浅的裂痕。

轰隆，山顶如雪莲绽放，又是一阵摇晃。隔着一道深深地裂，苏刚拔剑杀死刚掠过他身边逃命的手下，随即面对咆哮而下的雪流，他亦是毫不变色再次拉满铁弓，弦挤压他的脸，扭曲得厉害。铁箭冷洌，他的眼藏在箭后一片寒绝。在与这个男人的对峙间，我突然感到了寒冷，他的眼太过平静，静得如同黑黢黢的地狱，这一箭他想拉我同入地狱！

那么远，我几乎清晰听到铁弓强弦发出的低沉颤抖，箭破空而来。脚步错乱，只知道不停地后退，砰的一声，我的背撞上冰面，脆裂细碎声咯吱咯吱地响，已无路可退。

箭流寒光瞬间便消失，柳风伏在雪地上，右手里握着一支铁箭。鲜红的血染红了箭翎，箭杆擦破了柳风的掌心，血珠滴在了他乱在雪地上的银发。我大步向前，伸手放在柳风身前，没有说话，只轻轻地喘着气。

柳风握住我的手，温暖的，十分有力。我抬眼望向远方，苏刚正仰天大笑，笑声凄厉。他似乎感觉到了我的目光，止住笑，冷到死寂的眼珠盯着我，缓缓地抬起染血长剑，寒光闪动，艳艳鲜血自他脖颈喷出。

我垂下眼，终是取了他的命。

"扶柳，等一下。"柳风放开我手，他已起身，却是回身去捡雪地上的锦囊。锦囊大约是方才抓箭时掉下，喜庆的颜色落在冷白一片里很是扎眼。我笑了笑，这锦囊是阿

萝亲手绣的。

忽然一阵阴寒大风吹到后背,不禁寒战,我再回头看时,雪浪如潮水涌来,马上就要淹没这里的一切:"大表哥,不要锦囊了,时间来不及。"

急忙转身,看见的却是柳风依旧飞向那锦囊,衣衫飘起。原来他是如此在意这方锦囊,我听着雪浪咆哮,却是扬起唇角笑着。眼前身影闪过,有温暖的手臂揽过我的肩头,带着我一同踏入冰洞:"我有轻功,自会无事,你傻傻地站着干什么呢?"

洞内角落里亮起微弱火光,阿轩燃起火折子,冷冷道:"不被积雪埋死,这洞里无水无吃,我们迟早还是会死的。"

"先沿着山洞走到里面再说吧,冰层虽厚,怕也是承不住雪崩的冲击,待会儿这里也会被雪埋住。"我借着淡淡火光,率先走入山洞深处,转了两弯,走过一个之字形山道,见空间稍大,我停下步子,靠着山壁坐上。方才惊险时刻不觉得,如今神经放松,腿上伤痛厉害。

"这是条活路,阿轩,你不用担心了。"

阿轩抿着唇,并不相信。柳风将锦囊小心放入袖口,才道:"这是有人特意开凿出的之字形山洞,雪崩后可能压破冰面,但却绝对通不过这个之字形山道。扶柳,你怎么知道会是雪崩?"

我揉着腿,轻笑:"我也不知道盖天地之变色的祸是雪崩,如果知道,大约也不会冒这危险去杀他们了,毕竟自己活着才是最重要的。"扫过四周,又少了一些人,几次大劫过后,原先的二十执刀人只剩下了两人。

柳风点头:"也好,外面的人恐怕以为我们都葬身大雪之下了吧?以后的三年倒是可以清净一下了。童二,收拾一下,我们马上就赶往吉安镇……"

"不必了,我们已经到了吉安镇。"我扶着山壁站起,"这里就是大哥说的吉安镇了,环镇阵里的清静之地!"

柳风愣了一下,随即笑道:"果真便是此处了,到底是泓先生的隐居之地。"

"不是泓先生,但也应是有关联的人吧。"我摇头,泓先生两年前去往西方,而这里的环镇阵至少布置了十年以上,才有这等威力,可以引发雪崩,"流苏,扶着我慢慢走吧。"

曲折行进中,大家都是沉默。约莫过了两刻钟,一阵轻风拂来,前方有光亮显现。大家面上都有喜色,待出了山洞,眼前竟是一个土墙院落,柳风上前,叩响粗简木门,轻声道:"西泠柳大不请自来,打扰主人了。"

等了片刻,无人应声,柳风推开木门。里面是普通的东北大院,朴素简约,却极大,八间砖房错落地坐落在各个角落,占据八方。

"北方最寒,要破之,莫若火中朱雀,是正南方的鸟翔门吗?"阿轩踏上前一步。我浅浅摇头:"说得不错,可何为环镇?环而坚守,严镇不懈,是故闯过此阵,必是一条路通向底。"抬臂直指正北的一间大屋,"所以还是北方的风扬门。"

"请这位精通环镇阵的姑娘进来吧。"清俊缥缈的声音从正北方传来,我正欲上前,流苏忽地斜插在我身前,伸臂挡住去路,示意我不要向前了。流苏足尖点地,掠过五丈地,停在北方砖房门前。

"好俊的轻功!"屋内之人赞道。同时,门也被流苏用剑推开。

一名眉目清浅的中年人端坐在屋里面南的高背椅上,定睛瞧着流苏,长眉略沉,"不是你,你身上杀气太重,学不了天权阵法。"

"是我。"我缓步走入大堂,略略施礼,笑道,"打扰先生的清修了。"

"是你?"他转回目光,盯着我,轻轻抚上三缕清须,"好像又太年轻了点。"

我笑笑:"诸葛一门,无论年少,天权之法自在心中。"

他神色泰若自然,可手指却不小心弄乱了长须:"或是同门中人,还请姑娘私谈几句。"语毕,他健步如飞,穿过大堂西侧的几十根烛台,进了内屋。

我立即回头嘱咐流苏:"我不会有事的,你不用跟来了,否则误闯阵法,打开了机关。"极快宁下心神,缓步进入烛台之中,轻行慢走,裙角摩擦烛台,穿梭其间。一炷香后,我暗舒一口气,终于走进内室。

一进内室,便见有幅一丈长画像悬挂在正北墙面上。画像年代有些久远,边角略有磨损,但画中人物还是栩栩如生。羽扇纶巾,清雅之士。

清俊中年人垂手立于左侧,道:"小姑娘,先给祖师爷磕头吧。"

原来画中人是武乡侯,我立即跪下,隆重大礼,一丝不苟磕完头。

"好了,坐下说话吧。"他带我坐在内室炕上,"你师傅名讳可是诸葛泓?"

"正是家师。"我垂目答道。

"师兄这些年还好吧?"他问道。

我冉冉笑道:"泓先生云游四方,与青山绿水为伴,过得潇洒。"

"很好啊,抛开心结。"他感慨而言,但很快便一脸正色,严肃道,"你为何要开启环镇破土之杀,可知此劫一现,杀人无数?"

"我是要杀人。"我眉尖轻轻挑起,望向那人,"却不知那祸端竟是雪崩,其实论起杀孽,先生就不应该将破土之杀安排成如此的灭顶灾难。"

他皱眉:"杀的是什么人?"

"杀人五十,每人皆杀过十人以上。"我回道。

他轻轻舒气,再问:"三个月前在林子里转了两天自称是诸葛泓弟子的上官去疾,你可认识?"

我点头道:"我乃上官扶柳,上官去疾正是家兄。"

他倏然挥袖,愠道:"回去告诉上官去疾,无论何人前来劝说,顾逸松都不会进京辅佐大皇子的!"

原来哥曾经苦劝过他,只不过事情不成,反而激怒了他。

我依旧端坐着,衣角不动分毫,浅浅笑起,悠然道:"泓先生曾说,扶柳若是有难,同门之人定会倾力相助。"恰似悠闲，从袖中取出天权玉牌，递到怒气冲冲的顾逸松面前。

顾逸松脸色霍变，反复抚摩着玉牌，等了一会儿才道："我要先验明真假。"我点头。他立即取来玉碗，盛满清水，再给我一把小巧银刀，"滴血之法。"

我接过银刀，在手指上轻轻一划，将自己的一滴血滴入玉碗清水中，血极快融开，玉碗中的水依旧清澈。顾逸松极为谨慎地将玉牌放入水中，很快，白玉玉牌上渐渐显现出艳红的天权两字，似血液流动般。他立即拜倒："天权门第十六代弟子顾逸松，拜见第十七代门主。"

我沉声道："顾师叔，请起吧。扶柳承蒙家师垂青，担此门主，实在是受之有愧。"

"年纪幼小，便贯通五阵，可为门主。"顾逸松抚须，高声道，"只是就算是门主，也不能逼门中之人做不愿之事。"

还真是脾气倔犟，我巧笑道："顾师叔误会了，其实扶柳此来并非要请师叔出山，只是扶柳偶遇困难，想借师叔贵地暂居三年。"

"外面有人追捕？"顾逸松皱眉，"不对，上官去疾既是你大哥，那你就是上官家的小姐，也是当朝丞相的夫人。天底下有谁敢追捕你？"

我反问道："皇上都尚有被迫之时，扶柳一介女子，怎没危难时刻？"

"皇上？危难？"顾逸松喃喃重复着我的话，突地长眉一展，"原来如此，此危难非汝危难，而是上官的劫，皇甫的难。刚才我瞧见屋外有一人贵气非凡，想必门主要保此人逃离追杀。"随后顾逸松长叹道，"看来好像也只有这十年的雪地环镇阵可挡住世外的重重杀机了。"

我会心一笑："谢谢师叔相助。"

顾逸松摆手，摇头走向内室偏门："唉，何苦投身帝王家，百年回首一场空！"

第二十六章

弹 指 瞬

　　门被轻轻打开，风灌入，将窗花一角吹得剥落，红纸颜色尚是鲜艳，飘下似春日里娇艳的花瓣。

　　"流苏，阿轩去了吗？"我取过流苏手中的药碗，手心蓦地一凉。碗沿上沾满了雪粒，唇触到冷得轻颤，我还是一口气喝下药汁，随即披件大氅，便要出门。

　　"换药！"流苏蹙着眉。

　　我想了想，还是回坐炕上，卷起了裙角，让流苏换药。在顾逸松的一方清静院落里，已经住下五六日了，因为腿上有伤，这些天我都只待在屋里养伤。昨日柳风前来探望伤情时，我才知道阿轩日日与顾逸松在一起，似乎在讨论着天权阵法的一些口诀。

　　药膏涂在还略略青肿的小腿内侧，一阵清凉，流苏熟练地缠好纱布。等药力散了一会儿，我才起身走向门外。

　　"一定要去吗？"流苏手里的白棉布紧绷着，我回首点头，私传阿轩天权阵法我还是要给顾逸松一个说法的。

　　还飘着细雪，我踏着松软积雪，很快来到盘山石路前，拾阶而上，步步都踏得极稳。路旁石岩铺着厚厚雪层，偶尔一角棱角突出，露出原本的暗灰石岩颜色。转过一个大弯，窄窄山路立即变得开阔，一处宽大石台映入眼帘。如竹笋般的石柱遍布宽台，纵横交错，犹如缩小了的环镇阵。另一端的边缘有个原木搭起的小棚，阿轩和顾逸松正在对弈。微微移步，我踏入阵中，所幸石台面积不大，这阵法也非最为精妙，几次转身后，来到棋局前。

　　"车进六，将军。"阿轩极快抬袖将棋盘里的红车推进六步。

　　望了一眼棋局，我轻轻叹气，拍下肩头积落的雪花。阿轩侧过头："错了吗？"

"是败了。"我语刚毕,顾逸松提起隐藏许久的炮,重重打在阿轩的红车上。阿轩已败,他无子可再用,只剩下孤零零的将,"环镇阵属星为土,最是沉定凝敛,常常平淡或败境中刺出致命一击。你没学,无论再下几局,终究还是会败给顾师叔的。"

顾逸松细目上扬,亮瞳定定瞧了我一阵,才捻起他的三缕清须笑道:"你是门主,天权阵法传给谁都由你决定,我无权管制,只是若真要传以衣钵,记得那个誓言便好。"他起身,衣袖飘举,"更何况这位皇甫公子连最基础的天支八卦阵也没学全,怕是相差甚远吧?"

阿轩黑瞳一沉,低着头似在沉思。北风吹过,他额前乌发飞乱,将那双冰冷的眼藏得更加深。我抿着唇,没有说话,只伸直手指将卒棋向楚河指了指。

手腕突地被阿轩紧紧扣住,他抬头,沉沉目光盯着我。

"总是要慢慢学来的,天才也不是一步登天……"

阿轩猛然用力,我的手臂随之下沉,皮裘短袖扫过棋局,棋子乱成一团。他几乎是扯着我来到窗前,粗草箅子编织成的窗被他大力推开,北风呼啸灌入,夹杂着几粒细雪扑打在脸上。

"三姨,这些人已经来了三天了,你认识吗?"阿轩侧过头,黑发遮住半张面,逆着光的阴影里,瞳亮得极耀。

从草窗极目远眺,沿着两个山峰的空隙,恰好可以望见我们当初逃进的破冰山洞之处。雪崩已过,那里又是一片积雪,谁也不知这纯白雪花下埋住了什么。

当初密密松林早已不复存在,雪流穿过之处,全部雪白,没有一点松针绿意,只有旁边还留有些百年老松。就在稀疏残松下,几个新搭的帐篷伫立在雪地上,数十个灰黑色人影来回走动。

"他们都生起火煮汤了,也许是过路的商旅吧?我怎会认识呢?"我将缩在袖口的手伸出,想要关上草窗,"风吹得有些冷了。"

"等等,"阿轩止住我的手臂,转头望向松林,清冷笑道,"再仔细看看,或许真的认识呢?我就认出不少熟人。"

我放下手臂,轻轻叹气,热气呼出在眼前形成氤氲白雾,很快就散。这群人不是商旅,他们更像是特意过来统计伤亡的军队。在雪涛怒吼踏过的平坦雪地上,无数的松枝搭起巨大木台,那上面躺着十数个僵硬的尸体,他们葬身于雪崩,现在被这群人挖出。

"在那里。"阿轩指向老松下的人,唇角笑意是压抑的讥讽。

将手缩入衣袖更深,感觉到了一丝暖意,我才看往阿轩所指之处。那里火堆烧得正旺,上面的青铜大锅煮着热气腾腾的汤水。视线越过火堆,隔着蒙蒙热气,我遥遥见得一张低着的脸,垂下的眼完全瞧不清瞳色,只是那鼻梁挺直的线条分外熟悉,那冻得略略发白的唇也是我知道的弧度……

不再看,我抬眸,望向身侧那个已比我高出许多的少年,他的瞳中闪过几缕暗红光芒,竟像是草原霸主雄狮捕杀猎物前的嗜血目光。

袖中不禁握紧手,攥成拳头,我复又俯视而下。老松下,他靠着粗褐树干,指间银光时而锋芒闪露,蜷曲的薄薄木屑纷纷落下,宛若在下一场盛大的雨。

"就是那个在雕松木的人。"阿轩笑道。

"哦,是吗?"我微微眯起眼,又仔细看了看,才轻笑道,"太远了,又是火烧烟熏的,三姨眼力不及阿轩,竟然怎么也看不清是个什么人。"

阿轩愣住,眼眉间尽是不信。

"太远了……"我叹了叹,可在袖中的指尖早已深深掐入手掌,极痛极痛的感觉自冰凉手心传入心间,却依旧是唇角轻笑。

"咦?"阿轩诧异,我再望向松林。

几个满脸通红喘着热气的年轻人抬着一具担架极快奔到松林边缘,那个雕木的人立即拂袖站起,几步轻移,瞬间便到担架前。他颤巍巍地伸出手,小心地掀开蒙在担架上的白布一角。那么远的距离,又只是侧面,我和阿轩几乎是无法辨认出那人的细微表情,却看见那手中雕了一半的松木忽地消失了,化为粉末随风散去。

草窗前,我听见阿轩急促的呼吸声,和自己快速的心跳。

白布猛然被那人掀起,我和阿轩都在长长地舒气。被薄冰覆盖的尸体,站在这里无法瞧清面容,可凭那身衣衫我能肯定那是苏刚的尸体。果然尸体颈部有道暗红伤痕。

那人抛下白布,静静伫立在苏刚尸体前。现在窗前望去,只能看见他的背影,仿若冻僵般,全身不动,唯有风中散发乱动。

极静中,似乎隐隐传来嘶哑的低吼。

那人突地拔出了身边人的青锋剑,狠狠刺入苏刚的心脏,没有喷薄而出的鲜血,因为那只是具尸体。抬担架的人不由自主地后退,留出了大片的空白雪地。遽然拔出青锋剑,箭尖上有不多的暗褐色黏稠液体。青锋横扫,那人挥剑极快,只看得身影飘浮,雪地上便显现出奇怪的暗红色符号。青锋剑再一次刺入苏刚心脏,那人嘴唇轻动,抬担架的年轻人极快上前,将苏刚尸体放在诡异的血色符号上,又捧来不少松枝覆上。那人接过身边人递来的火把,丢在苏刚尸体上,便头也不回地走到原先的松树下。同时不远处的松枝木台也被点燃,两处火光耀天。

"好毒的诅咒!"沉默看了许久的顾逸松忽地叹息,"头西脚东,血咒覆身,这是南疆让人永无重生日日煎受炼狱烈火的毒咒。人死为安,竟下这种咒语,不知是他们仇恨太深,还是那位公子心太毒?我这清修之人是无法再看下去了……"

顾逸松轻摇着头,负手离开了棚子,往山下院落行去。

大火中,苏刚逐渐消失,那人却是指尖银光毕露,将枯褐松皮削下一大块,露出黄白树心。木屑飞扬,那人似乎在刻着些什么,可每一个字都思索很久,才迟迟下刀。待他刻完时,火光已熄,只余下一堆黑灰。他略略一挥袖,众人忙碌起来,有人撒雪将那黑灰掩盖，有人牵来骏马，大约是准备离去了。

"其实你的心更毒。"阿轩眉扬入鬓，略微低下头，在我耳畔轻声道，"父皇说你是有毒的花，碰不得，否则自己会受伤中毒。"

我笑，对着阿轩墨色深沉的眼："他说的不止这些吧？比如，三年后？"

阿轩瞳黑如夜色："父皇道，三年后绝对不可能相信你，因为那个时候你是掌握祥凤印的瑞安长公主，不会听任何人的，只会掌控自己的权力！"

"很对，三年后我们或许是敌人。"我笑弯了眼，转身离去之时，眼角余光瞥到松林旁那人离去的背影，又将唇角扬高一分，踏出木棚，"阿轩，我是长公主！"

背挺得极直，细小的雪花落到面上，化成水珠，一滴一滴沿着下颌落下，最后滴进我走过的雪地。

一夜浅眠。

自己左右辗转几次，终究是睁开了眼。门窗都紧闭着，光线熹微，大约只是清晨。感觉到了寒气，不禁轻咳数声，闭上眼，又缩进了棉被。我转过身子，对着空荡荡的内侧，肩上的缎被不小心滑落，阴湿寒气入骨。自个儿冷得发抖，蜷缩成一团，才想起，原来一直是他给我将棉被掖得严实。

也许实在是冷得受不住了，倒是索性掀开了被子，自个儿利索起了床。踏着鹿皮短靴，在床榻边取了大氅披上，只短短的一刻时间，便觉得脚心处瘆人凉气涌起。我轻跺几下，才回忆起在长安时，风铃儿总是记得替我先烘暖皮靴，他们都知我畏寒得紧。这里一夜湿冷，再无人细心注意到这些琐事。

推开门，无风，可寒气重得压住全身暖意。

我拉紧大氅，呼出的热气立刻弥散在眼前，如丝薄的淡云，挡住眼眸看不清这方空间。气雾消散，依旧是不见周围事物，仍是白茫茫一片。是雾霾，铺天盖地，似层层叠叠的白纱遮掩住世间一切。

伸出手掌，笔直地推向前方。雾太浓，隔了几尺，就不知有什么东西藏在白蒙蒙的雾霾下。尚留有棉被余温的手掌刚露在干寒空气中不久，便冻僵了。指尖触不到任何实物，我心中也是空荡，急忙握拳，掌心却是虚无，连一丝寒气也握不住。颓然垂下手臂，又将自己全身缩回大氅之中。

环视四周，浓雾笼罩，我踏出右脚，松软积雪咯吱轻响。看不清，便只能靠感觉以及模糊记忆走出院落。雾霾阴沉看不见路又何如，那棵松树今日我就是去定了。

我步伐轻快，穿过那松林，毫无阻滞。原来去往那棵松树的路在昨夜早在我脑海中描绘了千百遍，一次又一次，不需细想，即使是闭着眼，我也能走到那棵松皮剥落的树前。

启天桓，北移玄武，暗合斗参……

近了，近了，我的每一步都在轻颤，积雪在脚下飞溅开，打起的雪珠轻缓地落下。雾更浓，那么近也看不清树干上刻的字，是他刻得浅，还是我不愿见呢？

举起厚重棉袖,一下子一下子地扇起,冷冷的风拂过我脸颊,却不见那浓重雾霾变得稀薄些,还是一层又一层的轻纱雾隔着我的眼与他的字。猛地,我大步踏上前,鼻尖触到了粗糙松树皮,红了鼻头。清郁松香就肆虐在鼻端,百年老松这样沉得香,却似乎压不住了淡淡墨香。我怔愣片刻,直到鼻头发酸了,才伸出右掌撑住粗大松干,视线缩在那一段刻下不久的字上。

静静地望着那数行狂草,笔锋收尾如此犀利,利得轻易割入人心。大风刮过,帽檐上的柔柔皮毛扫过我的脸颊,痒痒的轻刺,这样的轻却似挥掌掴过般,红的是脸,痛的是心。

木痕里结有无数细小冰晶,手指拂过,一字一寒冷。

"上官扶柳,三年之后你若没有出现在我眼前,那么,我便送上官九族上天,出现在你眼前!"

痛自指尖蔓延,瞬间便袭击我全身。狠狠咬唇,我却是瘫软在树根,低头痴痴瞧着沾了冰晶的右手。有细细的血迹,凝固在中指,是残留下的尖锐木屑深深刺入肉里。刺入是痛,拔出也是痛。

可血已流出,痛入骨也得剔除。

深吸一口气,我死咬住刺入手指的木屑,狠狠拔出。指尖鲜血冒出,沾在唇角,腥咸血味刺鼻,我顿时微微头晕,歪倒在了雪地。

我几乎是躺在积雪上,脸触到冰雪,已然是僵硬。冷风拂面,我却是轻轻地笑了。眼前是松木雕刻,不大,大约只有六寸长。撑起身子,我一把抓住松木,细细审视这件粗糙雕刻木件。它落在雪地已有一夜,松木上全是晶莹的霜,薄薄一层覆裹住原木,如银月光芒轻盈灵动。

松木女子雕像如此清晰,却又如此熟悉,眉目如画,眉目如我。

记得,那一日,洛谦说,那个雕人的男人是后悔了……

忽地,雕像映射出七彩光芒,刺目之极,我仰起头,东方朝阳暖光穿越过重重雾霾,照在了松木女像上。将雕像塞入袖中,我缓缓站起,走回院落。

有些事,来不及后悔,后悔也无用,决定了就必须一直走下去。

回到屋里,瞥见桌上的一壶冷酒,那是昨日下午,柳风来时饮剩下的醇酒。我坐下,径直为自己满满倒上一杯,一小口一小口地饮,口腔冰凉,喉咙却是炙炭在燃烧。我喝下一大盏,便再无气力,瘫倒在了床上。我蜷缩着窝在棉被里,小心翼翼取出木雕放在胸前,袖里湿湿一片,阴冷着臂膀肌肤。迷迷糊糊睡了一会儿,忽地听到门被打开的轻响,我回头,看见柳风和流苏步入。

"又病了。"流苏蹙眉。

"哪有……"我伸手挨在自己额头，便闭上了嘴，额头微微发热。

柳风叹气摇头："我再去请大夫来吧。"

"不用麻烦了，只是稍微不舒服，睡睡就好。"我勉强笑了笑，"如果要吃药，我只愿吃阿萝的药，那药丸里面掺了蜂蜜，好吃不少。"

柳风无奈一笑，取了锦囊给我。

我含了一颗药丸，便转过身，恰好木雕硌在胸前，心口一痛，便蒙头又睡去。只是不曾想，此后几月因为伤寒，我都挨在了这炕上。

匆匆大半年过去了，等过了酷暑接近初秋时分，我的寒症才完全驱除。

这一日，秋高气爽，辕儿吵着要吃酥饼，我想着闷在顾逸松的小院子里也是许久了，也该出去看看外面发生了些什么事。一行人走到吉安镇，还算顺利。

到了城中，柳风先去试着联系西泠柳庄，而我们便拣了一间较大的茶馆。只坐了片刻，辕儿耐不住性子，吵着要去街上玩耍，拉了流苏跑去买糖了。我和阿轩坐得安稳，细细品茶，听着茶馆里的人说起天南地北的事。

醒木一拍，一名青衣书生走到茶馆前台，高声笑道："三月国丧之期已过，在下再次登台为大家说上一段，博以一笑。"

国丧，我一愣，热茶泼到手指，一阵揪心的痛。虽然早有准备皇甫朔将要去世，但它真的来临时，我还是有些猝不及防。

那青衣书生挥扇道："九皇子登位，年号元昊。这即位原本也没有什么特别的事，都是按礼法而来，可却偏偏出了件稀奇事。宫中有传闻，先帝病重卧床，真贵妃七日七夜不休不眠伺候在侧。龙气日日消弭，真贵妃虽夜夜祈求，但天意不可强求。终于先帝在弥留之际，真贵妃泣言：妾无能，愿随帝与地下。语罢，真贵妃自绝于先帝榻前。啧啧，这样的情深义重真是难得啊。先帝也郑重颁下遗旨，与真贵妃合葬。这可是千古未有啊，皇帝不和皇后葬在一块儿，倒是贵妃陪伴长眠。宫女们常常歔欷，一定是皇帝老爷喜欢这位娘娘得很，不然……"

怔在了那里，不知在想些什么，也听不进那书生说了些什么。只猜测着，皇甫朔当真是心里装着真姐姐，只是他为了做个帝王，将感情埋得极深，深得到了三丈黄土下才肯将真妃纳入。

"哟，这位少爷怎么走了？"茶馆小二跟在阿轩身后叫道。

我这才发觉阿轩已然步出茶馆，急忙塞了些铜钱给小二，跟着阿轩进了茶馆后的偏僻巷子里。走入尽头，阿轩才停住，猛地回头，他幽黑眸子就直直闯入我的视线。一贯寒冰的眼瞳突然微微漫着轻薄水汽，浅浅碎碎，只一层水花，犹带寒气。

我莞尔一笑，暖暖的阳光洒在他不屈的脖颈，同时也很快地蒸发了他眼中的水雾。我弯起唇角，托起他的宽大袖口："以后不要这样用力了，都扯破了。待会儿回去后，换了一身衣服，送到我房里补一补。"

阿轩一僵，继而眯起眼："我要学真正的天权阵法！全部的天权阵法！"

他的眼太沉,根本不是一个刚听到父母去世的少年反应,没有哭泣与痛苦表情,却是漠然地在说:"其实我三月前已知父皇驾崩,母妃随逝。"

我的脚突然一滑,右手重重地抵在路旁砖墙上,凸凹的土砖擦过手心,一阵火辣疼痛,继而便靠着土墙,闷声问道:"伤心吗?"

阿轩的声音清晰无比:"做了足够准备便好。出宫之前我早已料到,父皇久病,至多有半年时间,而母妃见我与辕儿安顿妥当,必随父皇而去。"

"既然想学阵法,那你能够守住不用阵法滥杀的誓言吗?"我垂着头,看着路上灰黑尘土,轻声问道。

"不能!"阿轩双目炯然有神,"可如果不教我天权阵法,那么三年后,我迟早也是一败。三姨,假如我死去,这次对你来说如此痛苦的逃亡又有什么用呢?"

"当年哥不行,你也不行!"我仰首盯着阿轩黑亮的瞳。

"呵呵……"阿轩低沉地笑,"二舅不是也学了天权阵法吗?"

"破阵之诀在于韧,韧者百折不挠。"我笑了,掌下的土墙裂开,黄土碎末纷纷落下,"阿轩,希望你能保持住这种韧性,三年后才是真正的开始……"

流苏正好牵着辕儿走过来,我和阿轩相视一眼,轻轻地笑,便只字不提,沉默着回到顾逸松的环镇阵内。

元昊三年,秋末,寂寥的雁鸣掠过上空。

山风吹得草窗呜咽轻响,我抬起头,深秋渐近初冬的北方天空很蓝,深邃如蓝宝石。一行征雁正南飞,矫健翅羽划过卷云,留下数点归去黑影。

鸿雁南飞,何时归?

额前散发扑扑打在鼻尖,我垂下头,手指捋过发丝,恰好看见那山下的一片空地。稀疏松林,那棵老松墨绿依旧,树下衰草连天,哑黄枯草在寒风里瑟瑟摆动。

刻在松干上的字已渐渐模糊,我经常去,每一笔每一画的消退都是清晰在心。记得,却不能遗忘,是件太累的事。

碎石崩裂,巨大的声音轰然响起,我身后扬起一阵旋风,吹得背脊发凉。举起袖口掩住口鼻,我才回身。果然,眼前是一片尘土飞扬,平台上石柱正在坍塌。

"咔嚓"碎裂声越来越小,终于沉寂。

灰尘落地,一堆碎砾中挺直的黑色背影徐徐转过,凛冽眼神刺向我。我步出木棚,他不说话,只静静地盯着我。

我轻笑:"一年学一阵,阿轩,你破了环镇阵。"他有学阵的天赋,天权基础阵法天干地支二十二阵他只用五个月学完,纯熟犹如十年的老手。如今水辰环镇两阵,他已可信手拈来。

烈风里阿轩缓缓展开手臂,墨黑长袖如一幕乌沉的云挡住我的去路。夔云金纹袖口扑打在他身旁残留的石柱上,哧哧裂响。

"为什么只肯教两阵？"

"门规有训：非得传人不得学全天权五阵。"

"如果我愿意正式拜入天权门下呢？"

"那你先发誓，皇甫轩面北对诸神起誓，受之天权，宁死不滥用，否则天雷焚身，魂魄无存！若是用天权阵法夺下任何一寸染血土地，便永远无法登基含元殿！"

阿轩面无表情，嘴角唇线扯得极为僵硬。等了许久，他忽然一笑，举起了手臂，五指向天，朗声道："皇甫轩面北对诸神起誓……受之天权……"

清朗声音一字一字夹杂着呼呼山风传入耳中，我不禁小退半步，阿轩的举动不正常，他绝对不可能为了天权阵法而舍弃未来通向含元殿的道路！天权阵法不用于军中杀敌，对他而言只是一个中看不中用的花瓶。

"……宁死不滥用……"

阿轩斜向东北踏出一大步，我瞧得眼前似乎晕混一片，那石柱那灌木甚至连天地都在隐隐转动。

"……否则天雷焚身……"

咬着牙根，狠狠一掐自己手臂，趁着清晰的痛感，我急忙弯腰，拾起地上的碎石块，全力打向西昴位的石柱。那只是半截石柱，可小石块轻轻一击，便轰然塌下，如有人将西昴石柱大力碾为粉末般，灰色粉屑遽然飘散。又是一阵轰响，平台剩下的石柱统统化为碎片。

阿轩半边身子隐在飞扬的灰尘中，一脸怔然。

我轻拍去手掌上的碎石粉末："阿轩，没听过师傅手里永远都留有最强的绝技吗？更何况你现在还没有出师呢！"

方才，阿轩破环镇阵时，刻意留下了一部分石柱，并极巧妙地转化成井位水辰阵。趁我惊讶他发誓之际，阿轩启动水辰阵，迷象迭出。

片刻惊怔后，阿轩极快恢复平常模样，眼眉间冷如冰霜："其实，就算我对天发誓，你也不会教我天权五阵，因为你从不信任，不会相信我能遵守诺言……"

我抬眼望向阿轩飞入发鬓的眉，真如杀人的利剑："你能让我信任吗？"

"不能！"阿轩回答得快而决绝，没有半步回转余地，"我要江山，就如你是瑞安长公主会死死扣着那枚祥凤印一样！可你与我一样的欲望，为什么还能霸占天权阵？"

风渐大，碎石粒子滚滚而动，发出咯咯脆响。

"一个人的心只有那么大，装下的东西也有限。我尚有空间容纳天权五阵，而你的心早已填充了含元殿，余下的空间并不多，如果再塞入五阵，那就是溢满了。野心欲望一同溢在你的脸上，会让对手看得一清二楚。"我轻轻地说，走过阿轩身侧，裙角沾满了石屑，灰蒙蒙的，"一旦让人看穿你的想法，那么，你总要花费许多精力来保住自己的性命。"

阿轩定住，碎石堆中不动。我离他很远了，站在盘石道上，回身，冉冉轻笑："还是要恭喜你,阿轩,毕竟你学会了环镇阵。"

一路走过,盘山路边从岩石缝隙里挣扎长出的藤蔓随风哗哗地响,巴掌大的树叶早已枯黄,边角曲卷,被烈火炙烤过般,无声脱落枝条。它们曾经强大得撑破坚硬石块,却最终熬不过岁月侵蚀。

云雾遮日,北风四起。

我安静地回到屋里,转身坐到床沿,低头便看见裙裾处有不少被碎石割破的细小口子,密密麻麻的像是岩石裂纹,浅却多。伸手到枕下,指尖触到温润松木条理,心中便清朗一片。

浓浓松香弥散开,我将松雕放在眼前,日光照过,晕出浅浅淡金光芒。夜夜抚摩,木雕脸庞已是眉眼清浅,大约过不了多久,便看不清容貌了。与当初不同的是,木雕上有了点点深褐斑纹,是泪痕,咸水浸泡出的印记。

一寸相思一寸泪。

突然就想起江水边的湘妃竹,翠竹上的点点泪斑是娥皇女英的相思。

心底深处像是被猛地蜇了一下,麻痛不已,锁了三年的记忆如洪水般倾闸而出。曾经拥有过的温暖干燥的手,淡若清水的墨香,耳畔回响的柔软嗓音,统统挤进脑海,清晰而敏锐。三年中,我也不知怎的就将爱的、恨的、喜的、哀的情绪全部化成了相思,相思噬骨。

"扶柳,在吗?"叩门声轻轻响起。

手指胡乱地擦拭着眼角,可却没有咸湿液体,我一愣,或许泪水也有尽头。路的尽头,一种是绝望,另一种是新的希望的开端。把松雕重新藏入棉絮,我扬起唇角:"大表哥请进,是阿萝捎的白芥丸到了吗?"

柳风推门而进,手里捧着一罐白瓷,笑道:"什么时候变成了狗鼻子?隔着老远,也能闻出白芥药味来。"

"久病成良医。"我深吸一口气,白芥辛味愈浓,可其中却掺着甘甜味儿,"阿萝真是细心,每次都在白芥丸里和了不少甘草,味道好吃多了。"

"又不是吃糖,要甜味做什么,药效才是最重要的。"柳风将药罐放在长案上,修眉略沉,顿了顿才道,"年年冬天都病着,还是提前吃点药丸防治些好,这白芥是阿萝亲手种的,比起一般的要好上许多……"

"阿萝,阿萝,阿萝的任何东西都是最好的。"我眉开眼笑,打开药罐,里面白芥丸做得十分精细,颗颗都与珍珠一般模样,"大表哥,阿萝真是千万般的好,你说谁愿意错过这样的女孩子呢?"

阿萝对柳风是千万般的好,千万般的用心,每隔一段时间便有从西泠柳庄寄来的箱子,一箱一箱都是柳风最爱的东西。通过阿萝我才知道,柳风从不食辣,而前年除夕我却邀他吃火锅,那时一层火红的辣油浮在汤水上,辣汤咕嘟咕嘟冒着泡,柳风在腾腾热气后衣袖一抹眼睛,说,不小心将汤水溅进眼。后来阿萝寄来消火的药,我

才明白,柳风的眼泪是辣呛出来的,并不是眼里有了异物。

我与阿萝实在是差得太远,从此,我总喜欢在柳风面前说起阿萝,阿萝这样,阿萝那样。阿萝自口中说出,我心头便是暖的。

阿萝亲手酿出的米酒,比市集上的微酸,因为那是柳风喜欢的味道。阿萝亲手缝制的衣裳,比衣铺里左袖里多一个口袋,因为柳风习惯往那里放东西。阿萝亲手种出的狮峰龙井,比普通的早采几天,因为柳风喝惯了带些苦涩味的清茶。

阿萝亲手……阿萝亲手……阿萝为柳风打点一切……

"是不是离开了阿萝什么都会不习惯?"我含了白芥丸用姜汤送服。

柳风愣了愣,轻声道:"的确是很……很不习惯……离开了她……"

我兴奋站起,眉扬得老高:"大表哥你中了阿萝的毒,这种毒只有一个解药,阿萝才有,怎么办呢?"

柳风默默不语。

"娶她好吗?"我殷殷望着柳风,仿若还是很小的时候,交作业给老师,只一心期待个点头微笑。

柳风瞧着我,黑瞳目光有些涣散,可极快便是流光晕转,直直透出些喜气和淡淡的不舍。他眉眼舒展,微微一笑:"好。"

顿时我雀跃如同孩童般,原来大家都有个幸福的角落,只要你肯回头瞧上一眼,便可看到。

"我要亲自告诉阿萝,写一封喜讯,喜气洋洋的红色纸笺。"我忙着在书桌上的一沓纸张里寻找喜庆颜色,终于被我找到画有艳艳牡丹的红笺。

"找到了,虽然简陋,但喜事还是一刻都不要耽误的好。等回到了西泠,我会帮阿萝……"我絮絮叨叨说个不停,猛然一抬头,看见柳风的眼神温柔似水,洒了一屋子的暖意。我笑意更深,开始研墨写字。提笔想了许久也不知如何开头,比起文章,这姻缘似乎更难写。

"扶柳,袖子沾到墨汁了。"柳风站在一边替我卷起袖口,上面墨迹斑斑。我推开他:"离我一丈远,对,再远些,这是我写给阿萝的私密信,你可不能先看去了。"

"阿萝表嫂"几字写下,有暖流淌过我心头。

……喜事姻缘……举案齐眉……

"大皇子找小姐,附近出现狼牙骑。"流苏冷冽出现在门口,冲淡了喜庆气氛。

"呃,等下。"我疾笔快书,字迹有些潦草了,合上笺纸,交给流苏,"让西泠吉安徐掌柜交给密部,密部以最快速度带回柳庄。嗯,流苏,如果真的碰上了狼牙骑,你不要硬碰,先避一避。"流苏点首离去。

"扶柳,去看看吧,狼牙骑不寻常。"柳风走在我身后,声音紧绷。

木棚平台,阿轩黑衣伫立,他身后是大片坍下的碎石。

"拓跋剽螭铁骑中的精锐,草原最厉害的骑兵——狼牙骑,就在山下。"阿轩淡漠地说道,额发遮掩住了眼睛。

我远远望去,稀疏松林中一列粗犷汉子骑马转悠,虽然没有披甲,只是寻常百姓衣物,但他们身后负着精铁大弓,和那泛着阴寒光芒的箭矢,都是狼牙骑的标志。

"这里是定北将军的地盘,才二三十人的狼牙骑不会久待。狼不入虎穴,拓跋人也是知道的。"我淡道。

"我却不这么想。"阿轩眯起眼,盯着一群彪悍男人中的娇小身影,阴沉道,"因为女人的心思总比男人更难猜测,不是吗?"

马背上的女人忽然转过脸,露出她精致面孔,清秀亮丽。她一笑,隐隐有几分霸气,只见她打马绕着松林奔跑起来。

林宝儿,这一次见面,我看见了你,你却望不到我的身影。

我转身离去:"晾上个三五天,没有收获,他们自然就会回到科尔沁草原了。"

山中风渐渐刮大。

此后接连十天,我都会在山腰木棚里远远眺望一眼。

山脚数顶拓跋帐篷内人进人出,狼牙骑武士背负五尺铁弓不停游寻在松林中,每日梭巡,如在科尔沁草原般,横冲直撞没有丝毫收敛。

"这些天幽云十六州更像是他拓跋马圈,狼牙骑居然敢在李定耀的地盘上撒野,每天都盘查过路行人。"阿轩立在我的斜后方,瞳孔微缩,冷冷狠意逸在唇角,"我倒是想见识一下是李定耀的塞北铁骑更厉害,还是草原上的虎狼之师狼牙骑如传说般勇猛?"

我蹙起眉,阿轩也是清楚的,只是他不说明,十天的时间足够让李定耀知晓拓跋狼牙骑就在吉安镇旁的雪山脚下。

是一场厮斗?还是将所有人的目光都引到顾逸松的雪山环镇阵内?

"狼牙骑究竟要找什么呢?"阿轩忽地问我,他目光短刺的亮,"听闻三姨曾经在拓跋王庭作客数月,和如今的拓跋可汗拓跋阳交情不错?"

"你说漏了最重要的一点。"我转身,背对着阿轩清声道,"我和拓跋阳现在的阏氏感情更好,那位阏氏容貌清丽,和山脚帐篷内的狼牙头领长得一模一样!她大约是想我了,所以才冒着杀身风险来这里⋯⋯"

我的话语被阿轩朗朗笑声打断。

"或许这位阏氏是更想见我。"

我回头,阿轩的修眉飞入鬓角,那里发鬓如刀裁,干净整洁,浓黑且亮。就如现在的他,年轻得似是一柄刚开刃的利剑,割破他人喉管不沾一滴血。

阿轩衣袂飘飘,一阵疾风般掠过我的身边,扫起我的发丝扑入脖颈,冰凉的痒。跟着他,我步步稳健穿过雪山环镇阵,来到林宝儿的厚毡帐篷前。

迎接我与阿轩的是铁箭狼牙,一排寒光闪烁。

阿轩高大的身影几乎完全挡住了我的视线,我站在他身后,轻笑道:"林宝儿,你赢了,我就在你的帐前。"

"想赢你,可真是不容易啊,我差点以为自己马上就要熬不住,卷铺盖回王庭了。幸好你比我更怕李定耀,所以才肯赏脸见我一面。"林宝儿笑吟吟掀帘,站在帐篷帘口,"请进。"

十天,对林宝儿而言是困难,对我而言更是煎熬。她狼牙骑大闹松林,引来李定耀的铁骑,是截杀狼牙骑,也是截杀我与阿轩回长安的路。只要闹起,这松林方圆百里之内必是塞北军关卡重重,叫我与阿轩这几个人如何在离京三年之际重回京城?

阿轩先低首进了林宝儿的帐篷,随后我从容踏入:"恭喜你成为拓跋阏氏。"

"那也得感谢洛丞相给了我与阿阳相爱的机会。"林宝儿笑容可掬,完全是欢迎远道而来的客人的标准热情,放下帘子,亲手为我和阿轩斟上一杯奶酒,"是草原上的好酒,试一试,清香不易醉人。"

我端起银杯,奶酒中混着甜腻奶香和微醺酒香,清香袭人。只抿了抿,唇角沾上点酒,我放下银杯:"熟人一场,开门见山说吧,你来这儿的目的?"

"不急,你不喝,我却要满饮一杯再说。"林宝儿一口喝完奶酒,唇角上扬,明媚的眼盯着我,似乎在讥笑我的胆小,不肯喝一点酒,怕杯中有毒,"既然你我是故人便先说故人事吧!"

她轻眨着眼,笑容似酒般醉人:"上官扶柳,三年之后你若没有出现在我眼前,那么,我便送上官九族上天,出现在你眼前!你说就算你楚楚可怜站在他眼前,你上官九族能活下吗?"

她这句话的意思是,洛谦其实想说,你死了,上官九族会死;你活着,上官九族也未必是活着。

可惜我早已知道他的意思,所以无论林宝儿娇媚语音里暗藏了多少冰箭,我会很好,因为我早已为自己披上了一层保护的厚甲,她打不碎的。

"错了。"我对林宝儿轻轻摇头,笑了笑,"五十步笑百步的人其实也未尝不可笑,毕竟他少逃了五十步,是有资格的。或许救不了上官九族,但能救下上官八族,我也是会努力的。"

"上官八族之一包括了皇甫,是吗?"阿轩斜眼瞧着手中银杯里的酒,有一下没一下,轻轻地荡动银杯,几滴酒洒在他修长手指间。他浓眉高挑,饮下杯中美酒。

掌声响起,林宝儿笑眯着眼拍掌道:"这一趟我真是来对了,就算牺牲三十狼牙,也是值得见到西华大皇子的。"

"哦,值在哪里?"阿轩冷冷反问。

林宝儿笑答:"双赢!你们需要狼牙骑的保护回到长安,而我们需要一个可以同拓跋合作的西华帝王……"

"保护?"阿轩哑然失笑,"你狼牙只三十人,却在李定耀十万塞北大军腹中,你我谁活得更久都难说。"

林宝儿又斟酒:"难道大皇子也不是在李定耀十万大军的包围中吗?谁更需要谁的帮助顺利离开这巴掌松林,也难说,不是吗?"

良久沉默,阿轩斜觑正在品赏美酒的林宝儿:"条件?"

林宝儿放下酒杯,双颊酡红,举手指向北上方,对着虚无空气轻点三下:"拓跋愿以五万骑兵助大皇子登基,只需要西华让出北疆云中、曲阳、安西三郡,给我拓跋烈马随意奔跑便好。"她毛茸茸的袖口扫过酒杯,银杯倾倒,酒便洒出,顺着条案流到地上,淌湿黑土。

阿轩脸色一下子阴沉,薄唇紧抿,冷声道:"西北重镇让于你拓跋,那剽螭铁蹄驱入长安岂不是如逛自家后花园般容易?"

我长久不语,此时,林宝儿似乎突然想起我,秀眸扫过我一眼。

"呵呵。"林宝儿以袖掩唇,哧哧笑道,"大皇子瞧瞧瑞安长公主,可是一语不发。人有时候就要学着这样,没资本不要强撑腰,不仅累人也让人好笑。"她又饮上一口奶酒,"若不,你们能从李定耀手中逃脱吗?就算侥幸回到长安,那以后呢?一个无权无势的大皇子怎样抵抗塞北十万铁骑,以及朝中相党咄咄逼人的气焰?你不该傲气,因为现在坐在含元殿接受百官朝拜的人不是你、流亡落魄的大皇子!"

阿轩捏在手中的银杯正慢慢变成椭圆。

林宝儿提高音量:"若合作,至少你可以得到半壁江山,再与我拓跋一较高下!路不要在最开始便掐断了,不走到尽头,谁也不知道结果。"

江山路,不能消失。阿轩知道,他手中的银杯已然化作薄薄一片银块。

"三日后,我们出发,劳驾阏氏陪伴左右了。"我移到阿轩身边,轻轻拍着他紧绷的肩,"成功后,云中、曲阳、安西三郡会交给拓跋,至于你们守不守得住,那就看以后各自本领了!"

阿轩抬眼冷望我一眼,便遽然起立,大步掀帘而去。

我看着他起伏背影,笑了笑也就准备离开,手撩起帘子,忽然想起一事,回头问林宝儿:"你怎么知道我们藏身在这里?"

林宝儿似乎是分外高兴,腮间潮红。她弯唇,用低沉的嗓音轻声道:"上官扶柳,你忘了西华皇宫里有一位拓跋太妃吗?"

章华宫里的月贵妃,拥有胭脂碎的神秘拓跋公主。眼前仿佛又出现了那明媚女人的脸,深邃的轮廓,透亮的黑瞳,妖冶的红唇,眉间艳若胭脂的朱砂痣。她妖娆地笑道:"……上官扶柳……"

"她记得我,我也记得她。"我清朗留下一句话,留给林宝儿一个潇洒的背影。我需要她的狼牙骑,就必须让她相信我们能完成她的心愿。

元昊三年,十一月初一,钩月挂空,泠泠寒光。

已入冬,身上穿得极为厚重,走在霜冻的枯草上,有一种脆响的脚步声。

松林中,篝火照映着他不再年轻的脸庞,尤其鬓如霜,沧桑几许。草地上铺着一块陈旧毛皮,柳风站在老松边,手指拂过那数行刻字,对我笑道:"扶柳,三年来,一直想着他吗?"

我默默地挨着坐下,火光映红了我们的脸。

"为什么要答应下拓跋阏氏的要求?"柳风轻笑着转移话题,"这两天大皇子对你生怒气也是正常的,毕竟刚一登基,就割让国土,会影响皇位根基。"

"的确这样。"我点头,往火堆里扔了数根松枝,"不过是在利用拓跋阏氏而已,既然割让西北三郡的承诺是我应下的,那日后出尔反尔的小人骂名由我替阿轩背下就好。"

柳风一愣:"你会言而无信?"

火堆里烧得吱吱地响。我很认真地说:"一向不骗人的人,一旦骗起人来,会有无数的人坚信他的谎言。"

柳风盯着我轻叹:"扶柳,我明天就要回西泠了,现在问你个问题,可以诚实地回答吗?"

三年逝去,我要回长安,他要回江南,路不同,是分离。

"你为他流过那么多泪水,什么时候你会为我留下一滴眼泪呢?"

我抬起头,望着弯月,月沉云间,银辉隐约。思索良久,我才转头对着柳风盈盈笑道:"等到我扶着穿着大红嫁衣的阿萝跨过西泠大门门槛时,我就会流下一滴喜庆的泪。"

后来,我知道了,不是一滴眼泪,而是泪流满面。

【洛谦番外】

"她说:我抛弃洛熙,从此以后他与我上官家无任何瓜葛!他可以恨我,但是请你们记得告诉他,他只姓洛!"重俊喋喋地说道,一向振轩的浓眉有些耷拉,像蜷缩在岩缝的鹰,"真他妈的被骗了!根本就不是个女人,哪个女人的心会这样狠?果然是上官家的种才生出来的人。"

寒沉翠在我掌心里翻转,早已熨暖,玉中翠色几欲透明,如一滴泪垂在心中。"他只姓洛……"他本来就是我的儿子,何须向天下人证明!

"二哥,先歇息一下吧。"重俊突然把我推向军营大帐,"抓那个笨蛋女人不急,反正她又跑不掉。"重俊的动作太急,手中青筋已然暴起。我定住,望见东北远处有两骑斥候奔来。

"哎呀,她在我们塞北营的地头上,能躲在哪里?"重俊额头上布满豆大的汗,"二哥,连夜赶来一定很累,快去歇息,睡一会儿……"

我掰开重俊紧扣在我胳膊的手,淡道:"重俊,你说为什么那些人想杀她呢?你呢?是不是也觉得她还是永远消失好?"

"二哥,不是的,不是的。"重俊急道,"我从没有这样想过,至于其他人,二哥你也明白他们的难处。他们曾经都明里暗里陷害过上官家,如果将来,呃,他们当然会担心洛熙长大后,受母家唆使……"

天际彤云密布,风大起。

"不许过来!不许过来!"重俊几乎是跳脚。

那斥候牵马便要离去,我推开眼前的重俊:"什么情报?"

重俊懊恼掩面,喉咙咕嘟骂着蹲下。

"禀丞相,西山雪崩掩埋百亩松林,方圆近百里尽毁……"那斥候单膝跪在雪地,头压得极低。

"然后呢?"

"那夜进山的苏府护卫和西泠商队踪影全无,怕是,怕是已被大雪封冻……"

来不及分辨真假,我抢下斥候的马,挥鞭而去。

"二哥,危险!那里很有可能再次发生雪崩!"

三日后。

"二哥,多少吃一点吧,不要人没找到自己先丢了命。"重俊提着一只烤羊腿重重坐到雪地里。我靠着老松树干,一点点刻着松木。以前她说一个男人在不停地雕刻心爱女子木像,我一直以为是那个男人后悔了,现在我终于知道,是丢了魂,所以才努力刻出那印在心头的笑靥。

"不要刻了!"重俊喝起,狠狠抢走我手中的木像,扔进松厚雪地,"二哥,她没死!她是妖女,哪有这么轻易死的?一定没死,不然为什么我们挖了三天三夜也没见到她的一根头发?"我看着那木像半截身子埋入雪地,还未来得及修饰的脸正对着我笑,唇角讥讽。取了另一截松木,重新雕刻,我着了魔,可没有解脱办法。"唉,二哥,我今夜回营。爹已经发了脾气,我去帮你拦一拦。"我怔了怔,大约快有月余没有过问政事了吧?

"丞相,将军,我们又挖出一具尸体。"抬着担架的士兵喘着粗气。砰,冒着热气的羊腿自重俊手中掉落。我瞬间移至担架旁,白麻布掩住了一切。颤巍巍伸出手,行至一半,却又僵住,仿若白布下就是她苍白的脸。"二哥……"重俊轻声地说。四周空气似乎停滞了,我再也无法承受这沉重的窒息,一把挑开了白布。

呼,重俊大口舒气。不是她,是苏刚,可她又在哪里?每挖出一个不是她的尸体,我从未感到一丝庆幸,而是恐惧,恐惧没有一个人逃出了这场雪崩!

"啊——"我不禁低吼,捏碎了手中木雕。

拔出青锋剑,下了迦南的炼狱毒咒。如有下次,我亲手取他性命!对苏婉的警告犹在耳畔,苏刚即便你死了,我也让你在地狱再死去千万遍!

火光浓烈,我站在老松前,剥去松皮,狠狠地刻字。

上官扶柳,不要以为你躲入阎王殿,我便拿你无可奈何。你给我的痛苦,即使跌入十八层地狱,我也会加倍还给你!

所以不想痛苦,你就是踏入阎王殿,也要给我转身回到人间!

山下,大营。

"子谦,你当初选择了这条路,就应该有心理准备,迟早会失去珍爱的东西。"定叔安坐在我对面,右手压住腰间长剑。

我淡道:"我知道。"

"你回去后,长安是否平静安稳?"

我笑了笑,苦道:"我恨他们,可又不得不利用他们。放心,我不会自断手足。"

"那好。"定叔紧握剑柄的手松了松。

我饮下一杯烈酒,胸腔里有了点温度:"定叔,当初为什么不劝我不要走这条路?"

"我劝了,你会听吗?"定伯长叹,"这是你的命,你不服,自然会争,谁又能拦得住?"

这是我的命。我又笑,再灌下大盅烈酒,竟然有了醉意:"定叔,你尝过自己骗自己的滋味吗?"

定叔愣住。

我趴在桌上,哈哈大笑,笑音凄凉。自己骗自己,自己麻醉自己,自己扇自己耳光,欺骗自己她还活着,然后周围的人指指点点,说,这个人是个疯子。

第二十七章

太 庙 祭

元昊三年,十一月初二,飘细雪。

清晨,刚带着阿轩拜别顾逸松,我就看到流苏站在院里,衣衫褶皱处蒙有一层细薄尘土。流苏脸色冷冽,我却是安心一半,快步走上去,轻声问道:"事情可办妥了?"

流苏皱眉:"我将塞北大军第二旅第七小分队引到了松林外,他们战斗力不强,不敢贸然闯入,只在林子边缘徘徊。"

"出去就可碰面了。"我笑着挽起流苏手臂,"只是第七分队,不是塞北铁骑的主力,虽然他们人多,但正好可以和三十狼牙骑一较高下,我们恰好趁机偷溜……"

"风险很大。"流苏冷眼。

"要以最小代价换得最大收益,只有兵行险着。"我拉着她走到院外,曲曲折折到了松林中,墨绿松树下林宝儿箭袖红衣,煞是英姿飒爽。林宝儿指着狼牙骑中的一辆豪华马车,爽朗一笑做了个请的手势,我颔首轻笑,上了马车。

马车极大,我、阿轩、辕儿和流苏坐下一点也不显拥挤。柳风还是如同来时一般,坐在车夫旁边,不肯进来。

"出发!"隔着厚重车帘听到林宝儿一声娇喝,车轮轱辘地响,缓缓平稳前行。我抱着辕儿,笑道:"辕儿和三姨做个游戏吧,我们一起数到一百,看看会发生什么事?"

"好玩吗?"辕儿眨着清澈的眼,阿轩却是紧绷着脸。

我点头:"很有趣。"

一、二……五十九、六十……九十八、九十九……

辕儿扳着指头慢慢地数,我已挑起车窗棉帘一角,一丝夹缝就足以看清前方数百人的军队。

"上官叛贼,通敌卖国,还不速速束手就擒!"塞北军中一名灰衣长袍文士扮样的中年人吼道。我蹙起眉，问向流苏："塞北军中怎么会有一个文官？"

"史垦，苏婉表舅。"阿轩冷冷道，"以前只是个不中用的文书，现在攀裙带关系成了京都府尹，这么多年还是个废物。"

林宝儿抿唇，打马来到车前，斜望着我："出师不利……"

我环视周围狼牙骑，笑了笑："你们来的时间太长了，被塞北铁骑发现行踪很正常，不过还要仰仗狼牙骑脱离险境了。"

林宝儿长长瞥我一眼，目光凌厉，却很快转头，举鞭对狼牙骑轻喝道："列队迎敌！"瞬间狼牙骑五尺强弓纷纷对向史垦，史垦哆嗦着挺着胸脯，颤声喝道："上官逆贼，本官知道你在马车里，还不出来？"

嗖，一支铁箭贴着他面皮而过，史垦立即跌下马，翻了好几个跟头才停住。

狼牙骑气势高涨，十数彪汉发出震天笑声。林宝儿趁机一挥马鞭，高呼："杀！"如脱缰野马狼牙骑咆哮着杀入塞北百人大队。

兵器相交的硬冷声不绝于耳，极快地，枯黄草地上洒有了斑驳的鲜红血迹。

血腥弥漫冲入车内，我一把放下车窗灰帘。坐在车辕处的柳风高喝："坐稳了！"紧接着马车飞奔起来，我们在车内顿时猛然向后仰去。

车后帘被大风吹起，厮杀人群里的林宝儿极力打马跟上："上官扶柳，你诈我！"我只淡笑望着她，她冲不破对杀正欢的人，越来越远。最后她狠狠一啐，"你总会后悔的！"

少许几人追来，可在顾逸松的环镇阵内，谁人可以追得上？几个转弯，几处陷阱，车后早已是空荡荡的，没有一个人。

行了二三十里的路，柳风才停下车，我们一一下来。我取了些马车上的细软，准备弃车而去，柳风却是笑着跳上车："这辆车不错，扔了可惜，不如让狼牙骑和苏婉的人都跟着我回江南西泠。"

我轻轻摇头。

"追上也无妨，反正拓跋阕氏找的又不是我。"马车已驶出几丈，柳风回头一笑，"扶柳，记得回西泠扶着阿萝过门。"

大道上，马车前行，渐渐不见。

我和阿轩找附近人家买了一辆破旧牛车，就这样闲散地驶向长安。

元昊三年，腊月初二。

赶着牛车，我们一路悠闲，南下回京。直到长安城下，我们才抛下老牛车，晃悠悠入了玄武门。

长安繁华依旧，只是坐镇含元殿的主人变成了一个幼齿小孩。

"三姨，我们能不能去吃点好菜啊？辕儿吃了三年的咸菜粉条，实在是想换一下口味。"刚进城不久，辕儿就拉着我的衣袖，可怜兮兮地小声问道。

416

我不禁莞尔，吃惯了御膳房的小皇子，突然被强制在东北旮旯儿吃了三年的酸菜粉条，再回京时难免会想饱餐一顿。我眯起眼，打量周围的饭馆，然后笑道："要吃就去最好的酒楼，不如德胜斋吧。"

辕儿是高兴地拍起手来，可流苏与阿轩却是皱起眉来，极力反对。

"不要紧，现在是早上，没有几个人吃饭。"我牵起辕儿的手，欣然走向德胜斋。拣着楼上靠窗的清静地方坐下。店内伙计很快便倒上茶来，并殷勤问道："几位客官，吃点什么？小店品种繁多，以烤羊肉为最。来一份怎样？"

辕儿小嘴咧开一笑："我要吃两份。"

伙计一甩肩头白布，高呼道："临窗一桌，两份烤羊肉。"

话音刚落，旁边的包厢内乱响一通，声音之大，直捣耳膜。细细听来，像是各种声音的大杂烩，轻跳的是瓷杯瓷碗的摔碎声，喑哑的是沉重木桌的倒地声，乒乒乓乓不绝于耳。

最后却是响起一个稚嫩童音："今天就到这，明天本少爷继续砸！"

"本少爷渴了，赶快端上你们店里最好的香茶。"明明是小孩，却硬压沉嗓音，刻意制造威严。不过效果就十分的不理想了，娇嫩童音未消，夹着不伦不类的小霸王腔，着实有些搞笑。

我不禁浅笑，招手让伙计走到桌边，低声问道："这个少爷为何要砸店？"

伙计顿时愁眉苦脸："天知道怎么就招惹了这位小祖宗，隔三差五就来捣乱。"

包厢内又是一声瓷杯破裂之声响起，直惊得伙计一颤，双手合十，不住地低头哈腰嘀咕道："老天爷保佑啊……老天爷保佑啊！"

童音又响："掌柜的，你存心欺负本少爷是吧？竟敢拿这种下等奴才们喝的茶叶沫子糊弄本少爷。今天的菜本来就不好吃，远不及得月楼。现在还故意给本少爷粗茶淡饭，你们这破店不想继续开下去了，是吧？"

"少爷饶了小的吧，小的一家几口人都指望着这破店糊口呢。"掌柜的磕头如捣蒜。

谁家小孩如此跋扈？我不禁眉尖略皱，不悦道："太过嚣张了。"

身旁的伙计赶紧使眼色，并低声劝道："客官是外地人，不知京城大事，说话还是谨慎一点好，莫要不明不白地送了性命。"

京城天子脚下也敢有恶霸欺市，我微怒道："世间岂无王法？何不直上公堂对簿，讨个说法，也给这等顽童一个教训。"

伙计颇有惊吓，脸色如灰，小心翼翼张望四周，见无其他人，方才低声道："祸从口出，祸从口出啊！客官有所不知，里面的这位小祖宗啊，就是衙门老爷见了也要吓得磕头，传言就是皇帝，他也敢打！"

突地，一块羊大腿肉塞进了伙计的嘴，一旁的罪魁祸首辕儿正不以为然地擦擦手中的油，撇嘴道："我就不信天底下还有不怕皇上的？"

辕儿本就是一半大的小孩,加之又是皇子尊贵身份,眼里哪容得他人放肆!当下就用脚踹开包厢大门,两手叉腰,昂首挺胸地喝道:"哪里来的小孩?竟敢比我还不讲理?"

伙计好不容易才将满嘴的羊肉咽下,忽见辕儿的神态模样,噗地将尚未咀嚼的肉沫喷了一地,呵呵笑起。辕儿气鼓鼓的小脸,加上因气愤而涨红的腮帮,的确滑稽,自己都还只是一个不明事理的小孩,却学着老夫子教训人,偏说出的话又是这样的可笑!

但包厢里的小祖宗可不觉得好笑,吼道:"你才是山野毛孩,敢冒犯本少爷!你们都愣着干吗,还不捆起来送去天牢,让他知道知道蟑螂老鼠的厉害!"

房内几个壮汉同时喝起,包厢一排木门应声飞起,化为碎片。孔武有力的汉子从四方袭向辕儿,招式狠快,一把便将辕儿制伏在地,大力反扭住辕儿的双臂,抵扣在后背。

辕儿一贯娇养,虽说三年北方磨炼,性子也大为改观。但现在猛地遭受重力摧残,一时承受不住,不禁泪水涟涟:"哥,三姨,救辕儿啊!"

屋内的小男孩益发嚣张:"呵呵,你怕了啊?赶快磕头求饶!"

眼瞟着阿轩已经起身,握紧拳头,我快移两步挡在了他的身前,低声喝道:"辕儿是小孩子脾气,你怎么也冲昏了头脑?"

阿轩眼露寒光:"辕儿挨打了。"

"京城是什么地方,我们一闹事,迟早泄了行踪,到时候正事可就难办了。你现在去寻一条退路,我先试着调节一下,实在不行,咱们再来硬的。"我安排好各自行动。阿轩虽心有不甘,但也下楼寻找最佳的撤退方法了。

换上可亲笑容,徐徐走向辕儿。待近了,试着轻轻推动辕儿身上的各只大手,竟然分毫不动。我强压下怒意,浅笑道:"只不过是一个小孩子,各位大侠至于这样下毒手吗?未免有些欺弱压小了。"

抓人的汉子们微微动容,手指有些松动。

有反应就好,我心底略舒气,缓缓蹲下身子,掏出袖中手帕,小心擦拭起辕儿脸上的泪痕,叹道:"我可怜的孩子,受了这样大的苦!"而后抬头,浅浅怜笑,柔声道,"顶撞了这位小少爷是我家辕儿的不对。但我看小少爷虽然年龄不大,也是极明事理的主,所以应该不会和我们这些偏远山区的草民斤斤计较的。"

如今隔得近了,才瞧清这个气势比天大的小少爷。不过才四岁左右,一举一动却学着官场老爷们的老成样。一张小脸,五官尚未长开,不过皮肤却是水嫩光滑,尤其是一双灵动的眸子,偶尔清辉乍现,让人摸不透他的想法。

刚才他还得意扬扬,但我与他的目光一触及,两人完全看清了对方相貌后,他便呆愣住,一张小嘴张得老大,秀气的眉毛也是皱成一团,神色慌张不已。

擒住辕儿的大汉们有些慌张,好几个已经抛下辕儿不管,直奔向了他们的小少爷,只剩下一个稍嫌瘦小的汉子看着我与辕儿。

那个小少爷忽地由惊转悲,哇哇大哭,泪水淌淌地流下,嘶声叫道:"娘!你是娘!"

在场的人同时被这一突变场面惊住,站在原地直冒冷汗。

这时身后一直默然的流苏,眼疾手快一脚踹翻辕儿身旁的看守汉子,扶起我与辕儿,低声道:"此时混乱,最易逃走!"

我点头,的确是良机,便扭头拉着辕儿向楼下奔去。

只是身后哭声震天响地:"娘,我是熙儿啊,你不要熙儿了!"

熙儿?脚步一滞,像是陷入了泥潭,再也拔不出来。回头望去,那个小男孩已经是涕泪横流,眼睛红肿,跟着我跑来。

流苏见状,也掉头回奔到我身前,手腕一抖,抽出软剑。

男孩身后的汉子陡见了流苏手中的兵刃,急急拉住他家少爷,劝道:"少爷从小不曾见过夫人,一定是认错人了。"

男孩在壮汉怀里挣扎不已,手脚并用,拳打脚踢,哭道:"你们这些奴才又没进过爹爹的书房,没有看过娘的画像,当然不认得娘。可我天天陪着爹看,怎么会认错呢?娘,娘……"

壮汉挨着男孩小拳头的连续打击,并不松臂。男孩急切一口咬向汉子的胳膊,咬印深可见血,汉子吃痛叫起,手臂也略微松动。小男孩趁着此时,猛一用力挣脱了壮汉怀抱,随后从腰间扯下一个绳结,高高举起道:"娘,这是你为熙儿编的长生结啊,熙儿一直很乖,都带着从不离身!娘,你忘了熙儿吗?娘,熙儿现在很厉害,所有人都怕我!娘,熙儿长大了,可以保护娘了!娘你回来啊……"

不知何时,泪水已经肆意在我脸上流淌,流苏也犹豫不决,持着剑停在原地。因为,流苏与我皆知,站在我们面前哭泣的,的确是我的儿子洛熙。

眼见还差几步,熙儿便要扑到我的身上,突然我全身大穴已被点住。阿轩冷喝道:"还愣着干什么,已经被发现了,还不快走?"

流苏眉一皱,架住我奔向楼下,阿轩亦抱起辕儿跟随在后。

我只能僵硬地瞧着还在追逐的熙儿,他突地一个踉跄,跌倒在地,手中的长生结抛入半空,歪歪斜斜,落在灰尘之中。

相府的众多护卫争相扶起熙儿,查看有无损伤。

"不要管我,去追娘啊!"熙儿大力推着护卫向前,"找不到娘,我要你们全部进天牢。"

楼梯转角,我见到的最后一幕是,纷杂的脚印踏上长生结,结断蒙污。

任由泪水恣意,恰一滴淌进肩窝,沁寒一片胸口。

很快,流苏将我拉入德胜斋后的一个马车内,阿轩便对着车前的一个瑟瑟发抖的老实人吼道:"出城。"

马车有些破旧,但总算是安然无恙出了城门。赶车的老实人驾着车摇摇晃晃驶进了一片小树林,这才颤巍巍回头道:"公子,已经出了城,我可以回家了吗?我家婆娘和小孩还等着我回去吃饭呢。"

阿轩将抵在他腰间的匕首一沉,直吓得憨直汉子一阵哆嗦。

流苏解开我的穴道,咬着唇,垂头不语。

我叹了一口气,从阿轩的手中取过匕首,放回鞘中,苦笑道:"麻烦这位大哥送我们出城了。"

憨直汉子一愣,随即咧嘴笑道:"还是妹子好脾气。"说着就跳下马车,打点车后杂物,准备回家。阿轩目光一寒,长臂挥起,便将赶车的汉子抵在一株大树上,动弹不得。"三姨,现在不是慈善仁心的时候,他不会向官府告密吗?"

憨直汉子急忙摇头道:"我不说,我不会到衙门告你们强坐了我的马车,不付钱的。"回答得牛头不对马嘴,我叹气,他根本不知道我们在紧张什么。

"三姨责怪便责怪,我是不会手软的。"阿轩冷淡道:"其实我也知道,三姨定会怨恨我方才将你强行拖走,阻挠了你们母子相认。"

我摇头,轻声道:"你没有做错,要不是及时离开,我一定会控制不了自己的情绪,和熙儿相认的。"继而又幽幽笑道,"三年我都可以忍过,不在乎这区区几天了。你也放心,我定会助你夺取中都洛阳。放了他吧,不要牵连无辜之人。"

"不行!"阿轩坚定否决,手臂向后用力,压住憨直汉子的脖子,"放过他,洛谦得到信息搜索全城,我们在京城就无落脚之处了。"确实,事到如今,我们根本不可能待在京城而不被洛谦发现,而大将军府则是一步也不能踏进了,洛谦一定会派人严守大将军府。

汉子虽被压着喉咙,仍旧费力说道:"原来你们争了半天,是没有钱住客栈啊?难怪要抢我的马车了。"阿轩一愣,汉子继续道,"这样吧,我瞧你们也不是本来凶恶的人,只是被钱逼急了,才一时糊涂做了强盗。不如这样,先到我家住上一阵子,再谋一个正当生计。"随后一拍阿轩的肩膀,"我说,你这个小伙子力气又大,一定能养活自己的,再存个三五年的银子,讨个俊俏媳妇。"

听着听着,我略皱的眉头就舒开了,终于忍不住咪咪笑起。

辕儿在马车内也是呵呵笑道:"哥,以后娶了媳妇不要不理辕儿哦!"

那边的阿轩早已脸色铁青,可那汉子仍旧不怕死地说道:"小兄弟担心将来媳妇不好看吗?放心了,小兄弟长得俊,媳妇也一定漂亮。"

我赶快招手让憨直汉子跑过来,果然及时。汉子离开大树几步,阿轩就一拳打向树干,一声闷响,直震得枯叶纷纷落下。汉子大惊,嘴张得老大:"好厉害啊!"

"大哥,你家住在哪里啊?"我问道。

汉子直憨笑:"不远,不远,就在京城郊外的石头村。"

京城郊外范围大,而且搜索从京城城内开始,再扩大到郊外,怕是一月之后了,到时所要办之事也亦完成了。我浅笑道:"这位大哥说得很对,我们是来京城投亲,却不想亲戚搬家,流落京城几月,盘缠用尽。方才心急想弄一辆马车回家,真是多多得罪大哥了。既然大哥方便,那我们也就不客气打扰几日了。"

"没问题,没问题。大家都饿了吧?赶快跟我回家,吃上一顿热饭。"汉子笑道。

"大哥热情,小妹感激不尽。"我道,"请教大哥名讳?"

"名讳?"汉子挠头问道。

阿轩冷道:"就是名字!"

汉子恍然一悟:"妹子是读过书的啊?说话有学问,我叫李柱子。"

"原来是李大哥。"我盈盈笑道,"我叫扶柳。"

"扶柳妹子。"李柱子一拍脑子,"你说我一个庄稼人怎么能随便叫人家闺女名字呢?"

阿轩还是冷着脸上了马车。我对李柱子说道:"既然我称一声李大哥,大哥叫我一声扶柳妹子也是应该的。"

李柱子憨憨一笑,挥起马鞭:"那扶柳妹子坐好了,我赶车了。"

粗简的马车内,我低声道:"他是做什么的?怎么抢到他的车的?"

阿轩亦压着嗓子道:"他是为德胜斋送菜的小贩,恰好我寻车,就强迫他带我们出城了。"

"嗯。"我点头道,"暂时不要伤他了,我们现在去他家,是寻了一个落脚的地方,也同时可以监视他的言行。"

一路颠簸,恰太阳落山时,李柱子笑呵呵说道:"扶柳妹子,到我家了,大家下车进屋吃饭吧。"

"爹,爹回来了。"一个圆乎乎的小人影推开柴门,直扑向李柱子。

李柱子笑得合不拢嘴:"大顺,看阿爹给你带糖回来了。"

"死鬼!"一声咒骂传来,一个农家妇人打起门帘子,从瓦房中走出,"说了多少次,不能给大顺买糖,他的牙齿迟早要让糖毁了的。"

"难道只许你当娘的一个劲儿地吃甜食,就不许小孩子尝一块糖了。"瞧清了农妇的模样后,我故意责问道。

"啊——"农妇指着我,手不停地发颤,最后一头奔过来,大哭出声,"小姐,碧衫以为再也瞧不见你了。"

"小姐,小姐。"碧衫扯着我的衣裳,使劲地哭。

旁边的流苏早已不耐烦,喝道:"没长进,几年了,一见面还是只会哭。"

碧衫一脸的委屈样,却又不敢顶撞流苏。以前流苏常常是一个凌厉的眼色,就镇住小妮子了。碧衫贴着我,环住我的手臂:"小姐,我们进屋说话,不要看流苏的凶煞脸了。"

乱哄哄地一通下来,总算是备好了菜饭。

第二十七章 太庙祭

李柱子呵呵傻笑道:"原来扶柳妹子是碧衫的小姐,看我们也没有准备什么好菜,委屈大家吃得随便了。"

碧衫在一旁瞪着李柱子:"小姐的名字是你能叫的?也不怕割了舌头。"

"是妹子说可以这样叫的啊。"李柱子憨直说道。

"没关系,是我让大哥叫的。"我笑着瞧了瞧碧衫与李柱子,看着正在吃饭的小男孩,"碧衫,难怪这些年都不肯回府看我一眼,原来是放不下这里的人啊?"

碧衫脸腾地嫣红,支支吾吾也说不出什么话来。

李柱子倒是接起话道:"是啊,我每天要下地干活,还要送菜到城里。家里就只有碧衫一个人忙了,既要打扫屋子做饭,还要照顾大顺,确实是没时间找扶柳妹子了。"

这个李柱子还是答非所问啊!

我嫣然笑道:"大顺今年多大了啊?"

大顺立即停止扒饭,嘴角犹带米粒,抬头回答道:"扶柳姨姨,大顺明年六月初六就五岁了,马上就可以成为男子汉了。"

"六月初六?"我挑起眉尖,自言自语道,"比熙儿大上一岁,可却懂事多了。"

碧衫立刻用竹筷一敲大顺额头:"说得这么清楚干吗?难不成想讨着要礼物!"随后望着我,犹豫道,"小姐,我听村头卖酒的王老二说,丞相和夫人……"

我当机立断,止住碧衫口中的话:"碧衫,这些事我以后会专门和你说的。"

"为什么叫大顺呢?"我淡笑着扯开话题。

李柱子笑眯眯地说:"王老二说,六六大顺,取名大顺,将来一定会遇贵人,一生顺利的。"接着又继续问道,"刚才听妹子说熙儿,也是名字吗?有什么讲究吗?"

"熙儿是我的小儿。"我缓缓说道,"我家相公言,熙者,天下太平,便取名洛熙。"

李柱子两只小眼惊得瞪圆:"扶柳妹子有相公了,完全看不出来啊,和没出阁的姑娘没有什么区别,不像碧衫手上全是老趼。"

碧衫怒道:"你把我家小姐当成你们石头村里的那些姑婆一样了!"

李柱子急忙解释道:"不是的,不是的,我只是想说扶柳妹子看起来年轻,哪像生过小孩子的!"末了又补问一句,"妹子的相公与儿子怎么不和妹子一起啊?"

偏头微微一想,我淡道:"相公留在家中有大事要处理,而我受堂姐临终托孤,要将二位小侄送到京城亲戚家中。"

一顿饭吃下,碧衫也为我们收拾好卧室。通往后院的路上,阿轩突地挡住我,直问道:"他们可信吗?"

"碧衫是我的贴身丫鬟,跟了许多年,最是可信。"我答道。

阿轩依旧眉头不展:"今天经辕儿一闹,洛谦必定知道我们返京。他定会层层阻截,我们进不了皇宫,又如何当着百官的面宣读父皇遗旨?"

握紧包袱中跟了我三年的乌木圆筒,幽幽一叹:"太庙祭祀。"

"太庙祭祀?"阿轩浓眉高扬,"我也是这样想的,除了上朝外,太庙祭祀是唯一可在含元殿外见到百官的机会。只是我们想得到的时机,他洛谦想不到吗?"

"他啊,第一时间就会算出。"我将包袱端正地挂上肩头,洒脱一笑,"只是这是我们唯一的机会了,所以……"

"所以即使正面交锋,我们也一定要出现在太庙祭祀大典上。"阿轩接道。

"我与他,终于不免要相斗一场了。"艰涩的一句话从我嘴里缓缓说出。阿轩微愣,脸色随后柔和,"明天我就会派流苏去联系大哥,大哥也应该在回京的路上了。"

元昊三年,腊月十七,明日便是十八,皇上出宫拜太庙的祭祀之日。

流苏已经走了好几日,仍无音讯,我心里有些着急,不过仍如常浅笑,怕先乱了阿轩及其他人的心。流苏未回,也无法得知哥那边做了何等安排,是否可以瞒过洛谦的耳目?

"柳姨把菜叶上的水都洒到脸上了,大顺这就给柳姨擦擦。"大顺举起袖子,轻轻擦去我脸上的污水。大顺跟他爹李柱子一样,都是个憨厚的直傻性子。

"大顺真乖。"我和煦笑道,继续与碧衫准备过年的腌菜。

"小姐错了,白菜帮子才是最好吃的,叶子倒不是很好吃。"碧衫心痛拾起被我扔掉的帮子,"紫裙爱吃脆生生的辣白菜,前些年说要来看我的,等到现在却连个口信也没捎来……"

碧衫掰开刚摘下的大白菜,垂下的额发遮住眼。这些天,听着碧衫偶尔唠叨起紫裙,我总是抿起唇,发不出一点声音。曾经的破庙里,林紫裙躺在我的怀中,胸口绯红插着羽翎利箭。她渐渐放大的瞳孔盯着我说:"夫人,我的姐姐叫林碧衫……"

不告诉碧衫,已死去的人怕也是不想让活着的人哀伤,留给碧衫希望永远好过一刀绝杀,我转移话题:"碧衫,和李大哥说清楚我们的事没有?"在留宿碧衫家的第二日就跟她道明白了我们的危险状况,并嘱咐要她向李柱子解释清楚,免得让李柱子不明所以地受了牵连。

"没有。"碧衫心虚地低下头,"我还没有和他说过我曾经是大将军府的丫鬟,他还一直以为我是京城普通商家的丫鬟。"

"糊涂!"不知怎么的,心里就是有一股不安,"今天午饭过后,带李大哥到我房里,我要亲自说明一切。"

午饭后,在我暂住的简陋瓦房中,李柱子坐立不安,终于喏喏问道:"扶柳妹子,碧衫说你有天大的事要告诉我,是什么事啊?我还要赶着进城送菜呢。"

我端坐在炕上,面色严肃,摊掌指向对面:"李大哥请坐。"

"我代碧衫先给李大哥道歉,碧衫刻意隐瞒了我的身份,我怕这样会给李大哥带来诸多麻烦。"

李柱子疑惑道:"扶柳妹子不是碧衫的小姐吗?"

"我的确是碧衫的小姐,可你知道我是哪家的小姐吗?"我反问道。

李柱子抓头想了一会儿,才猛地摇头:"碧衫没有和我提过啊!"

"我是上官大将军府的小姐。"我字字郑重,"天朔八年,嫁与当朝丞相洛谦。现在卷入皇宫纷争,随时都有性命之虞。"

李柱子瞪大眼睛:"将军和丞相不都是很大的官吗?妹子是贵人,怎么会死呢?"

"其中曲折怕是很难让李大哥明白的。"我言简意赅说道,"李大哥,现在和我们在一起有生命危险,你还愿意留宿我们吗?"

"当然,说好了一起过年。"李柱子呵呵一笑,披起旧棉袄,"我还要赶着送菜呢。"说着匆匆离去。

无奈摇头,像李柱子一样的憨直农民怕是一辈子也无法理解皇宫中的不可思议,明明是亲兄弟,却必须你死我活地战斗;明明是一家人,却必须钩心斗角算计彼此;明明是可口的点心,却怕是别人的毒药;明明是……这样平静的生活,为什么不好好过日子呢?

单纯而直率的想法,热忱地对待每一天,石头村的人无权无财却更加懂得生活!想着想着便累了,身子一歪,顺着躺在炕上,静静地睡了一个下午。

晚饭时,李柱子对我笑道:"妹子,我今儿回来的时候向村头的王老二打听了。原来丞相的权力很大的,将来妹子回家了,能不能请丞相妹夫帮一个忙啊?"

"就是村里的李员外老是喜欢提高租收,听说他有个远房亲戚在城里当官,大家都敢怒不敢言。"

"嗯。"我心不在焉地点头,心里惦念着流苏。

阿轩倒是心细:"你怎么能在村头酒铺当众问及丞相呢?"

李柱子连摆手道:"只问了一点点。"随后指着门口笑道,"冷面姑娘回来了。"

流苏肩后背着一个硕大的包袱,沉甸甸的也不知装了多少东西。

"不用追究了,明天我们就要离开石头村。"我起身走向流苏,然后又不放心回头嘱咐李柱子一句,"李大哥以后不要再提有关于我们的人和事,否则会引得官府人员前来的。"

李柱子惊骇道:"官大爷,是要抓我进大牢吗?"

"是啊,看你还多不多嘴!"碧衫从旁训斥一句,便领着我与流苏进了卧室。

卧室中,如豆昏灯,一时静谧,阿轩悄然进入,碧衫无声退出。

一股压力在室内纠结。

流苏脸上开始有了细微的变化,竟露有喜色。她手指轻快打开沉甸包袱,顿时流离光彩映满了狭小卧室。

不由得,我与阿轩的呼吸渐渐沉浊。

精致的锦缎代表了太多的含义,至少它显示了主人光鲜的地位。

凤栖梧桐,龙啸九天,繁复绝伦的锦绣。

"是长公主与皇子的礼服。"阿轩说道,淡淡的笑意扬上了他的唇角。

"少爷要我将这些交给小姐。"流苏道。

我面沉如水,淡道:"然后呢?"

"少爷会来安排一切。"

"哥亲自过来?"我蹙起眉尖,人多动静太大,总是容易吸引人注意,"什么时候?"

忽地,屋外一片混乱,粗暴的砸门声,乱吠的犬叫声,呵斥的怒吼声,一切都在显示着不安气氛。碧衫慌乱地冲了进来,神色惊慌:"小姐,你们都跟着我到地窖躲一下,快点啊!"

"什么人?"我问道。

碧衫抓着我,一个劲儿地跑向柴房,还喘着气解释道:"我刚才从门缝里瞟了一眼。外面全是凶脸的官差,手里还拿着亮晃晃的刀,我想一定是来找小姐的。"进了柴房,阿轩抱着辕儿,流苏背着包袱,齐齐地盯着碧衫。碧衫也不含糊,快速地抱开柴房角落的草堆,揭开一面木板,"小姐,这是储藏粮食的地窖,赶快先进去避一避。"

"你们呢?"我怒道。

碧衫求助地望了一眼流苏,随即流苏就拖我进了地窖。碧衫盖住木板,地窖内顿时黑暗无光。碧衫的声音从上方遥遥传来:"小姐,我与柱子哥没干什么坏事,他们没有理由抓人的。"

"砰"的大响,像是大门被踹开,接着就是骂声一片:"想造反了,居然不给官差开门。"

"我们庄稼人睡得早,所以开门迟了,官大爷们息怒。"是李柱子的赔笑声。

官差一哼:"妈的,你小子是不是叫李柱子啊?"

"嗯,正是小的。"

"抓起来,关进衙门!"

李柱子大喊不断:"官爷,我冤枉啊!"

"是啊,我家柱子哥犯了什么事?"碧衫抗议道。

官差嘿嘿笑起:"什么事?自己死到临头还不知道!你这贱民竟敢打听丞相大人的事。"

"民女相公只是恭敬相爷,所以才想知道相爷的英雄事迹。"碧衫在紧急时刻终于学会该如何说话了。

"少耍花枪了。"官差并不理会,"你们收留的人呢?藏到哪里去了?"

果然还是冲着我们来的!在死一般黑暗的地窖中,皇甫辕最为安静,因为他被点了睡穴,避免看到将要发生的残酷画面。阿轩与流苏面色凝重,都在静静地聆听着。而我习惯性地抱紧了沉甸的乌木圆筒。三年了,我从未让它离开过我一丈,每当遇到危险时我总是抓着它不放,因为我知道里面的祥凤印是支撑我的力量源泉。

"官爷弄错了,小民家中没有外人啊!"李柱子辩解道。

四下翻箱倒柜,锅碗瓢盆的破碎声迭迭响起。

约莫那群官差们在屋子里搜了一刻钟,没有发现我们的踪影,便又骂骂咧咧道:"他妈的,还真的没有。"

"如何交差啊?上面又催得紧,今天好不容易找到一个沾点边的,就这样摆手了?"大抵是为首的官差说的。

立即便有一个谄媚道:"定是这个刁民隐瞒,爷何不带回牢中细细审问?"

"好主意,回去时我会禀告老爷你抓贼有功!"为首的语气十分愉悦,"李家三口窝藏逃犯,立即押回衙门送审。"

顿时,李柱子大声叫屈,其中还夹杂着大顺的哭啼声。

竟然连稚龄小孩也不放过,我感觉自己气血上涌,有些控制不住自己了,伸手便要推开木板。蓦然手腕一凉,已被一只铁掌紧紧抓牢,阿轩的脸近在咫尺:"你要做些什么?毁了三年的努力吗?"

冷冷的一句呵斥,冻结了我身上的沸血,颓废地垂下手了。

"最近洛谦急于寻人,弄得每个衙门胆战心惊,每日都要上交可疑人等。"阿轩松开了我的手腕,徐徐解释道,"所以各衙门乱抓人充数也是常有之事。他们一家抓入衙门,并无性命之忧,待明日大事成功再放他们出来也不迟。"

时间稍滞,官差们已带着碧衫一家离去了。

渐渐,农家小院又归于黑夜的宁静。

再次伸起胳膊,我轻叹道:"这次可以出去了吧!"

阿轩快速地抓住我的手,淡道:"外面可能还有危险,你不会武功,我先上去瞧一瞧。"说罢,推开木板,跃然一跳,出了地窖。

一盏茶后,我才见到院里院外的狼狈场景。

原本温馨的小家再无一处完好,破裂的木块,粉碎的瓷片,掀翻的桌椅,拆下的门板,充斥了整个视野,甚至还有淡淡的血迹。

夜风吹起,将血腥之气弥漫院落。

"流苏,现在就开始准备吧!"我将乌木圆筒抱得更紧,直勒得胸口一阵阵地痛。

"是。"流苏应道,随即跟我进了门窗俱已砸破的卧室。

瞥了一眼院里的阿轩,他随意坐在草垛上,仰面遥望星空,水晕月光洒在他洗旧了的淡青袍子上,竟有一种说不出的孤寂。

"流苏,点根蜡烛。"我收回视线,吩咐流苏道。

流苏在狼藉中翻出一根折半的蜡烛,从腰间取出火折子,点燃半截蜡烛。

我深深吸气,捧出乌木圆筒,将圆筒前端置于烛火之上,然后目不转睛盯着圆筒。一会儿,封住圆筒盖子的蜡开始慢慢熔化,小心地转动圆筒,一圈下来,已流淌了一摊白蜡。轻旋开木盖,耀眼明黄倾泻而出。

这是皇甫朔的遗旨。

就在微弱的烛火下,我展开了圣旨,鲜红的国玺印夺目异常。

细细默读，心渐渐安宁，果然是册封晋王遗诏。

将遗诏平整折起，就像普通的汗巾方方正正，然后我对流苏清甜笑道："帮我穿上长公主的礼服。"

破碎的铜镜前，流苏为我披上一层层的奢华锦缎。朱红长衫，赤金刺绣，全部压在我的身上。短叹一声，最终只剩下了端庄的墨黑锦袍，锦黑如夜，柔软光泽。宽大的袖口以及长长的裙裾上绣了无数只暗红的展天凤凰。暗朱丝线藏在墨黑锦缎上，像是凝固的赤血，若隐若现，魅惑众目，竟比锦袍边滚的纯金扁线更为抢眼。

玉带环绕腰间，琅环缀满，轻轻一动，玉碰脆音。

找来一把尚可坐稳的木椅，我缓缓坐下，对面碧衫已经破裂的铜镜，淡然浅笑。铜镜中我的面容也在笑，只是镜面裂痕纵横，怎么也看不见一张完整的笑脸。寻出碧衫的木梳，梳子用了一些年头，中间断了几根齿。我把木梳塞进流苏手中，笑道："流苏，为我盘上长公主的发式吧。"

流苏拿惯冰冷铁剑的手，却无法掌控好小小的一把木梳，我浓密的长发在她的指间跳跃，但是绝不顺从。流苏有些恼怒，一咬薄唇，手指像她的软剑一样灵动，很快发髻渐渐盘起。

"流苏，你是第一个用剑法盘发的人。"我盈盈笑道。

话语间，十二根琉璃金凤钗已稳稳插入我的发髻中。

雷霆马蹄声咆哮着撕开夜色而来。我与流苏对视一眼，便踏出门槛。院子里，阿轩已是皇子打扮，金冠锦服，怀里抱着还在梦乡的辕儿。

冷银月光下哥踏过破碎木片，腰间长剑寒气四溢："出来吧。"哥的身后走出一名嗫嚅女子，素白的衣衫，低垂不语。阿轩诧异盯着那名女子，我却越过哥，看着院外的三辆精美马车，渐渐皱眉："哥要他中声东击西之计，谈何容易？"

哥按剑振眉："有饵便好，只要是重饵，就有机会成功。"

我无力再笑，只是在平淡说话："敲打东西两侧并不够，所以哥是兵分三路吗？第一路的人是哥，为了迷惑洛谦；第二路的人是可以吸引洛谦出手的人；第三路才是我们，洛谦想要阻止的人。哥带着流苏与辕儿，打着骠骑将军的名号大方地进太庙，同时流苏与辕儿不经意间露出模样，让洛谦知道你们的存在，与哥在同一辆马车上。这样可以很容易地让人联想到，我与轩儿也藏在骠骑将军的马车里。"

离哥一丈远的女子瑟瑟发抖，她怯怯瞟我一眼，惊惧中却带了讶异，我眉皱得更紧，继续道："另外一路是我一个与我形态相似女子假借某位官员之名，拣隐蔽小路通向太庙。当然这些都逃不过他的耳目，却反而能让人认为，我们是在故意设局，将众人目光引到骠骑将军马车中，然后趁着空隙挤入太庙。"停下，深吸一口气，我才说出最后一句话，"而我们真正要上的马车是西华大将军的专车，正大光明地驶入太庙，不遮不掩。"

一旁的阿轩忽而放声笑起："好计谋！"

笑声朗朗,却不悦耳,阿轩墨瞳闪有诡异光芒,将原本冷硬的嗓音刻意说得柔缓:"父皇在世言,能够打败洛谦的人世上只有两种,一种是将他看透之人,另一种是知他弱点之人。三姨,你是哪一种?"

我是哪一种?我也不知道我是哪一种!

我的身子在微微发抖,阿轩,非要将我逼上绝境,才肯相信我会辅你登上晋王位吗?你们,上官家,皇甫家,一个一个的人,都在寸寸分裂我与洛谦,是否真的我与洛谦决绝对立,甚至再见便为仇人眼红,你们才会甘心吗?

心底的怒火在遍地蔓延。

"做得再多,也只是为了你的安全而已。"哥淡淡一语止住了我与阿轩的对峙。阿轩的眉飞入发鬓,霸气顿生,原来三年过去,他长得那么高了,现在我需要仰头才能看清他的面目。我从袖中摸索出珍珠金莲钗,手指僵硬地插入那与我相像女子的浓发:"千万不要回头,即使你很害怕!"

"就这样吧。"哥转身大步踏向中间的马车,华服映出冷冷月光。那女子轻轻一点头,才颤巍巍离去,一步三摇,金钗中的珍珠莲蕊犹如深海遗泪。

"长公主,她这样的怯弱是拿不起祥凤印的!"阿轩在我身边冷笑淡说,字字尖锐。我默默上车,掀起车窗帘子,看着另外两辆马车渐行渐远。

阿轩一把扯下车帘。车厢内顿时如地窖般黑暗,阿轩柔声道:"我累了,不想吹冷风,只想睡一下。你也安心休息吧,这样的一夜不眠身体禁不住的。"很快,车厢里响起阿轩均匀的鼻息声,而我也像是被感染般,呼吸慢慢平缓,渐入了梦乡。

"是哪位大人?"士兵的高声盘问将我叫醒。微微睁眸,马车内开始有了微弱的光线,想必现在已近黎明。

驾车的是大将军府的老车夫了,对于这种盘问早已熟稔,流利回答道:"上官大将军的车。"

"大将军请。"很快士兵就放行了。

对面的阿轩坐得非常端正,挺直的背,目不斜视。

这样的克制,的确是坐上皇座的好苗子。我稍整仪容,低声问道:"走到哪儿了?"

"只差最后一道关口便达太庙了。"阿轩回答道。

"哦。"我掀起车帘,露出一丝缝,足以看见东方已泛白,忽而淡淡问道,"你以前是不是很讨厌祭祀?觉得礼仪冗长,还要跑到这荒凉的地方。"

阿轩一愣,随即点头道:"的确是无聊的骗人把戏,却不想如今要靠它了。"

我放下车帘,马车开始慢慢减速,停下。

"是哪位大人?"与前面关口一字不差的询问。

"上官大将军。"同样的回答。

却又不同。"属下求见大将军一面。"士兵提出了要求。

太庙前的最后一道关口是要亲自看清各位大人的。

车夫在外面恭敬道:"将军,有位大人求见一面。"平静的语调没有任何不妥。

阿轩在车厢内轻哼一声,伸手便要打开车厢门。

当然,门并未打开,在阿轩的手触及到门时,极大喧闹声骤然爆发。

"西偏门出现异常,赶快集合到西偏门。"

混乱中,马车又悠悠地向前驶入太庙。

马车再次停住,车夫跳下马车,恭敬禀道:"大将军,太庙正殿已到。"

"上官大将军,文武百官都已到齐,就等着您呢。"熟悉的声音在车前响起。

我轻轻推开车厢门,端庄笑起:"张公公,你错了,不是大将军,而是本宫——瑞安长公主。"

出了车厢,我优雅站在车前,俯看睨视一众惊愕的百官。

太庙前的广场上,各官员再也顾不上威仪,纷纷低声窃语。

冬日的朔风将我的长袍吹入半空,朱红的凤凰在翩跹飞舞。我缓缓踏下马车,自现皇家风范,而后回眸淡笑:"大皇子请下马车。"

一石激起千层浪。阿轩就这样桀骜地出现在百官眼前。

张德子在错愕许久后,终于回神,扯起嗓子高呼:"瑞安长公主,大皇子到。"

只是很快风头不再属于我们,就在张德子叫喊时,太庙西北前的土坡上响起更为凄厉的惨叫声,那是人在死前的挣扎厉叫。

西北坡上,一辆孤零零的马车斜歪在草丛中,上面已染满了刺目的鲜血。

披着银光闪闪盔甲的强壮士兵们在一步一步地逼近马车。

只有一个白衣人斜倚在马车上,吹着白玉箫,看不清面容,只是鬓边的银发异常扎眼。忽地,白衣人鱼跃而起,右手一仰,白玉箫化作一道白光,冲破士兵们的层层包围,直达另一个白衣人的手里。另一名白衣人却是发如墨黑,抄手接住白玉箫。遥遥望去,只有背影,却也优雅之极。

那银发受困的自是柳风。他潇洒拔剑,爽朗笑道:"西泠柳风借丞相一曲箫音,破重围,诉心事。"

果然洛谦布下天罗地网,只是为何柳风也在此处?

呜咽箫音起,柳风一抖银剑,跃至半空,俯身冲杀入士兵包围中。

"拾书始相遇,匆匆儿时好光阴,共度少年翠竹林,娇憨笑,最是暖颜色,犹记当时,分食青梅西湖畔。"柳风引吭高歌,随阵阵北风传来。

他白衣飘展,如同白羽。舞动一柄秋水剑,凌厉杀气,砍杀在铁甲士兵中。

血花瞬间在人群中处处开放。

苍凉歌声配以低哑箫音,如泣如诉。

我知道,我心底的某处地方不再坚硬,开始慢慢融化。肩头被人重重地拍打,我侧首瞥去,阿轩盛怒的脸就在眼前。

"长公主可曾忘了此来的目的?"阿轩几乎是吼的,"柳大公子拼得性命又是为了

什么?"

我默然不语,静静走到太庙正殿,面对百官,肃穆庄严。

"先帝遗诏,百官听旨。"我在用我所有的力气下令。

众官从西北处收回视线,仍旧稀稀拉拉地站着。

我厉声喝起:"还不跪下接旨,凡敢藐视先帝者,一律就地处斩。"

百官一愣,有所恍悟,望向我手中高举的明黄锦缎。我眼神犀利,像一把刀,扫过百官惊慌的脸。

"臣接旨。"百官纷纷下跪。

"游南海,突遇狂风暴雨,卷入瀚海,却幸与伊人独处,白沙红焰,幽幽断肠事,世间再无桃花源。"柳风手中剑没有丝毫的滞缓,依旧运剑如风,所到之处皆染鲜血。只是他的白衣不再整洁,有了刀剑的割裂口,有了鲜艳的颜色。

衣如雪,红是血。

我曾经僵硬的心中某处融化殆尽,渐渐塌方。

柳风,为什么执著?阿萝不够好吗?原来你也会说谎。

眼角开始湿润,慢慢汇聚,终成一滴泪水。一滴泪水,我控制在眼角,不让它坠下,因为我现在有更重要的事情去做,不能哭。

"奉天承运,皇帝诏曰:大皇子阿轩,母上官氏真妃。年幼好学,聪颖有才,恭孝良厚,可堪大任。今及十八,封晋王,藩地洛阳。望勤勉之,造福一方百姓。钦此。"

"吾皇万岁,万岁,万万岁。"

忧郁箫音缠绕了整个太庙。

"伤仲春,迢迢北上,不见数年,相思苦生双鬓华发,再重逢,早已物是人非,他人妇,他人母。"柳风已气力不济,剑招散乱,歌声低迷。

白衣不复存在,只余血衣飘零在森森刀斧中。

白光一闪,剑折大地,柳风缓缓倒下,银发染血。

终于我控制不住,泪水似潮涌,溅湿衣襟。

阿轩迈步有力,走到我的身前,准备接过遗诏。此时,我才知道自己是多么无力,拿不住薄薄的一层锦。阴风起,将我手中的圣旨吹向暗青天空。明黄的圣旨,像是一片残叶,随风飘零。

"你为他流过那么多泪水,什么时候你会为我留下一滴眼泪呢?"

风乍停,圣旨悠悠地落在了阿轩的双手中。

柳风,我不是留下一滴泪,而是泪流满面。

箫音恰止,我奔向西北坡,奔跑让我身后的纯黑裙裾卷曲着扫过枯草,裙角的朱红描金凤凰在破碎地吟唱,哧哧,裂开光滑丝缎,尘土飞扬。

大力推开眼前那些士兵的带血兵刃,一个接着一个,血染上我的手掌,艳艳如花。最后士兵开始自觉退让,直到留出一条道。在周身都是寒锐兵器的通道里,我闻着新鲜的血腥味,止不住地泪流。

等冲入层层包围中时,隔着三丈远,我看着那辆沾染血尘的马车,泪水在眼内黏成一层水幕,开始辨不清车前白衣人的面容。他垂下的眸,没有温度,呜咽的箫声断断续续。寒彻骨的不是低沉箫声,而是马车中的素衣女子,她的胸前插着一支射透心肺的利箭。

"扶柳……"我回头,柳风靠着枯树低声道,"对不起,我也是会骗人的……"血自他唇角蜿蜒而下,犹如游走的蛇,吸尽人精力,"可,如果你原谅的话,能不能在我人生尽头的那一刻,陪在我身边……"

箫声依旧,冷冷清清。

血腥味浓重,我站在柳风眼前,垂目看着他腰间的致命伤。匕首的三分之二没入腰眼,妖艳的血止不住,晕红半幅衫子。那匕首末端的血槽,粗浅,像是随意凿出的刻痕,却引出汹涌的血。血槽狰狞而扭曲,我咬牙抬起头,离柳风的眼很近,他握住我的手,迟缓展颜一笑。风卷起尘土,吹迷了我的眼,泪水涌出不止。模糊里,柳风抬起手,拂过我的发,落在肩头,他轻轻地叹息:"其实我真的还想再说一次谎,看看你会怎样做?惨烈的痛苦?"

他包着厚趼的粗粝中指指腹狠狠戳在我的掌心,一横一画,用力之大似乎要割破血管般:"我在骗你,也骗了阿萝,所以最后我说了实话……"

我的手心硌着硬物,如炭烧般灼人。"扶柳,活下去,无论如何,即使他给你的是冰冷背影,你也必须活下去!"柳风狠狠咬牙,猛然间抬起眼,盯着我,"因为要活着替我报仇!"

一句话,激得我不住颤抖,可他却软软倒下,唇角噙着笑意。突地,玉箫破裂,刺耳尖锐后便寂静。背后一阵阴凉,我回首,那车旁洛谦转身,白衣飘飘,消失在山坡晨雾中。士兵也随之退去。

"他走远了。"阿轩上来,扶住我摇摇欲坠的身子,在我耳畔冷声道,"难道你不想救出那一家农人吗?"

浑身冷战,还有碧衫、李柱子、大顺,他们都被连累其中。我猛地握紧拳头,推开阿轩,一路狂奔到大将军的马车旁,抓起车夫的衣领,急促道:"快,带我去京城的每一个衙门。"

车夫被我的疯狂举动惊住,但很快便镇静下来,掉转车头,驶向京城。

"继续你们的祭祀游戏。"阿轩面朝百官冷言嘲讽,随后飞身跃起,坐在了车夫身旁,淡道,"三姨,你忘了等我。"

阴暗潮湿的牢房中,血腥的气味从未消失过。

我站在石牢的顶端,悄然无声地走向石牢昏幽的尽头,每一步靠近,都能让我听到刺耳的鞭笞声。

尽头,黝黑的粗铁索闪着阴冷寒光,勒进人的肌肤。绑在石壁上的人已不成人

形,全身上下皆是触目惊心的鞭痕,新痕混着旧伤,鲜血狰狞。

角落里还蜷缩着一名妇人,正在遭受鞭笞。

每一鞭都能划破她的肌肤,血肉翻卷。

忽然,她抬起头来,蓬乱的头发遮了大半脸,却挡不住她的目光,一种饱含希望的目光。我的心一阵抽搐,一把抓住了狱吏将要抽下的皮鞭。缩在墙角的碧衫,轻轻笑起,牵动脸颊的伤口,流下暗红血液。

"小姐,你来了,可惜柱子哥已经先去了。"碧衫每说一字,鲜血就流长一分,"小姐,帮我照顾大顺。"

我握紧拳头,指甲尖锐地刺入掌心,心痛如绞,却坚定点头。

碧衫瞳孔渐渐放大,身子缓缓倒向绑在石壁上的李柱子。

身后响起匆匆的脚步声。

"你是何人,竟敢闯大牢劫囚犯?"粗暴的吼声在石牢内炸起。

我摊开手心,上面沾有皮鞭上的血,碧衫的血,李柱子的血,柳风的血,鲜血淋漓,冷眼盯着质问匆匆而来的人:"你又是何人?"

"京都衙门史垒,当今太后的三表舅。"史垒耀武扬威道,"我替太后抓拿反贼,你等劫牢,视同谋反!"

怒意正浓,我扬手便掴了史垒一巴掌,鲜红的血手印打在史垒的脸上,顿时红肿。

"你敢打我,就是侮辱太后,等我禀明太后,你就等着灭九族吧!"

我冷冷冷笑:"就是苏婉在此,我也照打不误!她是太后,我是长公主,我又何须惧她?"

"说得好!说得好!"阿轩拍掌缓缓走来,对史垒和悦笑道,"是太后的亲戚吗?"

史垒忙点头:"当然,当然!"

"是就好。"阿轩突然一记重踢,史垒顿时滚地哀号,"拖出去,以冒犯长公主之罪,廷杖二十。"

几个士兵应声进入,将史垒拖出。

瞧着瑟瑟发抖的狱吏,我问道:"那个小孩呢?"

"让史大人卖给人贩子了。"狱吏伏地恐慌答道。

我冷道:"找回来,若是少了一根头发,我要你们全衙门的老爷们儿都尝尝坐大牢的滋味!"

"三姨,我们必须回上官将军府了。你累了,先睡吧,余下的事,我来就好。"阿轩突然点了我的睡穴,眼前逐渐黑暗。

【洛谦番外】

"爹……爹……"一团软软的东西扑倒在了我的怀里。

我眉微扬，淡道："今天又闯了什么祸啊？"

"熙儿见到娘了！"洛熙仰起脸，阳光落在睫毛的卷翘处，淡淡的金光，温暖而祥和。曾经也有一个女子每天清晨会站在我的身前，目光下垂，轻轻地为我整理官服。她的睫毛浓密，轻轻扇动，温暖而祥和。

"你认错了。"我淡道，"这种事不许再提了。"

"我没有认错！"洛熙倔犟道。

我拂袖喝道："知错不改，罚今日面壁思过一夜，好好反省一下这些天做错了什么。"

洛熙撇嘴，转向青墙，大声道："前天，我在皇宫里抓破了懦夫小皇帝的鼻子。昨天我在户部尚书王老头子的茶碗里放了条蚯蚓，吓得王老头子到现在还不敢吃东西……"

"爷，太后有请。"洛文进来。

我合上奏折："知道了，马上去。"

"今天还有不小心砸了百年老店德胜斋，摔坏十五张桌子，打碎二百三十四张盘子，但我真的看见娘了。熙儿的第一百零三次面壁思过是为了娘……"

昭阳殿内麝香弥漫。

"太后，何事急召？"我斜望一眼幕后女子，径直地坐在茶桌旁的木椅上，亲自烹茶。

"丞相，哀家今早可是收到了不少奏折。"苏婉十指纤纤，捏起身旁的一份奏折，曼声念诵，"丞相鞠躬尽瘁，辅弼皇上三年，使我西华国泰民安。臣愚见，请皇帝册封丞相为王，以显皇恩。"啪地突响，苏婉狠狠地合上奏折，"祖训不封外姓为王！丞相果然有手段啊，使得众臣齐心为你请封啊！"

"臣想担任晋王。"我顿了顿，继续道，"晋王，臣只当晋王！"

"晋王？"苏婉默念，"洛阳晋王拥兵六万，在先帝驾崩一年前被废，从此晋王空缺。"

"封王十八。"我淡笑。

"十八可封王。"苏婉霍然站起，沉吟片刻，"大皇子今年十八了……"

"所以臣自荐堪当晋王。"

我轻笑，望着纱帐后微颤的苏婉，现今她根本不敢再迈出任何一小步。进，他日我将为王，她皇权丧失一半。退，后有皇甫轩步步进逼，日后皇甫轩为晋王，始终就是她的隐患。

苏婉尖尖的指甲陷入了奏折之中，随后一仰头，明媚笑起："丞相怕是夸大其词了，晋王岂是轻易可当的？若是皇上不同意，天下间有谁可擅自封王呢？"

"哦？"我扬眉淡笑，"看来太后已有晋王人选？"

茶已煮沸，清香袅袅，我尝了一口新茶，不禁微微叹气。皇甫朔，最后一步棋你还是算得天衣无缝,纵使我猜出你的遗诏,正如你所料苏婉一定会阻拦我,替你保留下这洛阳晋王位……

昭阳宫,像是冰冻一般,寂静无言。

"不劳丞相费心,哀家自有打算。"苏婉快速转身,明黄裙摆旋起张力曲线,而后微微斜身,靠在了纱帐后的贵妃榻上,随即笑道,"听说今日长公主和大皇子回到长安,哀家多年不见长公主,很是想念,已经派人去请长公主入宫一叙了。"

清脆的瓷器摔裂声突兀响起,我低头,原是手滑,茶碗摔碎在地。

"仕有洛谦,商有柳风。听闻西泠柳大公子也在长公主身侧,三年未离。哀家也颇为好奇,想看看这柳大公子是否真是人中之龙,可与丞相齐名?"苏婉瞥着瓷器碎片,掩嘴一笑,明亮的眸子迸出狠光,"丞相,不如哀家与你比试一场,看谁先请到长公主?看看三年后的长公主,是如这茶碗破碎呢,还是完好如初呢?"

我站起,冷笑道:"是吗?那我就要看看太后的手段了。太后能不能保全苏氏这个岌岌可危的大花瓶了?"

"白子谦!"明黄轻纱后的苏婉浑身颤抖不已,"你要毁了苏家!阿姐,他居然要毁了苏家!"

立在昭阳殿门口,我回首,冷风飒飒:"她的命只在我手中,天下无人可夺,无人敢夺!"

"找到夫人行踪。"

朱笔一横,已从我掌中滑落,画出一抹朱红:"传令侍卫,全副武装,立即出发。"

来不及披上软甲,只负了一张轻弓,我便领着精兵而出。一路狂奔,快到了太庙,一个急转弯,便看见了路前的马车。与此同时,路边涌出了十几个夜衣人。黑巾蒙面的夜衣人呼啦一声,堵住路面。

"冲!"我陡然提缰,大宛良驹前蹄凌空,飞跃而起,一声长嘶,已经落到了一行夜衣人的身后。我回望,夜衣人人群之中已有一人手执斩马刀奔越而出,夜衣人速度极快,足蹬硬地,长刀破风,直砍而来。

电光石火之间,我将身子向前沉倾,前胸紧紧地贴在了马背之上。不偏不离,身后的轻弓弓背恰好抵住了斩马刀的厚刀背,随即一掌即出,断了夜衣人的右胸两根肋骨。夜衣人破裂衣襟处露出了上官家徽,我一喜,加快催促骏马疾行。

是她,马车徐行,窗前瘦影婆娑。

素衣如雪,削肩上乌发堆云。那发间金莲,微微颤动,我曾经亲手为她簪起。一幕一幕如流水,闪过脑中,真实得就在上一刻发生。熙儿说她回来,我不信;苏婉说她回来,我不信;如今亲眼看见,只是背影,我已无法控制情绪。怎敢轻易相信她会活生生俏立在我眼前,只怕是假,我欣喜如狂后该如何承受这落差?早已没有了力气去再一遍自己骗自己。

更近,更近一些,我伏在马背上不住挥鞭抽打,骏马疾奔。

闻箫声如裂帛，我才发现车上还有俊朗男子在低首吹箫。那男子眉目深刻，鬓发如雪，举手之间自有磊落气度。"仕有洛谦，商有柳风。听闻西泠柳大公子也在长公主身侧，三年未离。"苏婉话中尖刺隔了几日终于刺到了我，虽然迟了，可这尖刺更加锋锐。

张弓，松弦，羽箭划空而去，擦过柳风的背。

可她却似乎被吓住，瑟瑟发抖，缩在另外一个男人的护翼下。柳风拥着她，这样大的力量，连她肩头素纱也被揉皱。柳风放下唇边玉箫，淡淡望了我一眼，轻笑如讥讽。随后他挨在她耳鬓，轻声细语，亲密无间。

上官扶柳，你果然从地狱而来，也要将我拉下地狱。

铁箭在手，弓如满月，可我却松动不了一根指头。箭羽贴在我颊间，冰冷如刚刺。动不了，只需轻轻将勾住弦的手指伸直，便能射穿了素衣乌发。僵硬许久，我冷啸闭眼，手指松开，箭离弦而去。偏了一寸。

"啊……"她惊呼。

我急忙睁眼，窗前素衣女子回首半面，月下眉目清浅，如此陌生。又是一箭，再无犹豫，正中她的心脏。看着鲜血自素衣女子胸膛漫出，我忽然累极，挽住了骏马，停在原地。望着那辆马车越行越远，身后无数执甲士兵追去。

太庙之北。

我吹着玉箫，呜咽哽塞。不知为何接过了他的箫，就如同不知为何一定要杀了他。柳风在赌，我也在赌，赌她会离谁更近一步。

粗浅的血槽，弯曲的刀锋，那个手握匕首的长安禁军是拓跋狼牙骑假扮的。他潜伏在柳风身后，蓄积着力量。准备一刀致命。我轻轻舒气，箫音清亮。匕首插入他的腰眼，他笑着反手刺死了狼牙骑。他用生命下注在赌。

墨黑锦衣，暗朱凤凰，她穿着长公主宫服，挺背穿过森寒兵甲，踏着血迹一步一步而来。真实的她，却从地狱而来，带着为另一个男人淌下的泪水。

"扶柳，能不能在我人生尽头的那一刻，陪在我身边……"

她伏在他肩头，抽泣不止。他的手拂过她肩头，对我淡淡地笑。他在说，洛谦，你输了。我输了，箫音不成调。

"扶柳，活下去，无论如何……因为要活着替我报仇！"

他死去了，可占了她的心。

终调破音，箫声尖锐，我抛下了玉箫，转身离去。三年前，我以为骗自己的只是她还活着。三年后，我才明了，我骗自己的是她是爱我的。

第二十八章

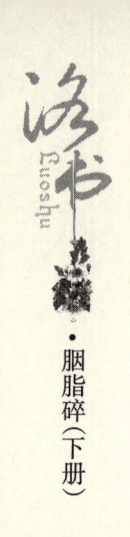

踏 金 殿

苦味迎面扑来，我不禁皱了皱鼻子。不得已从棉被中伸出手，轻揉突跳的太阳穴。仅着单衣的手臂，碰到阴冷的空气，顿时一个激灵，清醒了大半。"昏睡了几天？"流苏端来一碗褐色药汤。"过了两天。"我一口饮尽药汁，苦涩尚在舌尖蔓延："哥是怎么安排柳风后事的？大顺寻到没？"流苏掌了灯："柳大公子的灵柩已运往西泠，大顺也接回将军府。"我拉紧身上的棉袄，温度又降了不少，估计明儿还有一天的雪："哥人呢？"

"二舅去终南请名医了。"阿轩突地出现在门口，发冠上沾有几颗晶莹的雪粒。医邪带着雨蕉去南洋寻奇花了，大抵明年仲夏才能回来，也不知是不是他故意选在这个时间出海的。他说，上官扶柳，你从小寒气入侵，五年之内不得再染风寒，否则等着黑白无常早几年来勾你的命。我怔了怔，大约自己从小便不知健康重要，随后抬头瞧阿轩犀利黑瞳："册封晋王的诏书颁布没？"阿轩拍拍身上落雪，俊脸严肃："两虎相争，不能决断！"

"在含元殿中，几乎所有的大臣们都反对立我为晋王！"阿轩说着说着，就不自觉地皱起浓眉，"二叔公站在一旁不出一声，只有一两个兵部中书偶尔反驳两句。"

"爹不说话？"我倒是不解了，上官毅之如此沉得住气？"那洛谦说话没？"

"洛相也是不言，瞧着朝臣们争吵不休。"阿轩回忆道。我莞尔："你明天上前叫他一声三姨夫，或许会惊得他为你说一句好话。""你病成这样，他来瞧过吗？"阿轩突兀问起。我一时怔住，望着阿轩的复杂眼神，迟疑片刻方道："他尚不知情。"阿轩冷笑讽刺："太庙是虚影吗？不过无心而已！"

手中的药碗一滑，跌落在地，深褐药汁洒在炫彩地毯上，点点碎碎，苦涩四溢。我几乎是吼的："你就这样与长辈说话的？"阿轩亦是低吼："你也只比我大五岁而已！"

阿轩寒魄眼眸中带有强烈的压迫性,愤世疾俗的咄咄气势,让我无处可藏。

冷静,上官扶柳,他还是一个小孩子,不要认真较劲。我默默蹲下,一片一片地拾起药碗碎片,药汁从手指缝流出,无论手收得再紧,药汁还是会从缝隙中喷发出来:"我明天会去含元殿。现在我累极了,能让我好好休息吗?"

阿轩在爆发后,眉间亦有懊恼:"以后不会再这样了,三姨。"

点了迷迭香,袅袅香气安抚我紧绷的神经,缓缓放松,终于沉沉睡去。

天微亮,屋里点着腕粗蜡烛,亮若午时。

套上长公主服,沉却抵不住寒气,我轻抚过下颚,骨头利如剑。踏出将军府,居然还是大将军的专用马车:"爹呢?走了多久?"老车夫道:"半个时辰前开始朝议,一个时辰前大将军出府。"我点头:"嗯,去含元殿。"

驶过巍巍宫门,借着大将军的威信,直达大明宫含元殿。跟随上官毅之多年的老车夫为我打开车门,他历经风波沉稳不变的脸上居然有一丝紧张。站在含元殿脚底,我终于明白为何世人在含元殿前总是觉得自己渺小。老车夫在紧张,我的手心也灸热得冒汗不已。

我凝望高高在上的含元殿,努力地在调整自己。集聚傲气,让自己变成刚出匣的宝剑,锋芒直逼青天。脚步沉稳,踏上第一步台阶。

一柄长矛晃晃地挡住了我的去路。那是一个年轻的侍卫,棱角分明的脸上犹带稚气,找不到皇宫的残酷。他尚在含元殿之外,守着这条通往整个国家权力巅峰的道路,依然保有少年的耿直。只是,我现在必须通过这条路。脸含愠怒,眼带厉光,盯着年轻侍卫单纯的眼瞳,凛冽的气势步步进逼。

我明显感觉到年轻侍卫的慌张以及不安,他多日执矛的手开始轻微颤抖。轻轻笑起,却是压迫不减,我清声道:"你受训殿前侍卫时,可曾听过长公主不准入金銮殿?"侍卫满脸茫然,横在路前的长矛在一点一点地落下。"还不退下,竟敢挡长公主的驾!"老车夫适时的一声呵斥,终于让年轻的侍卫彻底放弃,他惊惶回到原地。

我踏上了通向九天之上金銮殿的白玉阶。

雪在簌簌落下,在白玉阶上铺了细细一层。白的雪,白的玉阶,似乎一切都那么纯净。只有守护在玉阶两边侍卫盔甲上的猩红披风才是有颜色的,血一般的沸腾。

白玉阶上的雕龙翔凤在我脚下踏过,墨黑如夜的长公主长袍,优雅地拖行在地,逶迤一路,在薄白的雪地上留下长而浅的痕迹。柱粗需环抱,檐飞可上天,朱红似晚霞,金碧耀比星。这样的含元殿,这样的金銮殿,就呈现在了我的眼前。

"大皇子三年不曾在宫,突然之间分封晋王,只怕百姓不服。"

"先帝遗诏在此,有何不妥?"

"遗诏流落民间多年,大皇子亦流落民间多年。若以礼法……"

含元殿中的激烈争吵在朔朔寒风中依旧听得清晰无比。

我走得很慢，每一步都在拿捏着皇家威仪。空荡的殿廊里北风寒气肆意侵蚀我冰凉的肌肤，想必金銮殿中应该是温暖无比的，因为我站在殿口就感觉到了一阵暖若春阳的香气。

铿锵金属相交的激荡声，惊住了殿上各位大人的争论。

十字交叉的铁戟挡住了我与殿中各位错愕不已的大人们的眼神。我浅笑望向守在殿口两侧的侍卫，是他们用手中的铁戟拦住了我进入金銮殿的门。浅笑渐渐止住，脸上怒气显现，正要呵斥之时，殿内一迂腐老声响起，是事事皆要依据礼制的礼部尚书："女子安可入金銮？"

我勾唇嘲笑："女子不可进金銮，那坐在垂帘后的太后是男子吗？"礼部尚书猛然咳嗽，气势顿弱："皇上年幼，太后辅政，自古如此。"

"瑞安才疏，却也略读礼法。"我声音并不大，甚至有些细言慢语，却是极具威仪，"据瑞安所知，昔年高祖得天下后与众臣约定，西华只有三位女子在特殊时刻可入金銮殿，共议朝政。尚书大人精通经典，想必应该熟知哪三位女子吧？"尚书义正词严："高祖言，女子参政有三，太后是以为孝，皇后是以为敬，长公主是以为义。"

横拦在殿门的银戟霍然荡开。一条笔直的路，通向龙椅上的皇帝。我面带最温和的笑容，沉肩挺胸，腰直得像含元殿中的通天大柱，一步一悠然。

含元殿，西华朝的金銮殿所在，是何等的奢靡。天板七彩绚丽吉图，金箔盘天九龙柱，极地墨寒玉方砖，遍地琳琅，世间最富贵最珍稀最无双的宝物都聚集在这间殿堂上。

含元殿，怎不令人向往！

金銮殿异常安静，金鼎内的香草窸窣的燃烧声，在压抑地蔓延。

我的脚步声很轻，踏在极地墨玉上，有一种特殊的铃脆相撞声，悠悠荡荡，像水波一样扩散。可却感觉一股入骨的寒气从脚底侵入，流遍全身。

正对当今天子，一个不到五岁的娃，还带着浓烈的惺忪睡意。我嫣然一笑，目光穿过小皇帝，穿过黄缦垂帝，停留在严妆的苏婉，而后眼光一紧，展袖叩首，清朗高声："臣瑞安长公主觐见吾皇陛下，愿吾皇万岁万岁万万岁。"

小皇帝从小见惯了众臣的朝拜，对于礼节也颇为熟练，奶声道："爱卿平身。"

"错了，皇上，应是长公主平身。"张德子在一旁倾身小声纠正道。

小皇帝提升到半空中的手一顿，立即撇嘴道："不是只说这一句就没错吗？我还练了好久呢！"张德子额头开始冒出细细的汗，小皇帝也压低声音道，"老德子，我这次错了，今天晚上是不是又不能吃酥糖了？"张德子涎着一张老脸，哄道："皇上快说'长公主平身'，说了，回宫奴才立即准备酥糖。"他们俩的对话虽然小声，但站在附近的太监宫女们都可以听见。一群人强忍着笑，依旧不免发出细小的笑声。

小皇帝立即开心道："长公主平身。"

"谢吾皇。"我起身，浅笑直视年幼的皇甫昊。

"皇上,老臣有事要问长公主。"一名清瘦老臣从群官中缓缓踱出,两眼似鹰般犀利,直逼得皇甫昊一脸惊怕。随后,他转身面对我,一身正气,"老臣太保徐子耿,有事请教瑞安长公主。"

我笑对他浩然目光:"请讲!"

"高祖言,有特殊时刻女子方能议政,如今天下太平,瑞安长公主为何要越俎代庖呢?"徐子耿在质问我。我一挑眉,嘲笑道:"天下太平,为何连先帝遗诏也要受到质疑?"徐子耿平静道:"大皇子离宫三年,先帝遗诏又突至,老臣们不得不考虑再三。"我快速反问:"难道先帝圣旨有假?要考虑什么?莫不是一朝天子一朝臣,便不再听从先帝诏令?"徐子耿脸色发红,显是血气上涌:"老臣忠心耿耿,无论是先帝还是当今圣上老臣必当誓死跟随!"

"好,是个忠臣!"我豪气高声道,"所谓君要臣死臣不得不死,既是先帝遗命,各位大人何不遵命?"徐子耿一震,随即亦豪气干天:"老臣听从先帝遗诏,愿大皇子封晋王!"说罢,哈哈大笑地走向含元殿的角落。

"臣也有疑问请教瑞安长公主。"刚才的礼部尚书斜蹿出来,离我三丈之远。他就不及方才的徐子耿磊落,并不敢与我直视。

"请说。"我略摆手。

礼部尚书颇有得意道:"吾朝以孝治天下,百世孝为先。可大皇子在先皇驾崩之时却不侍奉先帝左右,甚至不曾为先帝守灵一夜,此等大不孝之人,如何有德行能分封晋王,做天下楷模?"说得激情四溢,末了顿了顿继续道,"臣斗胆猜测先帝心意,怕也是没有料到大皇子会这般不孝,方才下了这道遗诏。"

果然是个好借口,我颦眉问道:"敢问大人何为孝?"

"夫孝,天之经也,地之义也,人之行也。"礼部尚书摇头晃脑念诵道,"身体发肤,受之父母,不敢毁伤,孝至始也。立身行道,扬名于后世,以显父母,孝之终也。"

我哧笑道:"柱大人诵读多年,也不过只是如市井小民一般浅薄!"

"胡说!"礼部尚书一激即怒,向前踏出大步,但随即重重哼了一声,不甘心地止了脚步,最后无力地垂下头。我知道他被一个人的眼神威胁,虽然我背对着,根本瞧不见,但也如芒刺背。礼部尚书气焰顿消,此时便是反击的最佳时机,我不及细想说道:"人分百类,孝亦分百种,不同人行不同孝,岂可一概而论?身为皇子之孝乃辅吾皇安天下定乾坤,非大人所说常人之孝。若大皇子行常人之孝,那便只是表面之愚孝。正因大皇子至孝,故方能忍住离别之痛,听从先帝之言,游学四方以期将来可辅助圣上。本宫随大皇子游学多地,大皇子每到一处,必焚香向北,祈福苍生,敬拜先帝。此等大孝何来不孝之言?"

"长公主精通孝道,可下臣斗胆一问,长公主身为大皇子太傅,是否能教治国之道?若大皇子三年学业荒废,岂非大不孝?"吏部侍郎随即出阵。我冷笑不已,竟将矛头指向了女子无才:"本宫虽为女子,却也知书中无贵贱之分,亦无男女之别!既然大人不信,不如本宫与大人当辩朝堂!"吏部侍郎双目微微突出,显然惊讶之极。

"侍郎大人质疑的是我,那就由我来请教侍郎大人。"阿轩突地从上官毅之身后走出,眼中有簇簇火苗,步步盛怒。哪一个男人能容忍他人对自己能力的质疑?更何况是阿轩这样傲气的人!吏部侍郎似乎意识到了自己所犯的错误,不禁后退小步。但是含元殿内开始有更多的官员在蠢蠢欲动了。

不行,不能任由情势再这样发展下去!车轮战一个又一个官员的挑战,拖到下朝时刻,封王诏书还是迟迟不能颁布。呼吸开始紊乱了。该死,心底不由咒骂,我刚才应对三人,心力交瘁,恐怕很难再支撑一个时辰了。

必须速战速决!是洛谦?还是苏婉?

我憋足了柳眉,随后面容严肃,凝望坐在龙椅的皇甫昊。我缓缓踏上金阶,逼近年幼的皇甫昊:"本宫认为皇上应作天下典范,为孝应遵循先帝遗诏,为仁则应敬厚兄弟。但如今皇上所做之事,深让本宫痛心,不孝不仁!"

群臣们纷纷喝起:"休得不敬!"

"何为不敬?如今皇上不孝不仁,就是不敬上天!"我手臂高举,直至天空,厉声叱道,"皇天在上,盯着各位的一言一行,诛天灭道的事,自有天罚等着!"

群臣明显在哆嗦。我已走到皇甫昊身侧,微微转身,双目含威,隐隐带着冰凌的寒刺,俯视掠过阶下一名名铁青脸色大人的脸,惨淡笑起:"本是同根生,相煎何太急?一帮昏臣,现在不遵照先帝遗诏,岂不是让皇上做个残害手足的不仁之君!"

"哇"的一声,清脆的哭声响彻含元殿,我身旁的皇甫昊如同寻常五岁小娃般扯开嗓子大哭。我知道,现在我是站在金阶之上的瑞安长公主,面无血色,恐怕连嘴唇也是泛白的。这样的惨白面容,这样的凄厉尖声,这样的凌厉气势,又怎能不让一个小孩害怕呢?

滚滚泪水自皇甫昊眼中溢出,群臣亦纷纷跪拜请罪。

"本是同根生,相煎何太急?好诗,应情应景!"缓若流水的清雅之声念道,像一阵春风滑过含元殿,暖似浓春。含元殿内为数不多但还依然站立的男子,用他墨玉的眼瞳盯着我,缓缓一笑,似赞似怨,似喜似怒。

是洛谦,从踏入含元殿的第一刻起,我便不敢瞧他一眼,眼角余光也不曾瞥到他的衣角,只怕一眼后,再也撑不起这个强悍表面!

洛谦凝视我许久,面似平常弯翘唇角,淡淡笑意,却是隔着千里薄雾,无法让人接近。他在意吗?我三年前拒绝他的禁锢,那个可以让我不会卷入政变中心的相府?还是在意,三年后我却一意孤行地与他对立?或是,三年中的不闻不问,再相见时却是我为柳风泪流满面?感觉从指尖到手臂到胸口,在一寸一寸地麻木,像是毒素在蔓延!

最后他淡道:"王大人,拟诏,封晋王。"

"丞相?"洛谦身边的王大人在疑虑,迟迟不肯落笔。洛谦轻叹,"王大人不舒服,先回家休养吧,我来拟诏便好。"王大人扑通全身伏地,冷汗淋漓。洛谦径直取过圣旨锦缎,挥笔潇洒,"张公公,呈给太后盖国玺吧。"

垂帘掀开一角,见到了苏婉半张盛怒的脸,很快垂帘又重新落下。苏婉婀娜的影子投在垂帘上,像是凝固般,一动不动。终了,握着锦缎的手一颤。"不行!"苏婉明媚的声音坚定地拒绝道。太后的否定激起千层浪,含元殿内的朝臣们面面相觑,向来步调一致的丞相与太后有分歧了。

苏婉扬起她精致的下巴,缓缓说道:"并非哀家有意为难丞相。只是分封藩王乃是大事,开朝以来封王诏书必须要有西华二印。可先帝驾崩突然,宫中陷入混乱,当时先帝来不及将祥凤印传给哀家。"西华二印之一的祥凤印不在太后手中,金銮殿喧哗四起。

"只因无祥凤印?"阿轩走向垂帘,声音锐利得像一把剑。帘后苏婉在紧张地轻抖,却是咬牙回道:"若有祥凤印,哀家绝不阻拦。"阿轩侧身,淡笑望着我,胸有成竹。

"祥凤印在本宫手中。"我悠悠说出,声音不大但清澈,一下子震惊了群臣,"当年先帝赐封瑞安长公主封号时,国无太后亦无皇后,是故先帝将祥凤印交与本宫保管。"我将祥凤印从袖中取出,把一方红玉印托在手心,血玉凤凰展翅欲飞。

"他真的将祥凤印给了你……"苏婉在垂帘后失神低喃。

"请太后下诏封王!"我高举祥凤印,咄咄逼人。隔着垂帘隐约可见苏婉脸色遽变,懊恼与阴沉的混合,低声咒骂细细辨认尚可听得一两字:"居然……临死前……还准备了一把尖刀……想捅死我,哼……"

"太后。"张德子在一旁小心翼翼地提醒道。

"呵呵。"苏婉随即明媚笑起,掩盖了一瞬而逝的强烈怨气,"哀家马上下诏,西华好久都没有封王盛事了,差不多有二十几年吧?"

苏婉扬起皓腕:"国玺来!"张德子不敢怠慢片刻,捧来国玺,恭递与苏婉。苏婉双手环住国玺,正欲盖在洛谦方才拟的封王诏书上,只差一寸,动作全部停止了。苏婉一双秋水瞳缓缓从明黄锦缎上移开,平视着我,忽而绽放一笑如红莲般妖艳,"瑞安长公主的祥凤印呢?"

火热的战火在金銮殿内无声无息地燃烧,带着焰火的长刀从垂帘后的太后,挥向我。她,当今的太后必须夺回祥凤印,否则她也将如同龙椅上的皇甫昊一样,沦为一个躲在垂帘后的傀儡!祥凤印在我的手心,一直散发着温和的暖流,祥柔不激烈。

祥凤印既在我手,岂容她夺去!我清笑,淡如水:"祥凤印在此,请太后遵先帝遗旨。"话中意,再明显不过,象征权力的祥凤印,我不让。

苏婉手臂一僵,国玺盘龙印滞在半空,妙目半眯扫向我:"难道长公主不知祥凤奉太后最尊。"她声音极细极尖,只有身边几人可闻。金纱旁的张德子后退小步,额上的汗大颗滴落。我稍稍前倾身子,亦是细声道:"先帝恐有孝懿之祸,子弱母壮,易乱国纲,故效仿明宗,祥凤托付长公主。"苏婉眼欲喷火。外戚乱政倒是常见,前朝明宗

第二十八章 踏金殿

441

离世时太子尚幼,恐太后擅权,临终前将祥凤印托付与广平长公主。

"你出自上官,何来广平长公主皇家血脉之尊?"苏婉银牙碎咬。我凝视掌心祥凤印,一字一顿,清晰道:"本宫既号瑞安,便是皇家人。"隔着垂帘,我与苏婉不过一丈远,静得可怕。

"娘娘。"张德子忽地低声道,"大皇子正过来。"

苏婉目光越过我肩头,双手青筋暴露,用尽极大的力,将国玺盖在了圣旨上。一名女官托着一方紫檀描金木盘,穿过垂帘,在我面前屈膝。盘中铺着灿黄锦缎,三年来上官家一心想要得到的封王圣旨。玺印已真实存在,我亦双手压住祥凤印,用力盖上。

一张完美无缺的封王诏书!

我径直抽取圣旨,明黄的绸缎像一道耀眼的光芒落在我的手中。缓步走下金阶,稳坚地迈步到阿轩身前,嘴角上扬,一丝欣慰的笑容,却将更多的苦涩隐藏其中:"大皇子,请接旨!"

阿轩神情坚毅,双膝跪地,腰却挺得极直,将圣旨高举头顶。

"晋王,请起!"我轻声唤道。从此以后,他便是坐拥繁华洛阳的晋王。王族中除了皇帝之外,最有权势及兵甲实力的亲王。阿轩傲然起身,面对群臣,冷漠的眸子里有了风起云涌,他开始睥睨西华河川。

"贺喜晋王!"

众臣恭贺起这位新封的晋王,但其中真心假意,就要全靠阿轩自己分辨了。官员们渐渐将他包围。我与他之间的距离越来越远,夹在中间的人越来越多。

金銮殿外飘起鹅毛般的白雪,白羽落地,密密麻麻。

我隐藏在喧闹之后,悄悄步出权势巅峰的含元殿,停留在风啸四起的走廊中。狂虐肆卷的寒风扫乱一地琼玉,我斜倚在含元殿外的白玉栏,长长的拖地宫装被风吹起,扭曲翻卷在半空,上好丝缎的光泽永远那么魅眼,像是三千青丝在风里撕裂。

即使只是在最偏僻的地方,可依旧是高高在上的含元殿,俯览而下,长安漫天雪景尽览眼底。纯白的雪花似飘絮,洒落整个长安,银白一片。白色,单纯的白色掩住了长安的各种华彩颜色,也藏住了阴暗角落。

含元殿是不是华美异常?犹记当年初问洛谦。

骊山大觉寺,在那里眺望长安,云淡风轻,才是最好之景。是吗?

洛谦,你果真是非常迷恋含元殿的吗?

角楼上的洪钟声声响起,早朝结束,群臣陆陆续续步出含元殿。我在角落虽隔得远,但看得清楚。阿轩走了,上官毅之走了……我一直在等他带我回家,可以与他并肩……

只那么远远的一瞥,我便莞尔淡笑,不徐不急走了过去。

他走得很慢,似乎在想什么事情,缓缓地行走在含元殿前的汉玉白阶上。这样慢的速度,给了我足够的时间,不必气喘吁吁地奔跑,才能赶上他的步伐。雪还在没完没了地下,落在他的朝冠上,也飘进我繁复宫服的褶皱中。

二十步……十步……三步……一点点地在接近……

他听到了我的脚步声吗?轻快的脚步声!

最后一个台阶了,我就在他的身后,看不到皇宫了,只有他的背影。

我发现自己在颤抖,是因为寒冷吗?

轻柔地伸出左手,握住了身前的右手,依旧是干燥而温暖。

全身的动作瞬间止住,静悄悄等着他说我们回家吧!

他优雅转身,我抬眸静望。

"长公主。"那么温柔地轻唤,却又那么残酷。

我感觉被一股力量从温暖如春的花园生生地强拉入寒绝的冰窖,整个人在不可抑制地轻抖。原来,他那么强烈地在意!一句长公主,打碎了我曾经希冀的美好!心是琉璃,碎了,尖锐的棱角割刺五脏六腑!可是,为何手心还是温暖而干燥,从没有变化的感觉,甚至现在也没有离去……

一滴,两滴,泪珠滑落的速度怎么可以这样快,甚至不需要丝毫情绪过度,我就已经泪流满面。眼泪顺着脸颊积聚在尖瘦的下颚处,一滴……两滴……全部落在厚厚的积雪上。灼热滚烫的泪水瞬间融化了白雪。

原来那刻入松心的三年之约,字字含怨。他不是要诛尽上官九族,而是要亲手推我入地狱。

心存犹死。

嗒嗒马蹄声,逐渐逼近。冒雪而来的单骑,踏碎了遍地琼玉。

哥满面疲惫,怒意勃发,一把拉我上马,终于我离开了那徒有温度没有力量的右手,他连一丝挽留也没有!

"洛谦!"哥几乎是咆哮着对洛谦狂吼,"不要欺人太甚!"滚热散乱的气息滑过我冰冷的脸颊,我现在躺在哥的怀抱中,听得到哥剧烈的心跳,哥的情绪失控了,他在盛怒,怨恨!

"哥,我累了。"我虚弱地在哥的怀里说道。

"上官扶柳好样的!竟敢独自含元殿,是不是不想活了?"哥的怒火冲烧了他的大脑,他说的每一句话都那样的尖锐,可却又暖心。哥见我不反抗,怒火不再蹿高,最后深沉地叹气,"怎么办呢?扶柳,哥没有请到神医,找不到灵药……"

我轻扯着哥的衣襟,打断了哥的话语:"哥,我们回家吧。"

"回家?"哥喃喃道,"对,我们回将军府!"

我憔悴地合上眼,低哑道:"不是回府,是回家,我想回江南了……"

"江南啊,有竹林,有温暖的春风,有灿烂的笑容……还有那么多的人,娘、哥、雨蕉、雪君、霜铃,连大表哥也回去了……"安静地窝在哥的怀里,不见漫天大雪,不见

猩红皇宫,亦不见洛谦……

烈马撒蹄,踏雪远去。

"扶柳……"低沉的叫唤在风中回旋,可惜我已经驰过宫门。

咕咕轻响,像是药吊子烧得滚沸了。苦味太重,我翻过身,背后一阵热一阵凉,汗沾湿内衫贴在脊上,不甚舒爽。依稀又回到了小时候,初到长安将军府,一心要离去,便不惜染上重寒。年幼,又怎晓寒症厉害,毁了半生健康。那时是哥日日守在床边,就近搭上药炉子,细细替我熬出黏稠苦药,让他瘦了一圈。

"哥,太苦,我不愿吃药。"我犹如小时耍赖。

衣角绸缎摩擦出声,大约是走到了我床前。"将军不在,但嘱咐过婢子,好好伺候小姐吃药。"是年轻女孩子的清脆嗓音。背后又冒出一阵热汗,我起身:"流苏呢?"女孩子利索,见我额角全是汗,兜了件素丝内衫过来:"婢子来时只望见流苏姑娘的背影,是往青松园方向去的。"

我拉下锦帐,褪下湿透的内衫,刚将干爽新衫换了一半,系扣还未搭上,便撩起苏缎帐帘。秋香色的丝绒流苏沙沙打在我额头,凉意阵阵:"掌灯,到青松园转转。"青松园在府中西北角,平常几乎无人踏足,四季都是极为冷清的。

"呃?"女孩子略惊,但极快平静道,"小姐,夜已深,怕是各院门已关,明日再去吧。"套上夹袄,我抖开锦帐,走到衣架前披上织锦斗篷,低头摸索着系扣,淡淡道:"门上锁了,再叫他们重新打开就是。"

"是,婢子去点灯,但请小姐喝药。"那女孩嗓音清嘹,腰段袅袅退去。我回到桌边,端着药碗。青瓷花形碗中盛着泥浆褐土般的药汁,不经意怔住。记得怀着熙儿时,我也是常吃药。一晚大约也是这样的雪夜,他捧着青瓷茶碗进来,笑道:"熬药的丫鬟将碗打破了,流苏顺手就取了我的茶碗盛药。"长安人一向偏爱越州青瓷煮茶,喜用青瓷的千山翠色衬碧茶清澈。"舍不得?"茶碗沾了药,有了异味,不能再盛茶。他又是一笑:"你若喜欢,老了我们去上虞开个窑厂,可好?"

可好?青瓷易碎,我情愿换个摔不破的铜碗。那时我没回答,现在想到想要的,却说不出来。手中的药渐渐凉下。思旧不若展望,再想,药更凉,错过的将更多。我一口饮完,不想药凉下竟会让苦味变弱。

出门时那女孩子提着琉璃灯站在檐下,夜色浓浓,光束穿过透明琉璃向上斜射在女孩子尖尖下颌上,如同抹了一层厚实白粉,惨白得诡异。"走吧。"我向北走去,那女孩子趋步走在斜前方。

连廊幽深,探望四周鸦色如墨,空中细雪点点,宛若柳絮风起。偶尔几点晶雪飞入灰檐下,落在掌灯女孩手腕处,冷得她战栗不已,琉璃灯也随之摇摆,灯角挂着的几串碎玉珠子也冷冷敲打着琉璃。

一路玉璃轻击脆响,我与那女孩子已默然行至青松园门口。

我立在青松园门楼前,凝目仰视。高角楼檐下,贴着横梁有面银牌闪着微弱淡光。我回首,青松园斜北方是上官祠堂:"去祠堂。"

"小姐,那里……"提灯女孩子嗫嚅道。

祠堂森严,下人们不敢随意去。我轻叹,接过女孩手中的琉璃灯,折身向北。

"老爷和少爷在祠堂。"檐角下响起干涩声音,我举起琉璃灯,琉璃光束照得极远,那如练白光映到檐上的积雪折射出五彩色条。妖艳的光芒正好照亮藏身在檐角下流苏的脸,她淡唇干裂。"流苏,以后你不要把那面银牌擦得太亮,容易暴露藏身地方。"流苏冷冷抿着唇,那面银牌还是小时候哥在大风营参军时寄回的礼物。

深府寂寥,我走向祠堂,夜风吹得衣角簌簌轻响。

停在祠堂门槛外,我吹熄琉璃灯,躬身站在石阶一侧。上官祠堂我从未踏足过,今夜也是第一次在门口探望。堂内竟无灵位,而是一排排兵刃。最中间的古铜色木架上横着一柄长枪,长锋闪着凄艳醉红寒光,如地狱烈火盘踞在枪锋。

"进来吧。"爹没有回首,只望着那柄长枪。

女子不入祠堂,我微微屈膝,向那柄长枪拜了拜。这柄枪我识得,当初爹就是用这烈焰之枪劈断了哥的重剑,冷冷说,你何时赢我,我何时告知你原因。现在离娘去世已有十二载春秋,往事模糊,可枪刃锋利如旧。

"尊为公主,可进。"爹右掌拂过枪柄,微微叹息。我抬眼看见他的背竟有些佝偻了。"是。"我敛容整裳后踏进上官祠堂。

堂内蒲草团上哥双膝跪地,纹丝不动。在哥的斜后方,我折腰长拜,双手伏地,额头久久叩在青石砖上。大礼行过,爹解下腰畔重刀,列在众多兵刃之后,长拜道:"列位先祖在上,上官第六代子孙毅之请罪。毅之有生之年尚未能发扬门楣,下有负于妻子,愧为上官子嗣。然幸有子去疾,尚有作为,今毅之以腐朽之躯传烈焰之枪于子,望先祖佑我上官福泽绵长。"

"砰,砰,砰",爹额头触地,铿然有声,随后拂袍而起,双手捧起枪杆,面容肃穆:"一百八十年前,先祖随太宗开创盛世西华,凭的不过是手中的一柄长枪和一卷《参辰兵法》,然天下强豪谁敢不服?帝剑归藏,将枪烈焰,齐名威震九州!今传枪以汝,望汝不负先祖盛名,重振烈焰之威。"

哥背脊挺立,双手擎起长枪,我跪在后方清楚看到哥的手在颤抖。哥粗粗的喘气声,像是最原始的厚重承诺。温热的气息喷洒在冷硬枪锋上,凝成乳白色薄膜,那图案渐渐聚成了狰狞火焰。猛然一声低吼,哥握住枪,手背上筋骨纠结。随后,低重震音自枪锋发出,如猛兽咆哮。

"上官第七代子孙去疾定不辱先祖威名,持枪纵横,扫视天下!"

爹凝望哥片刻,拍了拍哥尚在颤抖的肩,轻叹:"量力而行,切勿贪大。"说罢爹笑了笑,负手踱出了祠堂,悠悠消失在了黑夜中。

这一场仪式,对我而言太过突然,几乎没有预兆,刚才只因为气氛肃然才没有发声,如今爹已离去,我便问道:"爹怎么了?"

"他解脱了……"哥低声道,似乎是自言自语般,"却将枷锁推到了我肩头……"

我探问:"哥,如果这个枷锁很重很累,我们可不可以丢弃?"

"纵然千斤,亦扛之,不能弃!"哥挥枪画了一个张力十足的半圆,枪尾杵地,铿然重响。哥拄枪站立,转身直对我,有铁甲细片相击的清脆声。我仰头,哥宽袍下竟是细鳞铁甲,"扶柳,如果抛弃那将不只是权势,还有上官的荣耀以及全族三百七十六条性命,所以决不能弃!"

我缓缓站起,枪锋上的一抹醉红厉光映在哥的肩甲上,刺目凄冷:"有些东西有些人舍弃了。"

"柳风可以舍。"哥坚声道,"我不行!"

"我知道的。"我淡淡说,转身离去。每个人总是要生存的,对哥来说,上官家族就是根下沃土,不能失去。

"你会替他报仇,是吗?在太庙的承诺,可你真的会为柳风杀了洛谦吗?"身后铁甲碎碎泠响,"哪怕只是伤他一刀?"

我定住,怔怔望着祠堂外的黑夜,喘不过气。

"你不会!"哥的声音在颤抖,"他会武功,直到最后不得一战时,你才说;黄河决堤,你上万言书也兜着他。你替他瞒了多少?究竟有多么舍不下他?如果有一天他的刀架在了我的脖子上,你是不是也不会眨一下眼?"

一声声的厉声控诉回荡在祠堂上方,盘旋着,将我包围,没有留下一丝挣扎空隙。我回头,扬起下颌,盯着哥深沉的瞳,咬着每一个字重声道:"那你为什么急急送了柳风灵柩回西泠?他腰间的那柄拓跋匕首又去了哪里?"哥的脸一下子涌起青色,我取下腰间的丝绦。隐藏在裙褶子间的狼牙挂在丝绦底端,哧地划过锦缎,袒露在冰冷空气中。

我的双手不住轻颤,那枚狼牙也摇晃不止。"这枚狼牙是柳风在临终前塞入我的掌心,可是哥为什么想……"止了话,再说将"利用"两字吐出,曾经再深厚的感情也抵不住。

哥握着枪的手青筋暴跳。我合上掌,将那枚狼牙包在掌心:"我会为柳风报仇的。"走到门槛处,看见了檐角下的流苏,她寒霜般的指尖在腰间银牌上游弋。我停步,半转身,"哥,从前你为上官所做种种,我不怨你;从此以后我所做种种,你也不要怪我。"我是自私,对你甚至不如流苏来得尽心,无法为上官奉献出一切。

沉静片刻,哥道:"我明日便回大风营去了。"

流苏踏前一步,离祠堂又近了几分。我提起墙角的琉璃灯,淡道:"这次,带了流苏去吧,她武功好。"流苏一震。

"你呢?"哥追问。

将琉璃灯芯靠近祠堂门口的铜灯,我轻声道:"我不需要哥脑后的眼睛看着了。"

灯芯很快被点燃,火光照到流苏面上,她唇色泛白。

哥皱眉:"你的安全呢?"

"我已让霜铃请了峨眉高手。"我施施然走出了祠堂,琉璃灯在黑夜极为耀眼,"绝不会堕了长公主的威风。"

那一夜,细雪飞扬了整晚。

长安,汇通钱庄,书房。

"三小姐人呢?"我翻着书桌上的账目,看样子霜铃这些年干了不少大买卖。前天哥已离京回大风营去了,流苏跟着他。

掌柜垂手,低声说:"三小姐去临汝办事了。"

"三小姐特意亲自去找苏家的碴儿。"小亮子眼里闪着兴奋光芒,"小姐说苏家一群笨蛋也想捞钱?这商场还没到傻子都成商业天才的地步!"

掌柜瞪了小亮子一眼,抹了一把汗道:"是苏家有人抢了我们在临汝的一笔生意,三小姐才过去的。"我笑着合上账本,一拍小亮子的肩膀:"果然是霜铃的徒弟,说话都一样的冲!走吧,出去转转,消个气。"依霜铃的性格,不整到苏家赔下双倍的钱,她是绝不会罢休的。

"表小姐,我们到底是去哪里啊?"小亮子嘀咕着。出来许久,都是漫无目的地瞎转,我也不知想去哪里,便停下,抬起头瞟了一眼,竟在德胜斋门前,便叹道:"既然到了门口,我们就进去歇息一会儿。"

拾阶而上,到了二楼。

"我等你很久了!"雅间素纱后一袭雪白身影缓缓转向我,那个白衫人摇着一柄金丝锦扇,轻声喟叹。如烟雪纱不住飘动。

"呵呵。"我身后的小亮子捂着肚子笑声不住,"露马脚了。"

那纱帐袅袅起伏煞是飘逸,只是雪纱轻盈飘动起来难免露出缝隙,透过那几丝缝隙恰好可以看到几个武师正扎着马步一本正经地推掌,让掌风撩起轻纱,造出些轻风拂过的雅致气氛。

"哎呀,笨死人,都让人发现了。"那白衫人突然矮了半截,奔到武师前,举着扇柄,跳起来敲打武师光溜溜的头。原是个小孩子,刚才他站在桌子上装大人。

"娘好笨啊,熙儿在这里等了好久。"那小白影嗖地扒开帘子,跳入我怀里,大声道,"娘怎么可以笨成这样,想不到在第一次见面的地方再找找熙儿呢?"软乎乎的一团肉趴在我身上,我几乎不能站稳,可那温热的气息就喷在我脖子上,那么真实。

我抱着他,动也不想动,只想这一刻再长久一些,再长久一些:"你还可以出府吗?过得好不好?府里有人为难过你没?他们都听你的话吗?……恨不恨娘?"

一张粉嫩的脸挤占了我全部的视线,那只柔软的小手拭过我的脸颊,湿漉漉的一片。他轻轻吹着我的眼角:"吹干了,吹干了。娘不能哭的,哭了就不好看了,娘不好看了,爹要是给熙儿找一个恶毒的小姨娘,熙儿怎么办呢?"

他嬉皮笑脸,我含着泪斥道:"乱说话。"忽然又忆起第一次见面他的顽劣,不禁弹了一下他的鼻子,"你这个小霸王!"

他皱起鼻子,看着我说:"你这个霸王娘!"可随即又搂住我的脖子,撒娇道,"人家也还不是因为娘不在身边,无法时时听到娘的教诲。"

我抚着他的背,轻轻拍着:"娘今后时时陪着熙儿可好?"

"拉勾,说谎是小狗!"他歪着头,伸出小手指。我笑着勾住。

"好了!哈哈,我再也不怕那个臭老头子了!"他只在我怀中乱跳,眉眼笑得极贼,"娘现在就去打败那个臭老头子,告诉爹,熙儿以后跟着娘学习。"

我一僵,大致是明白了,洛熙是为了逃避学习而拉我撑腰来着了,不禁摇头叹息:"子不教……"

"子不教,父之过。父不调,母之过。"他极快抢过我的话,"我没有被教好,是爹的过错。可爹没有调教好,就是娘的过错了。爹逼着我跟着臭老头子受苦,就是娘不疼惜熙儿了!"

他眼泪就在眼眶打转,委屈尽显。我也是心头一软:"那位老先生不好吗?"洛熙拼命摇头:"他老喜欢打我,娘看我的手板心,一天到晚都是肿的。"他伸出掌,的确红肿,"熙儿要跟娘学了,娘一定不会打熙儿的。"

"好,娘教。"我握着他的手,想看得更清楚些,哪知他手一滑,搂着我的肩笑道,"现在娘就去找那个臭老头子比试,羞辱一下臭老头!"说着,他扭过身抓起碟子中的一块糕,塞进嘴,"熙儿要再吃一块,重一些,好好压一压娘。娘你都没有抱过熙儿,这次要全部偿清。"我抱着他下楼,他靠在我肩膀,轻声说:"我是爹的儿子,也是娘的儿子……"

第二十九章

画成灰

长安，春望楼。

"臭老头子转过头来了，娘快趴下！"洛熙死劲攥着我的衣角往下拽，他人小，力气却不小，我又不愿与他比力气，就顺着他屈膝蹲在墙角。在缓缓下降的时候，对面阁楼窗前的老者正转过脸，一双精目扫视过来。

背抵着雪白墙壁，我认真打量起这个房间。刚才洛熙急急拽着我进来，一路上匆匆忙忙，只扫过一眼这方院落的匾额——春望楼。春风瞭望，这春望楼正是长安最著名的烟花之地，可这间阁楼上的绣房却装饰得极为古怪。色彩浓烈，家具粗糙，不像花魁的温柔窟，倒像是南方密林中的原木房子。

"这么久了，也没有瞧出个什么名堂，我先回去了，小亮子还在外面等着呢。"我瞧着洛熙骨碌转的黑瞳淡声说，作势便要起身。这里绝不是春望楼的生意场所，洛熙瞒了我一些事。

"娘，等等呀！"洛熙瞬间压在我怀中，撒娇嘟着嘴嘀咕，"娘不讲信用，刚才在德胜斋里明明答应熙儿教训一下臭老头子的！"

"先生人呢？"我问道，其实也并不相信洛谦请来的先生会是一个毫无用处的窝囊书生。

"就是对面的臭老头啊！"洛熙站起身，小心翼翼地探出头，向对面瞄去。只见他额头刚露出窗棂，脖子猛然一缩，又蹲了下来，吐出粉嫩舌头啧啧道，"哎哟，差点就被发现了。"说完，他摸着墙壁向右踏出两步，手里抓住墙角一个突出的黄铜兽面钮，嘻嘻笑道，"不让我偷看，我就偷听！"

洛熙向外转动黄铜兽面，咔嚓轻响，墙壁上露出一个幽深黑洞。"娘我先听了再告诉你。"洛熙趴在地上竖起耳朵对着黑洞，得意对我笑道。我上前一步，将黄铜兽面

瞧得更加清晰,那洞口是精铜管道,想来另一端是掩藏在了对面阁楼的隐蔽角落。

可只偷听了片刻,洛熙便僵住,一张脸笑得比哭更难看。

"还是被发现了!娘,先等熙儿一会儿,我现在就去搞定臭老头。"洛熙极快爬起,噔噔跑向门口,一会儿不见了踪影。我望着墙壁上的黑洞,念头一闪,便俯下身子倾听。

"小皮猴,还不过来领罚!"声音如洪,震得我耳膜隐隐发麻,应该是对面阁楼中的那个老者在铜管的另一端大吼。

我屏气,稍微远离了些黄铜兽面。老者又吼了几句,大约见无人回应,便离去了。隐约间又似乎听到了老者放低声音道:"子谦,归藏出鞘无回……如今时机不佳,切不可急躁,拔剑滥用……"

金属传音时断时续,我听得并不十分明切,不由得又靠近了黄铜兽面几分。

"你是谁?"厉声质问在门口响起,我一惊,立刻扭头望去,门槛处的绣花鞋面上的白首鸳鸯正在戏水。沉静下来,我拍了拍裙上灰尘,袅袅站起。

"夫人?不对,是瑞安长公主!"

认识我的人?我凝目望去,门口女子身影袅娜,红裙张扬:"素娘?"

女子点头,她正是三年前在骊山大觉寺只见过一面的素娘。她长眉蹙起,目光含疑,将我从头到脚扫视一遍:"长公主怎么会在我的房间里?"

"是我带娘来的。"洛熙不知从哪里又钻了出来,冲进房间,直拉着我往外奔,"臭老头子答应我了,只要找出一个比他厉害的人,就不教我了。娘,你是最棒的,一定可以杀得臭老头丢盔卸甲!"我一时也不知洛熙要带我去哪儿,但现在与素娘已然尴尬,不如就顺着洛熙离去。

跟着洛熙急急跑过廊桥,几个转弯,进了对面阁楼。

"我找了娘来比试。"洛熙一把拉着我跨进暖阁,对着老者大声嚷嚷,"到时候输了可以哭鼻子,但绝对不许耍赖哦!"

"是你?"老者盯着我缓缓道。他鬓间已然花白,但目光如炬,如利刃刚出鞘。我福身,随即立直,淡道:"在下瑞安,见过定北将军。"

"眼光不错。"老者李定耀微微转首,对着左手边的白衫人抚须笑道,可他目光锐利依旧,寒气更甚。那白衫人不动如山,只唇角淡淡笑着,也是笑意冰寒。李定耀随即又望向我,"既然识得老夫,那便比试吧。"

"洛熙,带你娘离去吧,这里不是你玩的地方。"那白衫人冷冷道。

洛熙急忙抓紧我的胳膊,泣道:"不要,不要!我不要天天挨打!"我的胳膊几乎被熙儿死死箍住,掐得生疼。轻轻拍了拍洛熙的头,我勉力笑道:"当初答应熙儿比试前,瑞安并不知对手竟是定北将军,不然也不会这般不自量力。但人无信不立,虽只是孩童戏言,瑞安也应遵循承诺,愿向将军请教。"

"娘好样的!"洛熙吸着鼻涕笑道。

李定耀亦是笑道:"果然不愧为百年将军之家!你用的可是上官先祖的《参辰兵法》?"

"瑞安乃是女子,无缘窥见先祖智谋。"我轻笑,上官祖法向来只传男不传女,"这次瑞安用的是武乡之法。"

李定耀双目灼亮:"幸甚,得见诸葛之法。素娘,速速布置来。"

一炷香后,我端坐在李定耀对面,面前左手棋盘右手沙盘。素娘打开棋盒,轻声说道:"将军与人比试,向来是左右开弓。"她点上迦楠香,弯腰靠近香炉低头嗅香,又似是在思索,片刻后她从袖中取出一方四寸长的螺钿木盒,递给我道:"听闻长公主最近微恙,这盒中乃是名家丹药,或许对长公主有所帮助。"

"谢谢。"我接过,将螺钿木盒放在一旁,目光却滞在了盒顶东北角,那里刻着家徽,小篆的洛字。

"可准备好了?"李定耀沉着嗓子问道。

我急忙抬头,还未能说话,便对上了李定耀的沉沉目光。他的目光更像是沙场上沾血的斧钺,不动便已气焰盛盛,让人畏怯。两军对峙,首先交锋的便是气势,气衰必败。我不能退,咬牙也不能回避李定耀的目光,先输了气势。

"与我对视,你身僵而不露怯。"李定耀慢慢说,"很好,面对强敌,无胜算而不退,是大将之勇。"

我一惊,动了动僵硬的手臂,才笑道:"兵者,诡道也。不过是狡诈骗人的游戏,为何不可以是瑞安故意示弱让将军放松警惕呢?"

李定耀亦是一惊,随即大笑道:"素娘,取了水漏,限时三个时辰。"素娘应声往更漏里注入清水,滴答滴答,水珠敲在铜漏中。猜先,我输了,李定耀夹了一枚黑子,正要落下。

"等等,不公平!"洛熙忽地跳起大叫,"你是个大将军身经百战,我娘连刀也没有握过,这样不公平,应该让我娘先来。"

"小皮猴!"李定耀瞪着乱跳的洛熙,"见形势不好,就要耍赖,是不是?"

"才不是呢!"洛熙躲我身后露出头,手指刮着脸颊,"羞羞!你个老头子怕输了,所以才不敢让我娘先走。"

"将军不必听小孩……"我还未说完,李定耀啪地落子,肃然道:"老夫痴长几岁,按理与后辈切磋是要让先,但子已落便不可悔,所以这局若是平局也算老夫输了。"

我点头,取子落棋。若再是推脱,怕不免让李定耀认为我是小瞧了他。

李定耀也不再言语,双目只盯着棋盘与沙盘。他常年作战经验,布盘稳扎稳打,找不出任何破绽。我从未上过战场,所学再精也只是纸上东西,并不敢托大,摆下了天权五阵中最为沉稳的岁次阵。

子起子落,阵合阵开,时光飞转。

身后追兵已至,我挥动染血的军旗,再次摆列成岁次阵。潜龙藏地,两翼锋锐,可攻可守。黄沙滚滚，数千铁骑严阵以待，阵心李定耀刀锋直指我心口，铁骑咆哮着涌来。

是攻？是守？仓促之间我竟一时无法做出决断。

"娘，娘，时辰快到了！"忽地，洛熙在我耳畔欢快大叫，我猛然一颤，眼前黄沙战场瞬间消失，变成了沉香弥漫的暖阁。方才只是幻影，我不禁舒气，望向盛满清水的铜漏，三个时辰快到了。

我僵在半空许久的手臂终于收回，落子推盘，只是守。

守，无法胜，也必不败。再扫视一遍棋局沙盘，我才真正放心，可也才感到背后已是凉汗湿透衣裳。抬起头，看着对面的李定耀，我发现他额头也是布满了豆大汗珠。

最后一滴水落入铜漏。

李定耀竟是笑起："和局，老夫认输。"

"啊！娘最棒了！"洛熙跳着老高，扑入我怀中。可我竟然承受不住他的重量，身子一软歪在了地上。"娘，怎么了？"洛熙急急问着，我却连回答的力气也没有了，这一场三个时辰的比斗几乎耗尽了我所有的心血，只能瘫在地上，让眼前逐渐漆黑。

满是尘封的灰尘味。

我睁开眼的时候，感觉像是做了一场很长的梦，然后回到原处。

"夫人，醒了吗？"床边风铃儿的笑容如隔了许久的画，泛黄了却是最难得的温馨。我点了点头，环顾四周，依旧是以前的模样，不曾动过分毫，似乎也没有废弃三年的时光。风铃儿笑道："相爷刚刚离去，好像是朝中有急事。"

"知道的。"我淡笑。知道的，风铃儿你是骗我，安慰我的，他没有来过，若是只待了片刻，我也能闻到空气里他的气味，那抹淡淡的墨香。可惜四周全是久远的灰尘味，这间房空了三年，落满了灰尘，如今只是匆忙打扫出来的。

"夫人可醒了？"

风铃儿回首道："文总管，夫人刚刚醒了。"

洛文端着热药踏进。我闻着辛苦药味，笑道："劳烦文总管亲自送药了。"

"应该的。"洛文垂下头，面容沉静。我小口啜着药，望向数丈外的洛文，从踏入屋子一步，他就似乎没有动过。药苦可经常喝惯了，也不觉得苦了，药汁喝完一滴不剩，我放下药碗，朗声问道："三年前离去之时，瑞安曾问文总管，在红冠金蛇事件中，你可曾闪过一丝杀我的念头？记得当时文总管回答的是'有'。这三年后，瑞安再问文总管一句，现在你可有闪过一丝杀我的念头？"

洛文轻颤，头垂得更低，声音却是洪亮："长公主之威，吾等小民岂敢亵渎。可威望如洪水，虽令人害怕，却更易招人嫉恨。"

水强？水弱？我叹道："文总管应知这水本身就是最柔弱之物，盛在方杯中便为方形，盛在圆碗之中便为圆形。水若不自强，就会永远受制于他人，洪水虽污浊，却也胜过桎梏井中。"

洛文惊怔一会儿,便默默退出,屋内陷入一片寂静。

"娘,娘……"洛熙的声音从老远传来,极快地他就奔入屋里,趴在我床头,低声哭泣道,"如今娘为了熙儿病重在床,儿心中甚为难过,愿每日为娘奉药,时时刻刻照顾娘,不离床边三尺。"

"少爷每日的课业怎么办啊?"风铃儿奇道。

洛熙身子一僵,又立刻埋头呜呜大哭起来。我大致明白了这场哭泣的原因,便轻声道:"熙儿纯孝至此,娘又怎能拖累孝儿的学业呢?且不论娘只是小恙,即便是大病染身,娘挣扎着也会亲自送熙儿上学堂的。"

"娘,你骗人!"洛熙立即止了哭泣,大声抗议道,"昨天说好了,以后娘亲自教我的!"

我擦干他脸颊处未干的泪珠,轻笑道:"是啊,娘只教定北将军要教授的兵法,其余的四书五经还是由府中的先生教的。"

洛熙撅起嘴,愤愤道:"原来娘和爹是一样的,都是大白眼狼!"说完,就撒腿跑了。风铃儿追了两步,没追上,跺脚道:"夫人怎么办呢?小少爷气跑了。"我笑了笑:"随他,不能老惯着,到时候他觉得无趣,自然会过来认错的。"

果然,不出三天,洛熙便跑来软声认错,我也就每日陪他读书。

转眼就过了月余。

这些天我看着洛熙读书,他也似乎乖巧一些。

"娘,帮熙儿到书房取《文中子说》,好不好啊?"洛熙合上书,笑吟吟地问我。屋内书桌后的教书先生急忙抽出书道:"不必劳烦夫人了,这里有一册。"

"不要你的,我要我洛家的书。"洛熙轻摇着我的胳膊,撒娇道,"先生的书没有和墨斋的全,娘最疼熙儿的,帮熙儿取书吧。"

我禁不住他软言:"好吧。"

正要出门之际,洛熙跑到我身后睫毛眨眨低声道:"娘,这个时辰爹一般都在书房,好好把握机会哦!"

我旋过身,拍打他额头,训道:"小孩不要乱管大人的事,认真读书。"说完撑开了伞,最近倒春寒,长安一连下了几天的雪。

去和墨斋一路无人。

雪中青竹翠色如旧,但觉冷清。和墨斋内并无一人,也未生一个火盆,整个屋里寒气四蹿。这里我曾取书不下百次,早已熟知藏书分布,那《文中子说》是部传世经书,应该摆在最后一排书柜里。

穿过两排丈高的紫檀书柜,才发觉书房角落里有些昏暗,书封上的字迹难以辨认。不得已,我折返回到书厅,点燃了烛台。刚要举烛寻书时,一阵寒风袭来,几乎吹熄了烛火。原来屋外已是彤云密布,天空一片铅灰色,大约又有雨雪了。

罩了纱灯笼,我才举着烛台回到最后一排书架寻书。这次要好些,极快找到了

453

《文中子说》。我翻开数页,与教书先生的书并无什么区别,只是纸页稍微泛黄。可能是很久没有看过了,书封上蒙了一层细尘。依稀还记得和墨斋东北角落里悬着掸子,我掌灯过去,果然还在,正要取了掸子拂去书上灰尘。可眼角余光偏偏瞥到了北墙上挂着的一幅画,手便僵在了半空,冷得发颤。

熏黄的灯光洒在那幅艳红画面上,似乎将画中人镀了一层薄薄金红色。那金红色近乎诡异,一点也无光线的温暖,更像是利刃淌在鲜血中的金属血腥寒光。

"啪",我手中的书跌落在地。

那画是出嫁前哥画的,当年洛谦拿去看了,我一直没有要回,也一直以为这画早已压在箱底腐烂了,却不知它竟挂在和墨斋。

不禁伸指抚上画,顺着嫁衣,直到眉眼。低眉浅笑,却没有初画时的娇羞,那长眉那杏眸下掩着愤恨。原来哥不仅只是加了一句"今朝移柳、怆然西北",而且是画尽了我当时的不甘。

洛谦也看出了吧?眉眼间如此明显的愤恨,再厚的脂粉也遮掩不住。

搁烛台在桌上,搬圆凳在画前,我站在凳面上踮起脚尖,努力够向画轴挂绳。人有时是个愚蠢动物,明明知道事情已然发生不可挽回,却依旧千方百计去做些弥补不了的事,欺骗自己的心,讨些自欺欺人的安慰。比如现在的我,傻得以为烧了这幅临嫁前含恨的画,便能将姻缘弥补得圆满。其实当时的戾气,对如今的我与他有什么影响呢?可人一旦在悬崖边徘徊时,总是需要精神安抚的。

我取了画,胡乱卷了就迫不及待点燃了画轴。看着暗红火色舔着画纸,我的手臂不住发颤,不知这是痛苦的解脱还是通向地狱的崩溃。火烧得极快,映得墙壁发红。

前方咯吱轻响,我抬起头,门槛处一个轻裘缓带的白衫人推开半扇门,僵立着不动,寒玉般的黑瞳盯着我,面无表情。似乎过了很久,又似乎只一瞬间逝去,他缓缓转身,鬓发如刀裁。

"啊!"我不禁轻唤,低头看时,火势已然蔓延到了执画的手指间。我条件反射地抛弃了着火的画轴,手指蜷曲,大概被烫伤了,食指与中指灼灼地痛。

那白衫人顿了顿动作,手也停止了关门动作,我咬牙道:"洛谦,你站住,不许离开!"隔着那么远,我似乎听到了他低低的叹息,他慢慢地转,留给我的只是背影。

燃烧中的画轴展开,一半已成灰烬,一半烈火肆虐。地面上的画幅只剩下了右上角的一句话"洞房昨夜停红烛",纸脚已焦黄。他踏出和墨斋,风灌进来,卷起纸灰,盘旋在我的裙角边。

洞房昨夜停红烛,洞房昨夜停红烛……画眉深浅入时无……

他曾与我拜过堂,曾为我描过眉,曾为我闯过皇宫,可到如今……到如今近在咫尺,那么近的距离却不愿见我一面吗?在府内一个月了,见一面说一句话,也是这样难的事吗?

阿轩说,他无心而已!可既是无心,又为何要让素娘给我送药?既是绝情,又为何让我回到相府?憋了三年的激愤就在一瞬间爆发,比临嫁前更为愤恨,止不住,浇不息,我拔足奔出。

竹林雪地里,他就在前方,徐徐走。

烈风强劲刮来,只搅得我发丝混乱,几乎遮住了大半的视线。可我的心里有团火在烧,烧得肌肤灼热血脉空虚,只能发泄。在竹林里穿梭,雪地里奔跑,眼见便要抓住他的衣角,可脚下被掩在雪里的竹根绊倒,重重摔倒在地。

冰渣子像刀子一样扎进身体的每个部分,如同经历一场浩劫般我再无力气,只能伏在地上,脸埋在雪里禁不住地哭泣,由最初呜咽渐渐转为号啕。哭得声嘶力竭之时,突然感到手臂传来一股柔和之力要扶我起身。鼻尖有充盈的墨香,我猛地仰起头,狠狠地反拉着扶我起身的人。他措手不及,被我拽入雪地,两人同时跌倒。

他摔落时,狠狠箍着我的双肩,冷黑的瞳如同雪豹在傲视它不可侵犯的领地。我颤抖着,不顾一切地攥着他的衣襟,大叫:"洛谦,我只是一个很普通的人,也会任性,也会发疯!"就像是滚烫岩浆找到了一个薄弱地壳点,瞬间喷发,这一刻疯狂任性可以战胜所有理智,我死死揪着他的前襟,如滚滚洪水里唯一可以避祸的诺亚方舟。泪水融化了脸颊上的冰渣,顺着下颌,滴进我的脖颈,冰寒直指心底,"我只是血肉之躯,有七情六欲,那些神佛才可以做到无动于衷的事,我承受不起……"

他向后一仰,背抵在翠绿竹竿上,直震得竹叶沙沙响。竹叶上的白雪纷纷落下,覆在我与他的发上肩上。我扬着下颌,虽然泪水模糊了眼眶,可依旧凭直觉盯着他的眸:"你说,为了你,我要学会舍弃!可是我舍弃了那么多,为什么没有任何回报呢?佛说,有舍才有得,全是骗人的!"

不顾一切地叫嚣,血气上涌,我觉得体内血脉急剧贲张,肌肤似乎有火在灼烧,五脏六腑却似千年寒冰在侵蚀,喉咙里尽是腥甜气息:"我舍弃过良心,会眼睁睁地看着许多无辜的人死去,然后劝服自己相信这是他们的命,甚至亲手杀过人,双手沾染满鲜血;我舍弃过理想,放弃了江南的安逸生活,像疯子一样投身含元殿的权力角逐,为了权力,学会尔虞我诈直到背信弃义;我舍弃过亲情,哥不会再完全相信我,阿轩会防着我,而我在利用他们,最后连柳风也死去……"

"曾经以为那些都是包袱,可丢弃后,我才发现我依旧跟不上你的步伐!"眼泪溢满,终于模糊了一切,我看不见也听不到,只能感觉口腔里弥漫着腥咸味,一股滚烫的液体正顺着下颌滴落,那血珠砸在雪地的声音就好像眼泪坠落一样。鲜血的汹涌外溢,似乎带走了我的脊梁,我完全软下,趴在他的怀里,唇角的血渗入他的白衫。血和墨混在一起的味道,让我眩晕。就如同以血研墨,写下一封诀别的遗书,笔锋尽头有鲜血在跳跃。

我失去气力,轻声问:"洛谦,你说,我该怎么办呢?"似乎腾空而起,被他抱着,急急奔跑在早春里的大雪中,然后我眼前渐渐黑暗。

周身都是墨香与药香。我想我是清醒了,可我并不想睁开眼,任由汤匙撬开我的

嘴,灌进又苦又涩的药汁,只轻轻皱了眉便咽下。

"今夜都好好照顾夫人吧。"身旁墨香抽离,我翻身紧紧拽着一片衣角,轻声呓语,"流苏,不要走,我怕冷。"顺着衣角,我握住了喂药人的手腕,温热的,并不像流苏那样的冰凉。

轻轻的叹息声:"你们都下去吧。"窸窸窣窣的脚步声渐渐离去,房内的灯光似乎也熄灭了,有人躺在我的身侧。我抱着他,就像一个取暖的无理小孩,任由墨香缭绕,"流苏,我很冷。"

"扶柳你哭着说'柳风死了',那你会为了他杀我吗?"他的手臂环着我,我的脸埋在他的肩窝,呼吸匀长:"我要杀了拓跋人报仇。"

"如果是我杀的呢?"

"没有如果。"

他的唇从我的额头一路缓缓移到鬓发,温热的气息像股暖流。"我以为你会像阿宁一样离开,在你的生命里我并不重要,为了某个理由就可以舍弃……"他就在我耳畔呼吸,"扶柳为什么要离开呢?"

我贴着他,全身温暖,靠在他肩头淡淡地说:"流苏,泓先生第一次教你剑法的时候我就站在旁边,记得泓先生的第一句话是'剑法强者,不被欺。与人比剑,你若不强,受制于人,必被杀之'。你记不得了,我却记在心里。"

他手臂环紧,哑声道:"谁敢杀?"

我笑了笑,轻声道:"剑是凶器,是天生杀人的利器。泓先生说过,即使剑的主人不想杀戮,可剑也是有灵性、有性情的,它也会不听主人的话,杀人不止。"天下有太多的人想要我的命,即使他的属下,也会如剑般不听号令而杀人。

他一僵,我扬起脸,挨着他的脸颊轻声问道:"会不会为了某个理由舍弃我?"

他轻轻舒气,温暖的唇从我的眉眼一直游移到鼻尖:"我从不会舍弃任何东西。"他覆上我的唇,低声喃喃道,"做我的皇后。"

你的皇后?我的公主?我渐渐眩晕,无力在他的怀中完成今夜的对话,最后挣扎地说了一句:"洛谦,你知道我要的是什么……"

长安,汇通钱庄书房。

"小亮子送信给西泠,叫他们多派几个能干的人过来,我要彻底整死苏家在北方的生意。"霜铃递给小亮子一封信,随后转过对我扬眉问道,"你从丞相府跑出来跟我挤被窝是什么意思啊?"

"你知道的。"我笑道。自从霜铃回长安后,我和大顺就一直霸在汇通钱庄与她在一起。

"他洛谦还不肯答应放过一个人?以柔克刚不管用,换成硬碰硬的也好,你就与洛谦比一下看谁能撑到最后!唉,估计哪天我触了他霉头,说不定也要被他剐了。"霜铃冷冷道,"所以我还是先下手为强的好,先整死苏家,碾死他的一条跟屁虫再说。"

"霜姨,为什么不能让他们活呢?"正在玩玩具的大顺突地扭头插嘴道。

霜铃瞪着大顺:"苏家杀了你的父母!"

大顺放下手中玩具,瓮声道:"虽然苏家有坏人,但他的亲戚朋友里也一定有好人的,我们不应该恨所有的苏家人。"

霜铃忽地清笑,对我说道:"是我们太自私自利,修不到圣人的宽大胸怀。"随即又叹道,"要活着,就做不得圣人。"

"为什么针对苏婉?"我说,"千万别说单纯地为了我。我承受不起,苏婉也承受不起。"

霜铃怔了片刻,长眉深锁:"扶柳,以后告诉你,现在不是说的时候。"

我点头,虽然也猜出几分,大约与商少维有关。霜铃见我不问,笑了笑,似乎在调整情绪:"三年前,你要密部查的迦南教,已经有了结果。洛谦的母亲真的不是华阳郡主,而是迦南教的前任圣女白玲珑。"

我又点了点头。霜铃不满道:"你什么表情?不痛不痒的,难道这消息一点也不重要吗?"我轻叹:"这件事三年前你我心里都有了数,只差没有证据而已,但如今最急迫的事并不是这个。"

霜铃挑眉一笑,举起她书桌上的一张纸,朗朗说道:"现在你缺的是另外一半。"她纸上画的左边是胡萝卜,右边空空如也。我笑道:"你和我想到一块儿了,我们想在长安立足缺的就是大棒。胡萝卜可以是银子也可以是祥凤印,可作为军队的大棒才是真正的立足之本啊!"

"可在长安抢到一根大棒几率几乎为零。"霜铃蹙起眉。

"只要长安有争斗,就有我们插针的机会。"我走到霜铃边上,在纸上添了大棒,"这事急不得,急了让人看出意图麻烦更大。"

元昊四年,清明,雨纷纷。

几株不知名的白色小花簇放在孤零零的坟头。

原来世事可以变化得这样快,年前还说笑的人,短短几个月不仅阴阳两隔,而且坟头也已长出大把的花朵。

细雨绵绵,似丝线,断断续续,沾湿衣衫。

烧香,拜祭。

怅然长久,终了徐徐幽叹,掏出素帕擦拭起墓碑。从顶端的云饰纹开始,慢慢沿着刻字向下"李氏夫妻之墓"。墓碑太新,并没有太多的灰尘,尚有细小的雕刻碎石留在刻缝中。

直到墓碑低端,我已经蹲坐在暗褐潮湿的泥土上,一时茫然,竟不知要做什么了。

"柳姨,雨下大了,我们回家吧。大夫说你不能再着凉了。"一把青布伞撑开在我的头顶,遮住连绵细雨。一个小人吃力地举起比他身子大了许多的布伞,憨憨傻笑。

我接过青布伞,认真道:"大顺,难道你就不想多陪一下爹娘吗?"

"想啊!"大顺也很认真地点头道,"大顺也很想多陪爹娘,可因此害得柳姨感冒,爹娘也一定会骂大顺!"和他爹一样的直,我轻抚过他额前的稀疏黄发,肃然起身:"向爹娘道别,我们回钱庄。"

大顺毫不含糊地磕了三个响头,额头沾上一大片泥土。

"再上三炷香吧!"我将点燃的香递给大顺。

大顺正要上香之时,突然一双大手夺过燃香:"应该由我来上香,毕竟他们是因我而死。"

大顺睁着圆溜溜的眼傻傻地盯着抢燃香之人,半天才叫道:"大哥哥啊!"

阿轩身着绣龙锦袍,贵气逼人。他拈香跪拜,任何一个程序都不曾漏掉。

"他们都是平民百姓,禁不住晋王的一拜!"我牵起大顺的手,正欲转身离去。人影快闪,阿轩已挡在我们身前:"三姨,为何不见柳大公子的陵寝,我还想衷心一拜呢!"

我微微抬头,眯着眼,打量起这位新任晋王。他非常适应官场,几个月下来,就能一开口抓住他人心中的弱点。在这个事件中,我最愧疚的就是柳风,不仅拉他进了纷争,还为此送了性命。

我撑着伞,继续慢慢前行,淡道:"大表哥遗愿,愿长眠桃花岛,伴清风明月。"

"原来这样?"阿轩侧开身,为我让路,"三姨,有没有想过是柳大少爷自愿牺牲的呢?因为换作是我,与其痛苦一辈子,不如一死或许还能让她偶尔想起我。"

生不如死?我一僵,怔在雨中。

"柳大公子死得并不遗憾!"阿轩继续道。

我直直抬眸,突兀说道:"我最近的生活很好,而且三年已过。"

阿轩并不打算放弃,依旧跟着我,徐徐道:"三姨,在这三个月内,我经历九次暗杀,大伤两处,小伤八处,全部都是太后的死士。"阿轩语调异样平静,似乎他并不是被人谋杀人,而是派人去杀人,"可是,最近十天他们却停止了一切活动,知道为什么吗?"

我没有回答,径直带着大顺走在泥泞土路上。

"对于一个将要送死之人,何必又要再费劲刺杀一遍呢?"阿轩自嘲道。

自封王诏书颁布后,朝堂中各股势力蠢蠢欲动,都欲将阿轩处之而后快。暗杀我不清楚,但明里各样冠冕堂皇的阻止,我还是看得见的。正月,祭祀大典不能离开皇宫;二月,封王烦琐礼仪折腾一月;三月,晋王绶印尚在雕刻之中……终于,他们下了撒手锏。

"拓跋新汗领十万铁骑陈列边关,战事一触即发。"阿轩开始变得兴奋起来,眼中有刀锋,那是军人嗜血的本质,"今日早朝群臣决议,让本王领兵一万,开赴照壁关支援骠骑将军共抗拓跋。"

抓紧了伞柄。三年,拓跋阳当稳了可汗,也清除了内乱。终于他不再像几月之前,让林宝儿偷偷入境,谋划疆域,而用实际行动展露了野心,他要开疆扩土一统中原。

"洛谦,好一招借刀杀人,想借拓跋之刀斩了本王之头!"阿轩冰冷的眸子里流露出阴狠,"可偏偏不让他如愿,我要大败拓跋,壮我军威!"

"愿晋王旗开得胜。"我淡道,转眼便要入轿。

"知道为什么他敢如此吗?"阿轩突然高声笑起,"因为二舅在照壁关只有二万士兵,即使再加上我的一万老弱散兵,也不敌拓跋的十万精骑!"

伞柄突然从手中滑落,跌入烂泥,溅在我的素裙上,恰似点点离人血泪。

若无奇迹,必定是一场惨壮的杀戮!

"三姨,不为亲人,也请想一下无辜边民。"阿轩沉声道,目光哀痛。百姓何其无辜,总是成为野心家的借口。我嗤笑:"阿轩,如果为无辜百姓着想的话,你就不该邀我去照壁关。战事、杀戮、权力都不需要百姓这块善良牌!"

"还是三姨看得明白,难道你砍了一个人的头后还需要对尸体说一个动情的理由吗?"阿轩抚掌大笑,黑瞳冷厉,"作为瑞安长公主需要一场胜战树立威望,特别是突然册封的外姓长公主。"

我旋身坐在轿内,锦帘缓缓落下:"所以你肯定我一定愿意去打战?"

"不肯定三姨愿打战,但能肯定三姨要权!"轿外阿轩冷冷说道,"三姨比阿轩更清楚,瑞安长公主的封号虽然好听,却也只是个空中阁楼,需尽快找到支柱才好,而这一战便是寻到支柱的最好阶梯。从三姨踏入含元殿的一刻起,便与我晋王息息相关,因晋王而获封,也能因晋王死而失权,所以如今帮我也是帮自己。三姨,你说是不是这个理?"

我静默片刻后叹道:"理由都让你说完了,我还有什么可以说的吗?明天含元殿见吧。"

马蹄声骤响,阿轩离去。

大明宫,含元殿。

我再次立于其间,我不曾料过,百官更不曾设想。

无长公主的华美宫服,我穿着昨日清明素服,长发也只是用银钗绾成普通百姓夫人发式。

可气势不变,甚至比上次更加决然。

我傲首挺立,站在群臣之中,清声道:"听闻边关战火,瑞安不才,忧心边民,愿自荐请缨奔赴前线!"

群臣哗然,但我却看见了垂帘后苏婉一丝不轻易察觉的狠笑。

"长公主这般装束闯入金銮殿成何体统!"还是礼部尚书最先发难。

我不禁骂道:"百姓危在旦夕,你还关心自己的衣服!"

"瑞安素服请命,只为同样布衣的无辜百姓。"我环视众臣,眼神犀利,果然不少大臣纷纷低首。

"长公主请缨精神的确可嘉,但是拓跋岂不要嘲笑我西华无人,竟要派女子征战沙场。"瘦高老头徐徐踱出,枯干的身躯和他的精神一样顽固。

还是忠心的徐子耿,我冷笑反问:"女子就不能沙场运筹帷幄吗?"

徐子耿惊愕。

我继续逼迫道:"当世军事名家是何人?"

徐子耿沉思片刻,才缓缓开口说道:"老夫见过的军事奇才只有二十年前的无双公子朱泓,排兵布阵,无人可出其右。只是无双公子隐遁数十年,不知踪迹,如今西华将领只有无双公子的徒弟骠骑将军尚可一提。"

"长公主虽出自将帅世家,但未上战场,怕是只能纸上谈兵吧?"徐子耿的语气中明显有了轻蔑。

我沉气含威,眉目间自然有了一股霸气:"人人都道:骠骑将军师承无双公子,领军厉害,所向披靡,但仍不及无双公子阵法无双,可知为什么?"

"因为无双公子虽收骠骑将军为徒,但却未为传衣钵,而本宫才是无双公子的传人!"我字字坚定,不容有疑。

"怎么可能?"

"无双公子的衣钵传人?"

……

群臣皆摇首相觑,似乎是一时无法接受这个事实,堂堂的天下名士竟然将衣钵传与一名女子!

"确信无疑。"阿轩高喝,压制住了杂乱的议论声,"本王所学兵法并非骠骑将军所传,而是学于长公主!"

这就是一颗惊雷,镇住了所有朝臣。阿轩在府内设阵防范刺客,短短几月之内就已名满京师,皆传言,晋王拜师学兵法于骠骑将军。

金銮殿内无人再出声抗议。

我再次面对傀儡皇帝,请命道:"瑞安请缨保西华平安!"

"不行!"严厉的驳斥声居然出自一贯温文尔雅的丞相,惊住了在场的所有人。从我一踏入含元殿就面色阴沉的洛谦终于开口。他的曾经温柔如水的墨瞳里散发出令人窒息的寒意,目光如刀,将我盯在原地,"女子不许上战场!"

我在倔犟地反抗,无言无息。

清媚的笑声响起,来自沉默许久的垂帘后:"丞相何必要阻挠长公主为国立功呢?"

"议政多时,哀家也乏了,不如散朝吧?"帘后的苏婉已然起身,"长公主可以为哀

460

家讲解一下兵法吗？"

"瑞安荣幸。"我回答道，跟上了苏婉的步伐。

留下了洛谦，还有错愕不已的大臣们。何时水火不容的苏家与上官家可以融洽笑谈了？

宛转来到太后寝宫昭阳宫。

苏婉屏退所有随从，笑吟吟地坐在我的对面："你果然不会袖手旁观。"

我浅笑悠悠，捧起刚沏好的茶，惬意品尝。

"你不怕我下毒吗？"苏婉挑起长眉，阴恻问道。

"是啊，你的确无时无刻不想让我死，可是你不会蠢到这样杀我。"我盈盈笑道，"岂不是当着众臣的面把谋杀长公主的罪名揽在自己头上。"

"难怪啊，我屡次杀你失败！"苏婉眸光流转，恢复明艳笑容，"比如红冠金蛇？比如火蟾之毒？"这些事是苏婉谋害的，我并不惊讶，只淡淡笑道："感谢太后让瑞安详细认识了数种罕见的毒物。"

"果然好定力！"苏婉啧啧赞道，但随后双目眼光一沉，"不知道在见到哀家与丞相在御花园夜会时，长公主还是这般的心如止水吗？"

我瞧着苏婉笑若春花的脸庞，有一时的发呆。

当初，轻柔月光下的笑颜也是这般美丽。

"原本以为长公主刀枪不入，呵呵，人啊还是有弱点的。"苏婉笑得过分嚣张，"其实我是知道你们那上官家的肮脏计划的，而我呢只不过顺水推舟将戏演得更好而已！"

"心很痛吧？"苏婉开始面目狰狞，"我只不过让你承受了我姐姐当初的痛苦！"

双目有些混沌，思绪似乎也飘得很远。

可苏婉的声音还在耳边很清晰："你也不要高兴得太早，洛谦是不喜欢我，可他却是深爱我的阿姐。他们当年的山盟海誓，永远不会消失。"

"你也永远无法取代阿姐的位置！"

"呵呵，现在你该明白了吧，上官扶柳你不过是无聊时的一个替代品！"

……

苏婉似乎讲了许多洛谦与苏宁的爱情故事。他们的初遇，惊艳生花；他们的相识，温馨浪漫；他们的离别，这样的哀婉动人……最后，他们的爱情，不可动摇！

苏婉的表情是在向我耀武扬威："上官扶柳，你永远也不可能打败阿姐，更何况你马上就要死在拓跋蛮子的刀下了！"她玩转着手中的茶杯，娇笑道，"我还真觉得自己好心呢，居然会告诉你真相。不过这样也好，至少你可以死得安心吧！"

"是吗？"我莞尔轻笑，"人总会有回忆的，不论是谁，是你或是你姐姐，我只当她是曾经的一个存在！而我上官扶柳想明确的是，他洛谦如今心里的人到底是谁？如果这次他肯为我奔赴边疆，便证明现在他在意的是我，那就足矣！"

我抬眸对视苏婉，轻轻哧笑，手指横点，茶杯倒桌，杯中茶水倾落而出："人啊，总不可能一辈子活在回忆里！"

苏婉将茶碗砸碎，清茶溅了一地："你一个贱民，侥幸得了个公主封号，竟敢羞辱哀家！还真当自己是广平长公主？哼，手中一点权也没有，哀家倒要看看你能保住祥凤印多久！"当年广平长公主监政时期，握有长安禁军军权，而如今我只是一个空架子，苏婉自然不服。

我前倾起身子，离苏婉越来越近，冷笑道："这场照壁之战，不正是本宫建立自己军队的最佳时机吗？"不再管苏婉一脸震怒，我径直挥挥衣袖，潇洒离去。

梨花花苞初挂枝头，两两三三点缀深深树林，犹似落雪。水辰阵的梨树正要怒放一片雪梨花，不知于照壁之战后，能否赶回瞧一眼花开遍林？

落梨飘零，若雪铺一层青石板。

在赌洛谦心中分量之前，我必须将有些事说清楚，将有些东西归还原位。静心凝神，默记阵法口诀，白衣穿梭在水辰阵中。

温湿氤氲，碧水红衣，章华宫中的每一部分还是如同它的主人一样绚丽。找了整个庞大的章华宫，才在这一方偏隅，发现我特意寻找之人，拓跋月。

的确累了，小腿在发酸，我拢拢裙角，索性坐在了一池碧水旁的砌石上。药香水汽自碧池扑上我略干涩的脸，全身缓缓放松，手不自觉地下垂，浸入碧水中，温流在指尖流走。

"太妃，好惬意的享受！"我半身几乎是软倚在砌石上，整个手腕没入了温泉中，泉水里散发出阵阵清苦药香。

就在前方的温温碧水中，拓跋月仰面浮在水面，双目紧闭，长翘的睫毛在眼底投下浓重的阴影。她的一头长发似浓密的水藻在浅水下散开，吸足了水分的石榴裙若燃烧的红莲艳艳盛开。

有些池旁的梨树树枝伸长到了水中央上方，微风一拂，几朵新长的花苞儿就摇摇落下。三朵撒落在水波之上，白花碧水，随流荡漾。还有两朵落在了拓跋月沾有水纹的脸上，似乎花朵轻柔的降临惊醒了她。

拓跋月睫毛颤颤睁开双眼，透亮的黑瞳历经沧桑，慵懒沙哑道："温泉里含了些草药，对皮肤最好。长公主，也可以试一下，消除疲劳。"她依旧仰浮在温水里，面对湛蓝天空，妖异笑起，"胭脂碎选的人真不错，比我预计的还要快呢！只用了三年便获封为瑞安长公主，掌了祥凤印。呵，祥凤印啊，我苦苦想了半生……"

"拓跋月公主不必羡慕瑞安，人生自古有舍有得，瑞安得了祥凤印，就必须要舍弃一样东西！"我抽回水中手，然后直接在裙衫上擦拭水珠，犹带湿痕手便探入怀中，取出一物。

丁零脆响，弯翘新月形的纯金簪子自我手间落在了温泉边的青石上。胭脂碎，点碎的玛瑙依旧流光溢彩，散发魅惑光芒！

"这次我将在照壁截杀拓跋铁骑,而你是拓跋的公主,大战之前我不能再拿敌人的礼物。"我徐徐地说,"更重要的是我要为柳风报仇,是你们拓跋人刺杀了他。"

"你难道不想要帝剑归藏了吗?"拓跋月冷笑不已,"如果我没有猜错,瑞安长公主只有一枚祥凤印,权势不稳,现在是最需要帝剑归藏来号令长安禁军的时刻,怎么会为一介草民而与我为敌呢?"

我轻叹:"帝剑归藏并不在你手中。"

拓跋月略惊,沉入水中几分,随即便又明艳笑起:"若不在我手中,皇甫朔为什么不敢杀我呢?"

我摇首:"真在你手中,长安早已大乱。"

"你亲眼看到了他手中的帝剑吗?"拓跋月急问。

我没有回答。帝剑归藏我未曾见过一眼,但却在春望楼听人提起过,如果非要选择,我更愿意相信李定耀的话。

见我不答,拓跋月霍然转身,一头扎进碧水。哗哗水声在我身边响起,平静的池水被打破,黑色如浓密水藻的长发从碧水中突然升起,然后一只莹洁修长的手紧紧抓住了我的手臂,拓跋月从池里冲出。她轻轻甩头,长发上的水珠洒向四方:"你不是个愚钝的人,上面的战争报仇都只能算是个次要缘由,告诉我舍弃的真正原因!"

温暖的泉水落下我的脸颊,缓缓滑落,滴在青石板上,似露珠。我盯着近在咫尺的拓跋月:"我不需要它了,不想利用它回去了,因为这里有我想一直陪伴到老的人!"

拓拨月深邃的黑瞳直勾勾地盯着胭脂碎,像是受到了极大的刺激,脸色苍白,突地又狂笑不止,双手捶打水面,激起层层水花。"不愧是父女,连拒绝的理由都是一样,我不需要它了!"

上官毅之也来过吗?我蹙起眉。

拓跋月还在狂魅大笑不已,终于渐渐消弱,直到转为低声的啜泣。

一瞬间,拓跋月似乎苍老了十几岁,曾经迷人的明眸变得黯淡无比,眉间那颗艳若胭脂的朱砂痣退去了夺目色彩,惨惨淡淡似落红。

"给你讲一个故事吧!"拓跋月已经游回到了碧水中央,昂望苍天,眼神空洞。

我坐在池边,静默不语。

"故事开始于一位拓跋公主。五百年前,拓跋部还是四分五裂,其中有最强大的两个部落为了彼此的友好关系,他们决定联姻了。草原上最美丽的公主胭脂嫁给了大漠里最勇敢的王子,他们的生活是那样的幸福。王子进入焉支山采最纯的金子,请最好的工匠打造出最精致的发簪,这是王子送给胭脂公主的第一件生日礼物。胭脂公主爱上了王子,爱得这样深切,以至于当战争来临时,她毫不犹豫地选择了站在王子的身边。拓跋的两大部落为了争夺最高的统治权,展开了惨烈的战争。终于,王子败了,被押送到胭脂公主的父汗面前。"

"胭脂公主在她认为慈爱无比的父亲脚下哭了整整三天三夜，依旧没有打动拓跋可汗冷硬的心肠。三日后，王子被执行死刑。同时，胭脂公主毫不犹豫地用王子送她的发簪刺破咽喉，随王子而去。"

"鲜红的血液滴洒在黄金簪子上，永远也无法去除。血珠像是最耀眼的珠宝停留在了发簪上，从此拓跋统一，从此胭脂公主的发簪就有了名字，胭脂碎！"

"五百年逝去，胭脂碎越传越神秘，不知道的人都被它的美丽迷惑，认为它是上天的神物！于是，拓跋公主历代相传胭脂碎……"

呵呵，多么凄美的爱情，拓跋月的低哑声音带着深沉的哭腔。

"你一定在想这样一支普通的簪子怎么会有不可思议的力量呢，是吧？那是因为拓跋公主还有另外一个身份，便是拓跋的月神，她们拥有灵异能力。而胭脂公主却是灵力最高的一位，哈哈，谁曾想到，胭脂公主在临死前耗尽毕生灵力施下血咒。"

"凡是拓跋公主一生不得爱情！"

"啊！"终于我忍不住低缓讶叫，持续了五百年的残酷诅咒！

拓跋月诡魅嘲笑道："但也正是胭脂公主的毕生灵力凝聚在了不祥的胭脂碎上，因此胭脂碎也拥有了强大的灵力，足以震撼山川！而我们受到诅咒，却又不得不利用它的灵力。"

"为什么突然告诉我这些？"我沉思许久后方问道。

拓跋月笑魅如妖："人之将死，其言也善。我早已用血咒启动胭脂碎将你拉入西华，试图改变星相，算算我的时间也快到了。"

我抿了抿嘴唇，觉得一切皆是梦幻。

"血咒，就是胭脂公主临终前的最后一句话，爱情，只求得一个结果！拓跋的公主以她们的鲜血祭祀胭脂碎，同时默念血咒，胭脂碎便会完成斗转星移之事！血咒的代价就是你以后一半的生命年限！呵呵，我将胭脂碎给了你，从此以后的拓跋公主再也不必受到诅咒了！"

"我？"我发现自己的声音在不可抑制地颤抖。

拓跋月嘴角弯如新月："放心，你非拓跋公主，诅咒不会实现在你的身上。"

"为什么要舍弃一半生命施展血咒？"我略带好奇问道。

拓跋月凄凄一笑："因为昆仑神托梦告诉我，拓跋将遭灭国！"

"爱情，只求得一个结果！后面呢？"我徐徐闭上双眼，静静等待着答案。

拓跋月的声音仿佛从水底传来，清澈透明："胭脂公主说，长相守！"

长相守，不分离！长相守，不分离！我在心底默默念着。

想着念着好一会儿，我长舒一口气，叹道："你全部告诉我，想要我答应什么吗？"

拓跋月明媚的脸上出现难得的静谧："给拓跋留一条后路。"

我摇首轻笑："这句话你应该告诉林宝儿，而不是我。"

拓跋月随即一怔，过了片刻才缓缓笑道："的确更应该相信她，你怎么知道林宝儿也是我找来的？"

"即使用了一次血咒，你也不应该衰老得如此快，需要每日泡在这药池里。"我说。

拓跋月轻笑道："狡兔尚有三窟，救我拓跋的大任我当然不能全部压在你身上。呵呵，看来我还是做对了，虽然林宝儿不如你沉得住气，但也算不错了。"

"她手段雷霆，你怕是非常满意的。"望向拓跋月，她淡淡笑着似乎将要沉入池中，我不禁追问，"为什么不求上官毅之？他是一个将军，比我和林宝儿更能挽救一个国家。"

缓缓地，一个彩线绣囊浮出了碧波水面。

"第一次见他时，与他挥鞭激斗一场。其间，他腰间掉下一个绣囊。他十分珍惜地收好。后来，我知道了那是他娘子为他亲手绣的，当夜，我也亲手做过一个送给他，并说，哪天你心里想清楚了，就只准留下一个绣囊。三个月前，他放弃了我的绣囊，说，我不需要它了！"

"他放弃了？"我喃喃自语，不可置信。原来他还是在意娘的，只是年少的迷茫，隔断了他们的相守！

春风拂面，梨花清香幽幽传来，我迎风起身，远离了那一池碧水。

"我将胭脂碎留在章华宫。你，林宝儿，谁将来入主长安皇宫，谁就是胭脂碎的主人！"

【洛谦番外】

"为什么杀入太庙？"定叔厉声质问。

我只得轻叹："我忍不住……"我忍不住看着她躲在另一个男人的怀里，那时心中有不可抑制的冲动，怒火烧胸，只想杀了那个男人。

"听说，皇甫轩得封王诏书的那日你曾想拔剑，连归藏的封绳都已扯掉！"定叔暴喝而起，瞪着我神色凌厉。

"只将封绳扯断，并未拔出归藏。"随后我沉默，的确，我忍不住，遇上她便乱了分寸。

"还知道忍字便好。"定叔重新坐下，叹息道，"子谦，归藏出鞘无回，剑锋离匣帝芒现世，你就再无回转余地，必须一气拿下宝座。而如今时机并非最佳时刻，切不可急躁，拔剑滥用……"

我亦轻叹。

"不要一遇上她，便昏了头。"定叔拍了拍我的肩。

"老头子，鬼吼鬼叫个什么！"洛熙忽地闯了进来，"以为嗓门大，本少爷就怕了吗？告诉你，从今以后就给本少爷滚蛋！"

我皱起眉，还是从小惯得太厉害了，喝道："赔罪！"

洛熙一脸不屑，撇了撇嘴，揖道："晚辈狂妄，请求李爷爷原谅。"

定叔呵呵一笑，倒真是不以为意："这小皮猴无惧于任何权威，若是将来上战场，定是个不按常规出牌的奇才。"

洛熙仰起头与定叔瞪视，鼻尖上全是汗珠，哼哼道："我找到了能打败你的人，记得你的诺言，以后不准管我分毫了！"

定叔抚须笑道："小皮猴小心牛皮吹破了。"

"等着！"洛熙撂下话，又是一阵疾风跑了出去。原来洛熙拉来的人是她，真的是她，那道柳眉眉尖勾在我的心里。无法，只得静心屏气，怕她一颦眉，我便心绪不宁。

素娘递给了她药盒。这事说来也可笑，丈夫亲自为妻子寻的药，却要托他人之手才能转到她手中。那夜我也曾恼过自己为什么要冷冷说出一声"长公主"，可为什么她又总是为其他男子付出？为柳风泪流满面，为皇甫轩踏入含元殿……或许这只是人很平常的感情，不代表其他，可我不悦，也是很正常的感情……每个人都有的嫉恨，我摆脱不了……

她细白手指抚过药盒家徽，垂目细细一笑，笑靥浮在唇角，安定而祥和。我一怔，待回神时，她与定叔已然出手。

不禁懊恼轻叹，阻止也来不及了。

这场比斗耗费心血，她恐怕是支撑不下的。果然堪堪拼了一个平手，她便晕了。环她在怀中，幽香弥散，我有些微微地失神。

"子谦，你打算怎么办？"定叔沙哑问道，方才他也竭力应对，现在疲惫不已。喂了她一粒盒中药丸，我突跳不止的心稍稍平静了些："先养好身子再说吧，如果人没了，一切打算又有什么用呢？"

"子谦！"定叔拔高了音调。

我拥着她走出春望楼，淡淡道："定叔，我自有分寸。"

可，扶柳，我应该把你放在心中的哪一处方寸之地呢？

和墨斋。

她手中的画像熊熊燃烧着，火舌舔着宣纸，一寸一寸化为灰烬。我僵在门口，雪粒子扑打到脸上，毫无知觉。胸中的心就像是被她捏着，在火中反复煎熬，烧干了鲜血，成了碎片。原来，她连一幅画像也不肯留给我。

偶尔，看上一眼也不得！

"洛谦，你站住，不许离开！"

画都不要了，人又何必停留呢？我走在雪地里，脚僵硬得似乎不在自己身上了，连迈出一步都这样艰难。

这一个月她静静地住在府内，没有回过上官府，也没有联系过西泠，每天每天陪着熙儿。我曾以为，她是安心了。真可笑，原来她早是无心了。无心了，这一个月就是最残忍的离别回忆。

不见她,其实我是根本不敢去站在她眼前,只一眼,我知道自己必定会乱了分寸。乱了分寸,十数年精心经营的朝堂权势将顷刻毁去。可如果这个时候败了,我又哪里去找一块立足之地,为她和熙儿撑起一片天呢?

只在半夜悄悄潜入她的房间,闻一闻她的清甜幽香。

她跌倒了,几乎没有思考我转回身,她狠狠拽着我一同跌在雪地。她攥着我的衣襟,嘶声大叫:"洛谦,我只是一个很普通的人,也会任性,也会发疯!"我们都只是普通的人,控制不了感情。

"我舍弃了那么多,为什么没有任何回报呢?我舍弃过良心……舍弃过理想……舍弃过亲情……可丢弃后,我才发现我依旧跟不上你的步伐!"

她哭泣着嘶喊,委屈、不甘甚至是怨恨都喷薄而出。爱之深、恨之切,她的愤恨里隐藏着那缕我不曾确定的爱。她嘴角溢出的血滴,化成最利的剑,轻易割破我的胸膛,刺入心底最深处。那里是她一直霸占的方寸之地。

她是我的南海素莲,在我的心中静静芬芳。即使割去血肉,鲜血淋淋,也早已是毒素种入我的心脏,夜夜噬痛,也摆脱不得她。

"洛谦,你说,我该怎么办呢?"

她轻声问,浓长睫毛缓缓合上。一股死气蹿入我心里,能怎样?我拔足奔起,她在怀中轻轻起伏着。

该怎么办?你要一直活着,霸占着我的那处方寸之地!

第三十章

关 山 碍

照壁关,巍峨在立。

烈风呼啸,战枪如林,旌旗飞扬。

"哥,还在生气吗?"我躲在斗篷里,瞅着身旁全副戎装的哥小心问道。

"哼!"哥立即止住步子,阴沉着脸,略略白眼,"在祠堂里丫头不是说得振振有词,什么从今以后再也不需要哥了,不是恨不得改了姓,从此与上官沾不上一点关系吗?"

"姓氏不过一个符号而已。"我轻叹,"可我不来,难道站在长安城门口看着哥拖着断胳膊伤腿回家吗?"

"这样瞧不起哥?"哥长眉一扬,可随即便低声道,"来了,难道看着你躺在架子上回京吗?你还是这样瘦!脸上气色也不是很好……"

我赶快搓搓双颊,直到感觉火热,方笑道:"面色红润,精神好着呢!"随后便环住哥的胳膊,乖巧笑道,"我们边走边说吧!总不能将拓跋阳晾在关前太久,让别人以为我们怕了他似的!"

"激将转移法?"哥挑高眉,眼中精光四射,似乎想要将我的每一寸心思看得通透,"不要急着将矛头引向拓跋阳。我问你,药按时喝没?"

我翻翻白眼:"非常准时!"

哥仰望天空,上面有朵朵白云,飘忽不定,忽而低声喃喃道:"傻丫头,这世上还真有人巴巴地送死……"有风,黄沙浮至半空,吹散哥的长长叹息。

"来了就来了,你赶我我也不走!"我瞪着哥大声道。

哥无奈一笑,踏上照壁关,我急忙跟上。

"可以插手战事,但不许弄得心脉衰竭。"哥厉声告诫道。

我扬眉笑道:"不为胜利,我又何须千里迢迢而来? 而且我已经为拓跋阳准备了一件大礼。"

"什么大礼? 丫头信口雌黄的吧? 不必自我宽慰了,如今照壁关守军加上大风营所有兵力总共才不过三万人马,洛谦这次是想借拓跋之刀,彻底覆灭了上官家。"哥将烈焰之枪握得紧紧,神色却故意放松,"你难道不了解他吗? 他会让拓跋阳在他的地盘上放肆?"

"调集全国兵马在关山城后布下层层防线,让拓跋阳孤军直入腹地,拓跋铁骑先硬拼照壁关,再长途奔袭必现疲态,西华军队在黄河南岸以逸待劳,可全数歼灭拓跋。"我悠闲地整理起哥盔甲前的流苏,说尽洛谦的打算。

哥缓缓低首,眼很亮却无军人的冷酷,淡淡地叹气,从嘴角逸出的无奈气体抚过胸前盔甲前的流苏:"倘若败了,你彻底忘了上官投奔他去,虽然中间变更波折……但他还是会保护你的……"

替哥扶正坚硬的金属头盔,我用灼灼眼神逼视着哥,豪气高声道:"我们一定会胜利的!"随后转身,高举起哥的佩剑,面对常年镇守边疆的士兵们,激昂问道,"大风营的勇士们,告诉本宫,西华必胜!"

"必胜! 必胜!"彪悍的战士们激奋振声高呼,整齐地高举长矛,明晃晃的刺矛组成了一个巨大的利网,锋锐的利光似乎可以无往不胜。

哥见士兵气势已起,顺势振臂高呼道:"大风神勇,必斩拓跋!"

"大风神勇,必斩拓跋! 大风神勇,必斩拓跋!"士兵喊声如山震动,呼啸而来,响彻云霄。

在士兵的呐喊声中,哥牵住我的手,走向照壁关的顶端高台。哥的手心冒出滚热的汗,那是因为即将来临的大战而兴奋沁出的热汗!

我就站在哥的身旁,望尽西华最坚实的护卫——照壁关。巨石无数,层层累积终成天障。保护西华山河百年巨石的边角开始有所损坏,失去了锐利的棱角,却也多了一份难以攀爬的光滑。但每一块黑石都有无法磨灭的痕迹,曲曲直直,那是战士的鲜血,百年风沙也不曾将它黯淡。

一股子血性就扎根在这风沙边疆!

关上旌旗蔽日,我压着嗓音问道:"哥,说说最近的战况吧?"

哥沉默一阵,低缓道:"拓跋十万铁骑压境已快月余,因为兵少,我已经放弃了照壁关外的城镇。如今长流镇、新井乡都已被拓跋控制,三天前腰坝滩失守,现在只剩下了照壁这座雄关了。"

"敌我兵力悬殊,依现实情势,我军必须舍弃全部的关外,集中兵力坚守照壁关,方有一丝胜算。"我表示了对哥的赞同,可贺兰山下雪君的破弩堡呢?

哥继续道:"拓跋阳派右翼军围了破弩堡半月,龙堡主也曾写信求援解困,不过我当场拒绝了。"

围困？我一怔，随即道："以破弩堡的城关雄厚，龙傲天手下也多有勇猛之士，再坚守一月应该不成问题。可无论情况如何危机，我们是坚决不可派兵出关的，破弩堡只是拓跋阳引诱我们出兵的诱饵，他必会在半途劫杀。"望着哥冷毅的侧脸，叹道，"待会儿我亲自写信让密部传给龙傲天，让他再坚持一月，这样拓跋军久攻不下，军心浮躁，正是我们发动反击的机会。"

哥点头："拓跋中军这几天也开始蠢蠢欲动了，试探性地小部队攻关，我军死伤数十人。"

登到照壁关最高的高台之上，眺望而去，拓跋铁骑正陈列关前。各色狼旗下整齐布列着数万人，黑甲骑士勒马在关下，腰畔的弯刀刀锋冷冽。

在这样压抑的气氛中，我突然笑起，偏起头问哥道："拓跋骑兵果真彪悍，看来免不了一场血战了。但是，哥与拓跋征战十年，知道这十万铁骑如何拼凑的吗？"

哥讶异望着我，随即浓眉一拧，道："丫头怎么突然想问起拓跋铁骑的来源？"我挥袖一扫关下众多铁骑，嗤笑道："哥也应该清楚他们不过乃是乌合之众！拓跋阳夺得汗位三年时间不足，何来忠心耿耿的十万大军？这些看似悍勇的铁骑只怕不少在两三年前还是拓跋阳的敌人，拓跋阳诛杀正妻镇压桑格尔部落，在右贤王酒中下毒趁机收编了右贤王的军骑，他做的哪一件事是光明磊落收服了拓跋人心的？只要我们挑拨得好，拓跋内部必有分裂！军心不和，何堪一战？"

哥哈哈一笑，抚掌道："没想到和丫头想到一块儿了，哥早已有了准备。"

"勒格参见骠骑将军、瑞安长公主！"若洪钟般的声音在身旁炸开。

我侧望一眼，是一个深邃轮廓的士兵，哥解释道："他曾经是拓跋右贤王手下的将领，右贤王被拓跋阳毒杀，他侥幸逃脱了拓跋阳的毒手，可全家却被拓跋阳以谋反罪诛杀，一年前他走投无路投靠了我大风营。"

"勒格愿冲锋在前，一刀砍下拓跋阳的头颅，为我全家二十三口人报此血海之仇！"勒格咬牙道。

"他汉话说得很好。"我赞道。

"勒格的娘是平罗人，他从小就会讲汉话。"哥重重拍了拍勒格的肩，对我笑道，"拓跋人一日不杀死仇人一日不休！这次勒格会煽动右贤王旧部反叛拓跋阳，虽然不知结果如何，但至少可以拖延一下照壁关被攻陷的时日吧。"

我思索片刻，抢先一步挡在勒格的身前，对哥欣然笑道："这次由我出面使用反间计，与拓跋阳对话怎样？"

"胡闹！"哥立即喝道，"你又不会武功，站在空旷高台上，岂不是拓跋大军的活箭靶子？"

我并不退让："正因为我只是弱女子，拓跋阳才不屑于我，必会放松，正好由此观察一下他拓跋大军可有破绽。"

哥沉思片刻，最终妥协："我陪你上去。"

我点点头,大步跨上照壁关的高台,颇为豪情地站在西华军旗之下,俯视关下铁骑。万马齐列,都是精心训练出来的战马。膘肥的体形,光亮如油的毛发,只等着主人一声令下冲锋陷阵。强悍士兵,脸盘是沙漠太阳烈晒后的黝黑,胸膛前是血洗过的盔甲,手中是饮人血的弯刀,同样他们也在等待年轻的可汗一声令下,攻城略地。

十万雄狮,杀气冲天。

关上的守兵,关下的铁骑,目光皆聚焦于拓跋大军前方战旗下的年轻可汗。

此时的拓跋阳身着戎装,银头盔下的是一张君王坚毅的脸,湛蓝的眼珠丝毫不掩饰称霸天下的野心!而他身旁的副将却是军中难见的娇小模样,肆虐风沙难掩她的清丽外貌。睨着军前的拓跋阳与林宝儿,我嘴角略弯,似笑非笑。好一对伉俪情深,齐上沙场!

换上亲和笑容,我走到照壁关高台墙旁,俯视清声道:"王子几年不见,风采依旧!"随后立即改口,带着自责口气,"倒是忘了,如今该改称可汗了。"

拓跋阳朗朗一笑:"不想夫人还惦念本汗至今啊!"

拓跋阳虽笑颜相待,可林宝儿却是将一双秀眉拧成了麻花。

夫妻俩反应也太大不同了,拓跋阳是假意的欢喜,林宝儿是烦心的不悦。我浅笑嫣然,转身对身后的勒格道:"待会儿我说的每一句话你都要翻译成拓跋语,大声地告诉照壁关下的每一个拓跋士兵。"

"得令。"勒格半跪下。

随即回望关下,林宝儿已然拍马上前,神色急转,眉眼含笑,声音婉转,丝毫不掩饰她的女子身份:"我们是身份变了,但至少能让世人明白,我却糊涂了,是该依旧唤一声洛夫人呢?还是称一声长公主更为尊敬呢?"

我瞪目望向林宝儿,长眉凌厉,喝道:"本宫与可汗对话,你一介贱民,何来插嘴的余地?"说完,我瞟向拓跋阳,平静道,"本宫本不该逾越呵斥,但这人侮辱的可是大汗的尊威,请大汗处置。"

拓跋阳一时脸色青白,薄唇紧抿,蓝眸里隐隐闪着寒光。

我一笑,侧身对勒格道:"怎么不用拓跋语大声喊出来?"勒格一震,随即叽里呱啦说了一通。勒格话音刚落,拓跋铁骑立即发出了一阵嘘声,极快便是无尽沉默。

林宝儿策马靠得拓跋阳更近嘀咕了几句话,她秀眉下黑瞳如漆,沉静得像千年寒冰。拓跋阳听完后,垂头轻笑,随即振鞭高呼。几句拓跋话他喊得是气势如虹,而数万铁骑听后亦是拔刀指天,豪气如海。

我扭头望向勒格,勒格铁青着脸说:"拓跋阳说,这是昆仑神派给我拓跋的大阏氏,能征善战,不是区区一个小公主便可以比肩的!"他又顿道,"那个阏氏善用诡计,辅助拓跋阳一步步走来,已颇有威望,而且她又心狠手辣,凡是不服者皆屠其全家,很多拓跋士兵对她是又敬又怕。"

"敬畏其实就是心里不服。"我轻笑,而后转身面对千万大军,从大氅中取出一卷羊皮,迎着烈风缓缓展开,"瑞安身在长安,却也知道大汗的阏氏乃桑格尔部的公主。阏氏的身份何等尊贵,伟大的昆仑神岂会让一个卑贱的奴仆当上阏氏?"我顿了顿,留些时间让身后的勒格好将这些话转成拓跋语。拓跋军中已有不少铁骑蠢蠢欲动,尤以北边青色狼旗下的士兵最为激动,不乏号叫甚至哭泣者。"青狼旗下的是桑格尔部的军队,前年拓跋阳攻打桑格尔部,几乎杀掉了部落里一半的人。"勒格垂头道,语气悲愤不已。

我正北而立,双手举起羊皮卷,高声疾呼:"这是桑格尔公主最后的遗书,她以血写尽了自己的怨恨!拓跋阳用阴谋夺下大汗位,假借桑格尔部打造兵器谋反为由,屠杀桑格尔部的十万百姓,这血海深仇,每一个桑格尔人都不会忘记,至死也会报仇不休!"

勒格尚未说完,拓跋阳暴喝而起。

"此乃证据!"我顺势向北抛出羊皮卷。羊皮卷飘在半空,泛黄皮面上的红字触目惊心,宛若血泪在流。青狼旗下的拓跋铁骑终于有人拔出了锋锐弯刀,呼啸着冲向拓跋阳所在的中军。极快有不少人响应,跟着领头的军士策马冲锋。

喊杀声震天。

我冷冷瞧着关下厮杀,虽然只有几十个桑格尔人挥刀杀向拓跋阳,但那悲愤气势却犹如千万人在砍杀。"长公主怎么得到桑格尔公主的遗书?"勒格疑惑问。羊皮卷是我昨夜伪造的,拓跋阳对桑格尔人有心结,桑格尔人对拓跋阳也有心结,我只不过是放大了他们的心结。瞥向南方的赤红狼旗,我淡淡道:"勒格是你该向右贤王的旧部说出拓跋阳的奸恶的时候了,他如何毒杀了右贤王,又如何虐杀了右贤王的妻女,你可要说得生动一些。"

勒格奔向高台南面,对着赤狼旗下的悍勇铁骑,嘶声吼叫。那些拓跋语我听不懂,但赤狼旗下那些扭曲的面孔告诉了我勒格干得不错。顷刻,拓跋军队两翼都向拓跋可汗提出了挑战。

拓跋阳气急败坏地大吼,亦挥刀上前,便斩杀了那名士兵。在斩杀数人后,拓跋阳终于怒不可遏,拍马直逼照壁关,用带血的弯刀指着我,怒喊:"妖女乱我军心!"随即反手取出马背上的铁弓,搭箭上弓,弓如满月,箭似流星,直取我的心脏。

箭影寒光闪烁,我不禁向后张望,正对上哥焦灼的双目,一笑扭头直视关下千军万马。极快,身后响起一声暴喝,一股劲力将我拉着后退数步,随后,一条身影从我身后跃起,挡在了我的身前。

自然是哥的背影。铮然一响,哥烈枪出手,手腕转动,枪锋如烈火,一道火焰直劈疾飞而来的银箭。银箭应声劈成两截,跌落在我的脚边。

眼前又是一点光束射来,哥快速转身,人尚在半空,便已出枪,横扫此箭。

最后,竟然还有一道箭光,直直刺向我……

哥此时身在半空,招式用老,根本不可能再变招接下这一箭了。

"哈哈，难道骠骑将军也忘了本汗可以三箭齐发吗？"拓跋阳嚣张地喊叫。

哥双眉拧起，眼神一狠，在半空拧腰，枪尖重点地面，随后抛枪，借着这一股劲，翻腾一跃，落在我的眼前，抓住我的肩头，轻声惋惜道："扶柳，哥好像真的在战场上忘记了对手！"

利刃传过血肉的声音，就在耳畔轻轻响起，回荡，仿佛看见了血肉绽放！

刺痛入心，我不禁吐出一口鲜血，洒满了哥胸前的盔甲，也染红了我方才整理的流苏。

我低头，深深地呼吸，左肩的剧痛，让我皱紧了眉。

一根精箭贯穿了哥的右肩，余劲犹强，射入我的左肩胛骨。

鲜血顺着箭杆蔓延，哥的血，我的血，在中间融合，渐渐凝聚，滴落在照壁关上。我努力微微笑起，抬头看着哥，哥嘴角有蜿蜒的鲜血："哥，扶柳的作战计划开始了。"

"盾牌！搭起盾牌！"焦急而严厉的声音在呵斥，身着绣龙王服的阿轩不知何时冲上了高台，他的脸孔扭曲，双目喷火，"放箭，给我将拓跋蛮子射成刺猬，让他们统统去死！"

"晋王！"哥虽受伤，但仍忍着疼痛教训道，"你知不知道你是晋王，你是我们唯一的希望，怎么可以毫无顾忌地出现在敌人的箭头下？"

哥咳嗽数声，血沿着嘴角流得更快，最后无力向身旁侍卫挥手示意。

侍卫一得到命令，立刻将阿轩包围："晋王请回到军营中。"

突地，阿轩仰天大笑数声："现在是我这个人重要，还是这个晋王身份重要？"随后手指轻抖指着哥，干笑道，"你们在朝堂上争来争去，考虑过我的感受吗？考虑过她的感受吗？"

阿轩激动地抽出长剑，指着我："想过我们这些身不由己的人吗？"

我的脸色苍白，连嘴唇也退了颜色。

长剑如虹，划伤众多侍卫，阿轩像是一头激怒的猎豹，冲杀到我和哥的面前。

白光一闪，剑锋锋利，一剑砍断那射入我与哥身体的银箭！

"走！"还来不及感受所发生的突变，阿轩便狠狠地拉我，奔下照壁关。一路上，因为顾忌我与阿轩，竟无士兵阻拦。

"扶柳，我们不要再踏入长安的旋涡了，一切都不要了，什么王位，什么权势，统统滚蛋！"阿轩喘着粗气，横冲直撞。

严重的气血不顺，我脑子一阵发慌，闷咳几声，血液滴在了如雪的白衣上，与左肩处的血花融成一团。我拖住阿轩的衣袖，弱声道："轩儿，三姨不行了……"

阿轩猛然回首，瞪着我瞧了一阵子，脸上狂盛之态渐渐消失，取而代之的是一贯的冷然黑眸："三姨……还是三姨……"

哥也赶到，喝道："我们如今搏性命一战，为的是谁？为的是你阿轩！士兵拼杀为的谁？是西华的百姓！"

阿轩握剑的手颓然垂下,冷静恢复在他的脸上,他开始从另一角度思考这一切了。我抚着左肩,蹙起眉尖,轻声道:"记得娘的话,保护着弟弟好好地活下去。"

时间在一瞬间凝固,鲜红的血液、战场的厮杀、阿轩坚毅的薄唇……

过了许久,沙场喧嚣减消。

拓跋大军攻城不下,退兵对峙在照壁关下。

麻药尚未消退,清凉的薄荷香气自左肩缓慢散发,我试着抬臂,扯动左肩肌肉,一股钻心之痛袭遍全身。这里是照壁行宫,暂时做了军中帅帐。行宫内到处都是粗壮的朱柱,灯光影迭,阴森重重。

我端起案前的浓郁药汁,小口慢慢地细啜,睨着还在坚持处理军务的哥。哥一半隐在高柱阴影下,远远望去,像是一个披甲的石像。

"哥,先喝药吧!以前还老逼着我喝药,当时说的道理一堆一堆的,怎么如今到了自己头上便不当回事了?"我用右手端起另一大碗药,走到哥的面前,假装嗔怒重重地放在哥的案上,几滴药汁泼洒出来,污了哥正在处理的公文。

回望一眼坐在下首的各位将领,他们因为今日之战,早已疲惫,只是强撑一股精神。我瞟过角落里正在盘腿静坐的阿轩,他双目紧闭,已经看不出白日的癫狂眼神了。

随后我摆摆衣袖,示意将领们退下:"加强巡逻。"

将领们得令后,便踏着整齐的步伐退出了将军堂。

哥摇摇头,看着我无奈笑起,一口饮尽药汁,抹干净嘴角快速道:"丫头,满意了?"我淡笑,认真摇头道:"不够!远远不够!哥你现在是身受重伤,命在旦夕,应该安心养伤。"

哥挑眉,眼睛里泛有光彩,轻转着药碗,问道:"依丫头看,我该受个什么伤?又该怎么养病?"

我移步到了堂中的木架前,踮起脚尖扯开绳索,哗的一声,卷轴打开,照壁关的军事图展露眼前。伸出右手,指着照壁关后的关山城,我信心十足道:"哥右胸中利箭,大量流血,性命朝夕不保,所以无奈只得回关山城,安心养伤。"

"军中无主帅,必乱军心,照壁关一定会失陷。"哥也起身,走到军事图前,粗糙的手指重重地点在地图上的照壁关,"丫头,你现在逼我让出照壁关军权,到底为什么?"

我扬眉一笑:"哥,难道丫头不能立下军功吗?"

哥望着我,脸色速变,最后哼了一声转身背对着我:"上官扶柳,你从什么时候开始算计我的?"

"踏出长安玄武门的第一步时我就开始谋划照壁之战了。"我平静地说,离间拓跋军队是假,震怒拓跋阳也是假,我赌上了哥的亲情,让哥受了一箭重伤,为的只不过抢下照壁军权。

"哼,这是战场,刀枪不长眼,我可能会死。"哥喘着粗气呵斥,说了一半却软声道,"你也可能会死,上官扶柳你怎么就敢赌上,乱箭中你就不会死呢?"

"这一战本就是死中取生,"我淡道,"如果我赢下照壁之战,请哥送给丫头一样奖励。"

"要什么东西?"哥转过身,目光炯炯盯着我,似乎要将我看透。

"不是一样东西,"我摇头,坚声说,"是人,一群人,我要的是可以直袭长安的一千精锐铁骑。"

"你疯了?"哥后退一步。

我轻笑:"我很清楚,知道自己需要的东西是什么。"

烛火映照在军事图上,图纸一片火红,像是熊熊燃烧的战火。

"将军,为何不先听听瑞安长公主心中的破敌之策呢?"静坐许久的阿轩突兀睁开双眼,亦走到军事图前,冷静的目光像一道冰剑插入图纸。

"先答应我的条件。"我淡道。

哥皱眉不语,阿轩反是一笑:"可以。"随后他对哥肃声道,"长安不是空城,这一千铁骑恐怕入不了长安。"他的意思是,长安自然会有人拦住我的一千铁骑。

"不劳晋王费心了。"我笑道,这路是一步一步走出来的,踏出了原地就好。

哥望向地图:"说计谋吧。"

我抬起手臂,手指滑过图上照壁关附近的丛山峻岭,缓缓道:"若是晋王,会选择在何处攻打拓跋军队呢?"

阿轩冷道:"自是关山碍,此处埋伏最好!只可惜,我们想到的,他拓跋阳会想不到?"

"关山碍,只有此处最方便设伏。而其他地方也不是不可,但比起关山碍来,总是欠缺一点,它们或是容易暴露行踪,或是封堵不严无法一网打尽。"哥也赞同道。

我的手指定在关山碍,笑道:"看来我们的意见一致,就是关山碍了。"

"如何引拓跋阳到关山碍呢?"哥随即问道。

我眼波半转,狡黠笑道:"何不借鉴马陵之战呢?"

"马陵之战?"哥沉思片刻,徐徐道,"丫头的意思是让我假装回关山城治病,实则让我领兵埋伏在关山碍。"哥指着关山碍,略有欣喜道,"而丫头守城半月,力敌不住,弃关逃向关山城。其间学孙膑每日减少炉灶之数,让拓跋阳误以为我军逃溃,可挥师一举歼灭。却反而因此掉进我们设在关山碍的埋伏。"

阿轩冷睨着我,淡道:"如此著名战役,他拓跋阳如何不晓,怎会上当?"

哥亦回神细想,逐渐平静,叹道:"我与拓跋阳交手数次,他生性多疑,怕是不可能被我们引入关山碍的。"

我在军事图上画了一个大圈,包括住了西华的所有领土:"他拓跋阳的野心是整个西华,而他想征服西华的途径只有一条,通过关山碍,攻下关山城。再以关山城为

据点,向四周征伐领土。"

"所以他想过关山碛,也必须过关山碛!"

"可他不会贸然闯过关山碛。"哥强调道。

我微微扇动睫毛,笑问道:"哥如此了解拓跋阳,可知道他最擅长什么?"

"追踪术!"哥毫不犹豫地回答道,"拓跋阳最厉害的是,可以仅从马蹄印分辨出战马的走向及哪个时辰离开的。"

"所以他一定会相信他亲眼看到的马蹄印!"我坚声道。

久不发言的阿轩忽然插入一句:"骄傲的人绝对会无条件地相信他自己的能力。"

"所以,我的全部作战计划是——"我顿时感觉一阵心潮澎湃,似乎战鼓就在我心中敲响,"首先,散发消息说骠骑将军身中银箭,回关山城等待京中太医疗伤,军中所有事务暂由晋王代理。拓跋阳听到这个消息后,必定心情放松,有了骄傲的感觉。同时,让流苏和一些忠心将领带大风营两万将士潜回关山城,在途中将军队化整为零,掩人耳目。然后,我与晋王镇守照壁关,一月之后,大概会被拓跋阳攻破照壁关。这时,我和晋王带着残余军队,大概有一万军士逃往关山城。若气候算得不错,恰是春天有细雨,泥土松软,会留下清晰的马蹄印。借此我们布下疑阵,明着学孙膑,却是每日多添炉灶之数,并传言西华有军队前来援助。暗着却让骑兵向四周逃散,等到奔行十里之地后,再折转方向会合在关山碛。如此这般,拓跋阳定会讥笑我利用假炉灶来吓他退兵,实际他却根据马蹄印相信我们的士兵在溃逃,而他也一定不会错过这个机会,会一追到底,彻底消灭我们。最后却是,我们将拓跋军队引入关山碛,由此击破拓跋大军。"

"好一条计中计,将拓跋阳利用得淋漓尽致!"阿轩俊颜舒展。

哥却皱着眉头:"计是好计,只是原本就三万士兵,我就要带走两万,而剩下的就一万士兵,这如何能抵挡拓跋阳的铁骑攻城?"哥踱步来回于军事图前,最后一掌拍在木架之上,"扶柳,这样吧,只守半月便退兵回关山碛?"

"不行!"我断然拒绝道。

哥有些愠怒:"丫头,听话!"

气氛僵至极点,我陡然浅浅笑起,清声道:"哥你忘了,泓先生将天权阵法全数传给了我。一万人马,我杀敌不成,守住照壁关还是绰绰有余的。况且,拓跋阳狡猾多疑,每一步必须做得真实,才有可能引他入关山碛。所有人都知道西华守军三万,至少可以抵挡拓跋铁骑一个月,倘若半月就败,岂不惹人怀疑?"

"可是……"哥还在犹豫,"受之天权,宁死不滥用,否则天雷焚身,魂魄无存!丫头,天权不能用。"

我果断打断哥的话:"这可是唯一取胜的机会,难道哥要放弃吗?此乃上天之权,须慎用。这句话扶柳谨记在心中,这一战天权是护,而非杀戮,若这样也算是违背了门规,丫头一个人领受天惩就是了。"

哀叹一声,哥几分无奈,从怀中取出将军大印:"帅印在此,你就凭印打点军务一月吧。我明日就出发,在关山碍设下一个天罗地网!"

元昊四年,四月十六,照壁关,阴云密布。

"长公主,破弩堡的求救信!"身染血迹的斥候跪在行宫大殿中,满是尘土的手中捧着一封信,封信角落已磨破。

"勒格,拆开信念出来。"胡乱在沙盘里推演了几步,我抬起头扫了一眼行宫大殿,"咦,晋王人呢?"

"你先下去休息吧。"勒格塞给斥候一些伤药,才躬身道,"禀长公主,晋王上关巡视去了。"那夜哥离去前当着众将领说:"勒格,从今以后长公主就是你的将军!"当时勒格面沉如水,不见一丝讶异,立即对我跪下,抱拳在胸,激昂道:"效命长公主!"我托起勒格臂膀:"本宫得一虎将,幸甚。"显然哥早已约谈过勒格,而勒格便是我要的一千铁骑的统领,第一,勒格非哥的亲信手下,我便少了猜疑,第二,勒格来自拓跋精于骑射,能够训练出一支虎贲之军。

"念信。"我又低下头,看着无甚变化的沙盘。这些天我在竭力改进阵法,天权阵固然是好,可变幻多端,非照壁守军一朝一夕便可练成,纵然是临时拼凑,威力也不及正常之一二,所以半个月前,我编了一套简易阵法,五人为队守住城垛。可上了战场才发觉漏洞不断,需要改进的地方实在是太多。

"粮尽箭绝,若我破弩堡此战过后仍幸存于世……"勒格忽地没了声音,我抬眼,瞧得勒格脸色发白,知道信中必然无好话,撤了沙盘挺直了背,笑道:"继续念。"勒格垂头,低声道:"必杀入照壁,以谢瑞安长公主割袍之举。"

割袍断义,龙傲天暗指我绝情绝义,不顾雪君血脉之情,两个月不派一卒救援。我转向悬在木架上的大幅地图,一动不动地盯着贺兰山下的破弩堡,静静无言。勒格亦是沉默。

静到极致,忽地行宫外发出震天吼声,如猛兽嘶叫。

"拓跋又一次攻关了!"士兵急呼着奔入大殿,他额角已经受伤,血淌了半边脸。我几乎没有思考,直接披上了甲胄,喝道:"传令,坚守不可退,退一步,立斩不赦!"又取了腰刀在手,刀沉甸甸压在手心,我才感到一丝心安,对勒格咬牙道,"挖一把野菜送到破弩堡,告诉龙傲天,贺兰山的野菜树皮不是用来看的!"

我大步迈开,每走一步刀鞘尾端就撞击在精钢护腿上,发出清刚寒绝之声,直震人心。登上照壁关,极目远眺,天际黄沙蔽日,天地灰蒙一片。

"砰"的一响,浓重血腥味刺鼻而来,我侧目望去,女墙边一名强壮的士兵缓缓跪下,腿甲重重撞上青石墙砖,几乎迸出火花。可他只有身躯,没有头颅,脖子上的平滑切口喷出温热的鲜血,洒在墙垛上犹如恶魔在狞笑。我尚未适应下这残酷画面时,关

477

上忽地爆出厉声高呼："拓跋已顺着云梯攻了上来！"

照壁关北方果然已被拓跋人撕开一个缺口，大量拓跋人从缺口汹涌杀入。

来不及思索，我一把抢过勒格手中令旗，高喝道："盾手快速组成盾墙，围住敌人，长矛手紧跟在后，步步进逼，不惜一切堵上缺口。"稍微混乱的士兵立即组成了临时阵脚，数十杆锋利长矛从精铁盾墙缝隙中刺出，一步一步围剿冲上关的拓跋士兵。拓跋人如在马背上一样，手中只有两尺长的弯刀，比之丈长的利矛已经输了大半。果然拓跋人不少被长矛挑起，缺口渐渐堵上。

"泼油，点火烧了云梯！"我继续喝道，"快，赶快！"

"长公主，小心！"勒格的暴吼声在我身后炸开，来不及回首，一股腥风从我身后袭来。根本没有时间蹲下，我只能侧身偏头，勉强躲过那锋利的刀风。哐当巨响，震得我半边耳朵发麻。带血的刀尖从我头顶扫过，砍掉了头盔。我顺势扭腰回身，刚看清了握着刀的拓跋人的面目，他已又是一刀劈下，刀光暴长中还夹杂着他兴奋的拓跋语。

刀光离我额头只咫尺之距，一道乌金光芒斜插而来，快如闪电更胜刀光。火光四射，一柄长枪架住了拓跋弯刀。年轻的士兵在我斜后方吼道："晋王在北方，请长公主移驾。"我面门处杀气不减，那士兵尚年幼，抵不住拓跋人的蛮力，长枪瞬间下沉了两寸。我旋即蹲下身，抽出了腰间匕首，咬牙刺入拓跋人的皮甲之中。匕首精钢打造，甚是锋利，眨眼便刺入三寸。那士兵亦是奋身一振，挑开了拓跋弯刀，一点乌金光芒刺入拓跋人的咽喉。

那拓跋人终于缓缓倒下，可照壁关下拓跋人却发出一阵震天吼声，如饥饿的猛兽在咆哮。"请长公主先回行宫。"勒格砍伤数人后赶到我身边，他手中沾血的朴刀刀尖垂地，一串血珠渗入照壁青砖，"拓跋将要火攻，火石个个巨大，砸下来怕是会伤及长公主。"

我靠在染血的垛堞向下望去，照壁关下的草原已被染得火红。数十架炬石车排列整齐，车旁火堆烧得正旺。骑在白马上的娇俏身影正在挥鞭指挥着拓跋壮汉将一块块巨大火石铲起，放在了炬石车的投臂上。

白马上的林宝儿挥鞭直指照壁关，机械摩擦的闷响四起，数十道火光腾空而起，映得灰蒙蒙的天空血红苍凉。巨大的撞击声此起彼伏，我蹲在垛堞阴影里，背抵着青砖感觉到整个雄关都在震动。

"拓跋什么时候建造的炬石车？"我高喝道，以免自己的声音淹没在如潮的呼喊声中。勒格也是大声回应："十年前大汗就请曲阳匠人打造了炬石车，准备攻打照壁关。"又是一阵墙壁震动，我问道："不是十年前的炬石车吧？"勒格仰头，恰好空中滑过烧得通红的火石，似流星一般砸入照壁关内："能投射百丈之远，应该是那位新阏氏请巧匠重新打造了机括，加大了劲力。"

渐渐平静了下来。

我从墙垛探出头,第一轮的火石已投发完毕,林宝儿正在指挥拓跋士军准备第二轮的投射。"清点人数,各自坚守。"我传了令。拓跋的炬石车并不算太多,而照壁关也甚坚厚,并无损伤。

"报!"一名传令兵急急奔来,"禀长公主,关内多处被火石砸中,行宫和辎重营都有起火。"想来林宝儿也知照壁关城墙厚实,投石是假,火攻才是真。我急忙起身,"传令,让营中官兵赶快救火,另外关上士兵就是火烧衣衫,也不许后退半步……"号令还未说完,第二轮火石已攻来,十数道火光划破长空。只觉脚底一震,我踉跄向前跨出几步,还未站稳,就被人狠狠扑倒。

"长公主恕罪。"勒格从我身边站起,刚才是他将我拉倒。我转头望向刚才所站地方已是焦黑一片,燃烧中的火石几乎将地砖砸出了大洞。来不及舒气,又有急报:"拓跋又一次攻关了,北面已有拓跋人攻上。"

"坚守,不准后退一步!"我霍然站起,俯视照壁关下的拓跋雄兵,长眉凌厉坚声高喊,"勒格跟我去守住北面。"

勒格开路在前,一路厮杀,赶到北面时他的朴刀上已是蒙了一层鲜血。火石仍旧不断投来,偶尔几块从周边呼啸而过。照壁关上浓烟蔽目,但总算是安全赶到帅旗之下,另一端阿轩正领着一队士兵围剿攀爬上来的拓跋人。

"妖女拿命来!"关下一声暴喝,待我隔着烟雾看清是拓跋阳后,他的三支利箭已破空而来。我翻身躲在女墙后,三支利箭擦着墙砖——射在帅旗旗杆之上。刚微讶拓跋阳箭劲大减,眼前旗杆响起咔嚓声,像是猛兽在啃噬长杆。他是想射断帅旗,我刚想到这一点,便奔到旗下撑住摇摇欲坠的帅旗。

三支利箭插在旗杆中,箭头几乎震得木杆裂为碎片。我一个人根本无法扶住那沉重的旗杆,只能用肩膀将旗杆抵住不倒。我仰起头,大口地喘气。百斤重的帅旗压在我的左肩,虽然隔着铠甲,但肩头箭伤伤口已然迸裂,我几乎可以闻到丝丝血腥味自我肩头散开。可帅旗不能倒,军心不能乱,我上官家的烈焰之旗必须屹立在战场不落!

"长公主……"勒格杀来,右手撑起了帅旗。

又是几支利箭射来,勒格只有左手挥刀格杀,无法周全,身上很快就添了伤口。我咬牙忍痛俯身奔到垛堞前,拿起脚边已死去士兵手中的连射弩,瞄准了关下的拓跋阳。弩弦已勾在牙上,时机正好,我毫不犹豫按下了机拨,嗖嗖,七八支铁矢全都向拓跋阳射去。

"火,火越来越大,无法扑灭了……"惊恐的呼叫自照壁关内传来,我抛下弩,向关内望去,只见滚滚黑烟中火舌跳跃,怕是救不下了,"传令,放弃救火,全力守住照壁关!"我话音刚落,关下便响起暴怒之声:"上官扶柳,去死!"我回头看去,拓跋阳引弓直指我。刚才连番铁矢过后,拓跋阳竟只是手臂划破了点小伤,我不禁可惜。

想不到拓跋阳也将铁弓换成了弩,一下子五六支利箭向我射来,封住了周身一

丈之内的所有空隙。逃不可逃。猛地肩头剧痛,重重扑倒在地,痛得我眼前一黑。再次睁开眼时,正好直视乌云密布的天空,那沉重的云几乎像是巨石要压下来般。东南风卷着几粒黄沙飘来,空气里压下了沉闷的潮气。

"阿轩,你把三姨压疼了。"我轻轻地说,空中落下几滴雨珠。

无数士兵挥舞着刀枪在欢呼:"下雨了,下雨了……"雨越下越大,很快浓烟消失,照壁关上青砖如洗,映着枪锋寒光如雪。拓跋人也停止了火攻,暂时撤退。

"你这个疯女人要权不要命了吗?帅旗倒了又怎样?战败了又怎样?"阿轩扣着我的双肩,粗暴大吼。我默默无语,坐在垛堞下,任由雨水冲刷着,散落的头发被雨水冲成一缕缕地紧贴着脸颊坠在肩头。雨帘中阿轩忽地抱住了我的肩,低声缓缓道:"三姨,我们不当晋王也不当长公主了,找个山清水秀的地方过安宁日子,好不好?"

蓦地,雨像冰水浇在头顶,我寒得颤抖,拼尽全身力气推开阿轩,随即掴了阿轩一巴掌,嘶哑吼道:"你选了这条路就是要权不要命的!你是晋王,从今以后坐在刀尖之上,决不可能半途退出,安宁日子更是幻想!"

雨瓢泼地下。

阿轩一时懵住,呆呆地僵在雨中。过了一会儿,他眼中渐渐聚了戾气,狠狠地瞪着我,面孔扭曲道:"我恨你!"他转身离去,雨水将他后背的箭伤冲刷得不见了踪迹。

我扶着墙垛缓缓站起,望着照壁关下被雨水刷得光秃秃的土地,竟笑了笑。在最为激烈的感情中,我居然希望他是恨我的。

"三姨,我错了,昨天的话我是骗人的,我没有恨过你,从没有恨过,你先醒过来好不好?醒过来,任你打骂……"迷迷糊糊中我似乎听到阿轩的声音,沙哑的,竟像是低低的哀求。浑身在发热汗,我转过身,不再听了。昨天旧伤复发,加上又淋了场雨,发烧倒是最正常不过了。额角昏昏沉沉,我再一次陷入沉睡。

第二天,却是被勒格呵醒的。大风营的校尉来来回回了数趟,惹烦了勒格。勒格耐不住脾气,吼了一句,倒让我醒了。

"什么事?"我喝着药。

那校尉真是着急,说话也不甚流利:"昨日拓跋攻城我军一场大战后,所剩箭矢不足一千,怕是……怕是无法坚守,属下……还请长公主指示。"

"昨日死伤多少?"我撇了箭矢短缺问题,换了另一个问题。

校尉略惊,回道:"死了二十三人,受伤四百五十六人。"

"先替受伤的士兵疗伤吧。"我沉吟了片刻,扫了一眼照壁行宫,叹道,"拆了行宫,还有将所有易燃粮草辎重全部移到离照壁关百丈之外,拓跋的炬石车投不到的地方。"

"行宫拆了,长公主与晋王住在哪里?"校尉为难道。

"军士们睡在哪里,我们就睡在哪里。"我抚着行宫内的朱柱道,"这行宫本来就是为作战建的仓库,当初建行宫的人早就考虑到箭矢可能不足,所以行宫内多是粗

480

大柱子。这些木柱选的都是贺兰山中的百年桦木,正是做箭杆的好木材,而柱墩每个都是百斤重的黄铜铸成,熔化后,就可以打成箭头。有了这批箭矢,再撑上一个月也可以。"

"属下立刻去办。"校尉喜道。

"等等。"我叫住那校尉,嘱咐道,"将昨天战况如实上报给皇上,嗯,在最后加上一句,我军将誓死守住照壁关,关在人在,关陷人亡。"

"属下遵令。"校尉一脸震惊。

"三姨。"阿轩从朱柱阴影后缓缓步出,他冷冷清清地瞧了一眼那校尉,淡道,"你尽快照长公主说的去办吧。"那校尉飞快退下。

"阿轩,我病了,这几天由你守关吧。"我挥了挥袖,阿轩淡睨了我一眼:"知道了,三姨。"轻描淡写几句,就当我与他都忘了昨天雨中的怒吼。

元昊四年,五月初四,照壁关,沙尘飞天。

"报,西北角难以守住。"衣襟尚带温热鲜血的士兵高呼奔入帐内。

阿轩挥手道:"调派人员,再坚守一个时辰。"

"可……"士兵似乎有怨言,但被阿轩的凌厉眼光一扫,便生生吞下话语,急急退下。我卷起书,放入书架,淡道:"将士们也实在不容易,挺了一个月。我们现在上照壁关瞧一眼实际情况,准备离去吧!"

穿上沉重盔甲,踏上照壁关,俯览一眼,我心底便一片苍凉。

黄沙上到处是断剑折戟,碧血残躯,被战火烧过的土地是无数疮痍,尚未安葬的年轻士兵的尸体到处都是。

照壁关上,一个个的伤兵与我擦肩而过,留下浓重的血腥气。

"走吧。"我对阿轩无力道,"时机总算是成熟了。"

"与预计不差。"阿轩冷淡道,"死伤三千人,还有七千可以回到关山城。"

风萧萧起,终于吹断了这场惨烈的守关之战。

元昊四年,五月初九,深夜。

已经败北,向关山城的方向逃了五日,钓拓跋阳的诱饵也已布置妥当,灶炉一日比一日多,战马一日比一日少。

篝火旁,勒格请示道:"今夜是否还要人乘夜色离去?战马已疲,属下担心明日会被拓跋大军追上。"

"不必了,明夜就可抵达关山碍,此时再逃,就不大合乎常理了。"我淡笑吩咐道,"多烧几个灶火,让大伙儿好好吃上一顿,养足精神,明日还要赶一天的路。"

星夜安静,我裹着毛毯坐在火堆旁,数着星星。

阿轩在另一端沉静地拨弄火堆。

"那一千铁骑不可能驻扎在长安的。"阿轩突兀说起。

我一愣,没想到他竟然说起这个,随后我朗朗笑道:"当然不会是长安,放着瑞安县不用,干吗挤着进长安。"

阿轩亦一愣:"如将军掩饰推说是公主的护卫兵,在瑞安封地上养护卫千人也算是合乎常理。但瑞安在骊山东北脚下,与长安隔着骊山,若是绕道蓝田,怕是要快马三日才可以到。"

"若只是普通的军士,我需找哥逼要吗?"我挑眉,拍了拍勒格的肩膀,"我要的是一千虎贲,他们骑最骠壮的马,用最精锐的刀,穿最坚实的铁甲和最厉害的统领,他们可以一日奔袭长安!"

阿轩久久不语,过了一会儿才低头喃喃道:"那为什么还要给皇上送上一封'关在人在、关陷人亡'的信呢?"

天空边际划过一颗流星,我轻笑道:"等他认输啊……"

元昊四年,五月初十,夜风深深。

我策马飞奔在狭长的关山碍中,身后只有三千人马跟随。

"快!快!快!"虽然我已经知道快到了极限,但还是忍不住地催促道。

这是最后一夜了,照壁之战的成败就在此一搏!

关山碍的深夜竟如此之黑,似乎看不到任何的光明。必须快,拓跋大军的叫嚣声就在身后,荡悠悠地传来。雷霆般的马蹄声似乎越来越近,嗒嗒,一股野兽的气息蹿流在关山碍狭窄的通道里,激荡大地。

我不禁扭头回望,数里后松树火把燃成了一线,明亮得像一条龙在追赶吞噬猎物。火光下,拓跋人挥舞着的弯刀像是泼了一层油,明晃晃地刺眼。"长公主,我们的战马跑不动了,恐怕撑不到关山城了。"勒格赶马上前急道。"放血!"我几乎是吼道。勒格眉头一紧,随即高喝道:"给马放血,无论死活都必须赶回关山城!"身后的军士们都默默无言地从腰畔箭筒里抽出了利箭,狠狠扎入马臀。战马吃痛,嘶鸣一声又快速奔跃。我也不由得加快了抽马的频率,猛地大力挥鞭,左肩一阵疼痛,我知道箭伤又裂了,开始流出潺潺的血。我不禁眉头一皱,在照壁关养伤一月,但伤口始终没有完全愈合,如今连日赶路,早已创裂流血。

恰时黑暗中出现了一盏红灯,我一咬牙,忍着痛,催马奔去。

"长公主,我们已进入拓跋人的射程范围内,不能再继续向前了,必须列阵对抗,否则拓跋铁骑将会顷刻间踏平我们!"勒格急道,我再回首,我们与拓跋先锋只有三百步的距离。最后望了一眼前方的红灯,我勒马止住,挥鞭喝道:"停止,列队迎敌!"

阿轩亦是极快兜转马头,冲在最前面指挥着三千军士布阵。

极快,就被拓跋铁骑包围。

忽地,拓跋铁骑如潮水般分开,拓跋阳策马而来,蓝眸冷冷扫过阿轩,反是笑道:

"晋王可曾后悔？当初本汗满怀诚意想与晋王结盟，不曾想晋王在塞北反咬本汗的狼牙骑一口，这场恩怨就在此了断吧。"

"可汗说得真是好笑，窃我国土也能算是恩惠吗？"阿轩扬眉拔剑直指拓跋阳胸口，"这场战争就在此了断吧！"

"还有……"勒格突然斜蹲在阵列最前端，双目通红狠狠盯着拓跋阳，嘶叫道，"全族之恨就在此了断吧！"他喝声未绝，已然挥刀杀了上去。

我勒马在阵心，对身边传令兵道："放信号给骠骑将军，立即攻打！"传令兵唇角颤抖道："长公主我们还没有逃出关山碍，骠骑将军若是攻打，我们岂不是也将葬身在此？"我鞭指周围黑压压的拓跋铁骑，喝道："是想立刻被拓跋铁骑踏死，还是等待被救援？"其实，被救援的几率只是零罢了，真正开战，刀箭认不得是战友还是敌人。

"遵令。"那传令兵发出了信号。

黑夜里升起绚烂的烟花，霎时，关山碍两侧石岭中出现了无数的火把，照亮了整个关山碍。哥立马山头，手中帅旗一挥，西华士兵站满了关山碍的两侧。他们手执弓箭，齐齐对向夹在关山碍中的拓跋士兵。

"进攻！"哥高声指挥道。

万箭齐发，关山碍下中箭惨叫声不绝。同时，点燃的火球重逾百斤的巨石纷纷滚下，砸落在拓跋军队中。战马受惊，嘶叫不已，随后便是相互踩踏，多有哀叫之声。

"中计了！快掉头回转，冲出关山碍！"拓跋阳振臂挥舞金刀命令道。

勒格竟高喝着拓跋语独自策马追了上去，他神情悲愤，大约是杀红了眼，恨不得立即砍下拓跋阳的头颅。可万军中取主将头颅谈何容易？如今敌强我弱，勒格追去不是送死吗？我急忙喝道："阿轩，拉住勒格！"

阿轩冷清清瞟了一眼已奔出半个马身的勒格，全无阻拦。

我的心顿时凉了半截，急命道："射杀拓跋阳！"军士都在前面布阵，我身边的人并不多，只有几人举起了弓弩瞄向了拓跋大军中身披黄金甲的拓跋阳。箭矢劲力并不强，却也让拓跋阳稍分心挥刀劈断了几支铁箭。勒格恰好趁着这个时机追上拓跋阳，此时拓跋铁骑慌乱后撤阵形已散，拓跋阳身边的侍卫零零散散。勒格几刀便解决了两个拓跋护卫，猛地大喝，正劈头一刀砍向拓跋阳。拓跋阳金刀挡箭招式用老，来不及收回，只得偏身躲去，肩膀硬受了这一刀，鲜血迸溅。

拓跋大军见主帅受伤，纷纷挥刀砍向勒格。

"勒格回来！"我提缰高喝。勒格不能死，他死，我的一千虎贲也将消散，这也是阿轩不肯阻拦勒格的原因。"长公主……"传令兵忽地凄声叫道。我回首，正见传令兵胸前的羽箭，白羽箭尾还在轻轻摇晃。

"上官扶柳，这一箭是为葬身在塞北的十三骑狼牙射的！"正西的小土坡上林宝儿盯着我，拉弓如满月。我一把取过传令兵手中的弓箭，咬牙张弦："林宝儿，这一箭是为柳风射的！"我的手在不停地颤抖，左肩箭伤迸裂，鲜血已经浸透外衫，染红了半幅衣襟。

松弦,射,我与林宝儿的箭同时射向对方。

我的箭,只到半途便落了,可林宝儿的箭却如一束光芒射来,她的劲力比我大上了几倍。

箭尖将至。

一线银光如流星般,将林宝儿的箭击得粉碎。

肩头剧痛,我瞪着前方。

林宝儿一脸惊慌,回马追到了拓跋阳身边,大叫道:"不想死的,就跟着大汗杀出一条血路!"拓跋阳亦是举刀高声喝起,鲜血染红了半臂肩膀。果然,被逼入绝境的拓跋士兵像是凶狠的困兽,杀红了双目,直逼关山碍的入口。

四周的人开始欢呼,似乎是救兵来了。可混乱厮杀的人群中没有勒格的身影。

惨胜如败,我闭上眼长长地叹息,身子变得轻飘飘的,像是落叶开始下坠。

似乎是跌落在温软的泥土中,带着浓厚的墨香。多久没有闻过了,我开始在静静地想。

明显地感觉到环住我的人的呼吸急促而紊乱,我幽幽睁开眼,淡笑着眨眨眼。没有足够的气力给他一个安心明媚的笑容,只能如此地撑起一个清淡笑颜。

清辉的月光洒在他的脸上,以往平静如深潭的黑眸终于变成了惊涛骇浪,那可是颠覆天下的怒火!我维持着柔和浅笑,伸手抚到了他的下巴。那是长出短青胡楂的俊秀下巴,粗短的胡楂摩擦在手心,有点儿扎心。

"扶柳。"他在唤我。

"嗯。"我依旧在笑。

"上官扶柳!你给我好好听着!"他嘶哑着声音,低吼着,"你如果真的死了,我现在就在这里杀了上官九族的人!"

我眼睛里有一种闪烁的东西:"我会拉着你一起下地狱的……"

元昊四年,五月十一,黎明,关山城。

"轻点,流苏你轻点。"我龇牙叫着,可流苏依旧是板着面孔在包扎。大概是她最近经常给哥换药包扎,手法纯熟得很,就是把我当做哥一样耐痛。

"战况怎样啊?"我问道,想转移注意力,左肩或许不会觉得那么痛。

流苏手微滞:"胜了。"

"勒格呢?"

"捡了一条命。"流苏难得地加了一句,"断了三根肋骨,折了左腿,中了两箭三刀。"我倒吸一口冷气,流苏正在打结固定。

包扎完毕,我披上素衣准备歇息了,自从照壁之战开始以来我就没有好生睡过。可流苏却跟着我到了床边,眉眼如寒霜。

我躺下叹气:"什么事?"

流苏冰凉声音中带着几分焦急:"少爷、丞相、晋王已经在大帐内谈了快两个时辰,这次照壁关失守少爷会不会因此受到罪责?"

"不用瞎担心了。"我淡道,"往往一场胜利果实的分配要比战争来得更加艰难。"流苏应了一声,便出去了。我累极,也睡去。

似乎被人搂进温暖的怀中,我软着,任那缕墨香缠绕上脖颈。

"上官扶柳,我妥协了。"他在我耳畔轻声说,"从今以后,无论你要什么心机策划什么阴谋,即使是暗杀我,你也必须在我身旁,一步也不许离开。"

我闭着眼,淡道:"洛谦,你知道我要的是什么。"

他叹息:"以后无论怎样,我都不会杀上官九族里的任何一人,不杀上官去疾,不杀皇甫轩……"我窝在他胸前,无声笑了笑,可他又说,"只是不杀而已!"

我一哆嗦,猛然仰起头,瞪着他,咬牙道:"那我就去杀你的属下,户部的王安臣、刑部的张俊来、吏部的李夏平……他们曾都巴不得我去死,现在我有了一千虎贲,一日就可以杀进长安!"他只是笑,笑得肩膀都在颤抖,我抓着他衣襟,正色道,"笑什么笑,以后你再敢欺负我,我一样让虎贲抓了你!"他笑得更加畅快,环着我的手臂收得更紧:"夜郎自大!等做了我的皇后,随便你杀吧。"

"我才不喜欢杀人。"我低声嘀咕,靠在他的肩头。

他轻声地说,像是梦呓:"扶柳,我不能承受失去你的痛苦,所以我愿意用他们的性命,去换取你在我身边。定叔骂我傻了,我想我是傻了……"

你傻了,我也傻了。

【洛谦番外】

含元殿。

一骑鸿翎急使奔入皇宫。

"急报!照壁关急报!拓跋合围大攻,我军坚守,未失国土半寸!晋王、长公主誓守照壁,关在人在,关陷人亡!"

我斜转身,望了一眼急急奔入的鸿翎急使,他煞白了脸,止了话,停在含元殿外躬身高举军报。我径直取了军报,殿内极静,唯有香炉里细细的剥落声。

"长公主为国尽忠,实乃我西华之幸啊!"珠帘后苏婉懒洋洋地说,随即起身,"既然边疆无事,那就散了早朝吧。"

苏婉已然摆驾回昭阳宫。

"丞相,那个……粮草还需要运往大风营吗?"户部王安臣垂目上前几步,颤声问道。我拂袖离去,留下一堆惊愕朝臣。

在软轿里,我不禁揉了揉额角。

"关在人在,关陷人亡!"这句话是她特意说给我听的,她在逼我!

那些天,她在我耳畔常常轻叹:"洛谦,你知道我要的是什么……"我知道她要的是什么,就像她知道我要的是什么。那夜她听到我说做我的皇后时,她眼眸平静,如盛夏里的平静湖面,在最为寒冷的冬日便沉下了心。她一直知道,所以她没有欣喜也没有反对,只垂目一笑。江山与她,我都不会舍弃。

如今,她却逼我选出个高低!

"洛谦,你知道我要的是什么……",她低低的话音似乎就飘在周身,她想求一个阖家平安的结局。可这个家包括的人太多,而我只是个政客,很久以前就明白了斩草除根的重要性,并且一直执行。

软轿大约出了皇宫。

"停轿。"我清喝,软轿平稳落地,洛文上前,"爷,什么事?"

"传虎符给萧如风,命他领两万禁军出师灞桥,直赴照壁关。"我撩起轿帘,尽量平淡道,"还去叫王安臣备好粮草,一同运往。"

洛文讶异:"定北将军离京前,爷不是答应过将军,绝对不会插手照壁之事?"

"去办吧。"我放下帘子,靠在软垫上低声长叹。

那次雪崩,以为她死去,自己骗过自己一次。这样的自欺欺人一次就足够了,我承受不住第二次同样的痛苦。天地间,只要她是活着的,什么江山帝位我得不到呢?晚个两三年罢了。

关山碍。

那一箭直取她的心脏。

挽弓射箭,我现在才庆幸自己及时赶到了。箭矢疾发,击碎了那支拓跋狼牙箭。箭矢碎片落入地面,可我拉弓的手仍在不停颤抖,她轻飘飘地坠下。

伸臂揽住她,拥在自己怀中,依旧觉得方才只是一个虚幻。

清冷月光映得她的肌肤宛若透明,唇色软白,我急促唤道:"扶柳。"

她在笑:"嗯。"

"上官扶柳!你给我好好听着!"我嘶吼着,怕她听不见而撒手离去了,"你如果真的死了,我现在就在这里杀了上官九族的人!"

她轻声道:"我会拉着你一起下地狱的……"

真好,她的鼻息是温暖的,她还活着,就在我的怀里。

上官扶柳,下地狱就下地狱吧,反正我从没指望过,我这样的人死去后还能去西方极乐之地。

关山城。

上官去疾、皇甫轩、萧如风、宋知海……几乎能赶来的文武官员都到齐了吧,他们分算着战后胜果,我无兴趣争论,懒洋洋地坐着。

照壁之战,也不过只是在西华的土地上打败了拓跋入侵者而已,战果并不丰盛,对大局的影响也不大。上官家虽然讨了些名望,但大风营这次损伤也不少,利弊还难以判断,实在不用担心上官突然上位。

"那瑞安长公主的一千铁骑本将就让其驻扎在关山城,再随长公主回瑞安县了。"上官去疾突地说了一句。

我瞟了过去,上官去疾肃容道:"这本是小妹在照壁之战提出的战利条件。"

她要一千军队做什么? 我离去,回到她房中,她正侧身睡着。

"上官扶柳,我妥协了。"我抱着她轻声说。你是我心里的毒素,每夜都会莲瓣绽放,除了认输,我别无他法。

"洛谦,你知道我要的是什么。"

她发丝幽香蹿入鼻端,我叹道:"以后无论怎样,我都不会杀上官九族里的任何一人,不杀上官去疾,不杀皇甫轩……只是不杀而已!"

她忽地咬牙道:"那我就去杀你的属下,我有一千虎贲,一日就可以杀进长安! ……笑什么笑,以后你再敢欺负我,我一样让虎贲抓了你!"

原来她费劲要的一千铁骑只是个威慑武器,我畅笑道:"夜郎自大! 等做了我的皇后,随便你杀吧。"

她只要一个心安,我又有什么不能舍弃,给她一个心安呢?

不必在意得失,她驻在我心里,我只能是一个傻子,至少是个幸福的傻子!

第三十章 关山障

第三十一章

流云转

元昊七年,深秋,汝阳驿站。庭院内,晚霞满天。

石亭里我挺着肚子,闲逸地坐在秋香色的软垫上,风铃儿很快便为我盖上一条毛毯:"小心着凉了,最近夫人气色都很好,生下来的小姐一定漂亮。"

身边的洛谦放下折子,浅笑问道:"你怎么能肯定是女儿呢?"

风铃儿瞟了一眼在亭外玩耍打滚的七八岁小男孩:"奴婢觉得夫人的肚子既安静又不闹腾,所以认定是个文静的小姐。"

"嗯,文静点好。"我点了点头,顺势取过脚旁的竹筒,将竹筒中的清泉缓缓倒入小巧的紫砂壶。风铃儿随即手脚麻利地将石桌上的红泥小炉点燃,然后把紫砂壶放在红炉上慢慢地煮。

"风铃儿,不要忙了,你一向不会煮茶。"我轻轻调整紫砂壶的受热点。

银铃笑声响个不停,不是年轻女孩的娇笑,而是小孩子的无忌笑声:"娘,你的记性太差,简直比大顺还要笨!"草地上洛熙对着我吐舌头,露出不屑的表情。

"夫人,你昨天刚教过我煮茶的。"风铃儿跳脚叫道。

我揉了揉额角,笑道:"哎哟,我怎么就忘了。"

洛熙瞥着风铃儿不屑道:"你一向笨嘛,学什么都学不会,谁还记得教过你什么!"估计小鬼头刚才听见了风铃儿反讽他调皮的话,正想法子还击呢。风铃儿果然气得脸颊涨红,叫道:"谁笨了?难道比大顺还笨?"

"啊,叫我什么事啊?"洛熙身旁的草丛中突兀地伸出一个虎头虎脑的小子,扯开嗓子问道。哈哈,洛熙已经笑得捧着肚子,在草地上翻滚不已。

"大顺,你的脑子怎么老是慢一截啊!"洛熙笑至无力,索性随意坐在草地上,指着大顺的鼻头,"笨得像一头牛!"

大顺摸着后脑袋,慢吞吞问道:"熙儿,牛有多笨啊?"

"你有多笨,牛就有多笨!"洛熙灵活的眼珠转啊转的,怪声怪气地说道。

"那我和牛有多笨呢?"

"住嘴,不许问了!"

"为什么不能问了,难道熙儿也不知道答案?"

"啊……娘,我被大顺问笨了!"

"不要吵了,洛熙戏弄他人,回房抄写《礼记·儒行》三遍。"洛谦蹙眉淡声道,方才还在嘻嘻笑的洛熙立马嘴一撇,哼了数声回房去了,大顺很快追了上去,"风铃儿对少爷不敬,也回房思过去吧。"刚笑容得意的风铃儿也即刻嘟着嘴,怏怏退下。

亭子顿时清静不少,紫砂壶里也微微冒出了些热气,飘出沁人茶香。

"累不累?"洛谦伸手覆上我额头,这一路南下他总担心我会病着。

我垂着眼轻轻摇头,肚子很大了,第二个孩子大约再过一月就要出生了,"这次大舅病重,我即使伏地爬去,也是必须回西泠的。"我抬眼,握住他的手,缓缓移到腹部,"我自小就在大舅膝下长大,犹如亲生,该从爹那里得到的关爱都是大舅给我的。去年霜铃在西泠与大舅大闹了一场,大舅口上不说,心中一定是不好受的,这连连重病怕也是与此有关。无论如何我都是应该回西泠一趟,能为大舅分一点忧也是好的。"话说到这里,我不禁顿了顿,又垂目道,"连医邪也束手无策的病,怕是挨不过今年了……"

"我只是不放心。"洛谦墨瞳微眯,打断了我的话。

他做出的决定,一般是对的吧?我笑了笑,执壶倒茶。茶水沸腾,满是茶香的清水自壶嘴流入青瓷茶碗:"既然不想看折子,喝点茶吧,是今年武夷山的贡茶。"他端起茶碗,拂了拂茶沫,淡淡一声短促叹息,方才饮下一小口。

其实我也知长安并不如表面平静,若说以往长安是个盛世繁华的都城,那是因为他身在长安,掌控京城。如今他随我前往余杭,虽然长安的折子是每日必到,但终究留下太多空隙。三年来,太后苏婉极力扩张外戚势力,而哥与阿轩立足洛阳实力大增。他是想用平衡之术,太后晋王互相牵制,可这个法子太险,容易反遭吞噬。这次离京就是一个潜伏的危险。

"想什么呢?"

有些心虚,我将视线移到亭外草地上,瞧不到他半点衣角才道:"没什么。"

"扶柳,我敢离京,已然是做好了准备的……"他还未说完,一阵急促脚步声逼了过来。洛文脸色煞白冲了进来,身后紧跟着戎装的重俊。何时见过洛文的慌张之态,我不由心中一紧。果然洛文开口,声音都是颤抖的:"京中剧变,皇上驾崩了!"

洛谦墨瞳阴沉,没有一丝表情,似乎早就料到过般。

"二哥,苏婉鸩杀了小皇帝,她想自己当皇帝!"重俊一抹额头汗珠,急道,"她简直是个疯女人,连自己儿子也下得了手!二哥,怎么办?三哥在京中撑着,情势很不利啊！"

"她大概被皇甫轩逼得无路可走了吧？急着弥补过去的漏洞。"洛谦轻轻地说，重俊一脸不惑，撇了撇嘴道："关皇甫轩什么事！"

我低首，静静不语。世间知道皇甫昊并不是皇子身份的人并不多，恰好就有皇甫轩。如果说当初是因为势力不足而揭发无用，那么现在坐拥洛阳的晋王正好可以利用这一点而掀起滔天巨浪。洛谦他自己要登位，傀儡皇帝这一步缓棋的利用价值也就用完了，那苏婉抢先一步杀帝，便是最后的一搏了。

我偷偷瞥了一眼洛谦，却正好与他目光相撞。他站起，只是轻轻地笑，仿若天地已在他股掌之间："扶柳，我要快马回京，可你能保证你绝不插手，安安静静地活着吗？"他目光罕有的凌厉，我一触便心虚，只得回答："好的。"

"就算不为我着想……"他俯下身子，在我耳畔轻声地说，"为了孩子，也不要逞能，这天下我自会让它安定。关山城的承诺，我会遵循，当然也是要看你的表现。"一如既往地带着威胁，我抿了抿唇，切齿道："为了你，我会好好地活着，不再参与这些无聊事。"

他笑了笑，若有若无地吻过我的耳垂，转身离去。其实，真的是为了他，我只想安安静静地住在和墨斋，偶尔与他下一盘棋，然后输得一塌糊涂。

"二哥，就这样直接杀回长安，我当先锋好不好？"重俊急急跟在他身后，摩拳擦掌，恨不得直接飞往战场。他回首，肃声道："重俊你还有更重要的任务，保护你的二嫂。"

"二哥……二哥……我要上战场啦……"重俊追出了驿站，过了片刻便折回，坐在我对面，哼哼道，"就是你以前太闹腾了，害得本将军不能上战场！"

我啜了一口清茶，笑道："余杭是个好地方。"

重俊眨了眨眼，小声问起："美女多吗？"

"很多，还很好骗。"我点头轻笑。

"大顺，我们是不是要趁机骗一个水灵灵的媳妇回家呢？"

"熙儿，什么是媳妇呢？"

亭后窗台上的两个小脑袋窃窃私语不止。

第二日，汝阳似乎一夜萧条。

"快点，快点，起程吧。"重俊挥着马鞭，不耐烦催促着。

"催个头！饿死鬼投胎啊！"马车上风铃儿白了一眼重俊，正要放下车窗帘。

"等等。"我说道，张望四周街道，各家商铺却无一家开门，太怪异了。

脑中一个念头快速滑过，我心中一紧，急着对重俊喝道："派人去瑞安，叫勒格带领一千虎贲接应我们！赶紧掉头回长安！"重俊一愣，随即略翻白眼道："本来二哥就是让我护送你回长安的。"

原来他已算好。长安皇帝驾崩，政局已乱，即使准备不够充分，阿轩也必然起兵。

可只怕是阿轩的动作要比他想的快多了,仅仅半夜,恐怕洛阳周边百里的城镇已被阿轩控制。

汝阳城门。

"晋王有令,粮食和铁器一律不准带离城,违者斩首!"城关处晋军军士大声嚷嚷,看见重俊腰间的铁剑,随即向前,"没听见啊?铁器不准离城!你军爷爷半夜跑过来为的是什么?就是专门来管你这种不听话的狗崽子!"

"老子才是你爷爷!"重俊吼道,"知道本将……"

我沉声打断重俊的话:"重俊,给他们。"

"哼。"重俊扬了一声,但终究是愤愤地将铁剑给了军士,谁知那军士得寸进尺道:"都下车,一个个搜身。"

我还未回答,就听得一声暴喝,重俊抢过军士手中铁剑,反手一削,连带着剑鞘打在那军士脸颊上,瞬间军士被抡倒在地,脸颊高高红肿。

"重俊,随便你杀出去吧。"我叹息着放下窗帘,这一闹阿轩必定知道了我们的行踪,返回长安也不会太顺利了,但现在除了杀出汝阳还有什么办法呢?

果然一路躲躲藏藏也未能摆脱阿轩的追兵。

刚出栾川不久,就被围困在了密林。风铃儿掀开车窗帘一角,只瞧了一眼,她便脸色苍白,手臂轻颤着放下了帘子:"夫人,怎么办呢?"她伏在我肩头轻声抽泣。

"不会有事的。"我淡声说,却是拢起了眉头。刚才缝隙一瞥,我也看清了车外黑甲粼粼,全是晋军将士,这场劫怕是难以安然度过。

铁蹄逼近,但又似乎在一瞬间停止。

"晋王恭请长公主移驾洛阳!"大约是阿轩军中的传令官,声音极是稳重。

即使隔着车帘我也感到林中的激荡杀气,似乎一触便要爆发。"去什么去,你们要劫人就直说,老子奉陪打一战就是了!"重俊怒气冲冲。

那传令官又道:"晋王恭请长公主移驾洛阳!"他话语不变,只是语气加重了三分。

"晋王算个什么东西……"重俊吼起。

"重俊!"我低声喝道,车外重俊静了下来,"转告晋王,本宫封地瑞安,若是要移驾洛阳,请晋王将他的洛阳封地让与本宫再说。"

在重俊的嘲笑声中,那传令官勒马而去。

只静了片刻,林中冲锋号角声突响,我伸指挑了车帘上抬数寸,直视前方。鲜红旗帜上绣着硕大的"晋"字,迎风而展,威严尽显。旗下黑甲主帅俊脸寒霜,冷然杀气震慑全军。

令旗一挥,黑甲主帅大喝:"攻!"

无数战马仿若脱缰猛兽般攻杀上来,只震得大地颤抖。重俊哪甘示弱,策马挥刀而上,冲在最前面:"杀!杀!杀!"

放下车帘,车厢内昏昏暗暗,只听得见车外杀声震天。

"夫人,你……你的裙子湿了……"风铃儿在狭窄的车厢里不知所措,只低低地抽泣,"怎么办?夫人你会不会有事啊?"

"风铃儿,镇静,没有什么大事,只是羊水破了。"我紧紧握着风铃儿的手臂,希望她能镇定下来,或许还可以帮我一些忙。腹中越来越痛,我几乎无法说话了,刚才这场阵痛并不太大,持续了一炷香左右后就变得痛不可忍,像是肚子里有一把钝刀在边绞边坠,"怕是早产了,风铃儿帮我……"

风铃儿慌道:"夫人……要我怎么做?"

"将皮垫子全数铺到车底板上,扶着我慢慢半躺下……"我急促着喘着气,因疼痛而沁出的汗珠濡湿了半张脸,"还有不要大叫,外面军士在拼杀,不能乱了军心……"

"知道的,风铃儿知道了。"风铃儿哑着嗓子说,她干事一向麻利,告诉她该怎么做后,她会极好地完成。车底板上已铺上了数层厚厚的棉垫和皮毛垫,与床榻没有区别,"夫人,你小心躺下。"

阵痛来得更急,汗水模糊了眼睛。

"夫人,夫人,然后呢?"风铃儿不停地说。

我长长吐气道:"陪我说说话就好,分散一下注意力,就不会那么痛了。风铃儿,我们这是到哪里了?勒格他们快到了吧?"

"马上就到三川,也很快就可以见到勒格将军了……"

好像进入了一个密闭的空间,我唯一能做的就是平躺在厚垫上,尽量地深呼吸,周围的一切似乎都在缓慢退去,影像、声音、气味涣散开,腹中生命的痛苦挣扎是我仅剩的感受。

突然间一切都安静下来,车外拼杀正酣的军士好像在一瞬间全部蒸发,偌大的林中只余下了暖暖的阳光洒在枝头。

"夫人,外面发生了什么事?"风铃儿紧张问道。

又是一阵撕裂的疼痛,咬唇挨过,刚要说话时,才发觉我的下唇早已被咬破,腥咸的血溢在唇角。我靠着风铃儿努力撑起上身,想要挑起车帘时,却听得外面阵阵马蹄声奔驰而来。

"一定是勒格领兵赶到了!"我兴奋扯开车窗帘子,果然西方有大队铁骑狂奔而来,满天尘土间隐隐有瑞安旗帜显现。

"啊——"尖锐叫声突然在车厢内爆发。

我转首望时,风铃儿仍在尖叫不已,她哆嗦着指着我道:"夫人,血,到处都是血……"痛得几乎没有了知觉,我顺着腹部摸去,手掌沾满了黏湿液体。

"晋王杀过来了……"风铃儿嗫嗫道。

阿轩正向马车逼近,只剩下十多丈的距离,恐怕勒格赶来也是远水难救近火。使劲全身力气,我抓着窗沿,对着阿轩清叱:"不准过来!"

阿轩一时僵愣,晋军也随之停止了激斗。

深吸气,我再次咬牙道:"不准过来!"

阿轩的脸顿时青白,薄唇轻颤,似乎说了什么,但却是无声。那唇形与在照壁关上一模一样,他在说,我恨你!

"杀!"极静中重俊突然暴吼着杀入了晋军。大概是他见阿轩神情有些恍惚,又仗着勒格掩杀来,便想冲乱晋军阵脚。

"重俊……"我还未说完。

阿轩已然恢复了冷然神情,举旗喝道:"两翼合围,歼杀中腹所有人!"黑甲晋军得令极快响应,重俊那十数骑兵瞬间就淹没在了黑浪之下。

"夫人,救军到了,救军到了。"风铃儿只知重复着这句话。我也是支撑不住,软软瘫在了车底板上。

"扶柳,是我,一切都交给我。"我喘着粗气,仰望斜上方的熟悉面容,放下了心,"霜铃,没想到你会跟着勒格来了……叫勒格带人去救回重俊……"

"不要说话了,任何事都有我在。"霜铃握着我的手,轻柔笑道,"你现在只需要深呼吸,吸气,呼气……"在这样慌乱的时刻,没有人比得上霜铃更值得让我安心了。

元昊七年,初冬,瑞安县。

一处简朴院落前,风铃儿抱着一个净白女婴下车,随即洛熙和大顺就围了上去,逗着那女婴玩耍。

"回到老巢了,我扶你下车吧。"霜铃伸出手臂,我搭着她的手下了马车。一月前她及时赶到,我才有惊无险生下一个女孩。

"进来吧。"霜铃推开了柴门,薄雾中,商少维坐在轮椅上淡淡笑着:"你们回来了。"霜铃抿唇不语,兜了件青衫外套披在了商少维肩上。

我有些讶异,瞧了商少维数遍。商少维倒是清淡一笑:"不必再看了,我的双腿的确是废了。其实上天对我已然不错,老四……"他腰间束着缟素,飘在半空。我咬了咬唇,这一路曾不断派人搜查重俊,但始终没有消息。如此看来,重俊应该也无生还机会了。

"霜铃……"

霜铃回首轻叹:"我们进屋再说。"她推着少维进屋,仿若推了许久般的自然。屋内室暖如春,商少维盖着毛毯,懒洋洋道:"洛老二让我和勒格带着你和孩子离开长安,找个清静地方安生些时日再说。嗯,我们明天就出发,你收拾一下。我有些累了,先歇息一会儿了。"他说完便合上了眼。

霜铃拉着我转入另一间厢房,与商少维隔得有些远了,才低声道:"扶柳,我终于是放下了。我好强争了那么久,却让时间都白费了,如今他这样了,我又何必再固执,不如好好过些日子去。"

想来想去也没有什么话可说的,我只是覆着霜铃的手道:"一生已去小半,以后珍惜着就是了。"她与少维终究是走在了一起。

霜铃恬静一笑,随即又道:"你担心着长安局势吧?傀儡皇帝一死,苏婉被杀,洛谦执帝剑归藏横空出世,他早已登上帝位了。"

"嗯。"我应了一声。

霜铃微微眯眼:"你早就知道帝剑归藏在他手中,你早就知道他垂涎宝座已久,可为什么不拉住他,告诉他你不喜欢一辈子困在皇宫,让他放弃。"

"如果执掌天下是他一生的理想,我会陪着他一路走下去。"我笑了笑,"我与他都需要妥协,他曾为我而妥协过,我也会为他妥协……"

"希望我现在学会妥协还不算太晚。"霜铃清冷目光闪了闪,又说,"晋王起兵已直逼长安了,但定北将军的塞北铁骑也快到渭南,这场战洛谦已有了七成胜算。上官去疾的大风军队已被李定耀的一部分塞北军围困在了平罗,晋王与大风军队不能会合,他们必败。"

我颔首,霜铃的分析算是精确了:"你与少维带着孩子们回西泠,战火不会蔓延到南方,而且你也应该回家看看大舅,他还是念着你的。"

"你呢?"霜铃挑眉。

"回长安。"我坚声道,"我要陪他走过这一路!"

霜铃忽地抱住我的肩,轻声说:"反正是劝不住你这个倔性子的,那就去吧。"

"封锁城门!"城内一名传令兵急急奔到城口,高举令牌命令道。

厚重的城门开始缓缓闭合。

不能关,不能关,我一咬牙,重重抽打马背。骏马长嘶,奋力一跃,终于在城门只差一丈闭合之时,跃入长安。

策马直奔皇宫,正好撞上传令的张德子,进宫倒是没有阻拦。入了宫,张德子恭敬问道:"老奴这就带长公主见皇上。"一路而来长安城内尚算平静,我软软摆手道:"不要告诉任何人我回来了。你先去准备一桶热水,和一桌饭菜,我要好生休息半天。"

张德子愣了愣,很快应声下去。

傍晚时分,张德子派来的宫女替我简单绾起刚洗过的长发,发梢未干尚带清水:"张公公在外面候着,另外奴婢刚刚打听过了,皇上正在偏殿与大人们议事。"

开了门见到张德子,我笑道:"带路吧,我们去瞧瞧。"

张德子却一脸惶恐:"都是朝中大臣,此时闯入恐怕……"

"去看看又何妨!"

皇宫静谧,直到含元殿偏殿门口我才被洛文唤住:"夫人……"显然洛文也惊讶于我的突然出现。

我抿唇一笑，只是淡淡点头，便推开了含元殿偏殿大门。

大厅里各位大臣们的惊讶程度并不低于洛文，他们皆张目望向我，由惊转恍然，再转为喜，表情略显滑稽。大概是乍一见我突闯偏殿，甚觉惊讶，而后一想便是我也曾上含元殿数次，此时出现在此也是平常之事。再又想起我几年前请缨大胜拓跋而归，而如今战火逼到京城脚底，见我自是喜上眉梢。

可坐在上端的洛谦的表情始终不变，阴阴郁郁。

我扫视一圈在座的诸位朝臣，皆是重臣，便莞尔笑道："诸位大人继续商讨。"说罢，便绕道沿偏墙悄步走到大厅正位，挨着洛谦坐下，静静不语。

终了，洛谦无奈一笑："继续。"

约莫商议了半个时辰，仍是无果，便散了。殿内官员陆陆续续离去，只剩下了我与洛谦两人。我微微转身，温柔浅笑，覆上他有些僵硬的手："不要生气了，看看啊，我既没有生病也没有受伤。"

洛谦倒还真的细细看了一遍，才散开我的长发，轻声问道："怎么回京了？还急急赶着，头发都湿了，回头着凉了又要喝药了。"

"还不是你赶我离京的！"我微微撇嘴，不满道。洛谦淡淡一笑，黑眸闪着柔光，拨开我肩头的碎发，然后环住我的身子："傻丫头，回来做什么，添麻烦吗？"

我仰起头，瞪着洛谦："你食言，不是说从今以后都不会离开我半步？"

"战火无情，万一受伤了怎么办？"洛谦板着脸，反问道，"难道还想像关山碍一样在我眼前受伤吗？"

果然道理不站在我身后，我不由得软软垂下头，小声抗议道："是会有危险，但我至少不是添麻烦的，上次不是打败了拓跋？"

忽然肩头一紧，洛谦的下颚抵在我的额头，命令道："明日起就好好地待在宫里，哪儿也不准去！也别想着玩什么花样了……"

"爷，城外晋军突然有动作！"洛文忽地冲进来，"他们在连夜搭筑高台，不知是不是攻城的特殊方法……"

登上长安城墙。

营前的火堆照亮了整个城关，晋军营前忽地筑起高台。筑台上绑着一个人，散乱发丝遮住半面，身上多处血痕，他似乎在努力抬起头，喉结不断滚动，却无丝毫声音。

身边忽然响起重重的抽气声，我望去，洛谦脸颊僵硬。

顺着他的目光远眺，绑在高台上的男子终于抬起了额头，脸上伤痕累累，唯有那双眸子还有些清亮。是重俊。

他没有死，被晋王俘虏了。

"他没死。"洛谦喃喃道，随后搂着我的肩说，"原来他还活着。"第一次我感到他的整个身体都在轻颤，连以往深沉的眸光也有些涣散了。既是兴奋又是恐惧，这样的情绪从未出现在他眼中过，我也不由得随他轻颤着肩。

495

"扶柳,身子不舒服吗?"他问道。

我缓缓摇头,而后抬眸,他又恢复了常态,温润如玉。突然,我发现洛谦眼角有了细细的纹路,浅淡却清晰。我不禁伸手轻轻拂过,婉然笑道:"洛谦,原来你的眼角开始有了皱纹。"

洛谦亦淡笑,墨瞳却依旧如十年前的深黑熠亮:"我老了,是吗?"然后抱着我,喃喃道,"扶柳,好像岁月将我的心磨砺得越来越胆小了,似乎再也经受不住任何打击了。"

是吗?岁月可以让你的野心消失吗?

元昊八年,二月十四,初春暖阳乍露,驱散一冬的阴寒。

酥软的阳光并不是能温暖所有的地方,比如现在的含元殿,依旧阴冷,似乎连空气都是硬邦邦的。

一炷香前,脸上带着血渍的侍卫闯入含元殿。当时含元殿内站满了一宿未眠的官员们,他们吵吵辩辩了整个夜晚,挨到黎明时分终于嗓子哑了,体力不支了,开始犯困了。

可年轻侍卫的慌忙闯入还是吸引了他们残余的注意力。侍卫的脸几乎趴在了含元殿内阴寒的墨玉地板,嘶哑的声音带着哭腔,叫道:"定北将军反叛了!"

而在这个悲伤的侍卫身后,一轮红日正冉冉升起。

昏昏欲睡的官员们惊恐不已,随即便又高亢道:"天佑吾皇,京城城坚,定可等到各地的勤王之师!"终于,洛谦收敛住了他一贯的微笑,面色含霜,将所有的官员们轰出了含元殿。

我也终于半躺在了含元殿垂帘后的软榻上,不禁轻揉额头合上疲倦的双眼,一夜吵闹,总算清静片刻了。

昨日,阿轩将重俊绑在高台之上后,朝中大小官员齐集金銮殿,希冀可以谋出对策。可众臣意见纷乱,是继续倚仗李定耀的塞北大军,还是坚守等待各地的勤王之师,每个人都吵闹不停,却终无任何成效。

一夜光景,定北将军终是归顺了晋王!

我似乎陷入了绵绵的软榻中,最后一战终于来临了。一切未知,李定耀是真反叛,还是假意苦肉计,抑或暂保重俊性命的权宜之计?叛变太快,都是不值得信的!

"扶柳,该如何选择呢?"沉默许久,洛谦开口缓缓道,并不坚定的话语透出困惑。选择?不是已经谋划多时了吗?从离京的前一刻就为苏婉设下了圈套,如今除了重俊的意外,一切不都在掌控?我悠悠睁开双眸,含元殿的紫金铜炉依旧飘出袅袅香气。

洛谦就赫然坐在我正前方的龙椅之上,他似乎疲惫不堪了,斜歪倚着赤金龙椅,"八九年了,我的心里装下的东西越来越多,牵绊的铁链似乎已经不能让我再向前迈出一小步。"洛谦的背影在微微颤抖,显然他在跟自己作一场残酷的战争。

"一直以来我的前方只有一条道,但是慢慢地又形成了另一条路。扶柳,我们将来要踏上哪一条征途呢?"我似乎渐渐恢复了气力,挣扎着离开了陷入的软榻,站直了身子,挺直了腰。洛谦也在挣扎着起身,他的手滑过龙椅扶手。突然一瞬间,他像是被雷击般,僵着不动。

我的呼吸开始急促,胸口在剧烈地起伏。洛谦亦呼吸沉重,手指明显地颤抖,从龙椅的雕刻镂空中取出一颗剔透的红石。洛谦的背在轻轻地抖动,终于笑了出来,笑声无比苍凉,却又含着一股冲破牢笼的喜悦。

"呵呵,我费尽心机争了数十年,原来他早已悄悄做到。"洛谦嘶哑道,随后握紧剔透红石,"扶柳,我们试着看一看另一条路的风景吧!"

就这样地放弃了?我似乎没有足够的准备接受这样的突变,就傻傻地呆站着,眼里一片朦胧。

"扶柳,以后我们将有一个安宁的未来!"不知何时,洛谦已环住我的腰,低沉的话语在耳畔郑重地承诺。

一个安宁的未来!是不是幸福都是要这样地突然而至,让人措手不及?

清淡的墨香轻盈地缠绕了我的全身!

"我们去哪里呢?我希望那里可以种上满山遍地的桃花,桃之夭夭,多么地像春天,不是,很像现在的心情,一朵一朵的花,温暖的,幸福的……"我语无伦次,尽量地将脑海里一闪而过的画面絮絮说出。

"不对,还需要留下一个嘱咐,不然我们今后的百姓生活或许不太顺利。"我急急地找来御批朱笔,在含元殿的墙上写道:民为水,君为舟,水能载舟亦能覆舟。

我满意瞧着,浅浅笑道:"阿轩,做个好皇帝,我们也好有个安宁的生活。"

洛谦取过朱笔:"这样是不行的,还应添上一句!"说罢,朱笔龙飞凤舞,几个遒劲朱字跃然白墙:若无道,吾必反汝!

"隐退后就不许出山了!"我愤愤夺过毛笔,嚷道,"将吾改成天下。"

洛谦淡笑:"何必斤斤计较呢?"

"当然……"我话语未完,含元殿厚重的朱门被人猛然推开。铁甲碰撞之声闯入庄严的含元殿,一队军士鱼贯而入,手持刀戟,将含元殿团团包围。

原来不只有李定耀的反叛,还有长安禁军的背离。

长安禁军军士手中的枪剑都还很干净,青白剑穗尚未蒙上血尘,看来攻下长安的军士伤亡人数并不多。殿门处李定耀银甲流光,可眉目之间衰老不少,早无当初在春望楼沙盘谈兵的矍铄神情。他泛白唇角动了动,却无声音。

倒是洛谦笑了笑,握紧我的手道:"望定北将军仍旧是西华北疆的支柱!"

李定耀一愣,随即眼光一凛,喝道:"捉拿逆贼洛谦!"

军士们的刀戟尚在空中舞到一半,就有一道如虹光芒席卷含元殿,一刹那,所有侍卫的右臂都有了刀伤,鲜血喷出,刀戟落地。

洛谦手持帝剑归藏,嘴角泛着冷笑:"归藏在手,朕乃天命所授,岂皇甫轩篡贼可比!"说罢,横剑在胸,缓步走向含元殿外。一时之间,洛谦所到之处,无人不纷纷后退。我亦缓步,跟在洛谦身后,冲出含元殿。

"去章华宫,那里有泓先生布下的奇阵,他们进不来。"我拉住洛谦小声道。洛谦反手收剑,搂紧我后便施展轻功,奔向章华宫。

初春时节,整个梨树林尚未开花,只有少量的嫩绿新叶荡在枝头。

坐在章华宫前的石阶上,我的头轻轻地靠在洛谦的肩头,静静地瞧着梨树林中的火焰慢慢蔓延。

大约无人能闯入水辰阵,李定耀便命人放火烧林。

"定北将军火放得真大,怕是先淋了火油的。"我轻叹着,热气逼人,额头上沁出不少汗珠。洛谦伸手拭过我脸颊,笑道:"反叛就要反得彻底一些,定叔才能博得皇甫轩的信任。"

我垂目不语,靠着他不动。真的是结束了,他放弃了,所以才会连夜催促着李定耀反叛。不能不说这是放弃后才会有的妥协,若真是为帝业,他可以,李定耀也可以,舍弃下重俊!

沉静了许久,洛谦轻声叹道:"扶柳,现在该轮到我讲故事了。"

我浅笑嫣然:"我一直在听。"

他缓缓伸开左掌,一颗剔透红翡静静地躺在手心。

"这是炽朱翡,与寒沉翠一同是迦南教的圣物。寒沉翠可解天下热毒,那炽朱翡便可驱世间任何寒毒。它们本是一对,在山中埋藏了万年,后来经迦南教的一位祭祀分割成两颗可以完全密合的一对奇石,又称玲珑石。"

"这对玲珑石本是我娘之物,后来娘将炽朱翡送给了我爹,而寒沉翠直到娘去世前,才交给我。娘临终前说,我想可以正大光明地陪在他身边。当时,我就暗暗立誓,将来一定要让娘站在爹的身旁,受世人敬仰!"

火舌在迅速地扩张,刚刚发芽的梨树陷入汪洋火海。树枝燃烧的噼啪声穿插在洛谦平淡的话语中,不知是为故事悲伤,还是为故事欢喜。

"我的娘不是身份高贵的华阳郡主,而是迦南教的圣女白玲珑。"他又替我擦了擦额头的汗珠,轻笑道,"你一脸平静,应该早就知道你婆婆是迦南圣女了吧?可晓得你公公是谁吗?"他倾身在我耳畔轻声道,"皇甫佑!"

一瞬间我傻呆着不动,过了许久才应了一声。

他笑着说:"不然你以为我从哪里得到的帝剑归藏?"

"以为是从拓跋月手中抢来的……"我又不是神算,知道白玲珑已经是费了心力,又从哪里异想天开到他是皇甫佑的儿子呢?皇甫佑,西华德宗皇帝,皇甫朔的父皇,皇甫轩的皇爷爷!难怪他野心昭昭,原来他本就是争斗天下的人之一!

他轻弹帝剑归藏,剑身颤动不已,瓮声不绝:"这便是我夺江山的原因,也是定北将军甘心辅助我的缘由。小的时候外婆常说,娘遇上爹是一段孽缘,江湖女子不容于皇宫,而皇甫佑又无悖逆先法的勇气,所以我娘一直苦苦在宫外等候,直到我八岁那年她终于等不了了。"

"从那时起,我才觉得自己真的是不该出生的孽子。一直以来我都知道我是被诅咒的,同娘一样,作为迦南圣女的子女被诸神诅咒,一生都得不到自己想要的!可我从不信,偏要争!"

"不能同父亲在一起,我争入皇宫陪读,那一年娘死去。不能有皇子身份,我争得帝剑归藏,那一年皇甫佑死去。不能执归藏而入官场,我争当了吏部尚书,第二年义父洛征病逝。一路争下来,我身边的人不断逝去……"

"可我还想让娘成为皇后、太后,让娘与爹站在一起让世人知道。或许这真的只是一个最初的理由,或许我本身就有皇甫血脉里的天生野心,于是,我停不下争,与皇甫朔争,与整个天下争。可在每一步向皇位迈进的步伐中,我身边总有人离去,这次登位我以为报应是少维的腿废了、重俊去世了……"

他忽然抱紧了我,低声说:"我曾想,走到哪一步上天会把你从我身后收走?每一次想,我都会不住地流冷汗。昨夜重俊突然出现,我第一次感到上天还是眷顾我的。扶柳,是不是不争了,我便永远不会失去你?如果是这样,我愿意向上天妥协!"

我只能环着他,笑着说:"我会一直陪着你的。"

"我争累了,却突然发现爹一直将娘放在身旁,就在龙椅上。爹和娘一直都在一起,每天接受着世人朝拜……"

火势漫天,炙热的气浪向我们滚滚扑来。

"扶柳,我可以离开皇宫了。"洛谦拉起我,带着我跃到章华宫的最高处,俯览地形,寻找出路。

我婉然淡笑:"好啊,离开皇宫。"随即便走进章华宫,拓跋月早已在三年前逝世,殿中久无人居住,灰尘积厚。但还是一眼就瞧见了那华丽的琉璃玳瑁梳妆台,轻敲梳妆台上凸起的琉璃牡丹,弹出一方黑红暗格,格内胭脂碎流光溢彩。

拓跋月说过,你、林宝儿谁将来入主长安皇宫,谁就是胭脂碎的主人!如今我赢了,便是胭脂碎的主人!

我会心一笑,拉着洛谦走到章华宫后殿的碧水温池前,在朱雀位上的一株梨树旁的假山中,寻找到了一个新月形的缺口,缓缓地将胭脂碎插入其中。

一阵轻微地震,温池中的水不断上涌。

我将胭脂碎斜插入发,明媚笑起:"洛谦,我们一起跳湖吧!"

洛谦淡淡笑着,眼角有温柔的皱纹。

碧波湖水中,我仰望天空,有五彩缤纷的阳光射入清澈绿水。

泓先生的书中记载,曾修葺章华宫,布以水辰阵。但雪梨树长安不宜生长,特引皇宫外温泉。月贵妃密令,引水之时可将章华宫的温泉池通连皇城外玉带湖,且将通口设以机关。机关位于朱雀位梨树旁假山上,新月形状,开启之物实乃月贵妃不离金簪。

果然,髓绿湖底有一束光明。

尾 声

十三年后。

一片瑰色桃瓣顺着清风,穿过乌木细雕的窗棂,轻盈地落在雪浪纸上,弯翘的花瓣像一只画舫飘于泠泠湖面。

桃花落,春意浓。

鸟架子上的白鸽似乎感受到窗外大片盛放桃花的妖娆,欢快地鸣叫了一声。细细地吹干墨迹,我将信纸卷好,放入了翠绿的竹筒。竹筒颜色翠得如同翡翠一般,枝节狭长,正是种在长安的碧波翠竹。

"该喝药了。"洛谦端着药碗,无声无息地从后面走来。

药碗旁有一碟子蜜饯。他知道我怕苦,每次煎好药都会细心地摆上蜂蜜酿的黄杏。

闻着厚重药味,我习惯性地皱皱鼻子:"嗯。"

喝下药,苦涩极快地在口中蔓延开来。我放下药碗,正准备含入一颗蜜饯,却抬头发现洛谦不在身边。每次喝药时,他总是不太放心,定要亲眼看我喝得一滴不剩才肯离去。

今日他有些反常。

他站在窗边,嘴角逸着淡笑,若有所思。几片桃花瓣疏疏地散落在他的衣裳上,懒洋洋地顺着衣褶滑落。

绝不是表面上的平静,我深知他,或许将有事发生。

"扶柳,今年的竹子很翠,大概秋天庄稼的收成很好。"洛谦转过身,挡住了春日酥绵的阳光。

"哥信上说,长安一带雨水充足,或许是个丰收年。"我略略提了一下昨夜信鸽带

来的家书内容。他的目光还停留在鸽脚的竹筒上，手指轻轻敲着书桌，不紧不慢："粮钱充裕，兵马也肥了。"

我有些沉不住气了，上前几步，将药碗塞入他的手："秦艽、附片、羌活、杜仲各多了一钱，木香与甘草却少了两钱，你存心害我是不是？这样的苦！"

"多吃一些苦，才能长命百岁。"他顺手将药碗搁在书桌上，又弹掉了衣裳上的桃花瓣，才握住了我的手腕，"总不能因为怕汤药苦涩，便减轻了分量，失了疗效。你若不健健康康的，我们又怎能儿孙满堂呢？"

他的指尖搭在我的脉搏上。我的脉跳清晰地传送到他的心间，脉象节律，一浮一沉，他同我一起跳动。

"你要我喝什么，便喝什么。这一生，我是要陪你长命百岁的！"

他笑开，将我拥入怀中："扶柳，你要时刻记着自己的话，不要食言！"

"那我发誓！碧落黄泉，上官扶柳永远都不会离开洛谦！"我贪婪地闻着他的气息，是淡淡的药香，有一种苦味萦绕在身。很多年前，他的身上只有清水墨香，缕缕沁脾。如今，他日日为我煎药，墨香尽去，染了满身药香，挥之不去。

"古人言，一诺千金，你可要守住誓言！"他忽然取下鸽子脚上的竹筒，在我眼前晃了晃，才笑容可掬道，"那这又是什么呢？"

"不过只是写给哥的家书而已，又没有什么特别之处。"我将碎发拂到耳后，额头上有些细汗，浸湿了发丝，贴在皮肤上，微微发痒，不大舒服，"上次哥问我最近过得如何，我回信说，你每天替我熬药。哥不信，又来信问，说我是骗他的，你怎么可能安静地煎药呢？"我指着他，轻笑，"还是以前做的坏事太多，你的形象在所有人的脑子里根深蒂固。看看，这便是乌鸦漂不成白天鹅。"

"不要扯远话题。"他笑颜依旧，只是语气加重。

这个男人精到骨子里，在他面前，任何掩饰都是空气。"哥来信说，最近身子不太好，遇上下雨天，半个肩膀痛得几乎撕裂。我觉得不太心安，哥肩膀上的箭伤也是当初为了救我而受的，所以便想找一些好的药方寄给哥。"

"扶柳，这就是你开的药方吗？"他展开竹筒里的纸卷，眯着温和的瞳人问我。

纸上没有一味药，却是治哥病的良方，杀气震天的荧惑军阵。"哥来信说，这些年国库日渐充盈，兵强马壮，阿轩准备攻打西域，开疆扩土。可……"我顿了顿，犹豫道，"西域虽说都是小国，可若是他们联合起来，四处出击。那哥必定是疲于追打，很容易陷入西域众国的包围圈中。荧惑阵主攻，攻势凌厉，最宜适合打闪电战。哥若有荧惑阵，便可快速将西域各个小国一一击破。"

"其实，胜与败，都与我们无关了。"洛谦将信纸捏入手心，化作了碎片，"胜，不过是皇帝功劳一件；败，西域小国也乱不了中原。"

"我只是不放心。"

"不放心吗？"他清丽一笑，长眉下隐藏着凌厉，"扶柳，你若是离了府院半步，我便驱入长安,要这天下大乱。"

他到底是真身金龙,气势骇人。

"洛谦,你休想再踏进长安一步!"我抓着他的衣襟,踮起脚尖,在离开他的脸三寸的地方,咬牙道,"你今生就注定栽在我上官扶柳的手上!"

过了半世,我只是明白了幸福这东西要时时刻刻地抓牢在自己的手心,一刻也不能放松!

他继而仰天长笑,随后低头在我耳边低语:"扶柳,我很开心。"

他,洛谦;我,上官扶柳。他,四十有八;我,虚华四十。他,曾是西华王朝在位时间最短的帝王;我,曾是历史上唯一一位没有皇室血脉的外姓长公主……

但重要的是,我们现在只是一对平凡的夫妻。

人生如斯,很好。